EXCALIBUR

Fantasy bei Knaur

herausgegeben
von Kai Lindberg
und Sophie Loewen

Die Legende vom Eisernen Turm

Band 1: Die schwarze Flut
Band 2: Die kalten Schatten
Band 3: Der schwärzeste Tag

Über den Autor:

Dennis L. McKiernan, geboren 1932 in Missouri, lebt mit seiner Familie in Ohio. Mit seiner Trilogie *Die Legende vom Eisernen Turm* legte er den Grundstein für einen Romanzyklus um die magische Welt Mithgar, der ihn international berühmt machte.

Dennis L. McKiernan

DIE LEGENDE VOM EISERNEN TURM 2

Die kalten Schatten

Aus dem Amerikanischen
von Fred Kinzel

Knaur

Die amerikanische Originalausgabe erschien 1984 unter dem Titel *Shadows of Doom*. Diese Ausgabe beruht auf der vom Autor komplett überarbeiteten und ergänzten Taschenbuchausgabe, erschienen 2000 bei ROC, an imprint of New American Library, a division of Penguin Putnam Inc., New York.

Besuchen Sie uns im Internet:
www.knaur.de
www.knaur-fantasy.de

Deutsche Erstausgabe 2002

Redaktion: Alexander Groß
Umschlaggestaltung: ZERO Werbeagentur, München
Umschlagabbildung: Artwork by Zero
Satz: Ventura Publisher im Verlag
Druck und Bindung: Nørhaven Paperback A/S
Printed in Denmark
ISBN 3-426-70245-2

2 4 5 3 1

Für meine eigene Merrili
(Martha Lee)

Und für Laurelin
(Tina)

Mein besonderer Dank gilt
Ursula K. LeGuin

KARTE

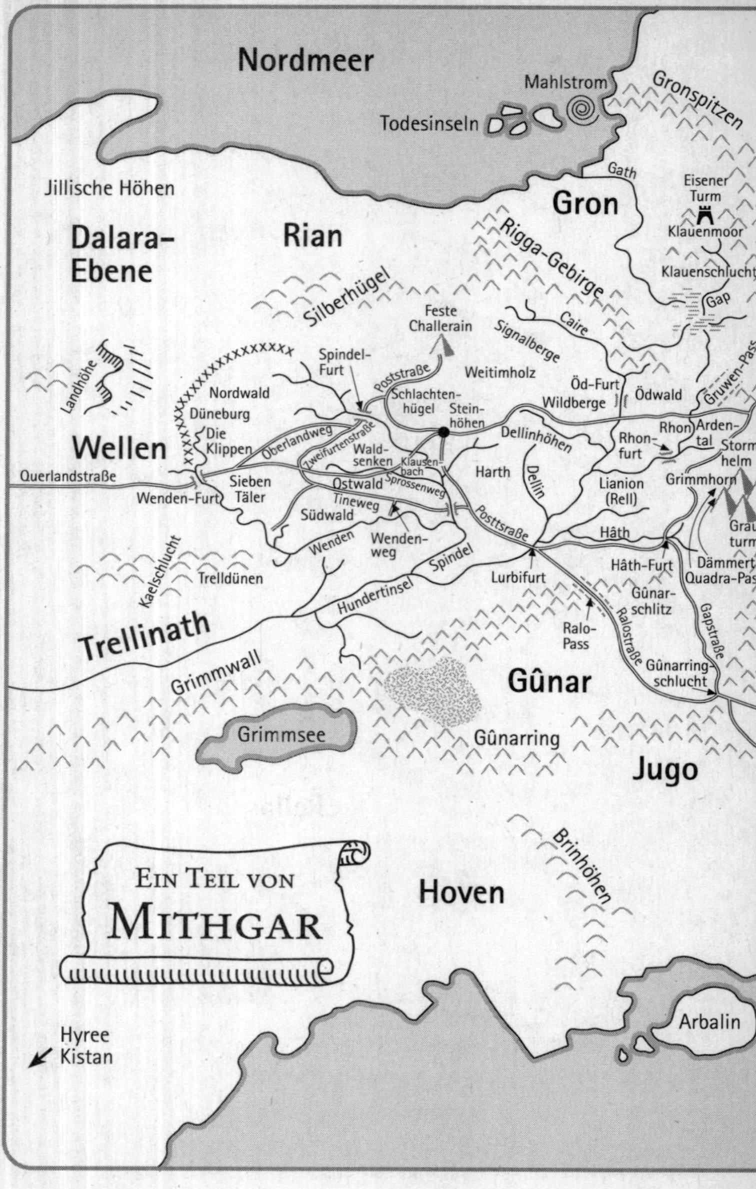
Nordmeer
Mahlstrom
Gronspitzen
Todesinseln
Jillische Höhen
Gath
Eisener Turm
Gron
Klauenmoor
Dalara-Ebene
Rian
Rigga-Gebirge
Klauenschlucht
Silberhügel
Gap
Feste Challerain
Caire
Signalberge
Gruwen-Pass
Landhöhe
Spindel-Furt
Weitimholz
Öd-Furt
Ödwald
Poststraße
Nordwald
Schlachtenhügel
Steinhöhen
Wildberge
Düneburg
Rhon
Ardental
Die Klippen
Oberlandweg
Zweifurtenstraße
Dellinhöhen
Rhonfurt
Wellen
Waldsenken
Klausenbach
Harth
Storm helm
Querlandstraße
Sieben Täler
Ostwald
Sprossenweg
Dellin
Lianion (Rell)
Grimmhorn
Wenden-Furt
Tineweg
Südwald
Posttsraße
Hâth
Wenden
Wendenweg
Kaelschlucht
Spindel
Hâth-Furt
Trelldünen
Lurbifurt
Quadra-Pas
Hundertinsel
Gûnarschlitz
Gapstraße
Trellinath
Ralo-Pass
Ralostraße
Grimmwall
Gûnar
Gûnarringschlucht
Grimmsee
Gûnarring
Jugo
Brinhöhen
Ein Teil von
Mithgar
Hoven
Arbalin
Hyree
Kistan

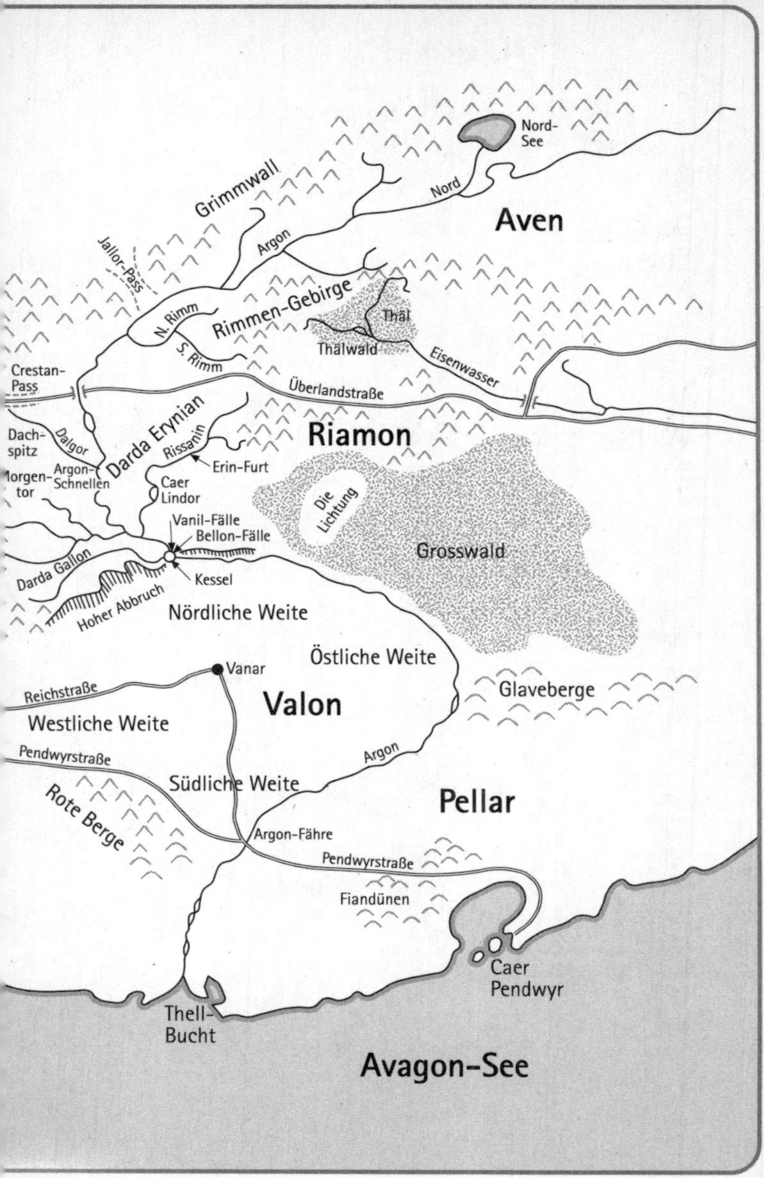

Nord-
See
Grimmwall
Nord
Aven
Jallor-Pass
Argon
Rimmen-Gebirge
Thäl
N. Rimm
Thälwald
S. Rimm
Eisenwasser
Crestan-
Pass
Überlandstraße
Darda Erynian
Dach-
spitz
Dalgor
Rissanin
Riamon
Erin-Furt
Argon-
Schnellen
Morgen-
tor
Caer
Lindor
Die
Lichtung
Vanil-Fälle
Bellon-Fälle
Grosswald
Darda Gallon
Kessel
Hoher Abbruch
Nördliche Weite
Östliche Weite
Vanar
Reichstraße
Glaveberge
Valon
Westliche Weite
Pendwyrstraße
Argon
Südliche Weite
Rote Berge
Pellar
Argon-Fähre
Pendwyrstraße
Fiandünen
Caer
Pendwyr
Thell-
Bucht
Avagon-See

Was bisher geschah

Die schwarze Flut, der erste Band der Trilogie DIE LEGENDE VOM EISERNEN TURM, erzählte von unsicheren Zeiten in den Sieben Tälern, wo sich das Kleine Volk – die Wurrlinge – auf Schwierigkeiten vorbereitet. Während Gerüchte von Wölfen und auf rätselhafte Weise Verschwundenen, von Krieg und drohendem Unheil im Norden die Runde machen, brechen fünf junge Wurrlinge – Tuck, Danner, Hob, Tarpi und ihr Führer Patrel – von Waldsenken auf, um die Dorngänger-Kompanie zu verstärken, welche die Spindelfurt bewacht. Unterwegs werden die Bokker von den bösen, wolfsartigen Vulgs angegriffen, wobei Hob ums Leben kommt.

Die vier überlebenden Bokker setzen ihren Weg fort, um die Nachricht zu verbreiten, dass Vulgs in den Sieben Tälern umherstreifen; an der Spindelfurt angekommen, nehmen sie in Patrels Einheit ihren Dienst als Dorngänger auf. Als einige Tage später ein Bote des Hochkönigs eintrifft, um dessen Ruf zu den Waffen zu verkünden, wird Tarpi bei einem weiteren Angriff der Vulgs getötet.

Tuck, Danner und Patrel, die Rache schwören, brechen mit zwei Einheiten von Wurrlingen auf, um dem Ruf des Königs zur Feste Challerain Folge zu leisten.

Bei ihrer Ankunft in der Festung erfahren sie vom Dusterschlund, einem gespenstischen Schattenlicht im Norden, wo die Sonne nicht scheint und Adons Bann nicht herrscht; deshalb streifen Vulgs, Rukhs, Hlöks, Ogrus, Ghule, die schändlichen Geschöpfe des bösen Modru, ungehindert umher.

Die Wurrlinge werden zur Burgwache eingeteilt, und Tuck schließt Freundschaft mit Prinzessin Laurelin, der Verlobten von Prinz Galen, dem ältesten Sohn von Hochkönig Aurion. Galen befindet sich nicht in der Burg, sondern ist mit einem Auftrag im Dusterschlund unterwegs.

Tuck, Danner und Patrel werden zu Laurelins Geburtstagsfest eingeladen. Auf dem Höhepunkt der Feier bringt ein verwundeter Krieger die Nachricht, dass der fürchterliche Dusterschlund sich nach Süden in Bewegung gesetzt hat. Der Winterkrieg hat begonnen.

Am folgenden Tag verlässt Prinzessin Laurelin mit dem letzten Flüchtlingszug die Feste Challerain in Richtung Süden. Sie wird vom jüngeren Sohn des Königs begleitet, Prinz Igon, der nach Pellar reisen soll, um das Heer des Königs schleunigst nach Norden zu führen.

Der Dusterschlund bricht schnell über die Festung herein. Das Schattenlicht trübt das Sehvermögen: Menschen sehen höchstens zwei Meilen über offenes Gelände, Elfen etwa doppelt so weit. Die Wurrlinge jedoch, mit ihren seltsamen, juwelenfarbigen Augen, sehen am weitesten – bis zu fünf Meilen. Die Wurrlingskompanie wird deshalb aufgelöst, und die Jungbokker verteilen sich über die verschiedenen Einheiten der Festung, um ihnen im Dusterschlund ihre Sehkraft zu leihen.

Schließlich erscheint eine von Modrus Horden aus dem Dunkel, greift die bedauernswert unterbesetzte Festung an und überflutet die Verteidiger. Am letzten Tag der Schlacht gibt die verbliebene Streitmacht des Königs die Feste Challerain auf und sucht ihr Heil in der Flucht.

Im Gefecht von den Übrigen getrennt, entgeht Tuck einer Patrouille der Rukhs, indem er im alten Grabmal von Othran, dem Seher, Zuflucht sucht. Er entdeckt im Sarkophag eine alte Klinge aus Atala und einen einzelnen roten Pfeil für seinen Bogen. Der Zufall führt Prinz Galen ebenfalls in das Grab. Allein und nur mit Atala-Klinge und rotem Pfeil bewaffnet, fliehen Mensch und Wurrling nach Süden, in Richtung Steinhöhen zu einem vereinbarten Treffpunkt mit anderen möglichen Überlebenden.

Bevor sie Steinhöhen erreichen, stoßen Tuck und Galen auf die Überreste von Laurelins Flüchtlingszug, an dem Ghule ein Massaker verübt haben. Weder die Prinzessin noch Igon sind jedoch unter den Getöteten. Galen und Tuck nehmen die Verfolgung auf; sie hoffen, die Ghule auf deren Hélrössern einzuholen und Laurelin und Igon irgendwie befreien zu können – falls sie tatsächlich Gefangene sind.

Zwei Dunkeltage später kommen Mensch und Wurrling ins Weitimholz, dem Ort einer dreitägigen Schlacht, in der ein Bündnis aus Menschen, Elfen und Wurrlingen eine Horde Modrus zurückschlagen konnte. Von den Hauptleuten des Bundes erfahren Tuck und Galen, dass eine Gruppe von Ghulen etwa sechs Tage zuvor vorüberkam; ihnen folgte später ein einzelner Reiter.

Die beiden setzen ihre Jagd in östlicher Richtung fort und gelangen schließlich zu einer Elfenfestung im Arden-Tal. Als Fürst Talarin, der Führer der Elfen, von ihrem Unterfangen hört, bringt er sie zur Krankenstation, wo sie Prinz Igon, verwundet und im Fieber liegend, vorfinden. In einem klaren Augenblick bestätigt Igon, dass sich Laurelin tatsächlich in der Gewalt der Ghule befindet.

In diesem Moment trifft Elfenfürst Gildor im Arden-Tal ein und teilt Galen mit, dass Aurion tot und Galen nun Hochkönig von Mithgar ist.

Galen ist im Zwiespalt: Soll er nach Norden reiten und seine Liebste zu retten versuchen oder nach Süden, um das Heer des Königs zu sammeln und es gegen Modrus Horden zu führen? Es ist eine Entscheidung zwischen Liebe und Pflicht.

Mit dem Beginn des zweiten Buchs verlassen wir Galen jedoch und kehren zu dem Tag zurück, an dem Prinzessin Laurelin von der Feste Challerain aufbricht.

Die Tage sind nun entschwunden,
und die dunkle Zeit ist über uns gekommen.
Gildor Goldzweig,
22. Dezember 4E2018

ERSTES KAPITEL

Gefangen!

Nicht ganz zwei Tage, ehe der Dusterschlund über die Feste Challerain kam, brach Prinzessin Laurelin mit der letzten Flüchtlingskarawane nach Süden auf. Langsam holperte der Wagen den Berg hinab, und die Prinzessin weinte leise, während Saril, ihre Begleiterin und älteste Hofdame, von belanglosen Dingen plapperte und sich über die Unbequemlichkeit des Gefährts beklagte. Was die Prinzessin in diesem Augenblick gebraucht hätte, wäre ein Arm gewesen, der sie hielt, und eine Hand, die ihr übers Haar strich, wenngleich auch das ein verzweifeltes Herz nicht geheilt hätte, denn dies vermag nur die Zeit allein. Saril jedoch schien die Bedürfnisse und die stille Not der weinenden Maid nicht einmal zu erahnen, die mit tränenblinden Augen durch die offene Leinenplane auf das vorüberziehende Hügelland hinausschaute – immerhin reichte die Hofdame der Prinzessin ein linnenes Taschentuch, als Laurelin ihr eigenes nicht fand.

Ächzend rumpelte das Gefährt weiter; es war das letzte in einer Reihe von hundert Wagen, die auf der Poststraße nach Süden zogen. Hinab durch die Vorberge ging es und hinaus auf die verschneiten Ebenen. Schließlich versiegte Laurelins Tränenfluss, doch nun kniete sie auf Decken vor der Ladeklappe, blickte unablässig zurück zur Feste und sprach kein Wort.

Die Zeit verstrich, und langsam rollten die Meilen vorüber, während die Leinenplane der Kutsche flatterte, Deichseln und Harnische knarrten und rasselten und die Pferdehufe trampelten. Gelegentlich hörte man den Befehl eines Wagenführers und über allem das Mahlen der Achsen und der eisenbeschlagenen Räder auf dem gefrorenen Schnee.

Am Nachmittag fuhr der Wagenzug eine lang gestreckte Anhöhe hinauf, mit schneebedeckten Hängen zu beiden Seiten. Laurelins Blick war noch immer starr gen Norden, zur fernen Burg gerichtet. Doch zuletzt erreichte ihr Wagen die Hügelkuppe, und als er auf der anderen Seite wieder abwärts fuhr, war die Feste Challerain nicht mehr zu sehen.

»Oje, Saril, ich fürchte, ich habe dein Taschentuch völlig aufgeweicht«, sagte Laurelin und hielt das zerknüllte Leinen so, dass ihre Begleiterin es sehen konnte.

»Sorgt Euch nicht darum, Herrin«, sagte Saril und nahm das Tuch. »Du liebe Güte, das ist aber wirklich nass! Da müssen ja alle Tränen für die nächsten Jahre drin sein.« Sie hielt es zwischen Daumen und Zeigefinger an einer Ecke. »Am besten, wir breiten es aus, sonst friert es durch die Kälte zu einem steinharten Klumpen.«

»Nun, vielleicht sollten wir es einfach gefrieren lassen«, erwiderte Laurelin und versuchte zu lächeln. »Dann könnte es ein Krieger als Wurfgeschoss benutzen und gegen Modru schleudern.«

Bei der Erwähnung des Feindes in Gron vollführte Saril eine rasche Geste, als schriebe sie eine Rune in Luft, um das Erscheinen des Bösen abzuwehren. »Ich glaube, es ist besser, diesen Namen nicht auszusprechen, Herrin, denn ich habe gehört, allein das zieht seine Niedertracht auf den Sprecher, so sicher, wie Eisen von einem Magneten angezogen wird.«

»Aber, Saril«, schalt Laurelin, »nun sorgst du dich aber unnötig, denn was sollte er von Frauen und Kindern oder den Alten und Lahmen wollen?«

»Das weiß ich nicht, Herrin«, entgegnete Saril, und Angst lag in ihren matronenhaften Zügen, als sie einen raschen Blick über die Schulter warf, als könnte jemand von hinten herangekrochen sein. »Doch habe ich mit eigenen Augen gesehen, wie der Magnetstein eine unsichtbare Hand ausstreckte und das Eisen schnappte, und deshalb weiß ich, dass es stimmt. Also gibt es keinen Grund, zu glauben, dass das andere nicht genauso zutrifft.«

»Ach, Saril«, erwiderte Laurelin, »aus dem einen folgt doch nicht das andere.«

»Vielleicht nicht, Herrin«, sagte Saril nach einer Weile. »Gleichwohl würde ich ihn nicht in Versuchung führen.«

Sie sprachen nicht weiter davon, Sarils Worte aber hingen den ganzen restlichen Tag über wie ein lautloses Echo in Laurelins Gedanken.

Genau zum Sonnenuntergang schlugen sie rund zwanzig Meilen südlich der Feste Challerain ein Lager auf. Zwar hatte der Zug mehrmals unterwegs angehalten, damit man die Pferde versorgen, die Beine ausstrecken und andere Bedürfnisse befriedigen konnte, doch war das nicht das Gleiche, wie aus den Wagen herauszukommen und ein Nachtlager zu beziehen. Und da sie nun zur Abendzeit Halt machten, marschierte Laurelin die gesamte Länge des Zuges ab, etwa zwei Meilen hin und zurück. Sie sprach Alten und Jungen gleichermaßen neuen Mut zu, und sie begegnete unterwegs Igon, der das Gleiche tat.

Als die Prinzessin schließlich zur Feuerstelle neben ihrem Wagen zurückkehrte, hatte Saril über der kleinen Flamme bereits einen Eintopf zubereitet. Der verwundete Haddon saß auf einem Holzklotz am wärmenden Feuer und aß; er trug den Arm in einer Schlinge, sein Appetit indes war gewaltig, auch wenn seine Züge blass und abgehärmt aussahen.

»Prinzessin«, entfuhr es ihm erschrocken, als Laurelin plötzlich aus dem Dunkel auftauchte, und er bemühte sich, auf die Beine zu kommen, doch die Angesprochene gebot ihm, sitzen zu bleiben.

»Und nun, Krieger Haddon«, sprach die Prinzessin, nachdem sie mit einer Schüssel Eintopf und einer Tasse Tee neben dem Soldaten Platz genommen hatte, »erzählt mir von Fürst Galen, denn ich möchte hören, wie es ihm erging.«

Und bis spät in die Nacht hinein berichtete Haddon von Überfällen, Scharmützeln und Erkundungen, die Galens Hundertschaft in der bitterkalten Winternacht im Norden unternommen hatte. Während der Erzählung des Kriegers kam auch Igon ans Feuer, um sein Mahl einzunehmen, und mit ihm erschien Hauptmann Jarriel, der nicht von der Seite des Prinzen wich. Igons Augen funkelten im Feuerschein, als er hörte, wie sie im Dusterschlund nach Modrus Horde gesucht hatten.

»An den Silberhügeln entlang ritten wir und zur Rigga hinauf«, sagte Haddon, und sein Blick verlor sich in der Erinnerung, »doch fanden wir nichts: Modrus Finsternis verbarg alles. Sodann wandten wir uns gen Norden zum Nordmeer, und endlich trug unsere Suche Früchte – wenngleich es bittere Früchte waren –, denn wir entdeckten die riesige Horde, und sie bewegte sich entlang dieses rauen Gebirgszugs nach Süden und kam gerade von den westlichen Ausläufern der Rigga herab. Aus dunklen Spalten und undurchdringlichen Gehölzen in dieser schroffen Felsengegend schwärmten sie, und ihre Reihen schwollen immer weiter an.

Vulgs waren bei ihnen, sie rannten an den Flanken entlang, und wir konnten nicht angreifen, denn die schwarzen Bestien hätten uns schon von weitem gerochen und den Feind gewarnt, ehe wir uns ihm nähern konnten. König Aurion hat ihnen den zutreffenden Namen gegeben: Modrus Köter.« Haddon hielt inne, während Saril, die der Erzählung mit großen Augen gefolgt war, dem Krieger Tee nachgoss.

»Wir sandten Boten nach Challerain«, fuhr Haddon fort, »um den König von der Horde zu unterrichten.«

»Es kamen keine an«, sagte Igon voll Bitterkeit und schüttelte den Kopf.

»Dann wurden sie vorher dahingerafft, mein Prinz«, erwiderte Haddon und streckte den Arm in der Schlinge vor. »So wie die Vulgs Boeder und beinahe auch mich getötet haben, müssen sie jene zur Strecke gebracht haben, welche mit der Nachricht zur Feste geschickt wurden.«

»Prinz Igon sagte, du hast von Ghola gesprochen?«, erkundigte sich Hauptmann Jarriel.

»Jawohl«, antwortete der Krieger, und seine Augen blickten nachdenklich aus dem zerfurchten Gesicht. »Da sind Ghola, und sie reiten auf Hélrössern. Gar oft haben sie uns gejagt, doch Prinz Galen ist ihnen stets entwischt, selbst im Schnee. Listig ist der Prinz, schlau wie ein Fuchs. Wir haben immer den richtigen Zeitpunkt abgewartet, um zuzuschlagen, wenn gerade keine Vulgs in der Nähe waren und sich kleine Gruppen des Gezüchts von der Horde abgesondert hatten. Ach, dann sind wir in diese Haufen gefahren wie Blitze aus Adons Hammer. Sofort waren wir wieder auf dem Rückzug, Hélrösser auf den Fersen, doch Fürst Galens schwarzes Pferd flog nur so nach Norden und wir immer hinterdrein. Auf dem zertrampelten Schnee ritten wir, so dass sich unsere Spuren in der breiten Fährte ebenjener Horde verloren, in die wir gerade gestoßen waren. Auf dieser Schneise im Schnee jagten wir dann ein Stück dahin, bevor wir uns seitlich zwischen Felsen, Farngestrüppen oder kleinen Hügeln verbargen und die Ghola vorbeidonnern sahen, während uns die vom Feind selbst geschaffene Finsternis verbarg.«

»Willst du damit sagen, sie sehen nicht mehr als wir auch?« Prinz Igon schien überrascht. »Ich dachte, dieses ganze Gezücht der Nacht sieht sehr gut im Dunkeln.«

»Ich weiß nicht, wie gut sie im gewöhnlichen Dunkel sehen, aber Fürst Galen sagt, das Schattenlicht trügt ihre Augen ebenso wie die unseren.« Haddon leerte seinen Tee. »Eines jedoch weiß ich: Mein eigenes Sehvermögen ging im Dusterschlund nie über zwei Meilen hinaus, und schon auf diese Entfernung sah ich nur mehr undeutlich: die Bewegung der Horde, viele Ghola auf galoppierenden Hélrössern, gelegentlich eine Bergflanke – nur solche Dinge nahm ich aus der Ferne wahr. Selbst nahen Gegenständen konnte ich in dem düstren Schimmern kaum Einzelheiten entnehmen; alle Farben sind nach wenigen Schritten verschwunden.« Prinz Igon nickte verständnisvoll, denn auch er hatte einige Zeit in der Winternacht verbracht.

»Es heißt, Elfenaugen sehen weiter als die aller Sterblichen«, sagte Laurelin. »Vielleicht durchdringt ihr Sehvermögen selbst die Schatten des Dusterschlunds.«

»Mag sein, Herrin«, entgegnete Haddon, »doch müssen es in der Tat seltsame Augen sein, die weit sehen können in diesem trüben Dunkel.«

Seltsame Augen. Unwillkürlich tauchte ein Bild in Laurelins Kopf auf: Tucks große Saphiraugen blickten in die ihren, und sie fragte sich, was es wohl mit den Juwelenaugen von Wurrlingen auf sich hatte.

Im ersten Dämmerlicht spannten einige Reisende bereits die Pferde an, während andere noch ihr Frühstück beendeten. Laurelin half dem Heiler, Haddons verwundeten Arm mit Salbe und einem frischen Verband zu versorgen, und der Heiler befand, der Krieger könne nunmehr die Schlinge beiseite lassen, »wenn Ihr vorsichtig seid. Wir haben die Wunde heute Nacht mit einer rot glühenden Klinge behandelt, um das Gift auszubrennen oder zumindest dessen Wirkung bis zum Sonnenaufgang einzudämmen. Nun kümmern wir uns nur noch um die Brandwunde und den tiefen Riss, denn das Vulggift haben Tageslicht und Adons Bann vernichtet.«

Bald war alles bereit, und auf die Hornsignale der Begleitmannschaft hin setzte sich der Zug in Bewegung und nahm seinen südlichen Kurs wieder auf, der ihn auf der Poststraße von der Feste Challerain weg in Richtung der Schlachtenhügel und Steinhöhen führte.

Den ganzen Tag lang holperten und rumpelten die Wagen über den gefrorenen Weg, und Laurelin empfand die kurzen stündlichen Halts als willkommene Abwechslung zu dem Vibrieren und Schwanken ihres Gefährts.

Igon bekam sie kaum zu Gesicht, denn er ritt zusammen mit Hauptmann Jarriel an der Spitze des Zuges, damit er als Erster erfuhr, was die Kundschafter der Begleitmannschaft zu berichten hatten, die auf ihren Pferden weit vorauseilten.

Saril dagegen leistete der Prinzessin die ganze Zeit Gesellschaft, und die beiden verbrachten die Nachmittagsstunden im Gespräch, nachdem sie am Morgen *Zhon* gespielt hatten, ein Tarot-Spiel, das bei Hof recht beliebt war. Doch statt des erwarteten Vergnügens hatte Laurelin zunehmend Unbehagen empfunden, je länger sie spielten. Und obwohl die Farbe der Sonnen nichts als glänzende Vorzeichen bot, hatte ihr Blick nur das Quartett der Schwerter und die Schwarze Königin gesucht, und ihr Herz hatte einen Satz gemacht, sooft eine Karte umgedreht wurde. Zuletzt hieß sie Saril, die Karten wegzulegen, denn sie hatte die Freude an dem Spiel verloren.

Zur Mitte des folgenden Nachmittags saß Laurelin, wie es ihre Gewohnheit war, im Heck des Wagens und spähte durch die Leinwandklappe nach draußen, auf die vorüberziehende Landschaft; sanft gewellte Hügel begannen sich aus dem Grasland zu erheben, da sich die Karawane den nördlichen Ausläufern der Schlachtenhügel näherte. Viele angenehme Meilen hatten sie zurückgelegt, als Laurelins Blick plötzlich Bewegung wahrnahm; dazu hörte sie den Klang eines Horns: Es war der rückwärtige Kundschafter, der auf seinem Pferd heranjagte, um den Zug zu überholen. Bald schon donnerte er vorüber, das Horn schmetterte drängend, und der Schnee stob von den wirbelnden Hufen, während er in südwestlicher Richtung zu den vorderen Wagen preschte. Laurelin schlug das Herz heftig in der Brust, und sie fragte sich, was der Grund für seine Eile sein mochte.

Einige Zeit verging, dann hörte die Prinzessin erneut das Hämmern von Hufen, und Pferde donnerten in der Gegenrichtung vorbei: Igon, Hauptmann Jarriel und der Kundschafter jagten mit wehenden Umhängen nach Norden. Sie verließen die Poststraße und galoppierten auf einen kleinen Hügel hinauf, wo sie die Pferde anhielten. Lange verharrten sie reglos und blickten nach Norden, zurück in die Richtung, wo die Feste Challerain nun weit hinter dem Horizont lag. Laurelin betrachtete ihre dunklen Silhouetten vor dem Nachmittagshimmel, und wieder raste ihr Herz, und sie empfand eine starke Vorahnung. Da war etwas an der Art und Weise, wie das Trio dort oben verharrte, und schließlich fiel es ihr ein: *Sie sehen genauso aus wie diese alte Holzschnitzerei, Die drei Vorboten von Gelvins Verderben.* Und eine große Bedrückung senkte sich auf ihre Brust, denn dies war eine äußerst düstere Geschichte.

Endlich machten Igon und Jarriel kehrt und ließen nur den Kundschafter auf dem Hügel zurück, während sie selbst die verschneiten Hänge hinabsprengten. Rasch hatten die Pferde den langsamen Zug eingeholt. Jarriel ritt an die Spitze vor, während Igon Rost ans Ende von Laurelins Wagen lenkte. Die Prinzessin schlug die Klappe weit auf und hob ihre Stimme über das Rumpeln der Achsen und Räder: »Was gibt es? Was habt Ihr im Norden gesehen?«

»Es ist die Schwarze Wand, Prinzessin«, sagte Igon grimmig. »Sie bewegt sich unablässig nach Süden. Ich vermute, die Feste Challerain müsste gestern um die Mittagszeit vom Dusterschlund umschlossen worden sein; höchstwahrscheinlich liegt sie inzwischen im harten Griff der bitteren Winternacht.

Doch die Wand ist schnell weitergezogen, und wenn nichts ihren Kurs ändert, wird sie morgen diesen Zug überholen.

Wir beide, Ihr und ich, müssen heute Abend zu den Leuten gehen und sie auf diesen schwarzen Fluch vorbereiten, denn er wird ihre Seelen peinigen und das Feuer in ihren Herzen erschöpfen.« Igon lenkte Rost vom Wagen weg und rief: »Ich muss fort, um die Begleitmannschaft neu einzuteilen.« Und der große Rotschimmel stürmte von Igon angetrieben nach vorn.

Die Nachricht erfüllte Laurelins Herz mit Furcht, und sie dachte verzweifelt an jene, die in der Feste zurückgeblieben waren: Aurion, Vidron, Gildor und die Wurrlinge, besonders Tuck, an alle Krieger, und an Galen, wo immer er sein mochte. Und die Prinzessin fragte sich, wer sie selbst trösten und ihr Mut geben würde, wenn die Dunkelheit kam. Sie wandte den Blick zu Saril und sah, dass die Magd weinte und vor Angst bebte, denn sie hatte Igons Worte gehört. Laurelin zog Saril an sich und beruhigte sie wie ein verirrtes Kind, und sie wusste in diesem Augenblick, dass niemand eine Prinzessin trösten würde, denn es ist allgemeine Ansicht, dass Menschen fürstlichen Geblüts die Ängste und Nöte des gemeinen Volkes nicht empfinden.

In dieser Nacht war Laurelins unruhiger Schlaf erfüllt von verzweifelten Träumen, in denen sie stets in einer Falle saß.

Im Morgengrauen des folgenden Tages war die Schwarze Wand für alle deutlich zu sehen. Sie ragte am Horizont auf und schien höher zu werden, da sie näher kam. Kinder weinten und klammerten sich an ihre Mütter, und allenthalben sah man beklommene Gesichter.

Rasch wurde das Lager abgebrochen, die Karawane machte sich erneut auf die lange Reise und zog langsam über die Poststraße, die nun entlang der Schlachtenhügel nach Westen bog. Saril weinte, weil die Straße damit nicht mehr nach Süden und von der anrückenden Wand wegführte. Und von Norden rollte wie eine große schwarze Welle die Finsternis des Bösen heran und kam näher mit jedem Augenblick, der verstrich.

Langsam tauchte die Sonne am Himmel auf und kletterte zu ihrem Zenit empor, doch hinderten ihre goldenen Strahlen nicht das Vorrücken der Dunkelheit, als sich die Mittagszeit näherte; denn es näherte sich auch die böse dunkle Flut, die inzwischen vielleicht eine Meile oder höher als schwarze Wand drohend in den Himmel ragte. Vor ihr wirbelte der Schnee in einer aufquellenden Wolke, und man hörte das Tosen des Windes am Fuß des schwarzen Walls.

Pferde begannen zu scheuen und unruhig zu tänzeln, und aus den Wagen erhoben sich Kindergeschrei, das Weinen von Frauen und das Stöhnen alter Männer.

Mit grimmiger Miene sah Laurelin die Dunkelheit kommen, blass im Gesicht und die Lippen nur ein schmaler Strich. Ihr Blick aber war fest, und sie zuckte nicht einmal, als die Wand über sie hereinbrach. Hinter ihr kauerte Saril zusammengesunken im Wagen und hatte das Gesicht in den Händen vergraben; sie stöhnte und schaukelte in entsetzlicher Angst hin und her, ein Häufchen Furcht im Angesicht des Dusterschlunds.

Nun war der Zug von einem Schneesturm eingeschlossen, der jegliche Sicht nahm, und starke Hände waren vonnöten, um die Pferde im Zaum zu halten, während das kreischende Weiß um sie herum tobte.

Das Licht der Sonne begann zu schwinden, es wurde rasch schwächer und verblasste zum gespenstischen Schimmern des schwarzen Schattenlichts.

Dann war die Woge vorübergezogen, und das Heulen des Windes verstummte allmählich; der aufgewirbelte Schnee sank langsam wieder auf die Erde herab. Die Karawane stand nun gänzlich im Dusterschlund, und bitterkalte Winternacht ergriff das Land. Eine entsetzliche Stille legte sich auf die

Ebenen und zwischen die Schlachtenhügel, unterbrochen nur von den einzelnen Klagelauten jener, deren Furcht die Grenzen ihres Muts sprengte.

Zwanzig Meilen fuhr der Wagenzug an diesem Tag, zehn im Sonnenlicht, zehn im Dusterschlund. Ein Lager wurde aufgeschlagen und Essen zubereitet, aber die Leute hatten keinen Appetit und nahmen nur wenig zu sich. Laurelin zwang sich zu einer vollen Mahlzeit, Saril hingegen stocherte nur in ihrem Essen, die Augen rot vom Weinen. Im Gegensatz dazu schien das Schattenlicht auf Haddons Appetit keinen Einfluss zu haben, allerdings hatte er als Angehöriger von Galens Hundertschaft auch schon viele Dunkeltage in ihm verbracht; er aß bereitwillig, sein Blick aber war grimmig und wachsam, denn er wusste, wohin der Dusterschlund sich senkte, dorthin gingen auch die Geschöpfe des Bösen.

Igon und Jarriel kamen ebenfalls ans Feuer, um ihr Mahl einzunehmen. Der Hauptmann wirkte nachdenklich, während er aß, und bald brachte er sein Anliegen in aller Höflichkeit vor: »Prinzessin, ich möchte vorschlagen, Euren Wagen morgen in die Mitte des Zuges zu verlegen, wo Ihr sicherer seid.«

»Wieso das, Hauptmann?«, fragte Laurelin.

»Hier am Ende des Zugs ist Euer Wagen in hohem Maße ungeschützt«, entgegnete Jarriel und setzte seinen Becher ab, »erkennbar einem feindlichen Angriff offen ausgesetzt. Ich würde Euch lieber an eine Position rücken, wo es schwieriger ist, Euch von den anderen zu trennen, und wo Ihr leichter zu verteidigen seid.«

»In diesem Fall«, erwiderte die Prinzessin, »wäre aber jemand anderer an letzter Stelle und damit ungeschützt. Ich kann doch niemanden bitten, meinen Platz einzunehmen.«

»O doch, das müsst Ihr«, stöhnte Saril. Sie rang die Hände

und ihre Augen waren weit vor Furcht. »Bitte, lasst uns in die Mitte des Zuges rücken. Dort sind wir sicher.«

Laurelin blickte voll Mitleid auf ihre verängstigte Hofdame. »Saril, kein Ort ist sicher vor dem Bösen: nicht das Ende des Zugs, nicht die Mitte und nicht die Spitze. Ich habe diese Position gewählt, um meinem geliebten Prinzen Galen näher zu sein, und dieser Grund trifft immer noch zu.«

Eine Weile sprach niemand, und man hörte nur das Knistern des Feuers und Sarils leises Weinen. Dann meldete sich der grobschlächtige Haddon zu Wort: »Prinzessin, Saril hat Recht, wenn auch aus den falschen Gründen, und das Gleiche gilt für Hauptmann Jarriel. Ihr müsst in die Mitte des Zuges rücken, auch wenn diese nicht mehr Sicherheit vor dem Feind in Gron bieten mag als jede andere Stelle und auch nicht leichter zu verteidigen sein wird. Nein, was diese beiden Gründe angeht, bin ich auf Eurer Seite, doch meine ich trotzdem, Ihr müsst verlegt werden, denn eine andere Sache scheint mir zwingend:

Habt Ihr die Leute beobachtet, als Ihr heute Abend die Karawane abgeschritten seid? Ich tat es, und was ich sah, war dies: Düster waren ihre Mienen und bang ihr Herz, ehe Ihr zu ihnen kamt. Doch viele selbst der Ängstlichsten brachten ein mattes Lächeln zuwege, als ihr aus dem Schattenlicht erschient. Sicher, sie fürchten sich immer noch, aber nicht mehr so sehr wie zuvor. Und deshalb müsst Ihr in der Mitte des Zuges fahren, denn Ihr seid das edle Herz und die reine Seele der Leute, und Ihr solltet möglichst vielen so nahe sein, wie es nur geht. Und auch wenn Ihr nicht in jedem Wagen fahren könnt, so könnt Ihr doch in der Mitte aller Wagen fahren. Dann wissen alle, dass Ihr unter ihnen seid, und nicht weit entfernt am Ende des Zuges.«

Und höflich fügte der Krieger hinzu: »Ich werde Euren gegenwärtigen Platz am Ende der Karawane einnehmen, Ihr aber müsst Euren wahren Platz in der Mitte der Eurigen haben.«

Haddon verstummte; sein Wortschwall war zu Ende. Er war ein Krieger, kein Mann des Hofes, doch hätte kein Höfling beredter zu sprechen vermocht als er.

Laurelin blickte in die Flammen der Feuerstelle, Tränen hingen an ihren Wimpern, und niemand sagte ein Wort. Schließlich wandte sie sich Hauptmann Jarriel zu und nickte knapp, denn sie traute ihrer Stimme nicht, und Jarriel seufzte erleichtert, während Saril umherzueilen begann und alles Mögliche einsammelte und verpackte, als würden sie auf der Stelle umziehen.

»Ai-oi, Haddon«, wandte sich Igon an den Krieger. »Wenn wir das nächste Mal mit einem anderen Reich verhandeln, möchte ich Euch unbedingt an meiner Seite haben, denn Euer ungeschlachtes Äußeres verbirgt eine goldene Zunge.«

Laurelins silberhelles Lachen klang über den Lagerplatz, und Igon, Haddon und Jarriel stimmten in ihre Heiterkeit mit ein, während Saril mit offenem Mund über diese Ausgelassenheit staunte und sich fragte, was um alles in der Welt jemand in diesem schrecklichen Dunkel lustig finden konnte.

Dann aber kam ein Krieger der Begleitmannschaft ans Feuer geritten und beugte sich zu Jarriel herab. »Vulgs springen in einiger Ferne vorbei, Hauptmann. Sie rennen nach Süden, als wollten sie den Rand des Dusterschlunds überholen. Einige jedoch haben anscheinend kehrtgemacht und jagen auf ihrer eigenen Spur zurück. Falls es zutrifft, weiß ich nicht, was es zu bedeuten hat.«

Jarriel sprang auf und bestieg sein Pferd, Igon war mit einem Satz auf Rost, und sie ritten zusammen mit dem Boten nach vorn an die Spitze des Zuges.

Laurelin und Haddon blieben noch eine Weile sitzen; beide sprachen nicht viel, und das einzige Geräusch kam von Saril, die nun im Wagen saß und ängstlich vor sich hin murmelte, während sie durch die zurückgeschlagene Wagenplane nach draußen ins dunkle Land spähte.

Der Lärm des erwachenden Lagers holte Laurelin aus dem Schlaf.

»Komm, Saril«, sagte die Prinzessin und rüttelte ihre Hofdame an der Schulter. »Es ist Zeit für das Frühstück, denn wir werden bald aufbrechen.«

Saril brummte, noch nicht ganz wach: »Dämmert es denn schon, Herrin?«

»Nein, Saril«, antwortete Laurelin, »es wird keine Dämmerung geben an diesem Dunkeltag und wahrscheinlich auch an vielen anderen Tagen nicht, die noch kommen werden.«

Saril erbleichte und wollte sich unter ihrer Decke verstecken, aber Laurelin ließ es nicht zu, sondern befahl ihr stattdessen, sich anzukleiden. Insgeheim gab sie die Hoffnung auf, dass Saril je genügend Mut aufbringen würde, sich dem Dusterschlund zu stellen.

Bald darauf kletterten sie vom Wagen herab, um über dem neu entfachten Lagerfeuer Tee zu kochen, den sie zu ihrem ansonsten kalten Morgenmahl trinken würden. Bergil, ihr Kutscher, legte den Pferden das Geschirr an und koppelte sie an den Wagen. Dann kam er ebenfalls ans Feuer.

»Ähm, Herrin«, sagte Bergil und scharrte mit den Füßen im Schnee, als wollte er sie säubern, bevor er durch eine nicht vorhandene Tür trat. Er war sich in aller Klarheit der Tatsache bewusst, dass er unmittelbar zur Prinzessin sprach und nicht wie sonst zu Saril. »Wenn wir aufgegessen ha'm, soll ich uns in die Mitte vom Zug fahrn. Is'n direkter Befehl von Jarriel: In die Mitte vom Zug, hat er gesagt, ehrlich.«

Auf Laurelins Nicken hin breitete sich Erleichterung auf Bergils wettergegerbten Zügen aus, denn es kam nicht jeden

Tag vor, dass ein Kutscher von Angesicht zu Angesicht mit königlichen Herrschaften zu tun hatte – bei Lakaien, ja, da lag die Sache völlig anders, denn diese waren den Herren und Damen oft unmittelbar behilflich.

Bergil nahm seinen Tee, einen Kanten Brot und ein Stück kaltes Wildbret und kauerte sich auf die andere Seite des Feuers, um mit den Damen zu essen, anstatt sich wie sonst mit einigen seiner Kollegen an ein eigenes Feuer zu setzen, denn da sie bald in die Mitte des Zuges vorrücken würden, hatte er dafür keine Zeit. Auch Haddon kam aus dem Nachbarwagen und gesellte sich zu ihnen. Sie saßen kauend da, ohne viel zu reden, und schauten dabei hinaus in die gespenstische Landschaft im Dusterschlund.

Kaum hatten sie ihr Mahl beendet, kamen auch schon Igon und Jarriel aus dem Schattenlicht geritten.

»Seid Ihr bereit, weiter vor zu ziehen, Prinzessin?«, fragte Igon.

»Das bin ich.« Laurelin erhob sich, lächelte zu Haddon hinab und bedeutete ihm mit einer Geste, sitzen zu bleiben. »Ein anderer wird meinen Platz am Ende des Zuges einnehmen.«

Igon wandte sich zu Jarriel um. »So sei es denn. Gebt das Zeichen zum Aufbruch.«

Jarriel setzte ein Horn an die Lippen und blies ein Aufbruchsignal, das die Wagenreihe entlang und ins Land hinaus erschallte. *Aroo! (Macht euch bereit!)* Und von ringsum kamen Antwortrufe: *Ahn! (Fertig!) Ahn! Ahn!* Von vorne, hinten und von Norden kam die Antwort.

Jarriel wartete, doch es kam kein Ruf von Süden, aus den Schlachtenhügeln, dunklen Erhebungen auf der linken Seite des Zuges.

Noch einmal ließ Jarriel das Hornsignal ertönen, und wieder antworteten alle, außer der Wache im Süden.

»Majestät, da ist etwas nicht in Ordnung«, sagte Jarriel zu

Igon, und seine Miene war düster. »Der Wachposten auf dem Hügel im Süden antwortet nicht. Vielleicht ...«

»Psst!«, machte Igon und hob die Hand, und in der Stille, die folgte, hörten sie das Hämmern von Hufen – vielen Hufen – auf dem hart gefrorenen Boden, und es kam aus Süden.

»Blast zum Sammeln!«, rief Igon und zog das blitzende Schwert aus der Scheide.

Jarriel hob das Horn an die Lippen: *Ahn! Hahn!* Der gebieterische Ruf durchschnitt die Luft, während das Trommeln der Hufe lauter wurde. *Ahn! Hahn! Ahn! Hahn!*

Und dann brach aus den gespenstischen Schatten zwischen den düsteren Hügeln im Süden der Feind: Ghola auf donnernden Hélrössern, die mit vernichtender Gewalt auf den stehenden Zug zustürmten. Furchtbare, mit Stacheln besetzte Speere, vom rasenden Tod beschleunigt, Krummsäbel, die sich in unschuldiges Fleisch gruben, Grausamkeit auf unförmigen Klumphufen, all das stieß herab auf Frauen und Kinder, Alte und Lahme, Kranke und Verwundete, und die Klingen und Speerspitzen schlugen eine gewaltige, blutige Schneise in die unvorbereitete Karawane. Manche standen benommen da und wurden in Stücke gehauen wie Vieh beim Fleischer. Andere wandten sich zur Flucht und wurden im Laufen getötet: Auf diese Weise starb Saril, die in den Wagen klettern wollte, um sich dort zu verbergen.

Ein vorbeijagendes Hélross streifte Laurelin, sie wurde gegen die Seite des Wagens geschleudert und stürzte dann mit dem Gesicht voraus zu Boden. Ihre Wange wurde in den Schnee gedrückt, und sie ruderte wild mit den Armen und bemühte sich verzweifelt aufzustehen, während sie gleichzeitig um Luft rang, aber keine bekam, da ihr der Aufprall gänzlich den Atem genommen hatte.

Neben ihr stürzte Hauptmann Jarriel tot zu Boden, die Brust durchbohrt von einem Speer mit gebrochenem Schaft.

Laurelin versuchte die Hand nach ihm auszustrecken, konnte es jedoch nicht, denn sie hatte keine Gewalt über ihre Glieder und bekam keine Luft; vor ihren Augen kreisten schwarze Stäubchen und es wurde dunkel um sie herum.

Zuletzt aber gelang es ihr, schluchzend tief Luft zu holen, und ihre Lungen pumpten in kurzen Stößen, während ihr Tränen übers Gesicht strömten. Sie hörte sich stöhnen, konnte aber nicht aufhören.

Weinend vor Qual stemmte sie sich auf Hände und Knie, und als sie aufblickte, sah sie Haddon, der mit einem brennenden Stück Holz nach einem Ghol auf einem Hélross schlug. Die toten schwarzen Augen des schändlichen Geschöpfs blickten starr aus dem leichenblassen Gesicht, als er den Krummsäbel durch Haddons Kehle stieß, und der Krieger fiel tot neben dem leblosen Körper Bergils zu Boden.

Angeschirrte Pferde warfen sich heftig nach vorn und wieherten in Todesangst, denn der beißende Gestank der Hélrösser umwehte sie. Einige schossen in Richtung der Ebenen und Hügel davon, was dazu führte, dass die Wagen umstürzten und die Pferde von den Beinen rissen oder sie wenigstens zum Stehen brachten.

Inmitten des wogenden Durcheinanders kämpfte ein Knäuel von Kriegern: Prinz Igon, der auf Rost saß, hatte eine Gruppe um sich geschart. Das Schwert des jungen Prinzen wirbelte unablässig umher, und andere schlugen mit stählernen Breitschwertern um sich.

Laurelin sah ein Hélross taumeln und in den Schnee stürzen; aus seinem Hals ergoss sich schwarzes Blut. Der bleiche Gholenreiter indes löste sich rechtzeitig und sprang auf, um einen jungen Krieger mit seinem spitzen Speer zu durchbohren.

Nun bemerkte Igon die Prinzessin, die noch immer an der Stelle kniete, wo sie zu Boden geschleudert worden war. »Laurelin!«, schrie er und trieb Rost mitten in die Reihen der

Feinde, um zu ihr zu gelangen. Doch ein Ghol auf einem Hélross versperrte ihm den Weg, und Wut verzerrte Igons Züge bis zur Unkenntlichkeit. *Tschang! Zang!* Schwert und Krummsäbel krachten Funken sprühend aufeinander. *Zonk!*, zersprang die Klinge des Ghols in Stücke, und als dieser den Arm hob, um den Schlag abzuwehren, durchschnitt Igons Stahl vollständig Handgelenk und Hals des Ghols – die abgetrennten Körperteile flogen in hohem Bogen davon, während der kreideweiße Leichentorso in den Schnee kippte.

Erneut trieb Igon Rost in Laurelins Richtung und rief ihren Namen, aber wiederum versperrten Ghola den Weg, und diesmal griffen sie mit vereinten Kräften an. Drei, bald vier von ihnen fielen über den jungen Mann her, und er geriet in arge Bedrängnis. Doch Igons Klinge grub sich, von Wut und Verzweiflung getrieben, tief in den Feind. Ein weiterer Ghol fiel mit gespaltenem Schädel, und Igon schrie: »Zur Prinzessin! Zu Prinzessin Laurelin!«

Ein Ghol auf einem Hélross prallte gegen Rost, und das große rote Pferd geriet ins Stolpern, blieb dank seiner Kampfausbildung jedoch auf den Beinen und wendete rasch, damit Igon den Gholenfeind stellen konnte. Seine Klinge schwang in weitem Bogen und so kräftig geführt, dass sie surrte; der scharfe Stahl schnitt durch Rüstung und Sehnen des Ghols und tief in den Knochen, wo er stecken blieb. Wütend zerrte Igon an der Klinge, doch genau in dem Augenblick, da er sie frei bekam, sauste ein feindlicher Krummsäbel herab und spaltete seinen Helm. Blut spritzte über das Gesicht des jungen Prinzen, er stürzte zu Boden und rührte sich nicht mehr.

Laurelin sah Igon fallen und kam nun schwankend auf die Beine. »Igon! Igon!« Die Schreie gellten voller Entsetzen aus ihrer Kehle, doch der Prinz bewegte sich nicht, und sein Blut schwoll zu roten Rinnsalen an und tropfte in den Schnee. Kreischend vor Wut packte Laurelin Jarriels Dolch und warf sich ins Getümmel, und mit einem heiseren, hasserfüllten Schrei stieß sie die Klinge bis zum Heft in den Rücken des unberittenen Ghols. Unbeeindruckt von dem Stahl, der tief in seinen Rippen steckte, drehte sich der Ghol um und schleuderte sie mit seinem Speer zur Seite.

Laurelin wurde mit voller Wucht zu Boden geworfen, der Schlag brach ihr den Arm, und sie unternahm keinen Versuch mehr, aufzustehen. Weinend saß die Prinzessin da, während die rasenden Ghole die letzten Überlebenden erschlugen.

Bald waren alle Soldaten getötet, und die Feinde wandten sich leichterer Beute zu; ihre Schwerter hoben und senkten sich, und der Schnee färbte sich rot von Blut. Ghole eilten zwischen den Wagen umher, ihre toten, schwarzen Augen suchten nach den Unschuldigen und Wehrlosen, und niemand wurde verschont – keine Frau, kein Kind, kein Alter, niemand. Selbst die Pferde, die in ihren Zugriemen festhingen, töteten sie und setzten einige Wagen in Brand.

Und Laurelin saß im Schnee und weinte über das grauenhafte Geschehen, und sie wartete, dass sie kommen und ihr die Kehle durchschneiden würden.

Noch jemand wartete, voll Zorn und Trotz aber: Es war Rost! Der große Rotbraune stand über der reglosen Gestalt Igons, er hatte das Gebiss entblößt und trat mit den Hufen nach vorüberkommenden Ghola; das Schlachtross verteidigte seinen Herrn, wie man es ihm beigebracht hatte.

Laurelin sah das Pferd und frohlockte, denn die Ghola machten einen weiten Bogen um Rost. Einer jedoch wiegte bereits einen Speer in der Hand, um ihn gegen das Tier zu schleudern. *»Jagga, Rost! Jagga! (Versteck dich, Rost! Versteck dich!)«*, schrie Laurelin mit aller Kraft ihrer Seelenpein. Der Hengst fuhr herum und sah die Prinzessin an. *»Jagga!«*, ertönte noch einmal der Befehl.

Rost machte genau in dem Moment, in dem der Speer

flog, einen Satz nach vorn, und das Geschoss streifte nur seinen Widerrist, während er an Laurelin vorbei zu den nahen Schlachtenhügeln stürmte, weil er dem Kampfbefehl, sich zu verstecken, Folge leistete.

Ghola auf Hélrössern sprengten ihm nach, aber das große, rote Pferd lief schneller und der Abstand wuchs. »Ja, Rost, lauf!«, rief Laurelin. »Lauf!« Und Rost floh, als wären ihm Flügel gewachsen. Die Prinzessin sah ihn in den Dusterschlund fliegen und im Schattenlicht zwischen den Hügeln verschwinden. »Lauf«, flüsterte sie ihm noch einmal hinterher, doch er war bereits verschwunden.

Ein leichenblasser Ghol mit einem gezackten Speer in der Hand schwankte auf Laurelin zu, sein rot klaffender Mund war vor Wut verzerrt, und er starrte aus seelenlosen schwarzen Augen auf sie hinab. Laurelin sah, unfähig aufzustehen, zu ihm hinauf und hielt sich den gebrochenen Arm. Ihre Augen sprühten vor Hass, und sie warf den Kopf in die Richtung, in die Rost geflohen war. »Das ist einer, den eure Brut nicht erwischt!«, spie sie trotzig, und ihre hellen Augen bohrten sich triumphierend in die des Scheusals.

Der Ghol hob den Speer mit beiden Händen, bereit, ihn der Prinzessin durch die Brust zu stoßen. Laurelin bebte vor ohnmächtigem Zorn, ihre Augen funkelten unerschrocken und voller Abscheu. Der Ghol holte zum letzten Stoß aus.

»Slath!«, ertönte hinter ihr ein Befehl wie ein Peitschenhieb. Die Stimme war ein grässliches Zischen, und Laurelin überkam ein Gefühl, als würden ihr Vipern über den Rücken kriechen. Der Ghol ließ den Speer sinken, und als sich die Prinzessin umdrehte, sah sie einen Menschen auf einem Hélross. Er war ein Naudron, einer des Volkes, das in den öden Weiten des Nordens umherstreift und Robben, Wale und die Geweih tragenden Tiere der Tundra jagt. Doch als Laurelin

in die dunklen Augen in dem kupfergelben Gesicht blickte, starrte ihr das Böse schlechthin entgegen.

»Wo ist der andere, der Junge?« Das Zischen von Grubennattern erfüllte die Luft.

»Hin.« Die Stimme des Ghol war tonlos, matt.

»Ich sagte, die beiden sollen geschont werden!«, schrie die zischende Stimme, »aber ihr lasst mir nur die Prinzessin.« Die bösartigen Augen erfassten Laurelin, die das Gefühl hatte, ihre Haut zöge sich zusammen. Sie wäre gern vor diesem Wesen geflohen, doch sie erwiderte den Blick und zuckte nicht mit der Wimper. »Wo ist der armselige Igon?«, zischte die Schlangenstimme.

In diesem Augenblick verließ Laurelin beinahe der Mut, denn Igon lag keine zwanzig Fuß entfernt im Schnee. Doch sie ließ sich nichts anmerken.

»Nabba thek!« Auf den Befehl hin stiegen Ghola ab und begannen langsam zwischen den Erschlagenen umherzugehen. Sie hakten die Stacheln ihrer Speere in Fleisch und Kleidung der Toten und drehten sie mit dem Gesicht nach oben.

Laurelin sah entsetzt auf das Geschehen. »Lasst sie in Frieden!«, schrie sie, »Lasst sie in Frieden!« Dann verlor ihre Stimme alle Kraft und wurde zu einem Flüstern. »Lasst sie in Frieden.« Doch weiter stocherten und zerrten die grässlichen Stacheln und wurden die Gesichter der Getöteten untersucht. »Er ist tot!«, schrie Laurelin dem Naudron zu. »Igon ist tot!« Unbeherrschbares Weinen schüttelte die Prinzessin, da der ganze Schrecken dieses Blutbads sie nun überwältigte.

»Tot!« Die Stimme des Naudrons war voller Wut. »Ich habe befohlen, dass er verschont werden soll! Für diesen Ungehorsam wird die gesamte Gruppe büßen!« Pure Bösartigkeit starrte auf die Ghola, die jedoch weiter zwischen den Toten umherstaksten.

»Slath!«, befahl die Natternstimme. *»Garja ush!«* Die Ghola

ließen von ihrer grausigen Beschäftigung ab, und zwei von ihnen zerrten Laurelin auf die Beine, in deren rechtem Unterarm die gebrochenen Knochen knirschten. Der Prinzessin wurde schwarz vor Augen, und sie hatte das Gefühl, in einen dunklen Tunnel zu stürzen.

Laurelin wurde gewahr, dass eisige Hände sie festhielten und dass man ihr eine brennende Flüssigkeit einflößte. Hustend und spuckend versuchte sie, die lederne Feldflasche wegzuschieben, und der stechende Schmerz, der durch ihren rechten Arm jagte, ließ sie vollends wach werden. Ghola hielten sie fest. Ihr rechter Arm lag vom Handgelenk bis zur Schulter in einer am Ellenbogen abgewinkelten Schiene und war mit dicken Verbänden umwickelt. Wieder flößte man ihr die Flüssigkeit ein, deren Feuer in Brust und Magen brannte und sich in alle Glieder ausdehnte. Sie schlug die Flasche weg und drehte den Kopf zur Seite. Doch noch einmal zwangen die Ghola gewaltsam den brennenden Trunk in sie hinein, indem sie ihr Gesicht unsanft nach oben drehten und schütteten, bis sie würgte und das widerliche Gebräu weit von sich spuckte.

»Ush!« Laurelin wurde erneut auf die Füße gezerrt, und sie blieb kraftlos, zitternd und schwankend auf den Beinen. *»Rul durg!«* Die kalten Hände des Leichenvolks rissen ihr die Kleider vom Leib, bis sie nackt vor dem Naudron stand. Er saß auf dem Hélross, und seine bösartigen Augen weideten sich an dem Anblick. Laurelin empfand große Angst und Abscheu, und die Kälte ließ ihre Glieder taub werden, doch sie blieb trotzig stehen. Man warf ihr gesteppte Rukken-Kleidung und pelzgefütterte Stiefel vor die Füße. Ghola zwangen sie, die Sachen anzuziehen; sie waren schmutzig, voll Ungeziefer und zu groß für sie, aber warm. Während des Ankleidens gab sie nur einmal einen Laut von sich, einen unterdrückten

Schmerzensschrei, als man ihren geschienten Arm unsanft durch den Jackenärmel zwängte.

Der Naudron spie und zischte Befehle in der widerlichen Slûk-Sprache, und er tat es so schnell, dass Laurelin in dem kehligen Sabbern keine einzelnen Worte unterscheiden konnte. Als man ihr den Arm mit einem Ruck in eine Schlinge zurrte, wandte er ihr den Blick zu. Ein Hélross wurde gebracht, und sie setzten Laurelin auf das grässliche Tier, dessen fauliger Gestank sie beinahe würgen ließ.

»Man wird dich zu meiner Festung bringen«, zischte die Stimme, »wo du mir zu einem bestimmten Zweck dienen wirst.«

»Niemals«, stieß Laurelin hervor. »Niemals werde ich dir dienen. Du wähnst dich auf einem zu hohen Thron.«

»Ich werde dich an deine Worte erinnern, wenn die Zeit gekommen ist, da der Thron Mithgars mir gehört.« Feindseligkeit breitete sich auf den höhnischen Zügen des Naudrons aus.

»Es gibt einen, nein, viele in der Feste Challerain, die dieses Streben durchkreuzen werden, Elender!«, fauchte Laurelin.

»Pah! Challerain!«, höhnte der Naudron. »Diese Ansammlung armseliger Schuppen lodert in diesem Augenblick bereits, in Brand gesetzt von meinen Zerstörungsmaschinen. Noch ehe dieser Dunkeltag endet, wird Challerain bis auf die Grundmauern niedergebrannt sein, und Aurion Rotaug mit seiner kümmerlichen Armee wird nichts dagegen tun können – gar nichts! Und das Feuer wird seinen Willen schwächen, die Kraft seiner Männer wird in die Asche der zerstörten Stadt sinken. Dann werde ich zuschlagen: Meine Horde wird die Tore einrennen und die Wälle erklimmen, um die Narren zu töten, die drinnen in der Falle sitzen.«

Laurelin gefror das Blut in den Adern, als sie diese Worte hörte, doch sie zeigte keine Angst und sagte nichts.

»Wir verschwenden nur Zeit«, zischte er und rief einen Befehl zu der Truppe der Ghola, die nun hinter ihm Aufstellung genommen hatten. *»Urb schla! Drek!«* Dann wandte er sich noch einmal an Laurelin. »Wir sprechen uns wieder, Prinzessin.«

Und vor Laurelins Augen verzerrten sich die Züge des Naudrons und erschlafften schließlich; das bösartige Starren war vollständig verschwunden, ersetzt durch einen geistlosen, leeren Ausdruck.

Ein Ghol ritt heran und ergriff die Zügel des Hélrosses, um das Tier zu führen, während ein zweiter Laurelins Ross übernahm, und auf einen kurzen, bellenden Laut hin ritt die Kolonne der Ghole nach Osten davon.

Zurück blieben zwischen brennenden Wagen und abgeschlachteten Pferden die Ermordeten: Mütter und Säuglinge, die Lahmen und Alten, Frauen, Soldaten und Kinder, hingestreckt auf dem blutgetränkten Schnee; einige starrten mit ihren blinden Augen der Kolonne der Ghola nach, die in den Dusterschlund verschwand; und es fiel kein einziges Wort, denn die Toten sprechen nicht.

Dreißig quälende Meilen ritten die Ghola durch das Schattenlicht, durch die Winternacht, in deren eisigem Griff die nördlichen Schlachtenhügel lagen; die Stöße des Hélrosses ließen unerträglichen Schmerz durch Laurelins Arm schießen. Bisweilen wurde sie beinahe ohnmächtig, doch das Stoßen hörte nicht auf. Der Schmerz zeichnete harte Linien in ihre Züge, sie sah abgehärmt aus und konnte sich kaum mehr aufrecht halten. Dass sie nicht zusammenbrach, war möglicherweise der brennenden Flüssigkeit zu verdanken, die man ihr eingeflößt hatte; sie fiel jedenfalls nicht, auch wenn sie nicht sagen konnte, warum. Und der grausame Ritt nahm kein Ende. Zuletzt hielt die Kolonne aber, um ein Lager aufzuschlagen. Man zerrte Laurelin von ihrem Reittier, und sie war unfähig zu stehen. Sie setzte sich in den Schnee und beobachtete dumpf, wie die Ghola den Naudron mit dem leeren Blick von seinem Hélross holten.

Wieder zwang man sie, die brennende Flüssigkeit zu trinken, dann bekam sie eine Mahlzeit. Benommen aß sie von dem faden dunklen Brot und der dünnen Schleimsuppe, rührte das unbekannte Fleisch jedoch nicht an. Angewidert sah sie zu, wie das schändliche Volk gierig sein Essen verschlang, alle bis auf den tumben Naudron, der schwerfällig und sabbernd den dünnen Haferbrei schluckte, den ihm ein Ghol mit dem Löffel einflößte.

Und während sie im Lager dieser Unholde saß, wurde sie nur von einem verzweifelten Gedanken beherrscht: *Galen, ach Galen, wo bist du?*

Laurelin wurde mit einem Tritt geweckt und bekam die Flasche mit der brennenden Flüssigkeit gereicht. Ihr zerschundener Körper schrie vor Schmerz: der Arm eine Qual, die Gelenke heiß, alle Muskeln hart. Dieses Mal trank sie ohne Zwang, denn das üble Gebräu linderte die Folterqualen.

Schon machten sich die Ghola wieder zum Aufbruch bereit, und sie räumten Laurelin keine Ungestörtheit zur Verrichtung ihrer Bedürfnisse ein. Sie fühlte sich tief gedemütigt von den toten, schwarzen Augen.

Weiter ging es durch den Dusterschlund, ihr Ritt führte beständig nach Osten, doch immer noch bewegten sie sich in den nördlichen Ausläufern der Schlachtenhügel. Dieses Mal legten sie beinahe fünfunddreißig Meilen zurück, bevor sie ein Lager aufschlugen.

Laurelin konnte sich kaum noch rühren, als sie endlich anhielten, denn der unablässige Schmerz in ihrem Arm war schlimmer geworden und hatte an ihrer Lebenskraft gezehrt; und der Ritt auf dem Hélross marterte Beine, Gesäß, Rücken und selbst die Füße in unbeschreiblicher Weise.

Dumpf aß sie ihr Mahl, ohne nachzudenken. Doch plötzlich spürte sie, wie ihr eine eisige Kälte ans Herz griff, und ohne es erklären zu können, wusste sie, dass das Böse sie aufs Neue anblickte: Sie drehte sich um und fand ihr Gefühl bestätigt, denn aus dem Gesicht des Naudrons funkelte wieder die reine Böswilligkeit.

»Challerain ist bis auf die Grundmauern niedergebrannt«, höhnte die Stimme. »Der erste und zweite Wall sind dem Sturmbock und meiner Horde erlegen. Aurion Rotaug und sein armseliges Häuflein ziehen sich weiter nach oben zurück, wo sie in der Falle sitzen wie Kaninchen.«

Große Furcht ließ Laurelins Brust heftig schlagen, doch auch Zorn brannte dort. »Wozu erzählst du mir das?«, fragte sie. »Glaubst du, du kannst mir mit deinen Worten allein Angst einjagen?«

Doch der Naudron antwortete nicht, denn seine Augen waren bereits wieder tot.

Schmerzgepeinigt, mit einem beständig pulsierenden Stechen im Arm, fragte sich Laurelin, wie lange sie wohl noch aushalten konnte. Äußerlich jedoch ließ sie sich von ihren Qualen nichts anmerken, als die Kolonne aufs Neue nach Osten aufbrach, und in Gedanken suchte sie nach Möglichkeiten zur Flucht, doch es fielen ihr keine ein.

Neun Meilen ritten sie durchs Schattenlicht, schließlich zwölf, immer auf die östlichen Ausläufer der Schlachtenhügel zu, nördlich des Weitimholz. Plötzlich machte sich Unruhe in der Kolonne breit. Laurelin reckte den Hals, und voraus, genau an der Grenze ihres Sehvermögens, sah sie ... *Elfen! Elfen auf Pferden!* Ihr Herz machte einen hoffnungsvollen Satz. *Rettung!* Doch halt: Sie kamen nicht in ihre Richtung. Stattdessen ritten sie rasch auf eine Waldgrenze im Süden zu, und hinter ihnen jagte zu Fuß eine große Streitmacht des Madenvolks her, dessen raue Schreie über die Schneefläche gellten. »Wartet!«, rief Laurelin, doch ihre Stimme ging im freudigen Geheul der Ghola unter, die sich daran weideten, Elfen vor Rukha und Lökha ins Weitimholz fliehen zu sehen.

Als die Elfen in den winterlichen Wald verschwanden, stürzte Laurelins Herz in Verzweiflung, und Tränen liefen ihr übers Gesicht. Innerlich jedoch war sie wütend auf sich: *Lass ihnen nicht diese Genugtuung,* dachte sie, und sie setzte sich im Sattel des Hélrosses aufrecht hin und unterdrückte mühsam ihr Weinen, ehe die Ghola es sehen konnten. Und sie beobachtete, wie die erste Reihe der brüllenden Rukha und Lökha Hals über Kopf in den Wald stürzte, und aberhunderte hinter ihnen drein.

Die Gholen-Kolonne setzte ihren Weg nach Osten fort, vorbei an der Streitmacht des Madenvolks, die ins Weitimholz eindrang. Ein Stück voraus sah Laurelin einen zweiten Haufen von Ghola, die ruhig auf ihren Hélrössern saßen und beobachteten, wie die Truppe in den Wald verschwand.

Die beiden Gholen-Kolonnen trafen und vereinten sich; sie sprachen mit tonlosen Stimmen, die jeglichen Lebens beraubt schienen, außer wenn einer oder mehrere plötzlich ein markerschütterndes Geheul ausstießen. Einige kamen, um Laurelin in Augenschein zu nehmen; sie richteten ihren toten, schwarzen Blick auf sie, und Laurelin starrte trotzig zurück.

Die neue Gholen-Truppe zählte annähernd hundert Reiter, und Laurelin sah, dass sich auch unter ihnen ein Mensch befand: schwarz war er, als stammte er aus dem Land Chabba im Süden, jenseits der Avagon-See. Und dann bemerkte Laurelin, dass seine Augen tot waren und dass ihm Speichel übers Kinn lief, gerade wie bei dem Naudron. Und wie der Naudron wurde auch der Chabbaner von einem Ghol geführt. Es war, als besäße keiner der beiden Männer eine Spur von Geist oder Willen.

Doch vor ihren Augen füllte sich das schwarze Gesicht auf

einmal mit Gehässigkeit, und das Böse starrte ihr entgegen. »Die dritte Mauer der Feste Challerain ist gefallen, und fallen werden auch die letzten beiden«, zischte der Chabbaner, und Laurelin schlug die Hand vor den Mund und stieß einen ängstlichen Schrei aus, *denn es war dieselbe Vipernstimme, die sie aus dem Mund des Naudrons gehört hatte!* Doch dann erschlaffte das ebenholzschwarze Gesicht, der Blick wurde leer, und das Böse war verschwunden. Laurelin fuhr schnell zu dem Naudron herum und sah das nämliche tote Starren. Und sie schauderte, denn nun wusste sie, mit wem sie es zu tun hatte.

Weiter zog die Kolonne mit Laurelin, nun wieder in Richtung Osten. Und im Reiten schaute die Prinzessin zu dem wartenden Haufen der Ghola zurück, die am Rande des Weitimholz verharrten. Ein letztes Mal wanderte ihr Blick zu dem Mann aus Chabba, dessen dunkle Haut sich gegen die teigige Blässe der Ghola abhob wie eine Schnecke unter Maden. Schaudernd richtete sie den Blick wieder nach vorn und sah nicht mehr zurück.

Nach weiteren zwölf Meilen Ritt hatten sie die Schlachtenhügel schließlich durchquert, und sechs Meilen dahinter schlugen sie im offenen Flachland ein Lager auf. Während sich Laurelin mit der Linken dünnen Haferschleim in den Mund löffelte, pochte ihr gebrochener Arm in der Schlinge; und im Takt dieses Schmerzes hallten in ihrem Kopf die gezischelten Worte wider: *Die dritte Mauer der Feste Challerain ist gefallen, und fallen werden auch die letzten beiden.*

Am folgenden Dunkeltag, dem fünften seit Laurelins Gefangennahme, durchquerte die Gholen-Kolonne die Ebene und lagerte in Sichtweite eines nördlichen Ausläufers des Weitimholz. Noch immer führte ihr Weg nach Osten, und sie hatten an jedem dieser fünf Tage rund dreißig Meilen zurückgelegt. Doch die Hélrösser waren noch nicht erschöpft, denn sie waren zwar nicht so geschwind wie ein gutes Pferd, aber dafür ausdauernder.

Nein, nicht die Ermüdung der Hélrösser bestimmte, wo die Kolonne lagern würde, und erst recht nicht das Maß an Schmerz, das Laurelin auszuhalten vermochte. Es waren vielmehr die Grenzen des Naudrons, die der Gholen-Kolonne die Geschwindigkeit vorgaben, wenngleich Laurelin nicht wusste, woran das Leichenvolk erkannte, wann der Mann mit den toten Augen eine Ruhepause brauchte. Doch das kümmerte sie nicht, denn als man das Lager aufschlug, war sie bereits über alle Maßen müde.

Sie war gerade erst in einen erschöpften Schlummer gefallen, als ein Ghol sie mit einem Tritt weckte. Von der gegenüberliegenden Seite des Lagerfeuers starrte das Böse sie an. »Die Feste ist gefallen und gehört nun mir«, zischte die Grubennatternstimme. »Euer tapferer Aurion Rotaug ist geflohen. Aber auch wenn ich keine Augen habe, zu sehen, glaube ich, keiner wird entkommen.«

Laurelins helle Augen blickten fest in die dunklen des Naudrons: *»Zûo Hêlan widar iu! (Zur Hél mit dir!)«,* stieß sie in der alten Hochsprache Riamons hervor, bevor sie sich umgeben von bösartig zischendem Gelächter wieder zum Schlafen legte. Doch wenngleich sie mit geschlossenen Augen dalag, ließ ihr Geist nicht los: *Die Feste ist gefallen ... Rotaug ist geflohen ... Keiner wird entkommen.*

Der nächste Abschnitt der Reise führte Laurelin durch die Ausläufer des Weitimholz und ins niedrige, zerklüftete Hügelland der Signalberge. Und kurz bevor sie am Lagerplatz hielten, funkelte plötzlich das Böse aus den leeren Augen des Naudrons. »Sie trachten, sich mir zu widersetzen!«, schrie die Stimme schrill, kein Zischen diesmal. Laurelin fuhr herum und sah Wut auf den Zügen des Mannes aus Naud. »Meine

Hélreiter, diese Narren, sind geradewegs in ihre Falle gerannt! Aber dieser Lumpenbund aus Elfen, Menschen und juwelenäugigen Winzlingen wird meinen Sieg nicht verhindern. Das Weitimholz wird durch meine Hand fallen!«

Nun verfiel die Stimme in vipernartiges Zischeln: *»Thuggon oog. Laug glog racktu!«* Auf diese eitrigen Slûk-Worte hin bog annähernd die Hälfte der Ghola nach Südwesten, entlang der Signalberge, ab, wohingegen die Übrigen ihren Weg nach Osten fortsetzten und Laurelin mit sich nahmen.

Während sich die Streitmacht trennte, zischte die Stimme der Prinzessin zu: »Sie werden diejenigen ersetzen, die gepfählt wurden. Freu dich nicht über diesen kleinen Rückschlag, denn der endgültige Sieg wird mir gehören.«

Doch die Prinzessin sah ihn durchdringend an, und sie lächelte triumphierend.

Drei Dunkeltage später fiel Schnee aus dem Dusterschlund, als Laurelin aufwachte, und ihre Reise begann in dichtem Flockenwirbel. Die letzten beiden Tage hatten sie auf der offenen Ebene verbracht und sich südöstlich der Signalberge gehalten, um das Land nördlich der Wildberge zu durchqueren. Jeder dieser Tage war für Laurelin voller dumpfem Schmerz gewesen, und ihr Bewusstsein schien Trübungen ausgesetzt: Manchmal waren ihre Gedanken unnatürlich scharf, dann wieder unbegreiflich träge. Sie bemühte sich jedoch, kein Anzeichen von Schwäche zu zeigen und keinen Schmerzenslaut aus ihrem fest geschlossenen Mund dringen zu lassen.

Ihre Reise führte nun wieder nach Süden, und sie hatten beinahe zehn Meilen zurückgelegt, als sie an einen tief eingeschnittenen Fluss gelangten. Sie zogen südlich, bis sie an eine Stelle kamen, wo es eine gefrorene Furt gab. Im Schneetreiben überquerten sie das Eis, und die Klumphufe der Hélrösser hallten auf der Oberfläche. Als sie die andere Flussseite erreicht hatten, begann der Schneefall nachzulassen, doch Laurelin wusste, ihre Spur war zugeschneit worden, und falls ihnen jemand folgte, würde er sie hier verlieren. Aber vielleicht war diese unbestimmte Gefühl, dass ihnen jemand folgte, nur ein kindischer Traum, und es spielte gar keine Rolle, ob Schnee ihre Fährte bedeckte oder nicht.

Als sie ins Land jenseits der Furt hineinritten, schwenkte die Kolonne leicht nach Nordosten, und Laurelin bemerkte, wie sich eine seltsame Erregung unter den Ghola ausbreitete. Was diese aber zu bedeuten hatte, wusste sie nicht.

Weiter ging es, und der Schneefall ließ immer mehr nach, bis er schließlich ganz aufhörte. Sie kamen in einen Wald mit dunklen Bäumen, und Laurelin hatte ein Gefühl tiefer Vorahnung, konnte aber nicht sagen, wovon. Und in diesem Wald schlugen sie ihr Lager auf.

Als die Prinzessin in einen schmerzgepeinigten Schlaf sank, fiel ihr plötzlich etwas ein: *Heute ist der letzte Jultag, Jahresanfang, Merrilis Geburtstag. Wo seid Ihr in diesem Augenblick, Herr Tuck?*

Als sie die Reise am folgenden Tag fortsetzten, benahmen sich die Ghola weiterhin merkwürdig: Mit ihren tonlosen Stimmen disputierten sie untereinander und drehten die Köpfe bald hierhin, bald dorthin bei ihrem Ritt durch einen Wald der Trübsal, einem Wald, der eine Dunkelheit auszuströmen schien, die noch über jene des Schattenlichts hinausging. Und die Ghola schienen in diesem Sumpf von Finsternis und vagem Grauen zu schwelgen.

Meilenweit ritten sie zwischen den Bäumen dahin, um schließlich ins Freie zu stoßen, auf eine große Lichtung. Zehn Meilen und mehr zogen sie über die baumlose Weite, bevor sie erneut in den Wald gelangten. Genau an seinem Rand lagerten sie, und noch immer redeten die Ghola, als würden die Toten den künftigen Kurs debattieren.

Und als das Lagerfeuer angezündet wurde, zischte die Stimme des Bösen ohne Vorwarnung los: »Warum sind wir hier? Warum seid ihr nicht nach Norden, zum Pass abgebogen?«

Die toten schwarzen Augen wandten sich dem Naudron zu, und Laurelin spürte, wie sich Angst unter den Ghola breit machte, wenngleich sie nicht wusste, weshalb.

»Aha, ich verstehe«, hörte sie es zischelnd flüstern, »ihr dachtet daran, den Ödwald wieder zu dem Ort des Schreckens zu machen, der er einst war.«

Der Ödwald! Natürlich! Da sind wir also, dachte Laurelin. *Und der Pass, von dem er sprach, ist der Gruwen-Pass.* Und schlagartig sank ihr der Mut; sie hatte das Gefühl, einen Hieb in den Magen bekommen zu haben, und sie schrie in Gedanken verzweifelt auf: *O Adon! Sie bringen mich nach Gron, zu Modru selbst!* Unsäglicher Schmerz fuhr durch ihren Arm.

Einer schriller Schrei unterbrach ihre Gedanken. »Sagte ich nicht, dass *meine* Pläne Vorrang haben? Wer von euch hat uns hierher geführt, statt zum Pass?«

Die schwarzen Augen richteten sich kurz auf einen der Ghola, der mitten auf der Schneefläche stand und mit tonloser Stimme sagte: *»Glu shtom!«*

»Du willst bleiben?«, zischte die Vipernstimme. »Du sagst, du willst bleiben?« Nun schwoll die Stimme zu einem kreischenden Schrei an: »Dann bleib!« Und zum ersten Mal sah Laurelin, wie sich der Naudron bewegte, wenn das Böse zugegen war: Er streckte den Arm in Richtung des Ghols aus und vollführte mit der Hand eine greifende, quetschende Bewegung. Der Ghol stürzte mit dem Gesicht voran in den Schnee und war tot.

Der Arm des Naudrons fiel schlaff wieder nach unten, das Böse flackerte schwach aus seinen Augen. »So ergeht es allen, die sich meinem Willen nicht fügen. *Nabbu gla oth.«*

Durch etwa fünf Meilen Ödwald ritt die Kolonne nach Nordosten, bevor sie ins Freie kam. Zwanzig weitere Meilen lang stieg das Land stetig an; und Laurelin konnte zwar durch die Finsternis des Dusterschlunds nicht weit sehen, doch sie war in Thäl, im Ring des Rimmen-Gebirges, aufgewachsen und wusste deshalb, dass die Neigung des Landes hohe Gipfel vor ihnen verhieß.

Sie kamen an eine steile Felswand, und die Ghola verschärften das Tempo, während sie an der Klippe entlangritten, als wollten sie diesen Ort möglichst rasch hinter sich lassen. Noch einmal sieben Meilen ritten sie in dieser schnellen Gangart an der Wand entlang, und der Schmerz durchzuckte Laurelin wie züngelnde Flammen. Sie atmete tief und keuchend durch zusammengebissene Zähne, aber kein Stöhnen drang über ihre Lippen.

Dann lag die lang gestreckte Bergkuppe hinter ihnen, das Tempo ließ nach, und sie gelangten in ein von Felswänden gesäumtes Tal; doch noch immer hielten sie nicht, sondern ritten weitere achtzehn Meilen, bis sie zuletzt den Anstieg zum Gruwen-Pass erreichten und hohe Berge in den Dusterschlund ragten.

Fünfzig Meilen waren sie geritten, und Laurelin merkte nicht mehr, wann sie hielten. Raue Hände zerrten sie von ihrem Reittier, und sie konnte nicht stehen, sondern lag keuchend im Schnee, in den man sie fallen ließ. Innerlich schrie sie vor Qualen, doch sie gab nicht einen Schmerzenslaut von sich.

Der Gruwen-Pass maß annähernd fünfunddreißig Meilen, und durch diese lang gestreckte Einkerbung ritt die Gholen-Kolonne nach Norden. Mächtige Pfeiler aus eisbedecktem Fels stiegen an senkrechten Wänden ins Schattenlicht empor, und unten auf dem Weg glitzerte der Raureif. Bitterkalt war die Winternacht, und in ihrem Licht sah der eisengraue Stein schwarz aus. In schattigen Ritzen lag hart gefrorener Schnee, und der Klang der Klumphufe hallte zwischen den hohen Felsen.

Als sie schließlich hielten, um zu lagern, fror Laurelin bis ins Mark, und sie konnte nicht mehr aufhören zu zittern. Wieder brachte ihr ein Ghol die lederne Feldflasche. Die eklige, scharfe Flüssigkeit sorgte für eine gewisse Wärme in ihren Adern, und das Lagerfeuer aus mitgebrachtem Holz sowie die heiße Schleimsuppe wärmten sie noch weiter.

Sie waren durch die gesamte Länge des Gruwen-Passes geritten – jene Einkerbung, wo die Rigga-Berge mit dem Grimmwall und den Gronspitzen zusammentreffen. Und nun kam die Kolonne hinab in die Ödnis von Gron – Modrus Reich von alters her –, und Laurelin verzweifelte, denn dies war ein grausames Land.

Am nächsten Dunkeltag ritten sie vom Fuß des Passes durch das gesamte Gruwen-Tal, dessen steiniger Grund zu den Ebenen von Gron hin abfiel. In diesem Land schien nichts zu wachsen: kein Baum, kein Strauch, kein Gras, kein Moos – nicht einmal Flechten klammerten sich an den Fels. Nichts als Eis, Stein und Schnee war ringsum zu sehen und abrupte Finsternis, wohin das Schattenlicht nicht fiel.

Sie lagerten neun Meilen hinter der Öffnung des Tals, draußen, auf der verlassenen Ebene von Gron. Zwar pochte Laurelins Arm fürchterlich, doch nicht das bereitete ihr Kummer, sondern vielmehr, dass nun, da sie sich in Gron befand, eine große Bitternis an ihr Herz griff, ein Stachel, der sie quälte.

Zwei Dunkeltage ritten sie in der Winternacht durch eine kahle Wüstenei, und noch immer sahen sie kein Anzeichen von Leben. Laurelin wusste, dass sich zur Linken die Rigga erhob, und zur Rechten die Gronspitzen. Doch sie waren zu weit entfernt, als dass man sie im Dusterschlund hätte sehen können, während sie bei Sonnenschein weit hinten am Horizont aufragen würden. Doch es gab keine Sonne, nur das kalte Schattenlicht, und Laurelin hätte am liebsten geweint.

An all diesen Tagen mussten sie ohne Feuerholz auskommen, das abgestorbene Tundramoos ergab nur eine kraftlose Flamme, und Laurelins Mahlzeiten bestanden aus kaltem Haferschleim.

Am Ende des dritten Dunkeltags auf der Ebene schlugen die Ghola ihr Lager am Rand des Grumpf auf, einem großen Sumpf in der südlichen Ecke von Gron. Dieser Morast stand im Ruf, des Sommers Mücken ohne Zahl zu beherbergen und bodenlos tief zu sein, doch nun lag er starr in der Winternacht und wirkte völlig leblos. Es hieß, in alten Zeiten sei Agrons gesamte Armee in seinen saugenden Weiten verschwunden, doch Agrons unbekanntes Schicksal war lediglich eine von vielen Legenden, die sich um den Grumpf rankten, denn er war schon immer ein Schrecken verbreitender Ort gewesen.

Den ganzen folgenden Tag zogen sie am östlichen Rand des Grumpfs entlang; sie überquerten zugefrorene Bäche und Rinnsale, die den großen Sumpf speisten, und einmal ritten sie über das Eis eines Flusses, der von den unsichtbaren Gronspitzen herabströmte.

Als sie schließlich das nördliche Ende des Sumpflandes erreichten, schlugen sie erneut ein Lager auf.

Während Laurelin aß, betrachtete sie den Naudron mit den leblosen Augen. Acht Tage waren vergangen, seit er zuletzt gesprochen hatte, und damals, um einen Ghol zu töten; zwölf Tage, seit er zu ihr gesprochen hatte. Dreizehn Tage war es her, dass sie selbst ein Wort gesagt hatte, als sie dem Bösen erklärte, er solle sich zur Hél scheren; sechzehn Tage, dass man sie gefangen genommen hatte: sechzehn Dunkeltage, seit sie zuletzt eine freundliche Stimme gehört hatte, einundzwanzig Tage, seit sie zuletzt glücklich gewesen war, beim Fest zu ihrem neunzehnten Geburtstag. Als Laurelin endlich Schlaf fand, liefen ihr lautlose Tränen übers Gesicht.

Sie überquerten einen weiteren zugefrorenen Fluss und ritten nach Norden. Rund sechs Stunden später erhoben sich hohe schwarze Felsspitzen zu ihrer Linken, als die Kolonne durch die Klauenschlucht in das Flachland namens Klauenmoor ritt, ein höchst wüstes Land.

Über dieses ritten sie noch einmal etwa achtzehn Meilen, bevor sie ein Lager aufschlugen.

Wieder wurde Laurelin mit einem Tritt geweckt, wieder ritt die Kolonne nach Norden. Ihre Geschwindigkeit nahm nun zu, denn sie näherten sich ihrem Ziel. Bei jedem Schritt des Hélrosses schoss heftiger Schmerz durch Laurelins Arm. Sie ritten seit Stunden, und ihr vom Schmerz betäubtes Gehirn vermochte keinen zusammenhängenden Gedanken mehr zu fassen. Doch ungebeugt saß sie im Sattel, gerade wie ein Eisenstab, ein Stab, gehärtet in der Schmiede von Hél. Meilen waren unter den Klumphufen zurückgeblieben, knapp fünfunddreißig allein an diesem Dunkeltag, fast sechshundertzwanzig seit ihrer Gefangennahme vor achtzehn Tagen.

Benommen sah sie schwarze Berge vor sich aufragen, und in die Felswand klammerten sich die Türme einer düsteren Festung. Massive Steinpfeiler stützten mit kleinen Türmen bewehrte Mauern, und ein Mittelturm überragte alle. Laurelin kämpfte mit dem Anblick, und plötzlich war sie hellwach und wurde von heftiger Angst gepackt, denn nun begriff sie, dass sie Modrus Festung, den schrecklichen Eisernen Turm, vor sich hatte.

Auf einer eisernen Zugbrücke bewegte sich die Kolonne über eine Felsschlucht, vorbei an einem großen, schuppigen Troll, der das Tor bewachte. Heisere Hörner blökten, Lökha schrien barsche Befehle, als die Hélrösser nahten, und Rukha sprangen vor, um unter lautem Rattern der Gewinderäder ein eisernes Fallgitter in die Höhe zu kurbeln.

Die Streitmacht der Ghola ritt in einen steinernen Innenhof, und Rukha sprangen herbei; sie fauchten und rempelten einander an, weil alle die Gefangene möglichst aus der Nähe sehen und sie verhöhnen wollten.

Nun ritten sie zum Eisernen Turm in der Mitte der Burg und hielten vor einer mächtigen beschlagenen Tür. Laurelin wurde von ihrem Reittier gezerrt und die Stufen zum Portal hinaufgeführt. Ein höhnisch grinsender Rukh zog es auf, und die Prinzessin wurde in das Gebäude gestoßen. Und nur ein Ghol folgte ihr nach, bevor die Tür mit einem lauten Knall zufiel: *Bum!*

Vor ihr lag eine mit Fackeln beleuchtete Eingangshalle. Ein Rukhsklave huschte auf Laurelin und den Ghol zu und bedeutete ihnen, mitzukommen, wobei er unverständliche Laute von sich gab, denn er besaß keine Zunge.

Er führte sie über den kalten Granitgang zu einer weiteren wuchtigen Tür. Vor dieser standen zwei Lökha Wache, die sich ängstlich vor dem Ghol zur Seite drückten. Zaghaft hob der zungenlose Rukh den eisernen Türklopfer und ließ ihn auf die Metallplatte fallen, einmal nur – *tock!* –, und der Klang erstickte, als hätten ihn die dunklen Nischen in den Winkeln des steinernen Korridors verschluckt. Dann öffnete der Rukh langsam und vorsichtig das schwere Portal und trat zur Seite, damit Laurelin hindurchgehen konnte. Mit einem harten Stoß beförderte sie der Ghol in den Saal, worauf die Türflügel schwerfällig zurückschwangen, um schließlich donnernd ins Schloss zu fallen.

Der große Raum, in den Laurelin stolperte, wurde von einigen Fackeln erleuchtet, und an einem Ende brannte dunkles Holz in der klaffenden Öffnung eines gemauerten Kamins und warf zuckende Schatten in den ansonsten düsteren Saal. Das wenige an Wärme und Licht, das das Feuer verbreitete, wurde jedoch von dem eisigen Schweigen im Raum verschluckt, der mit schweren Wandbehängen und massiven Möbeln befrachtet war. Von all dem aber sah die Prinzessin nichts. Ihre Augen wurden von einem gewaltigen *Klumpen* Schwärze angezogen, der auf einem Thron auf einem ebenholzdunklen Podest saß. Und die Schatten schienen auf den Thron zuzufließen, sich dort zu sammeln und zu vereinen, bis sie eine schwarz gekleidete Gestalt bildeten. Diese Gestalt erhob sich nun, trat vom Podest und stellte sich mit verschränkten Armen vor Laurelin. Es schien sich um einen Menschen zu handeln, denn er war mannsgroß, doch seine pure Existenz verströmte eine ungeheuerliche Aura von Bösartigkeit. Was sein Gesicht betraf, so war es nicht zu sehen, denn ein schauerlicher Helm mit Eisenschnabel maskierte es. Aus dem Visier aber starrten die Augen des Bösen: dieselben Augen, die sie im Gesicht des Naudrons gesehen hatte, dieselbe Niedertracht, die aus dem Blick des Chabbaners gesprochen hatte. Jedoch war diese verderbliche Gestalt keine ferngelenkte Puppe, sondern schien die Essenz des Bösen schlechthin zu sein.

Und dann begann die bösartige Reptilienstimme zu zischen. »Willkommen im Eisernen Turm, Prinzessin Laurelin. Wir haben uns zwar schon oft gesprochen, doch nun lernen wir uns endlich von Angesicht zu Angesicht kennen. Ich bin Modru.«

Reine Bosheit flutete durch den Saal und ließ Laurelin schwanken. Eine niederschmetternde Trostlosigkeit griff nach ihr und stürzte ihr Herz in tiefste Verzweiflung.

Modru trat vor, und wenngleich die Prinzessin innerlich zurückwich, verzog sie nach außen hin keine Miene. Er nahm sie an der Hand und führte sie in den Raum. Sie hätte am liebsten geschrien vor Entsetzen, den seine bloße Berührung tat ihr Gewalt an, als wäre sein Wesen in sie eingedrungen und hätte sie mit seiner abscheulichen Verderbtheit besudelt.

»Aber, meine Liebe, wieso scheint es mir, als wichet Ihr vor mir zurück?«, zischte seine Vipernstimme.

»Wenn es Euch scheint, als wiche ich vor Euch zurück«, antwortete Laurelin mit klarer Stimme, »dann deshalb, weil Ihr Euch widerlich anfühlt und grässlich anzusehen seid. Kurz: eine Scheußlichkeit.«

»Ich?« Seine Stimme schwoll zornig an, und Wut brannte in den bösartigen Augen hinter der Eisenmaske. *»Ich?* Ihr sagt, *ich* fühle mich widerlich an und sei grässlich anzusehen?« Er zerrte die Prinzessin grob hinter sich her zu einem mit schwarzem Samt abgedeckten Rahmen. Dann trat er zur Seite und riss das schwarze Tuch weg. Es hatte einen großen Spiegel bedeckt. »Schaut, meine schöne Prinzessin, wie eine wahre Scheußlichkeit aussieht!«

Laurelin blickte die Erscheinung in dem Glas erschrocken an: Ein schmutzstarrendes, ausgemergeltes Tier mit einem gebrochenen Arm in einer verdreckten Schlinge stand vor ihr, bekleidet mit fleckigen, gesteppten Rukkengewändern; sie stank nach Hélross und menschlichen Ausscheidungen, und unter den eingesunkenen Augen im rußverschmierten Gesicht hatte sie dunkle Ringe; dreckiges, verfilztes und von Läusen befallenes Haar bedeckte ihren Kopf.

Lange starrte dieses abgezehrte arme Wesen auf sein Spiegelbild, dann drehte es sich um und spuckte Modru ins Gesicht.

ZWEITES KAPITEL

Grimmwall

Tuck sah von Talarin über Gildor und Galen zu Igon, der nun schlief, das Gesicht gerötet vom abklingenden Fieber. *In den Süden nach Pellar oder in den Norden nach Gron? Wohin sich wenden? Die Prinzessin retten oder das Heer gegen Modrus Lakaien führen?* In seiner Verzweiflung barg Tuck das Gesicht in den Händen, und aus seinen saphirblauen Augen quollen Tränen.

Galen hielt die rote Augenklappe in den Händen und glättete die Bänder.

»Ich habe die Augenklappe genommen, damit die *Rûpt* König Aurions Leichnam nicht besudeln«, sagte Gildor.

Galen nickte wortlos und ohne aufzublicken.

Lange Augenblicke verstrichen, und Igons keuchender Atem beruhigte sich. »Das Fieber ist vorbei«, sagte der Elfenheiler. »Er hat das Gift aus der Klinge des Feindes endlich abgestoßen. Wenn er aufwacht, wird er schwach sein, aber bei klarem Verstand. Es wird allerdings zwei Wochen oder länger dauern, bis er wieder ganz bei Kräften ist, und er wird zeitlebens eine Narbe behalten.«

Galen wandte sich von seinem Bruder ab und sah Talarin ins Gesicht. »Wir sind vier, vielleicht fünf Dunkeltage hinter dem Haufen der Ghola, die mit Prinzessin Laurelin nach Norden fliehen. Ich vermute, ihr Ziel ist Modrus Festung. Wo, glaubt Ihr, könnten sie im Augenblick sein?«

Talarin drehte sich zu Gildor um, und Tuck stellte fest, dass sich die beiden Elfen sehr ähnelten. »Du und dein Bruder Vanidor, ihr wart zu anderen Zeiten im südlichen Winkel von Gron«, sagte Talarin. »Ihr seid sogar bis ins Klauenmoor und zum Eisernen Turm gekommen. Was meinst du?«

Gildor dachte kurz nach. »Wenn sie fünf ganze Tage weiter nördlich sind, dann haben sie bereits den Grumpf erreicht; wenn nur vier, dann sind sie noch einen Tagesritt von dem Morast entfernt. Und in drei, höchstens vier Dunkeltagen, König Galen, werden sie in der Festung des Feindes ankommen.«

Galens Stimme klang düster. »Ihr bestätigt meine Überlegungen, Fürst Gildor. So also sieht meine Zwangslage aus: Ehe wir die Ghola einholen können, wird Laurelin in Modrus Festung sein, und nichts außer einer großen Armee – dem Heer des Königs – wird diese schrecklichen Tore je aufbrechen; und selbst das Heer wird seine liebe Not damit haben. In jedem Fall könnte der schändliche Modru die Prinzessin verstümmeln oder gar töten, ehe das Heer seinen Turm bezwingt.«

»Die Prinzessin töten?«, stieß Tuck hervor und sprang auf. »Kann er so niederträchtig sein?«

»Ihr Leben bedeutet ihm nichts«, antwortete Gildor.

»Halt, mein Sohn«, warf Talarin ein und hob die Hand. »Es stimmt zwar, was du sagst, doch Modru hat große Anstrengungen unternommen, sie zu sich bringen zu lassen. Vielleicht verfolgt er einen Zweck mit ihr.«

»Einen Zweck?«, schrie Tuck.

»Jawohl«, erwiderte Talarin. »Als Geisel vielleicht ... oder Schlimmeres.«

»Schlimmeres?« Tucks Stimme wurde zu einem verzweifelten Flüstern. »Wir ... müssen etwas tun.«

Galen legte daraufhin die Saat für einen gefährlichen Plan. »Vielleicht können wenige Erfolg haben, wo eine Armee scheitern würde. Es dürfte nur eine Hand voll Leute sein – welche die Mauern von Modrus Festung erklimmen, ungesehen hineinschlüpfen und sie befreien.«

Eine Weile sagte niemand etwas, dann brach Gildor das

Schweigen. »König Galen, ein solcher Plan könnte gelingen, wenngleich ich es für unwahrscheinlich halte, denn der Eiserne Turm ist eine mächtige Festung. Doch habt Ihr bislang nur von der Hälfte Eures Dilemmas gesprochen: der misslichen Lage von Prinzessin Laurelin. Die andere Seite jedoch ist noch drängender: Das Reich ist besetzt, denn die Winternacht und Modrus Gezücht verwüsten das Land, und das Heer braucht Führung, um all dem ein Ende zu machen.«

»Aber Fürst Gildor«, antwortete Galen gequält, »Pellar liegt mehr als tausend Meilen südlich von hier. Dorthin zu reisen und mit dem Heer zurückzukehren, würde Wochen, ja Monate dauern!«

Erneut vergingen lange Momente des Schweigens, doch nun regte sich Igon und schlug die Augen auf. Klar waren sie nun, nicht mehr so wirr, und im gelben Schein der Lampe sah er die Umstehenden.

»Galen«, Igons Stimme war zittrig und schwach, »weißt du von Laurelin?« Auf Galens Nicken hin stiegen Tränen in Igons Augen, er schloss sie, und die Tropfen rannen ihm über die Wangen. »Ich habe versagt«, flüsterte er. »Ich habe in meinem Schwerteid versagt, für ihre Sicherheit zu sorgen. Und nun ist sie in der Hand des Feindes.« Der Prinz verstummte.

Die Augenblicke zogen sich hin, und als Tuck bereits glaubte, Igon sei wieder eingeschlafen, fuhr dieser fort: »Sie waren so viele, die Ghola, und sie haben uns zusammengehauen wie Schafe, die man zur Schlachtbank führt. Ich wurde gefällt, und danach weiß ich nichts mehr. Das Erste, woran ich mich wieder erinnere, ist, dass Rost über mir stand und mich mit der Schnauze anstieß. Wie er überlebte, ist mir nicht bekannt. Ich fror so, ach wie ich fror, doch es gelang mir, ein Feuer aus der Asche eines noch glimmenden Wagens zu entfachen.« Wieder schwieg der Prinz lange, ehe er die Kraft zum Weitersprechen aufbrachte.

»Ihre Spur war einen Tag alt, doch ich packte Essen und Getreide ein und folgte ihnen. Ich weiß nicht mehr viel von dieser Verfolgung, nur dass es einmal schneite, und ich war verzweifelt, ob ich ihre Fährte je wiederfinden würde ... aber Rost wusste Bescheid, er wusste es, und er trug mich weiter, zum Ödwald vielleicht ... der tote Ghol am Rand des Waldes – war der echt?

Nördlich von dort ...

... mehr weiß ich nicht mehr, Galen, mehr weiß ich nicht.« Igons Stimme war zu einem leisen Flüstern verklungen. »Gruwen-Pass ... Gron ... Modru ...« Der Prinz verlor erneut das Bewusstsein.

Der Heiler wandte sich an Galen. »Ich weiß nicht, wo er den Willen fand, zu sprechen, denn sein Lebenssaft fließt gefährlich schwach. Ihr müsst gehen, ehe er wieder aufwacht, denn es zehrt ihn vollends aus, Euch zu berichten.«

»König Galen«, sagte Talarin, »Ihr solltet nun essen, baden und ruhen, um selbst zu neuen Kräften zu kommen, denn morgen müsst Ihr entscheiden, welchen Weg Ihr einschlagen wollt.«

Während Tuck langsam in Schlaf fiel, hallten Talarins Worte endlos in seinem Kopf wider: *Morgen müsst Ihr entscheiden ... Morgen müsst Ihr ...*

Einmal wachte Tuck auf und sah Galen an einem Fenster stehen und ins Schattenlicht hinausblicken. In der Hand hielt er die scharlachrote Augenklappe; um seinen Hals hing ein goldenes Medaillon.

Während die beiden schliefen, war ihre Kleidung gewaschen und am Feuer getrocknet worden. Nun kleideten sich Tuck und Galen an, doch ihre Gedanken verweilten nicht lange bei den frischen Sachen. Schließlich brach Tuck das Schweigen.

»Vielleicht steht es mir nicht zu, zu sprechen, Majestät, und wahrscheinlich werde ich an den Worten ersticken, die ich gleich sagen werde, dennoch muss ich sie sagen, seien sie richtig oder falsch:

Prinzessin Laurelin ist mir lieb und teuer; sie ist meinem Herzen nahe, fast wie meine Merrili. Und ich würde meinem Herzen selbst bis zum Eisernen Turm folgen, um dessen Tore zu stürmen oder mich heimlich hineinzuschleichen und sie zu befreien. Und falls das der Weg ist, den Ihr einschlagen wollt, werde ich lauthals jubeln.«

Tränen begannen über Tucks Gesicht zu rinnen. »Doch mein Kopf, nicht mein Herz, sagt mir, dass sich das Reich im Würgegriff Modrus befindet und dass es eines Königs bedarf, der das Heer führt, die Horde zurückwirft, das Land rettet. Und Ihr und kein anderer seid nun der König.

Ich glaube, ein Trupp muss nach Gron vordringen und vielleicht sogar versuchen, in den Eisernen Turm zu gelangen und die Prinzessin herauszuholen. Doch weder Ihr noch ich sollten mit diesem Trupp nach Norden reiten; Ihr müsst ihr Schicksal in fremde Hände legen, denn Ihr müsst nach Süden aufbrechen, um das Heer zu führen, und ich ...« Tuck versagte die Stimme. »Ich muss als Eure Augen mit Euch gehen.«

Er drehte sich zum Fenster um und sah ins Schattenlicht hinaus, doch sein Blick verschwamm vor Tränen und er erkannte nichts. Er sprach nun leise und stockend. »Als wir vor dem überfallenen Wagenzug standen, schworet Ihr einen Eid als Prinz des Reiches, diese Prinzessinnenräuber zur Strecke zu bringen. Doch Ihr schworet diesen Eid als Prinz; nun aber seid Ihr König ... eine höhere Pflicht ruft Euch und die Ehre gebietet Euch, zu folgen ... wie immer der Schrei Eures Herzens lauten mag. Auch wenn es Wochen ... Monate dauern wird ... Euer Weg muss nach Süden führen ... nach Pellar ... zum Heer. Ihr müsst den räuberischen Modru am Ende zermalmen, doch vorher müsst Ihr sein Heer vernichten, denn es verwüstet das Land.

Und ich weiß auch, dass ... wenn Prinzessin Laurelin zu Euch sprechen könnte ... auch sie würde Euch drängen, nach Süden zu eilen und das Reich zu retten, denn Ihr seid der König.«

Tuck verstummte, das Gesicht dem Fenster zugewandt, und Galen sagte nichts.

Es klopfte an der Tür, und die Elfenfürsten Talarin und Gildor traten ein. »König Galen«, sagte Talarin, »die Stunde der Entscheidung ist gekommen.«

Galens Stimme war düster und kaum mehr als ein Flüstern. »Wir reiten nach Süden. Denn ich bin der König.«

Ein furchtbarer Schatten legte sich auf die Herzen aller Anwesenden, und Tuck weinte bittere Tränen.

Nach einiger Zeit trat Gildor neben Galen. »Als ich Eure Prinzessin Laurelin zuletzt sah«, sagte er, »trug sie mir auf, dem König beizustehen und ihn zu beraten, und ich versprach es. Nun seid Ihr König, Galen, und wenn Ihr mich in Eurer Gesellschaft haben wollt, so würde ich mit Euch nach Süden reiten, denn ich möchte mein Wort gegenüber der jungen Dame nicht brechen.«

Galen nickte nur.

Schließlich verließen sie die Quartiere und schlossen sich der Fürstin Rael an, die an einem langen Tisch saß. Als Rael hörte, dass Gildor mit Galen ziehen würde, lächelte sie. »Es war schon immer so, dass der Hochkönig einen der Wächter Lians in seine Dienste genommen hat«, sagte die Elfe und fasste sowohl Talarin als Gildor an den Händen. »Ich freue mich, dass Ihr unseren Sohn annehmt, so wie es Euer Vater Aurion getan hat.«

Gildor ist Talarins Sohn!, dachte Tuck einigermaßen erstaunt und sah von einem zum andern. *Kein Wunder, dass sie sich ähnlich sehen.* Dann blickte er von Rael zu Gildor. *Doch auch von Rael ist etwas in ihm.*

Essen wurde gebracht, und alle setzten sich zum Frühstück. Und während sie aßen, gesellte sich ein weiterer Elf zu ihnen, der aussah wie Gildors Zwillingsbruder. Tuck starrte verblüfft von einem zum andern, doch abgesehen von ihrer Kleidung konnte er sie nicht unterscheiden.

Der Fremde lächelte über Tucks Verwirrung und blinzelte ihm zu.

»Ah«, sagte Talarin und schaute auf. »Vanidor.« Der Elfenfürst wandte sich an seine Gäste: »König Galen, Herr Tuck, das ist mein zweiter Sohn, Vanidor. Er ist erst vor drei Dunkeltagen aus dem verlassenen Lianion zurückgekehrt, dem Ersten Land, auch unter dem Namen Rell bekannt. Er kann Euch von den Gebieten im Süden erzählen, die auf Eurem Weg nach Pellar liegen.«

Vanidor verbeugte sich vor Galen und Tuck, dann setzte er sich und nahm eine Schüssel *Dele,* eine Art Haferbrei, aber einer, wie ihn Tuck noch nie gekostet hatte, denn er schmeckte köstlich.

»Lianion versinkt in Finsternis«, begann Vanidor. »Modrus Dusterschlund verbirgt alles; den Grimmwall hat er sich hinabgeschoben und reichte fast bis zur Quadra, als ich ihn vor etwa zehn Tagen zuletzt sah.

Euer Auftrag führt Euch nach Pellar, Ihr müsst also südlich durch Lianion ziehen, aber nicht auf dem alten Rellweg, denn das ist die Route der Brut: Ruch, Lok, Ghûlk, Vulg: auch sie marschieren entlang des Grimmwalls nach Süden, der Flut des Dusterschlunds folgend.«

»Der Crestan-Pass ist doch nicht fern«, sagte Galen. »Können wir nicht die Querlandstraße hinauf und die Überlandstraße hinab benutzen, um zum Argon zu gelangen? Wenn er nicht zugefroren ist, könnten wir an diesem Fluss entlang an den Grenzen von Riamon und Valon nach Pellar reiten.«

»Der Argon ist zugefroren, König Galen«, erwiderte Vanidor, »im Norden jedenfalls, vielleicht bis zu den Bellon-Fällen. Doch ohnehin könntet Ihr den Grimmwall nicht am Crestan-Pass überqueren, denn es ist Winter und viel zu kalt in dieser Höhe. Außerdem werden die Zugänge von der Brut gehalten. Nein, Eure beste Möglichkeit zur Überquerung des Grimmwalls dürfte der Quadra-Pass sein, falls er nicht zugeschneit oder ebenfalls vom Feind besetzt ist.«

»Sollte der Quadra-Pass vom Winter oder vom Feind versperrt sein«, meldete sich Gildor, »dann wäre der Gûnarschlitz Eure nächste Möglichkeit, von dort durch die Gûnarring-Schlucht nach Valon und auf der Pendwyrstraße nach Pellar.«

»Kann der Feind bereits so weit nach Süden gekommen sein?«, fragte Tuck, der sich an die Karten im Kriegsrat erinnerte.

»Vielleicht, vielleicht auch nicht«, antwortete Vanidor. »Sein Ziel könnte die Quadra sein, denn unter diesen vier Bergen liegt Drimmenheim, wo der *Graus* herrscht. Und wenn der Dusterschlund diese Kreatur zum Leben erweckt, dann wird Darda Galion ihre Zielscheibe sein.«

Auf Vanidors Ausführungen hin verdüsterten sich die Mienen von Talarin, Gildor und Rael, denn sie liebten Darda Galion sehr, das Land der Silberlerchen, das Land, in dem die dämmerigen Greisenbäume wuchsen, nunmehr die Heimat der Lian. Und es wäre in der Tat eine schreckliche Aussicht, wenn ein Gargon frei in diesem Zauberwald sein Unwesen treiben würde.

»Ich rate also zu Folgendem«, sagte Vanidor. »Geht durch das Ardental nach Süden, um nach Lianion zu kommen. Haltet Euch parallel zum alten Rellweg, aber nicht auf ihm, denn dort geht die Brut. Ihr könnt versuchen, den Grimmwall am Quadra-Pass zu überqueren, und falls dieser Weg frei ist, könnt Ihr durch Darda Galion nach Süden ziehen, wo unsere Lian-Sippe euch weiterhelfen wird.

Sollte der Quadra-Pass vom Feind gehalten werden oder

macht der Schnee ein Durchkommen unmöglich, dann müsst Ihr Euch noch weiter nach Süden zum Gûnarschlitz oder sogar zum Ralo-Pass wenden und von dort zur Gûnarring-Schlucht und weiter ins ferne Pellar.

Da ich die Gedanken des Feindes in Gron nicht kenne, kann es sein, dass keiner dieser Wege über den Grimmwall offen ist, und wie Ihr dann letztendlich nach Caer Pendwyr gelangt, vermag ich nicht zu sagen, aber Ihr müsst dorthin, und das sind die Wege, die Ihr zur Auswahl habt.«

Galen nickte bedächtig, doch es war Talarin, der nun sprach. »König Galen, wenn ich es für nützlich hielte, würde ich eine Eskorte von Elfenkriegern mit Euch schicken. Doch glaube ich, dass die Augen des Bösen einer großen Streitmacht folgen und ihr eine Falle stellen würden, wo zwei oder drei Leute vielleicht unentdeckt nach Süden durchschlüpfen könnten.

Und auch dies sage ich: König Aurion war ein geliebter Freund, und wir teilen Euren Verlust. Und wir wissen, dass Ihr nach Süden geht, obwohl Euer Herz Euch nach Norden ruft. Mein Sohn hat Euch zwar nichts davon erzählt, aber wir hielten letzte Nacht einen Rat ab und besprachen unser eigenes Vorgehen, je nachdem, ob Ihr nach Süden oder nach Norden zieht. Ihr habt Euch für Süden entschieden, und so sieht nun unser Plan aus: Vanidor, Duorn und zwei, die ihr noch nicht kennt – Flandrena und Varion –, werden sich nach Gron schleichen. Heimlich werden sie sich zum Eisernen Turm pirschen, und sollte es auch nur die geringste Möglichkeit geben, Eure Laurelin zu retten, dann werden sie es tun. Falls nicht, werden sie Nachricht über Modrus Truppen in seiner Festung bringen, damit wir, wenn die Zeit gekommen ist, bereits ein wenig über die Stärke und Aufstellung des Feindes Bescheid wissen. Dies werden wir tun, während Ihr Euer Heer sammelt.«

Galen sagte nichts, doch in seinen Augen standen Tränen, und er ergriff Vanidors Hand.

»Prinz Igon ist wach, König Galen«, sagte der Heiler. »Bitte belastet ihn nicht zu sehr.«

Galen und Tuck betraten das Zimmer. Während Tuck an der Tür stehen blieb, ging Galen zum Bett. Igon lächelte schwach; er wirkte blass im gelben Lampenschein. »Wir reiten jetzt nach Süden, Bruder, um das Heer zu sammeln«, sagte Galen.

»Nach Süden? O nein!«, widersprach Igon mit dünner, zittriger Stimme. »Laurelin befindet sich im Norden!« Dann schien er den Waerling zum ersten Mal zu bemerken. »Herr Tuck, wieso seid Ihr hier? Die Feste Challerain ... Vater ...« Nach einem kurzen Schweigen fragte Igon: »Bist du jetzt König, Galen?« Auf Galens Nicken hin weinte der Prinz. »Dann war es also kein Fiebertraum, wie ich gehofft hatte. Vater ist tot.« Er drehte sich mit dem Gesicht zur Wand.

Der Heiler machte Galen ein Zeichen, und der junge König ergriff die Hand seines Bruders und hielt sie fest. »Wir müssen nun aufbrechen, Igon. Die Horde muss aufgehalten werden.«

Galen ließ Igons Hand los und strich dem jungen Prinzen sanft übers Haar, dann ging er zur Tür, wo Tuck stand. Igon wandte ihnen das Gesicht zu. »Ich verstehe, Galen, ich verstehe. Du bist der König, und das Heer ist im Süden.« Und während Tuck und Galen den Raum verließen, hörten sie hinter sich Igon leise weinen.

Der Moment des Abschieds war gekommen. Tuck und Galen standen inmitten der Elfen. Und weder der Dusterschlund noch ihr gefährliches Vorhaben vermochten das helle Strahlen der Lian zu trüben. Die wunderschöne Rael begleitete Talarin, und an der Seite der beiden war Vanidor. Drei weitere Elfen kamen herbeigeritten: Duorn, Flandrena und Varion. Zusammen mit Vanidor wollten sie sich nach Gron wagen und versuchen, den Eisernen Turm selbst zu erreichen. Auch andere Elfen waren versammelt, Krieger hauptsächlich: die Wächter Lians.

Gildor, Galen und Tuck standen vor Talarin; der Führer der Krieger im Ardental streckte ihnen die Hand entgegen, und Rael, die Elfe, stellte sich neben ihren Elfenfürsten. »König Galen«, erklärte Talarin, »ehe ich Euch und Euren Kameraden Lebewohl sage, möchte ich meine Rael sprechen lassen, denn ihre Worte enthalten häufig Vorahnungen.«

Sanft drang die Stimme der anmutigen Gemahlin an ihr Ohr: »König Galen, der Weg, der vor Euch liegt, wird beschwerlich sein, denn das Land ist voll schrecklicher Gefahren. Doch nicht nur große Gefahr, sondern auch unvermutete Hilfe wird sich einstellen, so wie Ihr und andere vor Euch hier, in unserem Versteck, Hilfe fanden. Nun geht Ihr und Euer kleiner Gefährte zusammen mit meinem Sohn fort, und all unsere Wünsche begleiten Euch. Doch denkt daran: Während Ihr drei nach Süden reitet, werden vier andere nach Norden ziehen.« Nun traten auch Vanidor und seine drei Begleiter vor die goldene Rael. »Auf diese Weise sind meine beiden Söhne – Gildor Goldzweig und Vanidor Silberzweig – genau wie wir alle in Modrus Machenschaften verstrickt.

Dies nämlich bewirkt das Böse: Es zwingt uns alle auf dunkle Wege, die wir andernfalls nicht beschritten hätten. Freiwillig hätten wir diese Pfade nicht betreten, doch haben wir kaum eine Wahl, und unsere Kräfte werden abgelenkt, fort von der Erschaffung von Gutem, hin zur Zerstörung von Bösem. Wohlgemerkt, das Böse muss zerschmettert werden, nicht nur, um das Leid zu beenden, das es verursacht, sondern auch als Sühne für das Gute, das verloren ging. Doch das Böse muss schon allein aus dem Grund vernichtet werden, damit wir wieder selbst über unser Schicksal bestimmen können.

Bis dahin sind unsere Geschicke miteinander verschlungen, doch das Los von einem lastet schwer auf mir. In meiner Ahnenreihe hat es immer Wahrsager gegeben, und gelegentlich kommen unangekündigt Vorahnungen über mich. Die folgende Weissagung jedoch bedrückt mich schon lange, seit den Tagen des Drachensterns, doch nun scheint die Zeit gekommen, sie auszusprechen:

Keinem von zwei Übeln gelte dein Hieb;
Vielmehr sei die Dunkelheit zwischen ihnen dein Ziel.«

Bei diesen Worten klopfte Tuck unerwarteterweise das Herz, aber er wusste nicht, weshalb, und er verstand die Botschaft nicht. Und als er sich umsah, stellte er fest, dass die übrigen von Raels rätselhaftem Rat ebenso verwirrt waren wie er selbst, doch ihre nächsten Worte machten alles nur noch geheimnisvoller: »Ich weiß nicht, was es bedeutet oder wem diese Weissagung gilt.«

Rael ging zu den Reisenden, drückt jedem die Hand und küsste Gildor und Vanidor auf die Wange. Und als sie vor Galen stand, sagte sie: »Wir werden Igon pflegen, bis er die Kraft hat, sich Euch anzuschließen. Sorgt Euch deshalb nicht um seinen Zustand auf Eurem Weg nach Süden, denn das wäre eine unnötige Sorge.« Dann trat sie wieder an Talarins Seite und schwieg, doch ihre Augen strahlten.

Nun ergriff Talarin das Wort. »König Galen, sollte Euch Euer Weg durch Darda Galion führen, bestellt unseren Verwandten dort unsere Grüße; sie werden Euch weiterhelfen. Anders als das Ardental ist ihr Reich ausgedehnt und ihre Macht groß. Doch auch dies lasst mich sagen: Obwohl die Schar meiner Krieger in Arden klein ist, so machen Modrus Lakaien doch einen weiten Bogen um die Lian, denn sie fürchten uns. Aber auch wenn der Dusterschlund dieses Tal eher wie mit einem Mantel einhüllt, als dass er nach ihm greifen würde, so wird die Brut uns doch eines Tages überfallen, wenn ihr nicht Einhalt geboten wird, sowohl hier als auch in Darda Galion. Dann werden auch wir in dieser schwarzen Flut ertrinken. Ehe es indes so weit ist, werdet Ihr mit etwas Glück an der Spitze Eurer Streitmacht Modrus finstere Machtträume zerschlagen. Und Letztes noch: Wenn Ihr uns braucht, werden wir an Eurer Seite sein.«

Alle Reisenden bestiegen nun ihre Pferde; Tuck setzte man auf das Packpferd, vor die Vorräte, die in einem großen Korb auf den Rücken des Tieres geschnallt waren.

Galen, der bereits auf Gagat saß, wandte sich an Vanidor und seine drei Elfenkameraden, die mit ihm nach Gron hineinschleichen wollten. »Mein Herz geht mit Euch zur Festung Modrus, des Prinzessinnenräubers. Möge das Glück Euch hold sein.«

Dann drehte er sich zu Talarin, Rael und der Elfenversammlung um und hob die Hand. »Finstere Zeiten liegen hinter uns, und noch finsterere drohen, doch meiner Treu, eines Tages wird das Böse in Gron besiegt sein, und die helle Sonne wird wieder in dieses tief eingeschnittene Tal scheinen.«

Galen zog das Schwert aus der Scheide, reckte es zum Himmel und rief allen zu: *»Cepân wyllan, Lian; wir gân bringan thê Sunna! (Leb wohl, Lian; wir holen die Sonne zurück!)«*

Auch Gildor hob sein Schwert, und Vanidor tat es ihm gleich. *»Cianin taegi! (Helle Tage!)«*, rief Gildor. *»Cianin taegi!«*, antwortete Vanidor, und alle zusammen stießen einen lauten Ruf aus.

Und während dieser noch durch die Kiefern hallte, brachen Galen, Gildor und Tuck nach Süden auf, während Vanidor, Duorn, Flandrena und Varion sich nach Norden wandten.

Tuck auf seinem Packpferd, das von Gildor auf Leichtfuß geführt wurde, murmelte vor sich hin: »Möge ein gnädiges Geschick auf uns alle herablächeln.«

Nach Süden ritten Gildor, Galen und Tuck, am zugefrorenen Fluss Fall entlang, der durch das tief eingeschnittene Tal lief.

Kiefern bedeckten die Talsohle, und zerklüftete Felspalisaden ragten steil ins Schattenlicht empor. Eng war das Tal, und gelegentlich wurde es so schmal, dass es kaum eine Achtelmeile von einer Wand zur anderen maß, und an diesen Stellen füllte der Fluss es vollständig aus, und man sah Pfade, die in die Steilwand gehauen waren. Das Trio mied jedoch diese vereisten Wege und zog es stattdessen vor, auf dem zugefrorenen Fluss selbst zu reiten.

Lange waren sie in dem Tal unterwegs, doch als sie schließlich anhielten, um zu lagern, befanden sie sich noch immer zwischen den hohen Steinwänden. Rund fünfunddreißig Meilen waren sie nach Süden geritten, und Gildor meinte, es lägen weitere fünfzehn Meilen vor ihnen, ehe sie die Schlucht verlassen würden.

Ihr Abendessen bestand aus typischem Reiseproviant der Lian: Trockenobst und -gemüse, heißer Tee und, sehr zu Tucks Freude, *Mian,* eine köstliche Wegzehrung der Elfen aus Hafer, Honig und verschiedenen Sorten Nüssen. »Um Längen besser als Hirsekekse«, sagte der Wurrling und biss genussvoll ab.

Tuck bereitete sich zum Schlafengehen vor, denn er war müde und hatte die Mitternachtswache, deshalb brauchte er Schlaf. Doch vorher lehnte er sich an dem kleinen Lagerfeuer gegen einen Holzklotz und schrieb in sein Tagebuch. Galen saß unweit mit dem Rücken an einem Baum und betrachtete die rote Augenklappe in seiner Hand.

»Erzählt mir von den letzten Stunden meines Vaters, Fürst Gildor.« Galens Stimme war leise, kaum mehr als ein Flüstern.

Gildor betrachtete den Mann, bevor er sprach. »Als wir dort auf der innersten Brustwehr der Feste Challerain standen und uns für jenen letzten, verzweifelten Weg entschieden – nämlich den Ring der *Rûpt* zu durchbrechen –, überkam mich eine tiefe Vorahnung, und ich sagte zu Eurem Vater: ›Nehmt Euch in Acht, König Aurion, denn hinter jenem Tor fühle ich ein großes

Unheil lauern, eines, das über die Horde an unserer Schwelle hinausgeht, und mir scheint, es verheißt Schlimmes für Euch.‹ Ich ahnte jedoch kaum, dass uns am Nordtor des ersten Walls Ghûlka, angeführt von Modru, erwarten würden.«

»Modru?«, entfuhr es Tuck, und er setzte sich mit einem Ruck auf.

»Jawohl, Modru«, antwortete Gildor. »Denn er war es, der den König vor den zertrümmerten Toren verhöhnte.«

»Aber das war doch ein Mensch!«, rief Tuck aus. »Der Mann aus Hyree! Modrus Abgesandter!«

»Es war Modru, der Böse, der am Nordtor sprach«, entgegnete Gildor, doch ehe er fortfahren konnte, unterbrach ihn Tuck.

»Dann hat Danner ihn getötet.« Er schlug sich mit der Faust in die Handfläche. »Danners Pfeil traf ihn mitten in die Stirn und drang vor bis ins Hirn. Er war tot, noch bevor er rücklings von seinem Hélross fiel.«

»Nein, kleiner Freund«, erwiderte Gildor und hob die Hand, um Tucks Widerspruch abzuwehren. »Es war nur eine von Modrus Marionetten, die getötet wurde. Sagte ich nicht, dass sich Modru schrecklicher Kräfte bedient, um seine Horde zu lenken? Dies ist eine davon: Obwohl der Böse weit entfernt in seinem Eisernen Turm sitzt, kann er doch ferne Schauplätze durch die Augen seiner Abgesandten sehen, er kann durch ihre Ohren hören, durch ihren Mund sprechen und manchmal sogar durch ihre Hand töten. Niemand kennt die Reichweite, innerhalb deren er von seinen Spielfiguren Besitz ergreifen kann, doch seine Macht ist groß. Vielleicht verringert sie sich aber mit der Entfernung.

Nein, es war nicht der Böse selbst, den Danners Pfeil tötete, wenngleich ich glaube, dass Modru den unerwarteten Schlag wohl gespürt hat. Doch bestenfalls hat Danners Geschoss Modrus Pläne verzögert. Da er die Puppe tötete, hatte der Böse Augen und Ohren, Mund und Hände an der Feste Challerain verloren. Inzwischen wird aber sicherlich eine neue Figur unterwegs sein, um die getötete zu ersetzen, denn Modru wird der Horde nicht lange gestatten, müßig am Berg herumzusitzen.«

Tuck schauderte bei dem Gedanken, dass der Böse von einem anderen *Besitz ergriff.* Nun verstand der Wurrling, warum das schlaffe Antlitz des Gesandten zuckte und böse wurde, als Tuck und Aurion zur Verhandlung vor den Toren kamen: *In diesem Moment war Modru in ihn gefahren.* Und er glaubte auch zu verstehen, weshalb der Gesandte sich nicht in jenen Kampf auf dem Verhandlungsplatz mischte: *Wenn diese schreckliche Kraft mit der Entfernung abnimmt, konnte Modru von Gron aus den Hyranier vielleicht einfach nicht gut genug steuern, um an einem Gefecht im fernen Challerain teilzunehmen.*

Gildor unterbrach Tucks Überlegungen, indem er weitersprach. »Euer Vater, König Galen, ritt durchs Nordtor, nachdem Ihr und Eure Leute den Ring der Ghûlka durchbrochen hattet. Doch er wurde heftig bedrängt und hatte bereits zahlreiche Wunden davongetragen. Dennoch kämpfte er mit der Kraft vieler Männer. Zuletzt wurde er eingeschlossen und von einem Ghûlken-Speer durchbohrt. Noch mit der Lanze im Leib erschlug er zwei weitere Feinde, ehe er vornüber auf Sturmwinds Rücken sank.«

Gildor zog Langmesser und Schwert und streckte sie vor sich hin. Beide Klingen waren mit einem Edelstein besetzt, blutrot der eine, der andere blau wie das Meer, und sie funkelten im Feuerschein. »Selbst mit diesen beiden Klingen, mit *Wehe* und *Tod,* gelang es mir nicht, zu ihm vorzudringen und ihn zu retten. Doch das rote Feuer von Wehe und das kobaltblaue von Tod trieb die Ghûlka zurück, denn sie fürchten diese Waffen, die vor langer Zeit im untergegangenen Duellin geschmiedet wurden, um böse Kreaturen wie sie zu bekämpfen.

Als sie flohen, ergriff ich Sturmwinds Zügel und ritt aus dem Kampfgetümmel.

Auf einem nahen Hang legte ich König Aurion sanft auf den Boden. Er sprach nur noch einen Satz, bevor er starb: ›Sagt Galen ... und Igon ... ich habe die Freiheit gewählt.‹ Dann war er tot. Was er damit meinte, weiß ich nicht.«

Tuck hatte Tränen in den Augen. »Ich kenne die Bedeutung seiner Worte«, sagte der Wurrling. »Als wir den Abgesandten ... als wir Modru auf dem Feld zu Unterhandlungen trafen, bot er an, das Leben des Königs zu schonen, wenn wir uns im Gegenzug alle in die Sklaverei ergäben. Doch der König antwortete: ›Pah! Sagt Eurem schändlichen Gebieter Modru, Aurion Rotaug wählt die Freiheit!‹«

Lange Zeit wurde nichts gesprochen, und man hörte nur das Prasseln des Feuers. Schließlich regte sich Gildor. »Ich schnitt die Augenklappe ab, damit niemand seinen Leichnam erkennt und besudelt und damit Modru nicht vom Tod König Aurions erfährt. Dann legte ich das Schwert neben ihn, kreuzte seine Hände über der Brust und ritt auf Leichtfuß wieder in den Kampf.

Doch Vidron war an der Spitze einer Schar Krieger durchgebrochen und jagte nach Osten. Ich griff mir Sturmwinds Zügel und folgte ihnen.

Wir rasten durch die Vorberge, immer gefolgt von Ghûlka. Doch Hélrösser sind nicht so schnell wie Pferde, und schließlich entkamen wir ihrem Zugriff.

Weit nach Osten waren wir geflohen, bis zu den Signalbergen, doch nun schlugen wir einen Bogen nach Süden, auf den Treffpunkt zu, um uns mit allen anderen zusammenzuschließen, die vielleicht entkommen konnten. Unser Weg führte uns am Nordende des Weitimholz vorbei, und während Vidron nach Südwesten in Richtung der Schlachtenhügel und Steinhöhen weiterritt, bog ich seitlich in den Wald ab, um mich nach dem dortigen Bündnis zu erkundigen und um ihnen die Nachricht vom Fall der Feste Challerain und vom Tod Aurions zu bringen. Dort erfuhr ich von einem meiner Verwandten, dass Ihr und Tuck auf der Spur der Prinzessinnenräuber vorübergekommen wart.

Ich bat darum, man möge Vidron in Steinhöhen benachrichtigen, und ließ Sturmwind in der Obhut meines Verwandten, eines Lian, der sich von einer Kampfverletzung erholte, und folgte Euch, einen Dunkeltag hinter Eurer Fährte, als ich aufbrach, wobei ich Euch bis Arden allerdings beinahe eingeholt hatte.«

»Habt Ihr Nachrichten von anderen Wurrlingen? Konnten welche entkommen? Danner, Patrel, irgendwer?«

»Das weiß ich nicht, kleiner Freund, denn bei uns waren keine. Die letzten Waerlinga, bevor ich ins Weitimholz kam, habe ich Tage zuvor gesehen, als wir alle durch das zerstörte Nordtor stürmten.« Gildors Augen glitzerten im Feuerschein.

Tuck sank das Herz bei dieser Mitteilung, denn er hoffte immer noch, dass auch andere seiner Sippe aus den Ruinen der Feste Challerain hatten entfliehen können.

Erneut verstrich einige Zeit. Schließlich steckte Galen den roten Flicken wieder in die Tasche seines Wamses. »Ihr sagt, Ihr hättet mit einem verwundeten Lian im Weitimholz gesprochen«, erkundigte er sich. »Als wir dort waren, brachen viele zum Kampf mit dem Gezücht auf. Hat Euer Verwandter erzählt, wie die Sache ausging?«

»Nein«, erwiderte Gildor, »denn er wusste es nicht. Doch das erklärt das leere Lager, in das ich am östlichen Rand des Waldes kam: Sie waren in den Krieg gezogen. Ich weiß nichts von jener Schlacht, denn ich folgte ausschließlich Euch.«

Danach wurde nicht mehr viel gesprochen, und Tuck legte sich zum Schlafen nieder. Als er aber mit der Wache an die

Reihe kam, verbrachte er die Zeit damit, Gildors Worte in seinem Tagebuch festzuhalten.

Nach einer unruhigen Nacht brachen sie das Lager ab und zogen weiter südwärts durch die Ardenschlucht. Zu beiden Seiten ragten hohe Steinwände auf, bisweilen sehr nah, dann wieder zwei, drei Meilen entfernt, außerhalb von Galens Sehvermögen im Schattenlicht.

Rund vierzehn Meilen ritten sie nach Süden, eingehüllt von schneebedeckter Stille; sie sprachen wenig oder gar nicht, und Tuck fiel in einen Zustand, in dem er eins mit dem Wald war: Er bewegte sich zwischen dem Immergrün, sah die Bäume vorüberziehen und war ganz auf den Wald in der Schlucht eingestimmt. Plötzlich und unerwartet brach Gildors Stimme in diesen einvernehmlichen Zustand:

»Nun ist es nicht mehr ganz eine Meile bis zum Ende des Ardentals«, sagte der Elf. »Hinter der Biegung kommen wir zum Lager meiner Verwandten, die Arden-Wache stehen. Wir werden im Schutz des Einsamen Greisenbaums mit ihnen essen.«

»Der Einsame Greisenbaum?«, fragte Tuck und versuchte, sich in Erinnerung zu rufen, was er über diese sagenumwobenen Riesen des Waldes wusste. »Sind das nicht diese Bäume, die angeblich das Zwielicht sammeln und es festhalten, wenn Elfen in der Nähe weilen?« Auf Gildors Nicken hin fügte Tuck überrascht hinzu: »Aber ich hielt das bloß für ein Märchen.«

Gildor lachte. »Wenn sie Märchengebilde sind, kleiner Waerling, dann lasst Ihr es diesen Greisenbaum lieber nicht wissen, sonst könnte es sein, dass er verschwindet und mit ihm der gesamte Wald von Darda Galion.«

Tuck lächelte im Weiterreiten über Gildors Antwort und wunderte sich über seine eigene Unwissenheit.

Der Fluss machte eine Biegung, und in der Ferne war nun

das Tosen von herabstürzendem Wasser zu hören. Gildor zeigte voraus, und Tuck sah, dass sich die Schlucht dort zu einem schmalen Spalt verengte, aus dem ein weißer Dunst in die Winternacht hinaufzuströmen schien. Gildor deutete noch einmal, und Tucks Blick fiel auf einen gewaltigen Baum, einer Kiefer ähnlich, doch mit breiten Blättern anstelle von Nadeln; und selbst im Schattenlicht erkannte der Wurrling, dass die Blätter dämmrig waren, als würden sie vom Dusterschlund nicht berührt, sondern als schiene ein eigenes, mildes Zwielicht aus ihnen.

»Oho, was für ein Riese!«, rief Tuck aus, und aus den schräg stehenden Augen sprach das Staunen über einen Baum, der hunderte von Fuß in die Luft ragte. »Gibt es noch andere Greisenbäume in Arden?«

»Nein, nur diesen hier. Deshalb nennen wir ihn den Einsamen Greisenbaum«, antwortete Gildor. »Mein Vater brachte ihn als Setzling aus Darda Galion hierher und pflanzte ihn in die fruchtbare Erde der Ardenschlucht, bald nachdem mein Volk dieses verborgene Tal entdeckt hatte.«

»Euer Vater hat ihn gepflanzt? Talarin? Aber dieser Riese muss tausende von Jahren alt sein ...« Tucks Verstand scheute davor zurück, über das Alter von Elfen nachzusinnen.

»Dieser Baum ist das Symbol für den Wächter der nördlichen Gebiete von Rell, der zur Zeit Talarin ist«, mischte sich Galen ein. »Oft wurde dieses Siegel in die Schlacht gegen dunkle Mächte getragen: der grüne Baum auf grauem Feld. Eine solche Flagge hängt in der Versammlungshalle von Caer Pendwyr und eine zweite in der Feste Challerain.«

»In Challerain nicht mehr, fürchte ich«, sagte Gildor, »denn Modrus Horde wird sie ebenso wie die übrigen Fahnen des Bundes von der Wand gerissen haben.«

Während sie zum Elfenlager unter dem Einsamen Greisenbaum eilten, wurde nichts mehr gesprochen.

»Jawohl, der Zugang zum Crestan-Pass wird von den *Rûpt* gehalten«, sagte Jandrel, der Hauptmann der Arden-Wache. »Und die Ghûlka, Modrus Räuber, patrouillieren auf dem alten Rellweg. Irgendwo im Süden marschiert eine Horde die aufgegebene Straße entlang. Vor drei Tagen sind sie nördlich des Passes vom Grimmwall herabgekommen. Wohin die Brut unterwegs ist, weiß ich nicht, doch sie marschieren in scharfem Tempo. Vielleicht eilen sie in Richtung Quadra-Pass und Drimmenheim oder nach Darda Galion.«

»Wir reiten zum Quadra-Pass«, sagte Galen und goss sich noch einen Becher Tee aus dem Topf ein, der an Haken über dem kleinen Lagerfeuer hing. »Wenn wir den Grimmwall dort überqueren können, warnen wir die Lian im Lerchenwald vor dieser Horde, bevor wir nach Pellar weiterziehen.«

»Seid vorsichtig«, sagte Jandrel, »denn nicht nur Ghûlka, Rucha und Loka sind in der Horde, sondern auch Vulgs. Macht einen weiten Bogen um sie, denn Modrus bösartige Kundschafter können euch riechen, falls ihr zu nahe kommt.«

»Kundschafter?«, fragte Tuck. »Vulgs sind Kundschafter?«

»O ja, Meister Waerling«, erwiderte Jandrel, »Kundschafter. Es war schon immer so, dass Vulgs tun, was ihnen Modru befiehlt, und gelegentlich setzt er sie für schändliche Missionen ein, wo ihre Geschwindigkeit, ihre Verstohlenheit und ihre Wildheit seinen Zwecken dienen. Hauptsächlich benutzt er sie aber als Flankenschutz für seine Horde, oder er lässt sie die Länder ausspionieren, in die er einzudringen beabsichtigt.«

»Länder ausspionieren ... aber sie waren in den Sieben Tälern!«, rief Tuck und sprang auf. Mit dem Frieden, den er unter dem Greisenbaum empfunden hatte, war es vollständig vorbei. »Sie haben vor, in die Sieben Täler einzudringen! Ich muss zurück! Sie müssen gewarnt werden! Merrili ...« Tuck lief einige Schritte auf die Pferde zu, dann blieb er wie von einem Pfeil durchbohrt abrupt stehen und drehte sich langsam zu seinen Gefährten um, bevor er im Schnee auf die Knie sank und das Gesicht in den Händen vergrub.

Nach sechs raschen Schritten kniete Galen neben dem Wurrling. »Wenn Ihr in die Sieben Täler zurückkehren müsst, steht es Euch frei, zu gehen, Tuck. Wie Ihr allerdings dorthin gelangen wollt, weiß ich nicht.«

»Ich kann nicht zurück, ich kann nicht«, flüsterte Tuck. »Es gibt keine Ponys, und selbst wenn es sie gäbe, käme ich zu spät. Und Ihr braucht meine Augen.«

Der schnell unter dem Eis dahineilende Fluss Fall tauchte aus den letzten Wänden der Ardenschlucht auf und stürzte einen breiten Wasserfall hinab. Wirbelnde Nebel stiegen auf und trübten die Sicht auf das Tal, und wo sich der Dunst auf den kalten Fels legte, entstanden bizarre Eisgebilde.

Das Trio bewegte sich auf einem verstecken Pfad hinter dem tosenden Wasser, wo der Stein mit einer dicken Eisschicht überzogen war: Hier lag der geheime Eingang zum Tal – ein Eingang, der von dem herabstürzenden Wasser verborgen wurde. Schließlich kamen sie hinter dem Wasserfall hervor und schlängelten sich zwischen Felsspitzen hindurch, bis sie zuletzt auf die Hochebene von Rell gelangten.

Die Pferde wurden zu einem leichten Galopp angetrieben und rannten nach Süden, während Tuck zurückschaute zur Ardenschlucht, zurück zu jener letzten Spalte, wo die hohen, glatten Felswände aus der Erde brachen, aber der beständige weiße Dunst verhüllte alles, was hinter den Arden-Fällen lag: Weder Kiefernwälder noch Steinwände waren durch den Nebel sichtbar – nicht einmal der Einsame Greisenbaum.

Doch Tucks bittere Gedanken weilten nicht bei dem verborgenen Tal; er sorgte sich vielmehr wegen der Vulgs, welche die Sieben Täler ausgekundschaftet hatten und somit einen Einmarsch befürchten ließen. Und er dachte an die Worte, die

Galen erst vor zwei Dunkeltagen gesprochen hatte: *Dies sind üble Zeiten für Mithgar, und zwischen üblen Möglichkeiten muss ich wählen.* Und besser denn je erkannte er die Wahrheit in Raels Worten: *»... das Böse ... zwingt uns alle auf dunkle Wege, die wir andernfalls nicht beschritten hätten.«* Und Tuck dachte: *Selbst wenn ich mich entscheiden würde, ein großes Übel woanders zu bekämpfen, habe ich keine Wahl, denn wenn König Galen nicht nach Pellar gelangt, wird ein noch größeres Übel über die Welt kommen ... o Merrili, Liebste ...*

Tuck wandte den Blick vom Tal ab, denn er konnte es nicht mehr sehen.

Knapp eine Meile südlich bog der Fall nach Westen ab, während das Trio geradeaus weiterritt; und kurz darauf kreuzten sie die Querlandstraße, die wichtige Ost-West-Verbindung, die sich vom fernen Ryngar-Arm des Westmeers bis zu den nahen Bergen des Grimmwalls erstreckte. Trotz dieses ausgedehnten Handelsweges spielte sich der größte Teil des Güterverkehrs in diesem Teil von Mithgar auf dem Fluss Hundertinsel ab.

Hinter der Querlandstraße ritten sie weitere fünfzehn Meilen über das wellige Land nach Süden, bevor sie ein Lager aufschlugen.

Tuck stand am Rande des Dickichts und spähte nach Westen, so weit seine Juwelenaugen im Dusterschlund zu sehen vermochten. Gildor gesellte sich zu ihm.

»Rund zwanzig Meilen westlich von hier fließt der Fall«, sagte der Elf. »Hinter der Arden-Furt liegt der Ödwald, und dahinter kommt der Fluss Caire. Doch ich weiß, Eure Gedanken schweifen noch weiter nach Westen: über Rhon und Harth hinaus zu Eurem Land der Dornen, vierzehn Tagesritte mit einem schnellen Pferd.

Die Vulgs sind auf den Befehl des Bösen hin durch Eure

Heimat gestreift, Tuck, und ich glaube, den Grund dafür zu kennen: Einst sah sich ganz Mithgar diesem Feind gegenüber, und er wurde letztlich bezwungen. Bei seiner Niederlage spielte Euer Volk die entscheidende Rolle, und das hat Modru nicht vergessen; deshalb sendet er seine Lakaien gegen Euer Land. Ich wünschte, es wäre nicht so, denn die Sieben Täler sind ein sanftmütiges Reich des Friedens, schlecht gerüstet für einen Krieg gegen Modrus Brut.

Doch bedenkt: Kein Land eignet sich gut zum Krieg. Ich habe Eure Verwandten in der Schlacht gesehen und erstaunlichen Mut bei Eurem Volk festgestellt.

Auch wenn Ihr wünschtet, in Euren geliebten Sieben Tälern sein zu können, andere werden an Eurer Stelle stehen. Vertraut darauf, dass sie den richtigen Weg wählen werden, so wie Ihr Euch richtig entschieden habt.«

Gildor machte kehrt und ging zurück zu dem kleinen, verdeckten Feuer, und Tuck sagte nichts. Bald darauf aß er sein Abendbrot, und danach schlief er gut.

Auch wenn Elfen wenig auf Stunden, Tage oder gar Wochen achten und nur den Wechsel der Jahreszeiten wahrzunehmen scheinen, so wissen sie doch zu jeder Zeit, wo Sonne, Mond und Sterne stehen. Und an dieser Fähigkeit vermochte nicht einmal die Finsternis des Dusterschlunds etwas zu ändern. Zwar war die trübe Scheibe der Sonne nur manchmal schwach zu sehen, wenn sie durch den Zenit wanderte, aber Gildor blieb für seine Kameraden dem Fluss der Zeit auf der Spur.

Drei weitere Dunkeltage ritten sie nach Süden, etwa zehn Meilen westlich vom und parallel zum alten Rellweg, einer aufgegebenen und längst verfallenen Handelsroute. Das Land, das sie durchquerten, war ein raues Hochmoor, nur gelegentlich unterbrochen von einem kahlen Dickicht oder einem einsamen Baumriesen, der winternackte Äste in den Himmel des

Dusterschlunds streckte. In den Senken wuchsen Gestrüpp und Brombeeren, und alles war bedeckt von kaltem Winterschnee. Die drei aber zogen über das Hochland immer weiter nach Süden.

Fünf Tage waren vergangen, seit sie die Elfenfestung im nördlichsten Winkel des Ardentals verlassen hatten, und sie lag nun bereits mehr als hundertsechzig Meilen zurück. Über dreißig Meilen ritten sie jeden Tag, denn Eile tat Not in diesen Schreckenszeiten. Doch trotz der langen, harten Ritte schienen weder Gagat und Leichtfuß noch das Packpferd müde zu werden, und Tuck staunte über ihre Ausdauer.

Am sechsten Dunkeltag bogen sie schließlich auf den alten Rellweg ab, denn diesem mussten sie nun durch eine breite Schlucht in einem westlichen Ausläufer des Grimmwalls folgen, der ihnen ansonsten den Weg versperrte.

Tuck saß vor Galen auf Gagats Widerrist, denn die Straße war voller Gefahren, und der Waerling wurde vorne zur Beobachtung des Wegs gebraucht, anstatt sich »hinten auf einem Packtier zu räkeln«, wie es Galen lächelnd ausdrückte. Doch auch wenn er gelächelt hatte: Sie näherten sich einem gefährlichen Pass, falls Rukhs dort umherstreiften.

Nach Süden ging es durch ansteigendes Hügelland, zehn Meilen bevor sie den alten Rellweg an der Stelle erreichen würden, wo er in die breite Schlucht eintrat. Von einem Feind sahen sie nichts, doch der Schnee war in einer breiten Spur von vielen Füßen niedergetrampelt worden.

»Diese Fährte ist frisch, vielleicht einen Tag alt, und sie stammt von einer Armee, die nach Süden gezogen ist«, stellte Galen fest und stieg wieder auf Gagat.

»Der Schwarm, von dem Jandrel gesprochen hat«, sagte Gildor. »Haltet die Augen gut offen, Tuck, denn sie sind vor uns.«

Sie ritten in die Schlucht und am anderen Ende wieder hinaus; das Land begann abzufallen, die Berge rückten weiter weg, während die Straße nach Südosten schwenkte, um den Ausläufer herum und durch wieder ansteigendes Gelände auf die Quadra zu.

»Nun, kleiner Freund«, sagte Galen, »es scheint, als sei die Gefahr vorüber, denn das Land öffnet sich und wir können diese alte Straße wieder verlassen. Zwar mag eine Horde vor uns sein, aber wir werden seitlich ihres Weges reisen, nach Osten diesmal, glaube ich.« Er wandte sich an Gildor. »Wir müssen schneller reiten und das Gezücht überholen, bevor wir zum Quadra-Pass kommen, denn sie dürfen nicht vor uns dort sein.« Er hielt Gagat an. »Ihr dürft zu Eurer Bequemlichkeit wieder auf dem Gepäck mitreisen, Tuck.«

Lächelnd schwang Tuck das Bein über den Pferderücken, um auf den Boden zu springen. Ein letztes Mal ließ er den saphirblauen Blick an die Grenzen seines Sehvermögens schweifen, und dort, weit im Süden ...

Rasch nahm er wieder seine Reitstellung auf Gagat ein. »Holla! Dort in der Ferne ist etwas, König Galen. Auf dem alten Rellweg, in der Senke da unten. Bringt mich näher heran.«

Galen trieb sein Ross vorwärts, Gildor folgte auf Leichtfuß und führte das Packpferd. Sie galoppierten geschwind über die aufgegebene Straße, um Tuck in Sichtweite zu bringen. Und die ganze Zeit spähte Tuck angestrengt, aber bald stöhnte er auf, denn unten, im Flachland, fast fünf Meilen entfernt, wimmelte eine dunkle Rukhenhorde im Eiltempo auf der alten Straße nach Südosten. Kein Geräusch des Schwarms drang bis an Tucks Ohr, so dass die Entfernung das Trugbild einer riesigen Armee erzeugte, die in gespenstischer Stille ihres Weges zog.

»König Galen, es ist die Horde«, stieß Tuck hervor. »Wir müssen die Straße verlassen und sie umgehen.«

Sie stahlen sich in östlicher Richtung vom Rellweg und ritten aufs Neue über offenes Moor. Das Land begann anzusteigen, denn sie hatten die Vorberge des Grimmwalls fast erreicht. Eine Stunde ritten sie, dann eine zweite, immer so, dass Tuck den Schwarm gerade noch sehen konnte, während die drei hinter Dickichten und Hügeln östlich an der Brut vorbeizogen.

»Jetzt sind wir auf gleicher Höhe mit ihnen«, sagte Tuck grimmig, als Gagat ihn im Schritttempo um einen Hügel herumgetragen hatte und er den Feind mit seinen Juwelenaugen wieder sehen konnte.

»Wie viele sind es?«, fragte Galen, denn er selbst sah sie nicht.

»Das kann ich nicht sagen«, erwiderte Tuck, »aber sie wälzen sich wie eine schwarze Flut dahin, vielleicht drei Meilen in der Länge. Wie eine Ungezieferplage sehen sie aus, die gierig ins Land einfällt, um es kahl zu fressen.«

»Es ist nur gut, dass dieses Reich seit langem nicht mehr bewohnt ist«, sagte Gildor, der neben ihnen ritt. »Sonst hätte diese Plage so manches unschuldige Opfer gerissen.«

»Sind Vulgs dabei?« Galen war besorgt wegen der grässlichen Kundschafter Modrus.

»Ja«, antwortete Tuck, nachdem er die finsteren Gestalten gesucht und gefunden hatte, die übers Land huschten. »Sie streifen an den Rändern der Horde umher, aber ich sehe keine, die weiter als eine Meile vom Schwarm entfernt wären.«

»Behaltet sie im Auge«, sagte Galen, »denn wenn sie uns wittern, schicken sie uns die Ghola.«

Sie verschärften erneut das Tempo, Gagat und Leichtfuß trugen sie nach Südosten, und das Packpferd rannte hinterdrein. Eine Stunde ritten sie rasch weiter, und am Ende konnte Tuck die Horde nicht mehr in ihrem Rücken sehen.

»Morgen müssen wir es wieder mit der Straße riskieren«,

sagte Galen, »denn auf ihr sind wir schneller als quer durch dieses wilde Hügelland.«

»Aber Majestät, werden die Vulgs uns nicht erschnüffeln, wenn wir eine Strecke benutzen, auf der sie bald darauf folgen?«, mahnte Tuck.

»Diese Gefahr besteht, kleiner Freund«, entgegnete Galen. »Doch wir kommen nicht schnell genug voran, wenn wir uns nicht bald wieder auf den alten Rellweg begeben. Der lange Aufstieg zur Quadra beginnt, und Schluchten und Steilwände werden uns den Weg versperren, wenn wir nicht die Straße benutzen. Und Eile tut Not, denn nicht nur müssen wir auf schnellstem Weg nach Pellar gelangen, sondern wir müssen auch den Lerchenwald vor der Horde hinter uns warnen. Und denkt auch an Folgendes: Wenn wir zum Quadra-Pass kommen und feststellen, dass wir ihn nicht überqueren können – sei es wegen Schnees, sei es wegen des Gezüchts –, dann werden wir gezwungen sein, denselben Weg zurückzugehen, bevor wir südlich zum Gûnarschlitz abbiegen können. Und auf dieser schmalen Straße, die von den Höhen herabführt, dürfen wir der Horde auf keinen Fall begegnen.

Aber Ihr habt natürlich Recht, Tuck, wenn Ihr an die Vulgs denkt, und wir werden erst möglichst weit von hier wieder auf den Weg stoßen. Vielleicht wittern sie keine Spur, die einen Dunkeltag alt ist. Aber letztlich müssen wir zurück auf den Rellweg, um schneller voranzukommen, denn andernfalls setzen wir uns noch größerer Gefahr aus.«

Südöstlich zogen sie zwischen den Hügeln hindurch, und das Land wurde immer rauer. Wie es Galen vorausgesagt hatte, begannen Schluchten und Steilwände ihnen den Weg zu versperren. Und als hätten sich alle Geschicke tückisch verschworen, drängten Wände und Gräben sie langsam nach Süden, auf den alten Rellweg zu. *Zu früh!*, dachte Tuck. *Zu früh! Die Vulgs werden uns wittern!* Doch sie konnten ihren

Kurs nicht ändern, da sie sich zwischen Felsen hindurchschlängelten, Dickichte umgingen und an niedrigen Steilklippen entlangritten.

»Ich glaube, jetzt müssen wir uns zum Rellweg aufmachen und dann Reißaus nehmen«, sagte Galen grimmig, »denn wo wir im Augenblick reiten, werden die Vulgs unseren Pfad kreuzen.« Und so preschten sie entschlossen durch das unwirtliche Land auf die ehemalige Straße zu.

Als sie gerade durch ein gewundenes Tal ritten, trieb Gildor sein Pferd plötzlich neben Gagat, ergriff dessen Zügel und brachte beide Tiere zum Stehen.

»Psst!«, sagte er. »Horcht!« Und der Elf deutete voraus zu einer Biegung.

Tuck und Galen lauschten angestrengt und hörten über dem Schnauben der Rösser ein schwaches Klirren von Stahl auf Stahl, Kampflärm, die Geräusche eines Zweikampfs.

Auf ein Zeichen von Galen hin setzte sich Tuck hinter den Mann, und genau in diesem Augenblick kam ein mit Vorräten beladenes Pony um die Ecke geschlittert und schoss an ihnen vorbei; es verdrehte in panischer Angst die Augen, und seine Hufe trommelten einen rasenden Rhythmus auf den steinigen Untergrund.

Tuck griff nach seinem Bogen und zog einen Pfeil aus dem Köcher: Es war der rote Schaft aus dem Grab Othrans. Schnell steckte er ihn zurück und legte einen anderen an.

Galen zog sein Schwert, und Gildor hatte *Wehe* in der Hand, dessen Edelstein leuchtend rot aus der Klinge schien, damit lautlos ausrufend: *Das Böse ist nah!*

Auf ein Nicken Galens hin näherten sie sich im Schritttempo der Biegung. Tuck klopfte heftig das Herz, und er machte sich auf Flucht und Kampf gleichermaßen gefasst, denn er wusste nicht, was vor ihm lag. *Pling, Klenk!*, ertönte es lauter.

Langsam bogen sie um die Kurve und fanden sich auf dem

Schauplatz eines großen Gemetzels wieder. Tote Rukhs lagen da, erschlagene Hlöks ebenfalls, mit großen, klaffenden Wunden. Ponys waren abgeschlachtet worden, manche strampelten noch im Todeskampf.

Doch Tucks Aufmerksamkeit galt etwas anderem, denn hier und da lagen andere Krieger: *Zwerge!*

Zwerge, von Krummsäbeln und Keulen getötet!

Zwergenäxte, die vor schwarzem Rukhenblut trieften, zeugten vom Sterben unter dem Gezücht, *so wie rot gefärbte Rukhenklingen vom Zwergentod sprachen. Klirr! Zong!*

Schließlich kam das Trio vollständig um die Biegung; aus dem Bett des alten Rellwegs drang weiter das Klirren von Stahl auf Stahl. Es war ein Zwerg! Und ein Hlök! Und sie kämpften auf Leben und Tod: die beiden letzten Überlebenden eines blutigen Gemetzels, die allerletzten. Und sie kämpften weiter auf einem blutgetränkten Schlachtfeld.

Tuck sprang vom Pferd, spannte den Bogen bis zum Anschlag und zielte auf den Hlök.

»Nein!«, schrie der Zwerg, ohne die hasserfüllten Augen von seinem Feind abzuwenden. »Er gehört mir!«

Der Hlök warf einen raschen Blick auf die drei, er fletschte wütend die Zähne und sprang auf den Zwerg zu. *Pling! Zonk!*

Galens düstere Stimme ertönte über dem Klirren des Stahls. »Haltet Euren Pfeil zurück, Tuck. Er hat Recht.«

Axt stand gegen Krummsäbel, doch wurde die Axt in einer Weise geführt, wie es Tuck nie für möglich gehalten hätte. Der Zwerg griff den Eichenstiel mit beiden Händen: die rechte hoch oben, nahe der Klinge, und die linke unten am Ende des Schafts. Er benutzte den Stiel, um Säbelhiebe abzuwehren, stieß mit der Spitze der Axt zu und führte wütende Schläge mit der zweischneidigen Klinge, hinter denen die Kraft breiter Zwergenschultern steckte.

Doch auch der Hlök war ein geschickter Kämpfer und

zudem einen ganzen Kopf größer als sein Gegner. Er verfügte mit seinem Krummsäbel über die deutlich bessere Reichweite und wusste mit der breiten, gebogenen Waffe schnell und tödlich zu schlagen und zu stechen. Und die Klinge war von einer schwarzen Substanz verschmiert, ob es sich dabei aber um Gift handelte, konnte Tuck nicht sagen.

Kleng! Tschack!, kreischte der Stahl beim Aufeinandertreffen der Klingen, und der Zwerg wurde zurückgedrängt; Tuck machte seinen Bogen bereit. Doch dann stieß der Zwerg mit heiserer Stimme den uralten Schlachtruf seines Volkes aus – *»Châkka shok! Châkka cor!« (Zwergenäxte, Zwergenkraft!)* – und griff wütend an. Der Hlök schlug verzweifelt zu, aber die gebogene Klinge schnitt in den weichen Messingstreifen, der genau zu diesem Zweck auf der gesamten Länge des Axtstiels angebracht war. Mit einer schnellen Bewegung zog der Zwerg den Stiel nach links und schleuderte die stecken gebliebene Waffe zur Seite; dann stieß er die stählerne Axtspitze vor und traf den Hlök in die Brust, so dass der Eisenzahn durch die Schuppenpanzerung bis ins Herz drang. Und noch ehe der Hlök tot zu Boden gesunken war, riss der Zwerg die Axt zurück und spaltete mit einem rasch geführten Hieb den Schädel des Feindes, ein Anblick, bei dem Tuck Übelkeit in die Kehle stieg.

Als der Hlök tot in den Schnee stürzte, trat der Zwerg einen Schritt zurück, reckte die Axt empor und rief: *»Châkka shok! Châkka cor!«*

Galen steckte sein Schwert in die Scheide und stieg vom Pferd. Gildor tat es ihm gleich, und gemeinsam mit Tuck schritten sie auf den Zwerg zu, den einzigen Überlebenden unter nahezu zweihundertvierzig Kämpfern, die an diesem Dunkeltag an der alten Straße ihr Leben gelassen hatten. Er stand inmitten der Toten – *als würde ihm dieses blutige Schlachtfeld gehören,* dachte Tuck –, hielt die bluttriefende Axt in den knorrigen Händen und beobachtete argwöhnisch, wie das Trio auf ihn zukam.

Ein Zwerg war er, bekleidet mit der erdfarbenen, gesteppten Kluft der Berge; unter der offenen Jacke waren die Glieder eines schwarzen Kettenhemdes zu sehen. Er maß vielleicht vier und einen halben Fuß, und unter dem schlichten Stahlhelm quollen braune Locken hervor, die bis auf die Schultern fielen. Seine Augen waren dunkelbraun, beinahe schwarz, und ein gegabelter Bart reichte bis auf die Brust. Seine Schultern waren anderthalbmal so breit wie die eines Menschen.

»Das ist nahe genug«, knurrte er, misstrauisch gegenüber den Fremden, und hob die Axt. »Jedenfalls bis ich mehr über euch weiß. Ich war zwar als Erster hier, aber ich sage euch dennoch, wie ich heiße: Ich bin Brega, Bekkis Sohn. Wer seid ihr, meine Herren?«

Gildor übernahm das Reden. »Der Waerling ist Herr Tuck Sunderbank aus dem Land der Dornen, aus den Sieben Tälern.« Tuck verbeugte sich vor dem Zwerg, was mit einer steifen Verbeugung erwidert wurde, doch leuchtete Erstaunen aus Bregas Augen.

»Ich bin Gildor, Wächter Lians, Spross von Talarin und Rael, ursprünglich aus Darda Galion, aber jetzt aus Arden.« Gildor verbeugte sich, und Brega erwiderte die höfliche Geste; die Axt hatte er mittlerweile mit der Spitze auf das alte Straßenpflaster gestellt.

»Und das ist König Galen, Sohn des getöteten Aurion und nunmehr der hohe Herrscher über ganz Mithgar.«

Brega erbleichte bei dieser Nachricht. »Aurion Rotaug ist tot?«, platzte er heraus, und als Gildor nickte, fuhr er fort: »Was für eine schlimme Nachricht.« Daraufhin verbeugte er sich schwungvoll vor Galen.

»König Galen«, sagte der Zwerg, »ich und die Kameraden,

die ich anführe, sind nach Norden marschiert, um dem Ruf Eures Vaters zu folgen.« Brega vollführte eine ausladende Handbewegung über das Schlachtfeld, dann schien er zum ersten Mal zu begreifen, dass er allein übrig war. Entsetzen trat in seine Züge, und ohne ein weiteres Wort ging er zu einem Umhang, der im Schnee lag, hüllte sich darin ein und schlug die Kapuze in tiefer Trauer über den Kopf.

»König Galen«, sagte Tuck und deutete entlang des alten Rellwegs nach Nordwesten, »die Horde, sie kommt in Sichtweite.«

Über die verlassene Straße wimmelte das schwarze Gezücht nach Süden, auf die vier zu.

»Die Horde?«, stieß Brega hervor, das Gesicht von der Kapuze verdunkelt.

»Ja«, sagte Galen, »sie marschieren nach Süden, eine schwarze Flut, die sich in Richtung Quadra wälzt, aber wohin sie gehen, wissen wir nicht. Die Gruppe, die Eure Krieger erschlagen hat, war vielleicht die Vorhut der Horde, die dahinter folgt.«

»Woher wisst Ihr das?«, fragte Brega mit rauer Stimme, während er nach Nordwesten spähte. »Ich sehe keine Brut in dieser verdammten Finsternis.«

»Der Waerling sieht sie«, antwortete Gildor, »denn seine Juwelenaugen dringen weiter durch diese Dunkelheit als die Augen jedes anderen Volkes.«

Brega trat nahe an Tuck heran und sah dem Wurrling in die großen, schräg stehenden Saphiraugen. »Utruni-Augen«, brummte der Zwerg. »Jetzt glaube ich dir, Waeran.«

»Dann lasst uns aufsitzen und nach Süden reiten«, drängte Tuck mit einem Blick nach Norden.

Südwärts kam die Horde.

»Aber meine toten Angehörigen«, wandte Brega ein. »Sollen wir sie einfach hier auf dem Schlachtfeld liegen lassen? Stein oder Feuer, so halten es die Châkka. Wenn sie nicht in

Stein zur Ruhe gebettet oder auf einem Scheiterhaufen verbrannt werden, gehen ihre Schatten noch einmal ein ganzes Zeitalter auf Wanderschaft, bevor eine Wiedergeburt möglich ist.«

»Wir haben keine Zeit für ein angemessenes Begräbnis, Krieger Brega«, sagte Tuck. »Das lässt das heranrückende Gezücht Modrus nicht zu.«

»Ja, du hast wohl Recht, Waeran. Das ist nicht die Zeit für Trauer oder Begräbnisfeiern.« Brega schlug die Kapuze zurück, hob einen Tornister vom Boden auf und schulterte ihn. Dann ließ er den Blick über den Schauplatz des Gemetzels schweifen. »Sie waren gute Kameraden, die vierzig Châkka, mit denen ich marschierte, und Furcht erregend waren ihre Äxte.«

»Vierzig?«, staunte Galen. »Wollt Ihr damit sagen, nur vierzig Zwergenkrieger haben all diese Feinde getötet? Hier müssen zweihundert vom Gezücht liegen. In der Tat waren ihre Äxte Furcht erregend!«

Immer näher kam die Horde.

Galen bestieg Gagat und zog Tuck vor sich hinauf. Gildor sprang ebenfalls auf den Rücken von Leichtfuß und streckte die Hand zu Brega hinab: »Steigt hinter mir auf, Krieger Brega.«

Brega schaute zu Leichfuß empor, der hoch über ihm aufragte, und erbleichte. Rasch trat er einen Schritt zurück und streckte abwehrend die Hände vor. »O nein, Elf Gildor, ich werde auf einem Pony reiten und nicht auf dem Rücken eines so riesigen Tieres.«

»Drimm Brega, Ihr habt keine Wahl!«, sagte Gildor in gereiztem Ton und machte eine Geste über das Schlachtfeld. »Alle Ponys sind tot oder geflohen. Ihr müsst auf mein Pferd steigen. Es ist ja nicht so, als würdet Ihr Leichtfuß lenken, das übernehme ich schon. Ihr sitzt nur hinter mir, sonst nichts, und reitet mit mir nach Süden.«

»Und ob ich eine Wahl habe!« In Bregas Stimme loderte Zorn über Gildors Tonfall und seine Augen funkelten. »Ich kann mich hier mitten auf die Straße stellen und gegen die Horde kämpfen. Meine Axt wird noch weiteres Blut des Gezüchts trinken, ehe der Tag zu Ende ist.« Brega nahm die Waffe von der Schulter und drehte sich nach Norden um.

Nach Süden schwärmte die Horde, und immer näher kam sie den vieren.

»Herauf zu mir, Ihr eigensinniger Narr!«, befahl Gildor. »Inzwischen kann auch *ich* die Horde sehen, und wir haben weder die Zeit noch die Geduld, mit einem halsstarrigen Drimm zu streiten, der sich vor Pferden fürchtet!«

Brega wirbelte mit einem Knurren zu Gildor herum und hob die Axt.

»Halt!«, rief Tuck. »Lasst uns nicht untereinander streiten. Wir sind doch Verbündete! Das Madenvolk wird dich einfach aus der Distanz mit schwarzen Pfeilen töten, Brega, und du wirst für nichts gestorben sein. Komm mit uns, dann wirst du Gelegenheit haben, deine Brüder zu rächen, so wie ich die meinen rächen werde.«

Brega ließ die Axt sinken.

Nun sprach auch Galen: »Krieger Brega, ich brauche Eure Kraft und Geschicklichkeit an meiner Seite. Unsere Reise nach Süden ist gefahrvoll, und ich muss das Heer erreichen. Mit Euch als Begleiter stehen unsere Aussichten besser. Im Namen ganz Mithgars bitte ich Euch, mit uns zu kommen.«

Der Zwerg sah zum Hochkönig und dann zu Tuck, bevor sein Blick zu seinen getöteten Verwandten wanderte. Er schaute nach Norden, wo außerhalb seiner Sichtweite die Horde südwärts wimmelte. Zuletzt sah er Gildors ausgestreckte Hand an und lud sich brummend die Axt an ihrem Riemen auf den Rücken. Er langte hinauf, um die Hand des Elfen zu ergreifen, stieg in den Steigbügel und schwang sich hinter Fürst

Gildor auf Leichtfuß. Und Tucks scharfe Ohren hörten, wie der Zwerg ausrief: *»Durek, varak an! (Durek, verzeih mir!)«*

Als sie schließlich durchs Schattenlicht sprengten, blickte sich Tuck noch einmal zur Horde um und hielt den Atem an, denn sie war nur noch drei Meilen entfernt, und die Vulgs, die vor ihr hersprangen, waren sogar noch näher.

In südöstlicher Richtung rannte Gagat auf dem alten Rellweg, mit Leichtfuß neben sich und dem Packpferd im Schlepptau. Der Abstand zwischen den Pferden und der Horde vergrößerte sich rasch, und bald konnte Tuck den Feind nicht mehr sehen. Galen nahm das Tempo zurück, und sie ritten wieder einzeln hintereinander.

»Habt keine Angst, Tuck«, sagte Galen leise, »sie haben uns nicht gesehen, denn ich konnte sie auch nicht sehen. Und ich wollte es zwar vor Brega nicht sagen, aber wenn das Gezücht zum Schauplatz des Kampfes kommt, werden sie anhalten, um zu plündern, zu verstümmeln und nach Überlebenden zu suchen, und vielleicht lagern sie sogar dort. Und unsere Spur in Richtung Süden vermischt sich nun mit der, welche die Zwerge in Richtung Norden zurückgelassen haben, deshalb werden die Vulgs nicht bemerken, dass wir hier durchgekommen sind, sondern unsere Fährte mit der von Bregas Truppe verwechseln.

Wir werden noch etwa zehn Meilen reiten und dann ein Lager aufschlagen. Der Schwarm wird nicht so weit kommen, denn wir haben mehr als dreißig Meilen bis hierher zurückgelegt, und da wir keinen Hinweis auf das letzte Lager der Horde entdeckt haben, muss es vor der Schlucht gewesen sein. Selbst Rukha und Lökha marschieren keine vierzig Meilen am Stück.

Nein, ich denke, sie werden da hinten am Schlachtfeld kampieren und sich um die Beute der Getöteten streiten.« Galen verstummte, während die Pferde in leichtem Galopp weiterrannten.

Die vier lagerten in einem kahlen Dickicht, ein gutes Stück oberhalb und abseits der Straße. Während sie ihren Reiseproviant verzehrten, erzählte Brega seine Geschichte, und Galens Miene wurde immer düsterer, denn die Nachrichten aus Pellar klangen schrecklich:

»Es herrscht Krieg, blutiger Krieg, da unten im Süden. Die Räuber aus Kistan und die Armeen aus Hyree kommen von Vancha und Tugal her angerückt, durch Hoven und Jugo, und in Schiffen über die Avagon-See.

Pellar war nicht vorbereitet und wurde in die Knie gezwungen, und fast wäre der Streich tödlich gewesen. Doch Valon sammelte seine Truppen, und ringsum ertönte der Ruf zu den Waffen. Noch jetzt tobt der Kampf.

Boten wurden zu Hochkönig Aurion im Norden geschickt, doch es kam keine Antwort. Dann erfuhren wir, dass die Hyranier die Gûnarring-Schlucht besetzt hielten und die Herolde getötet hatten.

Wir erhielten auch Mitteilung aus dem fernen Riamon, dass eine fürchterliche Dunkelheit über den Grimmwall hereingebrochen sei und sich nun nach Süden bewege.

Schließlich kam ein Reiter aus der Feste Challerain zu uns durch. Wie? Ich weiß es nicht, aber er brachte Nachricht von Modrus Horde im Norden.

Wir konnten nur eine symbolische Streitmacht der Châkka aus den Roten Bergen zur Unterstützung der Feste im Norden entsenden, denn die Übrigen kämpften gegen den Jihad.

Ich wurde dazu auserkoren, die vierzig anzuführen, und wir brachen mit Ponys nach Norden auf. Durch Valon zogen wir und hielten uns östlich der Gûnarring-Schlucht, denn diese wurde und wird vielleicht noch immer vom Feind gehalten. Stattdessen ritten wir rund fünfzig Meilen nördlich der Schlucht zu einem alten Geheimweg durch den Gûnarring, der bei den Châkka als ›der Übergang‹ bekannt ist.

Auf dieser Route gelangten wir nach Gûnar hinein und hielten uns dann wieder nördlich. Wir ritten durch den Gûnarschlitz, und als wir den Fluss Hâth erreichten, stießen wir auf diese grässliche Dunkelheit. Wir waren sehr aufgeregt, zogen aber unbeirrt durch den dichten Schnee, über die Hâth-Furt und in den Dusterschlund dahinter – dieses Schattenlicht war, als würde man in eine tiefe Phosphorhöhle gehen.

An der westlichen Flanke des Grimmwalls marschierten wir durch die Winternacht. Unsere geplante Route war die Rhon-Furt, die Steinbogenbrücke und schließlich die Signalberge mit der Feste Challerain an ihrem Ende.

Es wäre ein langer Marsch geworden, denn wir waren schon beinahe dreißig Tage unterwegs und rechneten mit etwa zwanzig weiteren; doch die Vorhut der Horde überfiel uns, und außer mir wurden alle getötet.« Brega verstummte und zog wieder die Kapuze über den Kopf.

»Ach, das sind in der Tat schlimme Neuigkeiten«, sagte Gildor, »aber damit wird vieles klar: warum unsere Nachrichten ihr Ziel nicht erreichten und warum aus dem Süden keine Botschaft kam, denn die Gûnarring-Schlucht wird vom Feind gehalten. Damit erklärt sich auch, warum das Heer nicht nach Norden kam: Es kämpft gegen den Feind aus dem Süden.«

»Was gibt es vom Krieg dort Neues, Brega?«, fragte Galen. Seine Stimme war grimmig und sein Blick kalt.

»Ich weiß nicht, wie es im Augenblick steht, Majestät«, erwiderte Brega, »denn seit einem Monat habe ich nichts mehr von unseren Leuten gehört. Pellar wankte unter dem Ansturm, aber dann kamen die Reiter aus Valon und trieben den Feind ein Stück zurück. Die Kämpfe wogten auf und ab wie eine Schaukel, aber der Feind erhielt Verstärkung mit Schiffen. Als ich nach Norden aufbrach, schien sich die Waage zu unseren Ungunsten zu neigen, und unsere Aussichten waren düster.«

Er herrschte kurzes Schweigen, dann rief Tuck von dem Fels herab, auf dem er Wache hielt: »Du hast ein Wort benutzt, das ich nicht kenne, Brega. Was ist ein Jihad?«

»Sie kämpfen einen großen Jihad, einen heiligen Krieg«, antwortete Brega. *»Sie sind überzeugt, dass Gyphon zurückkehren und Adon niederwerfen wird.«*

Gildor wurde aschfahl im Gesicht. »Wie ist das möglich?«, stieß er hervor. »Der Große Böse ist jenseits der Sphären verbannt. Er kann nicht zurückkehren.«

Brega zuckte nur mit den Achseln.

»Wie das möglich sei, fragt Ihr«, sagte Galen voll Bitterkeit. »Lasst mich mit einer Gegenfrage antworten, Fürst Gildor.« Er deutete auf den Dusterschlund. »Wie ist es möglich, frage ich, dass Adons Versprechen durch die Winternacht gebrochen wird? Welche finstere Macht, welcher Lichtfresser beherrscht die Sonne in einer Weise, dass sie nicht durch diesen Schattengriff zu dringen vermag? Und wenn das möglich ist, wenn Adons Bann nach viertausend Jahren gebrochen wird, dann ist in der Tat auch eine Rückkehr Gyphons möglich.«

»Ai«, rief Gildor, »falls das geschähe, würde die Welt in eine so fürchterliche Grube gestürzt, dass selbst Hél dagegen wie ein Paradies erschiene.«

Lange sprach niemand ein Wort, und Angst erfüllte Tuck, denn er wusste zwar kaum etwas von Gyphon, doch die Wirkung, die der Name auf Gildor gehabt hatte, trieb das Entsetzen wie einen grausamen Dorn in das Herz des Wurrlings.

Schließlich ergriff Galen das Wort. »Wir müssen ein wenig schlafen, denn morgen reiten wir zum Fuß des Quarda-Passes, und tags darauf versuchen wir ihn zu überqueren.«

»Ich halte Wache«, sagte Tuck von seinem Ausguck herab, »denn der Feind ist hinter uns, und da werden meine Augen gebraucht. Überdies glaube ich ohnehin nicht, dass ich schlafen kann.«

»Nein, Waerling«, erwiderte Gildor. »Ihr seid müde, das sehe ich, und Eure Sehkraft wird in den nun folgenden Dunkeltagen von entscheidender Bedeutung sein. Ihr schlaft, und ich halte Wache, denn obschon meine Augen den Euren in dieser Finsternis nicht gleichkommen, so nehmen sie es doch leicht mit denen der *Rûpt* auf. Und der Schlaf von Elfen unterscheidet sich von dem der Sterblichen, denn ich kann ruhen und wachen zugleich, wenn auch nicht unbegrenzt lange – selbst Elfen brauchen gelegentlich einen tiefen Schlaf. Doch bevor das eintritt, kann ich viele Tage Wache halten.«

Und so legten sich alle anderen zur Ruhe, und Gildor setzte sich auf den hohen Stein und hielt Wache. Er ruhte seinen Geist in angenehmen Erinnerungen aus, während seine Augen sie alle beschützten.

Es dauerte jedoch lange, ehe Tuck einschlief, denn sein Herz klopfte noch immer beklommen vor Angst, und seine Gedanken waren zu jenem fernen Tag zurückgewandert, da Danner von Gyphons Sturz erzählt und die letzten Worte des Großen Bösen gesprochen hatte. Und diese Worte hallten nun unablässig durch Tucks Kopf: *Selbst in diesem Augenblick habe ich Ereignisse in Gang gesetzt, die du nicht aufhalten kannst. Ich werde zurückkehren! Ich werde siegen! Ich werde herrschen!*

Nachdem sie das Lager abgebrochen hatten, schien Brega erneut nur widerwillig hinter Gildor auf Leichtfuß Platz zu nehmen, und Tuck war erstaunt, dass sich ein so unerschrockener Krieger wie der Zwerg derart von dem Gedanken, auf einem Pferd zu reiten, einschüchtern ließ. Doch Brega biss die Zähne zusammen und stieg auf das Ross.

Mit Galens Hilfe schwang sich Tuck auf Gagats Widerrist, und sie ritten aufs Neue nach Südosten.

Durch die Vorberge ging es nun, und das Land stieg auf dem

Weg zur Hohen Quadra an. Vier mächtige Berge des Grimmwalls waren dies: Grauturm, Dachspitz, Grimmdorn und, der gewaltigste von allen, Stormhelm. Unter diesen vier Gipfeln lag das unterirdische Drimmenheim, die alte Heimat der Zwerge, die sie aufgegeben hatten, weil darin nun der Schrecken herrschte: ein Gargon, Modrus *Graus,* ein gemeiner Vûlk, Diener Grons im Großen Bannkrieg. Und wie Vanidors Worte nahe gelegt hatten, bevor das Trio vom Ardental aufbrach, hatte der Dusterschlund dieses Ungeheuer womöglich aus seiner Verbannung unter der Quadra befreit, so dass es im Schattenlicht auf Raubzug gehen konnte. Ein fürchterlicher Verbündeter wäre er für Modrus Horde, denn der Gargon ist ein Angststreuer: Armeen brechen auseinander und fliehen vor seiner Fähigkeit, Furcht zu verbreiten, oder die Soldaten sind gelähmt vor Angst, wie zu Stein erstarrt und leichte Beute.

Auf das Herrschaftsgebiet dieses Schreckens ritten die vier nun also zu, denn sie gedachten den Quadra-Pass zu überqueren und die Lian in Darda Galion vor der Horde zu warnen, die in ihrem Rücken marschierte.

Zwanzig Meilen weit ritten sie durch die ansteigenden Vorberge nach Süden. Dann teilte sich die aufgegebene Straße: Der alte Rellweg verlief weiterhin entlang der westlichen Flanke des Grimmwalls nach Süden; der andere Pfad bog nach links, Richtung Osten, ab und führte hinauf ins Gebirge, denn das war die Straße zum Quadra-Pass.

Diesem Weg folgten sie und ritten noch rund fünfzehn Meilen, bevor sie ein Lager aufschlugen. Sie hatten fünfunddreißig Meilen auf diesem Tagesabschnitt zurückgelegt und waren müde.

Sie verzehrten ihre Abendration: Tee, *Mian* und zähe, gesalzene Fleischwürfel, die laut Brega vom Kabeljau stammten, von den Fischern von Leut zubereitet wurden und mit den Handelsflotten von Arbalin nach Jugo gelangten.

»Was treibst du da, Waeran?«, fragte Brega, als Tuck nahe des kleinen, geschützten Feuers saß, Tee trank und sich Notizen machte.

Tuck schaute auf. »Ich schreibe die Ereignisse des Tages auf, Brega.« Der Wurrling hielt das Büchlein hoch. »Das ist mein Tagebuch.«

Brega neigte den Kopf, sagte aber nichts, deshalb las Tuck die letzten Sätze laut vor: »Morgen nehmen wir den Quadra-Pass von der Flanke des Stormhelm her in Angriff. Wenn wir weder auf Schnee, Rukhs oder den Graus stoßen, der angeblich in Drimmenheim haust, werden wir den Pass vielleicht überqueren.«

Brega knurrte und strich über seinen geteilten Bart. »Stormhelm. Drimmenheim. Du sprichst in einer Mischung aus Menschen- und Elfensprache, aber ich höre kein Wort Châkka.«

»Châkka?« Tuck neigte den Kopf fragend zur Seite.

»Châkka: der Name, mit dem sich Zwerge selbst bezeichnen«, erklärte Galen.

»Wir nennen sie Drimma«, meldete sich Gildors Stimme vom Ausguck.

»Dann bedeutet Drimmenheim ...«, tastete sich Tuck vor.

»Zwergenhöhlen«, ergänzte Galen.

»Jawohl«, brummte Brega. »Drimmenheim für Elfen, Schwarzes Loch für Menschen, aber der richtige Name lautet Kraggen-cor. Aber egal, wie man es nennt, es handelt sich um die alte Châkka-Festung, die unter die Quadra gegraben wurde.« Brega schüttelte bedauernd den Kopf. »Aber die Châkka wohnen nicht mehr dort.« Der Zwerg sprang nun auf die Füße und lief aufgeregt hin und her, mit finsterer Miene und zornig funkelnden Augen. »Viermal wurden wir von einem Feind besiegt, der zu stark für uns war: zweimal von Drachen, einmal von einem Ghath – einem Gargon – und vom vierten Mal spreche ich nicht. In Kraggen-cor war es der Ghath.

Glorreiche Zeiten verlebten wir in jenem mächtigen Reich: Wir schürften nach Erzen, Edelsteinen und kostbarem Sternsilber. Dort lagen auch unsere unübertroffenen Schmieden, in denen Werkzeuge, Waffen und Schmuck gefertigt wurden. Und unsere Behausungen waren erfüllt von Glück und Fleiß. Aber in den alten Geschichten heißt es: Eines Tages wurde ein Sternsilberschacht in eine wenig verheißungsvolle Richtung vorangetrieben. Warum, das weiß ich nicht. Manche sagen, es war Modrus Wille, der unseren Weg bestimmte, denn unsere Grabtätigkeit befreite den bösen Ghath, Modrus Graus, aus einer Kammer, in der er seit dem Großen Bannkrieg eingeschlossen gewesen war.«

»Das Vergessene Gefängnis«, sagte Gildor und verstummte.

»Gefängnis, Ihr sagt es.« Brega blickte zu dem Elfen hinauf und schlug sich mit der Faust in die Handfläche. »Und es war ein Gefängnis, bis der Ghath an jenem verhängnisvollen Tag aus seiner Grube ausbrach, durch das Ende der Schachtwand drang und viele Châkka tötete.

Vergeblich versuchten wir ihn zu erlegen, er überwältigte stattdessen mein Volk, und am Ende flohen wir, hinaus aus der Dämmertür im Westen und dem Morgentor im Osten des Grimmwalls, denn die Gänge des Kraggen-cor erstrecken sich von einer Seite des Gebirges bis zur anderen.«

Brega ließ sich schwer auf einen Baumstamm sinken, sein wildes Gehabe verschwand und wurde von einer düsteren, ernsten Stimmung ersetzt. »Mehr als tausend Jahre sind vergangen, seit die Châkka zuletzt im Kraggen-cor wohnten, und noch immer sehnen wir uns nach seinen mächtigen Korridoren. Und auch wenn viele davon geträumt haben, in jenen Sälen zu wohnen, ist niemand außer Braggis Einheit je wieder hineingegangen, denn Braggi führte einen Stoßtrupp, der den Ghath töten sollte: die Verdammten Braggis, denn keiner aus seiner Schar wurde jemals wieder gesehen.

Manche behaupten, der Kraggen-cor wird erneut unser sein, wenn Todbezwinger Durek wiedergeboren wird. Dann werden wir aufs Neue dort leben. Unter Uchan, Ghatan, Aggarath und Ravenor – die vier Berge, die ihr Grauturm, Dachspitz, Grimmdorn und Stormhelm nennt. Und wir werden wie in alten Zeiten ein mächtiges Reich errichten. Wann das sein wird, kann ich nicht sagen, denn niemand weiß, wann Khana Durek zurückkehren wird.«

Brega sank in verdrießliches Schweigen, und lange Zeit sprach niemand, während Tuck in sein Tagebuch kritzelte. »Welche Namen haben die Elfen für die Quadra, Fürst Gildor?«, fragte Tuck schließlich.

»In Sylva heißen sie Gralon, Chagor, Aevor und Coron«, antwortete Gildor, wobei er sie in der gleichen Reihenfolge benannte wie Brega zuvor.

Wieder schrieb Tuck, bevor er eine neue Frage hatte. »Brega, eine Sache gibt mir Rätsel auf: Als du von den alten Zeiten sprachst, sagtest du *unsere* Schmieden, *unsere* Behausungen, *wir* flohen. Aber das alles ist tausend Jahre her. Zweifellos warst du selbst ja wohl nicht dabei.«

»Vielleicht doch, Waeran, vielleicht doch«, entgegnete Brega. Der Zwerg verstummte, und als Tuck schon dachte, er würde nichts Neues mehr erfahren, sprach Brega weiter: »Châkka glauben, dass jede Seele viele Male wiedergeboren wird. Und deshalb könnte jeder Châk, der zur Zeit lebt – und auch jene, die noch geboren werden –, irgendwann einmal in den Sälen des mächtigen Kraggen-cor gewandelt sein.«

Wieder herrschte lange Schweigen, das Gildor schließlich durchbrach: »In meiner Jugend bin ich einmal durch die Gänge von Drimmenheim geschritten. Es war eine Reise, die ich nie vergessen habe, denn die Schwarzen Gruben sind in der Tat beeindruckend.«

»Ihr wart im Kraggen-cor?«, staunte Brega.

Gildor nickte. »Es ging um eine Handelsmission von Lianion nach Darda Galion, und der Quadra-Pass war wegen Schnees unpassierbar. Man erlaubte uns den Durchgang durch Drimmenheim, allerdings zahlten wir dafür ein beträchtliches Wegegeld, soweit ich mich erinnere. In jenen Tagen herrschte reger Handel zwischen Trellinath, Harth, Gûnar, Lianion und Drimmenheim.«

Brega schaukelte vor und zurück und sah zu Gildor empor. »Fürst Gildor«, sagte der Zwerg schließlich, »falls dieser Winterkrieg je zu Ende geht, müssen wir beide ein langes Gespräch führen. Unbezahlbares Wissen über Kraggen-cor ist meinem Volk verloren gegangen, und Ihr könnt uns vieles davon erzählen.«

Bevor sie sich zur Ruhe begaben, wurde nicht mehr viel gesprochen; Gildor hielt erneut Wache. Doch trotz seiner Müdigkeit fiel es Tuck schwer, einzuschlafen, denn in seinem Kopf wirbelten viele Namen: *Kraggen-cor, Drimmenheim, Schwarzes Loch; Châkka, Drimma, Zwerge; Gargon, Graus, das Vergessene Gefängnis; Dämmertür, Morgentor, Grimmwall; Quadra, Quadra-Pass ...*

Dieser letzte Name, Quadra-Pass, tauchte am häufigsten in Tucks Gedanken auf, denn keiner der vier Gefährten wusste, ob Rukhs, Schnee oder der Gargon den Weg versperren würden. Doch morgen wollten sie versuchen, ihn zu überqueren, und Tuck schlief mit der Frage ein, was der morgige Tag wohl bringen werde.

Während sie das Lager abbrachen, legte Galen ihre Strategie dar. »Tuck, Ihr reitet hinter mir, denn der Weg vor uns ist eng und gewunden, deshalb werden meine Augen die meiste Zeit ausreichen; falls nötig, könnt Ihr um mich herumspähen. Wir beide reiten voran, Gildor folgt mit Brega, und sie führen das Packpferd. Haltet Schwert, Axt und Bogen bereit.

Sollte uns Schnee den Weg versperren, müssen wir kehrtmachen und schleunigst zurückeilen, da eine Horde im Gewaltmarsch auf uns zukommt, und wir dürfen an diesem Berghang nicht in die Falle geraten.

Sollte der Weg aber vom Yrm gehalten werden, dann versuchen wir sie zu töten – falls es nicht zu viele sind. In diesem Fall könnte Euer Bogen von entscheidender Bedeutung sein, Tuck, um einen Wächter lautlos aus der Distanz außer Gefecht zu setzen.

Falls eine größere Streitmacht den Pass hält, könnten wir versuchen durchzubrechen und auf der anderen Seite unser Heil in der Flucht suchen, wir könnten aber auch einfach umkehren, ohne sie auf uns aufmerksam zu machen, und wiederum eiligst denselben Weg zurückgehen, bevor wir auf die Horde treffen, die uns auf den Fersen ist.

Sollte der Graus den Weg versperren, werden wir es an der schrecklichen Angst in unseren Herzen erkennen und umkehren, bevor wir ihm zu nahe kommen, denn mit diesem Feind können wir es nicht aufnehmen.

Wenn wir den Pass also nicht überqueren können, wenden wir uns nach Süden, zum Gûnarschlitz, und hoffen, dass er frei von Feinden ist, wie es der Fall war, als Brega in nördlicher Richtung durchkam.

Sollten aber weder Schnee noch das Gezücht oder der Gargon den Quadra-Pass blockieren, dann reiten wir das Große Gefälle auf der anderen Seite hinab und steuern Darda Galion im Südosten an, um es vor der anrückenden Horde zu warnen.

Möchte jemand diesem Plan etwas hinzufügen?« Galen sah jedem einzeln ins Gesicht.

Wie sehr er doch seinem Vater ähnelt, dachte Tuck, und seine Gedanken wanderten zum Kriegrat in der Feste Challerain zurück.

Brega meldete sich zu Wort. »Es wird sehr kalt werden bei

dieser Überquerung, denn es herrscht nicht nur Winter, sondern zusätzlich hat auch noch diese üble Winternacht die Höhen in ihrem Griff. Wenn es sich um den Crestan-Pass handelte, glaube ich nicht, dass wir es überleben würden. Aber wir haben den Quadra-Pass vor uns, und der führt nicht so hoch hinauf. Doch wir müssen schnell sein; andernfalls bewegen wir uns erst wieder, wenn es im Frühjahr taut.« Brega wandte den Kopf und versuchte vergeblich, den Dusterschlund mit seinem Blick zu durchdringen, um den Weg nach oben zu erkennen. »Es könnten aber viele Jahre vergehen, ehe wieder ein Frühling in dieses Land zieht, denn Modru hat vor, es nicht mehr loszulassen.«

»Genau das müssen wir verhindern, Zwerg Brega«, sagte Galen, und Entschlossenheit lag in seinen grauen Augen. »Sollte es in meiner Macht stehen, werden diese Berge bald wieder den warmen Kuss der Sonne spüren.«

Gildor bestieg Leichtfuß, und Brega folgte ihm, während sich Tuck hinter Galen schwang. Doch gerade, als sie vorwärts preschen wollten, rief Brega: »König Galen, just in diesem Augenblick fällt mir eine alte Châkka-Erzählung ein: Es gibt die Geschichte von einem geheimen Hohen Tor irgendwo an der Flanke des Ravenor, ein Tor, das sich in den Quadra-Pass hinein öffnet und in die Gänge des Kraggen-cor führt. Vielleicht ist es nur ein Märchen, vielleicht ist es wahr, aber wenn es stimmt und wenn der Ghath oder die Brut es besetzt hält, dann könnten sie daraus hervorbrechen, um uns anzugreifen. Aber ob Tatsache oder Erfindung, mehr weiß ich nicht von diesem Hohen Tor.«

Galen überlegte. »Hohes Tor hin oder her, wir müssen es dennoch versuchen«, sagte er schließlich und gab seinem Pferd die Sporen.

Sie preschten die ansteigende Quadra-Straße hinauf, Gagat voran, Leichtfuß und das Packpferd hinterdrein. Drei Meilen und mehr ritten sie, und nun konnte Tuck mächtige Bergflanken erkennen, die sich in den Dusterschlund erhoben. Zu seiner Linken war der Stormhelm und zu seiner Rechten der Grimmdorn, zwei von vier Gipfeln der Hohen Quadra. Die Straße selbst war in die Seite des Stormhelm gehauen, und Vorsprünge und Grate aus rostrotem Granit sprangen in gewaltigen Stufen an der Bergflanke empor oder stürzten in glatten Steilwänden nach unten, wo sie auf die Wälle des düsteren Grimmdorns trafen. Eisflächen überzogen die mächtigen Zinnen, und das Glimmen des Schattenlichts glitzerte im Raureif und verlieh den hohen Felsen einen phosphoreszierenden Glanz. Und von den krummen Wänden der Quadra-Straße hallte das Getrampel von Hufen wider, während Mensch, Zwerg, Elf und Wurrling durch die Winternacht den Berg hinaufpreschten.

Durch Hohlwege ritten sie und über verwitterte Kämme, wo es links und rechts der Straße steil in die Tiefe ging. Unentwegt aber strebten sie nach oben. Hin und wieder stiegen sie ab und führten die Pferde, um ihnen eine Erholungspause zu gönnen, aber sie gingen in raschem Tempo, denn die Zeit war nicht ihr Verbündeter.

Zehn, fünfzehn und mehr Meilen legten sie zurück, und mit jeder Meile wurde die Luft dünner und kälter, und die Reiter zogen die Kapuzen über den Kopf und hüllten sich fest in ihre Umhänge.

Schließlich begann es abwärts zu gehen; Tuck sah, wie der Weg an der Ostflanke des Stormhelm nach unten führte.

»Majestät, dieser krumme Weg vor uns fällt ab«, jubelte er. »Ich glaube, wir haben den höchsten Punkt des Quadra-Passes erklommen.«

Galens Stimme drang gedämpft aus dem Umhang: »Keine Wachen bis hierher. Und, was noch merkwürdiger ist, auch kein winterlicher Schnee.«

Sie ritten abwärts, und Tuck dachte angestrengt nach. »Es heißt, Modru ist der Beherrscher der Kälte«, sagte er schließlich. »Vielleicht hat er den Schnee von diesen Höhen fern gehalten. Aber wieso?«

»Das ist es!«, rief Galen aus. »Wenn kein Schnee liegt, kann seine Horde diesen Pass überqueren und in den Lerchenwald einfallen. Nun müssen wir die Lian erst recht warnen.«

Weiter ging es, den Quadra-Lauf hinab, wie der östliche Weg genannt wurde. Neben der Straße floss ein Bach talwärts, der ebenfalls Quadra-Lauf hieß und nun im eisigen Griff der Winternacht erstarrt war.

Über Kämme, durch Hohlwege und um hohe Bergspitzen herum führte sie ihr Weg nach unten, auf jenes noch nicht sichtbare geneigte Tal zu, das von den vier Gipfeln der Quadra gesäumt war.

Tuck spähte hinter Galen hervor nach dem Weg, aber die meiste Zeit versperrten Steinwände und hohe Felsen die Sicht. Gelegentlich aber erhaschte er zwischen den Vorsprüngen und Spitzen einen Blick auf den Quadra-Lauf vor ihm.

Es war an einer dieser Stellen, als Tuck plötzlich drängend »Halt, Majestät!« flüsterte und von Gagats Rücken glitt. Der Wurrling rannte zu einem Spalt zwischen zwei hohen Felsen und spähte angestrengt den Berg hinab. Galen stieg ebenfalls ab und folgte ihm.

»Ghule«, sagte Tuck mit Bitterkeit in der Stimme. »Zwanzig oder dreißig, vielleicht drei Meilen weiter unten. Sie kommen auf Hélrössern hier herauf.«

»Rach!«, fluchte Galen. »Seht Ihr eine Stelle, wo wir uns verstecken könnten?«

»Nein, Majestät«, antwortete Tuck sofort. »Die Strecke vor uns ist ein offener Kamm.«

Galens Stimme zitterte vor Wut und Enttäuschung. »Dann müssen wir umkehren, bevor sie uns sehen.«

»Aber wir haben einen solch langen Weg hinter uns!«, rief Tuck.

»Wir haben keine Wahl!«, fauchte Galen, dann wiederholte er freundlicher: »Ach, Tuck, wir haben keine Wahl.«

Galen drehte sich zu Gildor und Brega um, die auf dem stehenden Leichtfuß saßen. »Wir müssen umkehren – Ghola kommen uns entgegen.«

Zorn blitzte in Bregas Auge auf, er löste die Axt vom Riemen und hob sie hoch in die Luft. »Sind wir den ganzen weiten Weg geritten, um uns von Modrus Lakaien alles zunichte machen zu lassen?«

»Wie viele sind es, König Galen?«, fragte Gildor.

»Zwanzig oder mehr, sagt Tuck«, erwiderte Galen. Er stieg auf Gagat und zog den Wurrling hinter sich hinauf.

Gildor wandte sich an den Zwerg. »Hängt Eure Axt wieder um, Drimm Brega, denn selbst Euer Heldenmut ist zwanzig Vertretern des Leichenvolks nicht gewachsen.«

Brega knirschte vor Wut mit den Zähnen, schnallte sich die Streitaxt jedoch wieder um, während sie in die Richtung zurückritten, aus der sie gekommen waren.

Auf ihrem schnellen Ritt den Quadra-Lauf hinauf fragte Tuck über das Klappern der Hufe hinweg: »Diese Ghule, Majestät, warum kommen sie in diese Richtung? Wo waren sie?«

»Das weiß ich nicht«, antwortete Galen über die Schulter. »Vielleicht sind sie ein Voraustrupp der Horde auf der anderen Seite, und sie kehren von den Randgebieten des Lerchenwalds zurück, um dem Schwarm zu berichten, was ihr Vorstoß offenbart hat.«

Die Horde! Tucks Herz klopfte heftig. *Die hatte ich ganz vergessen! Und jetzt reiten wir auf sie zu!*

Entlang des gewundenen Quadra-Laufs stürmten sie zurück zum Kamm des Passes, und dann schlugen sie den westlichen Weg nach unten ein, denselben Weg, den sie sich soeben heraufgequält hatten. Tucks Augen forschten unablässig nach Anzeichen der Horde, so weit es der Blick talwärts zwischen den Felsen gestattete. Die ganze Zeit über suchte er auch nach Stellen, wo sie seitlich vom Weg schlüpfen, sich verstecken und die Ghule vorbeireiten lassen konnten; doch es gab keine Spalten oder Schluchten, die ihnen Schutz geboten hätten; die Quadra-Straße wand sich am Stormhelm hinab, ohne dass man sie irgendwo verlassen konnte.

Sie ritten geschwind durch die steilwandigen Hohlwege und kamen dem Fuß der Berge immer näher. Drei Stunden waren sie bereits geritten, und nun begann die Steigung der Straße abzunehmen, da sie ins Flachland kamen.

»Majestät, die Horde!«, rief Tuck. »Ich sehe sie!«

Durch die Vorberge wimmelte die schwarze Schar heran, und vor ihr sprangen Vulgs. Tuck warf einen Blick zurück. Genau an der Grenze seines Sehvermögens ritten die Ghule über einen offenen Kamm. *Wir sitzen in der Falle!,* hallte es durch seinen Kopf. *Vor uns ein Schwarm und hinter uns die Ghule!*

»Wann können wir diese Straße verlassen?«, klang Galens Stimme durch Tucks Entsetzen.

»W... was?«

»Wann können wir diese Straße verlassen?«, wiederholte Galen, und seine Stimme bebte vor Anspannung.

Tucks Augen überflogen die Strecke vor ihnen. »In ungefähr einer Meile!«, rief er, und sein Herz vollführte einen hoffungsvollen Satz. »Wir können nach links vom Weg abbiegen, genau da, wo ein Kamm auf einen Hohlweg trifft. Dort können wir zu einem Plateau hinaufreiten. Es gibt keinen Pfad, aber wir entkommen der Straße!«

»Ich sehe es«, verkündete Galen und trieb Gagat zu noch größerer Eile an. Das schwarze Ross raste voran, und Leichtfuß und das Packpferd folgten hinterdrein.

Sie sprengten den Weg hinab: Ihnen entgegen kam die Rukhen-Horde, in ihrem Rücken ritten die Ghule.

In vollem Galopp donnerten die Kameraden auf den Kamm hinaus, und an seinem Ende bogen sie von der Straße ab, auf das Plateau hinauf.

Galen brachte sein Pferd unvermittelt zum Stehen und hob die Hand, um Fürst Gildor aufzuhalten. »Brega! Eure Axt!«, bellte er. »Schneidet Farnkraut ab! Verwischt unsere Spuren im Schnee!«

Brega sprang vom Pferd, schnitt einen winterdürren Busch mit der Axt ab und rannte zurück zu der steinigen Straße. Mit weit ausholenden Armbewegungen verwischte er im Rückwärtsgehen ihre Fährte. Nach gut hundert Fuß, als er beinahe wieder bei den Pferden war, ließ er den Busch auf Galens energischen Ruf hin fallen und stieg erneut auf Leichtfuß. Nach Süden, fort von der Quadra-Straße, schossen die Pferde, durch ein zerklüftetes Land, rau und von Felsblöcken übersät. Tuck blickte über die Schulter und sah die Ghule auf ihren Hélrössern über einen der Kämme zu der Horde hinabreiten, die im Gewaltmarsch nach oben kam.

Als sie sich zwei Meilen von der Straße entfernt hatten, zügelte Galen Gagat, und auch Gildor ließ Leichtfuß und das Packpferd langsamer gehen. Die schweißgebadeten Rösser stießen weiße Wolken aus den Nüstern.

»Ai, das war knapp«, rief Gildor, dessen Augen ebenfalls alles gesehen hatten.

»Wir sind ihrer Falle entwischt«, freute sich Brega. Doch dann versagte ihm die Stimme, er stieß den Zeigefinger vor und Wut verzerrte sein Gesicht: *»Kruk!«*

Tucks Kopf fuhr herum in die Richtung, in die Brega zeigte, und dort im Schattenlicht trottete ein schwarzer Vulg, einer der Kundschafter der Horde, hinter einem riesigen Felsblock hervor. Die Pferde schnaubten und scheuten, das Packpferd bäumte sich in panischer Angst auf und versuchte auszubrechen, aber Brega hielt die Leine fest. Die unheilvollen gelben Augen des Vulgs starrten den vieren entgegen, und er fletschte die Zähne. Dann reckte diese schändliche Leitbestie die geifernde Schnauze in die Winternacht und stieß einen jaulenden Schrei aus. Noch einmal ließ das schwarze Ungeheuer einen Warnruf an die Horde los, und dieser wurde von dem markerschütternden Geheul anderer Vulgs und auch von Ghulen ebenbürtig beantwortet.

Tuck sprang von dem tänzelnden Gagat, legte einen Pfeil an die Sehne und ließ ihn genau in dem Moment fliegen, da der Vulg ein weiteres lang gezogenes Heulen ausstieß. Der Schrei brach kaum begonnen ab, als der wohl gezielte Pfeil die schwarze Bestie in den Hals traf, so dass sie tot umfiel. Tuck wirbelte herum und sah Ghule auf Hélrössern über den Kamm auf das Plateau stürmen. Neben ihnen rannten schwarze Vulgs, die Schnauzen am Boden.

Tuck war mit einem Satz an Gagats Seite. »Schnell, Majestät, sie kommen auf unserer Spur, Ghule und Vulgs. Sie wissen, dass wir hier sind.«

Galen zog den Wurrling nach oben und gab dem Ross die Sporen; Leichtfuß und das Packpferd galoppierten hinterdrein. Tuck war verzweifelt. Er wusste nicht, wie weit sie fliehen konnten, denn ihre Pferde waren nach dem anstrengenden Ritt bereits müde.

Sie flohen nach Süden über das schneebedeckte, unwirtliche Land, über ein Plateau, das zwischen der düster aufragenden Flanke des Grimmdorns im Osten und einem kleineren Berg im Westen, dem Rotwacht, eingezwängt lag. Und auf ihrer Spur jagten hinter ihnen Ghule auf Hélrössern und Vulgs her, mit der Nase am Boden.

Nach Süden donnerte der große, schwarze Gagat, und

hinter ihm blitzten Leichtfuß' weiße Socken auf. Und am Ende raste das Packpferd in panischer Angst vor dem durchdringenden Geheul der Vulgs. Tuck wusste nicht, wie lange sie schon flohen, aber allmählich wurde der Abstand zu ihren Verfolgern größer, während sie sich zwischen Felsen und Spitzen hindurchwanden und über lange, flache Abschnitte rasten.

Sie waren fünf oder sechs Meilen galoppiert, und der Abstand zu den Verfolgern wuchs. Doch dann stürzte Tuck in neue Verzweiflung, denn Galen brachte Gagat schroff zum Stehen – am Rande einer mächtigen Steilwand, die senkrecht vor ihnen in die Tiefe fiel.

»Tuck!«, bellte Galen, während Leichtfuß herangebraust kam. »Gebraucht Eure Augen! Sucht einen Weg nach unten!«

Tuck sprang in den Schnee, warf sich bäuchlings auf den Rand der Klippe und spähte über die Kante. Er suchte links, dann rechts. *Da! Gleich rechts unter ihm!* »Majestät, da ist ein langer, schräg abfallender Pfad in der senkrechten Wand! Fünfzig Schritte nach rechts!« Tuck rappelte sich wieder auf und stöhnte plötzlich. »Aber ich glaube, zwei oder drei Meilen voraus sehe ich den Rand eines weiteren Absturzes wie diesen hier.«

»Steigt auf, Tuck. Wir haben keine Wahl.« Galen streckte die Hand aus und zog den Wurrling hinter sich aufs Pferd. »Den stürzen wir uns hinab, wenn wir dort sind, nicht bereits vorher.«

Sie trieben die Tiere zu dem Pfad und begannen mit dem Abstieg, und als sie unterhalb der Kante verschwanden, waren rennende Vulgs und Hèlrösser das Letzte, was Tuck auf dem Plateau sah.

Der Weg vor ihnen war schmal und vereist, glatte, von Frost überzogene Steilwände ragten links von ihnen auf, und rechts ging es senkrecht ins Leere. Langsam suchte sich Gagat seinen Weg nach unten, und Tuck hörte Leichtfuß und das Packpferd hinter sich. Ein einziges Mal warf er einen Blick in den Abgrund, danach hielt er den Blick fest auf Galens Rücken gerichtet. Der Wurrling spürte, wie Gagats Hufe auf dem Eis rutschten, und jedes Mal, wenn das Pferd schlingerte, schlingerte auch sein Herz und klopfte heftig vor Angst. Der Abstieg schien sich endlos hinzuziehen. Und über ihnen, auf dem Plateau, näherten sich springende Vulgs und Ghule auf Hélrössern.

Endlich erreichten sie den Fuß der Steilwand und befanden sich auf einem weiteren Plateau, über das sie aufs Neue nach Süden jagten. Und während ihrer wilden Flucht warf Tuck einen Blick zurück und sah das mächtige Steinmassiv aufragen; nicht weit von ihnen erkannte er einen großen, schwarzen Spalt, der sich senkrecht durch die Wand zog, und westlich von diesem Riss erschienen Modrus Kreaturen, als Silhouetten vor dem gespenstischen Schattenlicht. Und als die Ghule die Flüchtenden unten auf dem Plateau sahen, brachen sie in wildes Geheul aus, denn sie wussten nun, dass sie nur vier Reiter verfolgten. Das Heulen eines Ghuls erhob sich über die anderen, worauf sie wendeten und dem vereisten Pfad zustrebten, um sich hinter ihrer Jagdbeute einen Weg nach unten zu bahnen.

Die vier ritten geschwind südwärts, und die Lücke zwischen Jägern und Gejagten vergrößerte sich, da die Ghule durch den Abstieg aufgehalten wurden. Nachdem die Pferde zwei Meilen gerannt waren, kamen sie zu einer weiteren senkrechten Felswand. Diesmal gab es keinen Pfad, der nach unten führte.

»Majestät! Nach Osten! Dort scheint eine Schlucht zu sein, die aus dem Fuß der Wand kommt.« Tuck sprang auf. »Vielleicht führt sie uns nach unten.« Galen zog ihn erneut auf Gagat.

Sie sprengten nach Osten, bis sich ein Einschnitt vor ihren

Füßen auftat, der so schmal war, dass Tuck überlegte, ob ein Pferd womöglich in der Lage wäre, darüber zu setzen. Sie konnten den Grund der Schlucht nicht sehen, aber sie durchschnitt die Steilwand, die sie am Weiterkommen hinderte.

Zurück nach Norden rasten sie nun, auf die Ghule zu, immer am Rand der Kluft entlang, nach deren Eingang sie suchten.

Schließlich kamen sie an eine Stelle, wo ein Pfad in den dunklen Spalt führte.

»Da hinein!«, rief Galen. »Sonst bleiben wir am Rand der Steilwand gefangen.«

»Halt!«, schrie Brega. »Ich habe eine Laterne. Folgt uns. Ich sorge für Licht.«

Tuck sah, dass die Ghule soeben den Fuß der ersten Klippe erreicht hatten und die Vulgs bereits in langen Sprüngen über die Ebene setzten.

Brega wühlte in seinem Beutel, zog eine Messinglaterne hervor und öffnete weit die Klappfenster; und ohne dass eine Flamme angezündet worden wäre, leuchtete ein blaugrünes Licht auf. »Los!«, kommandierte Brega, und Gildor lenkte Leichtfuß in den dunklen Schlitz, während Gagat dem Packpferd folgte.

Sie ritten in einen schmalen, gewundenen Gang. Bregas Laterne warf schwankende Schatten an die Felsen, und das blaugrüne Licht funkelte und tanzte zwischen den riesigen Eiszapfen, die von dem zerklüfteten Stein über ihren Köpfen herabhingen. Das Schnauben der Pferde und das Klappern der Hufe hallte zwischen den Wänden und kam aus dunklen Tiefen zurück, deren Ende sie nicht sehen konnten.

Tuck spürte die schwarzen Wände ringsum aufragen, und es schien ihm fast, als könnte er sie links und rechts berühren, wenn er die Arme ausstreckte. Er blickte nach oben, und hoch über ihm erkannte er schwach das Schattenlicht, das als dünne, gezackte Linie den Verlauf der schmalen Schlucht markierte, der sie folgten. Abwärts ritten sie, immer tiefer auf einem gewundenen Pfad, und manchmal streiften sie den von Eis überzogenen Fels. Gildor führte, Galen folgte, Bregas Laterne zeigte den Weg.

Schließlich sahen Tucks Augen einen großen, senkrechten Spalt, ausgefüllt mit dem gespenstischen Glühen der Winternacht, und er seufzte erleichtert, denn sie hatten das Ende des Hohlwegs erreicht.

Sie ritten aus der Kluft in ein zerfurchtes Hügelland hinaus. »Nach Südwesten«, rief Galen, während Brega die Laterne zuklappte und wieder in seinem Tornister verstaute. »Unser Ziel ist der alte Rellweg. Und falls wir den Kötern an unseren Fersen je entkommen, steuern wir den Gûnarschlitz an.«

Sie ritten weiter, und schwarze Vulgs mit Ghulen im Schlepptau folgten ihrem Geruch.

Fünfzehn Meilen ritten sie in Richtung Süden, und die Pferde waren vollkommen erschöpft. Hinter ihnen versperrten die Hügel Tucks Sicht, und er konnte die Verfolger nicht mehr sehen; deshalb wusste er auch nicht, wie viel Vorsprung sie hatten.

»König Galen«, rief Gildor, »Leichtfuß beginnt einzuknicken. Wir müssen sie irgendwie von unserer Spur abbringen.«

Galen machte ein Zeichen, dass er verstanden hatte, reagierte ansonsten jedoch nicht, sondern ritt weiter.

Schließlich kamen sie aus den Hügeln heraus und sahen den alten Rellweg vor sich. Dessen verlassenes Bett ritten sie entlang, bis sie eine Gabelung erreichten: Links lag ein enges Tal, rechts verlief die Straße weiter nach Süden. Hier hielt Galen Gagat an, Gildor zügelte Leichtfuß und das Packpferd, und die Tiere blieben schweißnass und zitternd stehen.

»Tuck, Fürst Gildor, holt Eure Tornister vom Packpferd«,

sagte Galen. »Füllt sie mit Proviant und nehmt auch Futtersäcke für Gagat und Leichtfuß mit.

Brega, Ihr hackt wiederum Strauchwerk mit Eurer Axt, drei lange Büsche. Ich weiß einen Weg, wie wir vielleicht entkommen könnten.«

Während Brega das winterdürre Buschwerk abschnitt, luden Galen, Gildor und Tuck Vorräte vom Packpferd. Dann band Galen die Büsche mit Seilschlaufen dicht hinter die beiden Reittiere, so dass jedes einen davon direkt hinter sich herschleifte.

Dem Packpferd aber befestigte er einen Reisigast über dem Packgestell. Dann zog er sein schweißgetränktes Wams aus und band es an ein langes Seil, so dass es das Tier hinter sich im Schnee herziehen würde.

»Fürst Gildor, haltet die Zügel von Gagat und Leichtfuß«, sagte Galen. »Haltet sie sehr fest und beruhigt die beiden. Ich lenke das Packpferd hier in das Tal nach Osten. Brega, Ihr haltet seine Zügel. Tuck, Euren Feuerstein und den Stahl: Bringt ein wenig Zunderholz zum Glimmen. Ich werde jetzt das Reisig auf seinem Rücken anzünden.«

»Aber Majestät«, empörte sich Tuck, »dann verbrennt es ja!«

»Nein, Tuck, das Gestell schützt das Tier, allerdings wird es das nicht glauben«, erwiderte Galen. »Es wird nach Osten in das Tal hineinstürmen und meinen Geruch hinter sich verteilen, während wir nach Süden reiten und mit dem Buschwerk, das wir nachschleifen, unsere Spur unkenntlich machen. Hoffen wir, dass sich die Vulgs täuschen lassen.«

Tuck schlug den Stahl an den Feuerstein und brachte den Zunder zum Glimmen. *Armes Tier,* dachte er, *aber wir haben keine Wahl, und vielleicht wird es so den Vulgs ebenfalls entkommen.* Der Wurrling reichte Galen die kleine Dose mit den glimmenden Spänen, und der hielt sie an das Reisig und blies. Als der trockene Ast in Flammen aufging, wichen Gagat und

Leichtfuß zurück, aber Gildor hielt sie fest an den Maulriemen. Auch das Packpferd bäumte sich auf und warf sich nach vorn, und als die Flamme hochschlug, ließ Brega die Zügel los und trat zur Seite, während Galen dem Pferd mit einem Schrei auf die Hinterbacken schlug.

Laut wiehernd und in panischer Angst floh das Tier in vollem Galopp, um der Flamme zu entkommen, die auf dem Gestell auf seinem Rücken brannte, und hinter sich zog es Galens Wams durch den Schnee. *Aber dann schlug das Pferd einen Haken und schoss in südlicher Richtung davon, anstatt nach Osten zu laufen!*

»Rach!«, fauchte Galen.

»Majestät, er zieht Euren Geruch über unseren Kurs!«, rief Tuck entsetzt.

»Dummes Pferd«, knurrte Brega. »Jetzt bleibt für uns nur der östliche Weg. Lasst uns in das Tal reiten und uns dort verstecken, bis die Gefahr vorüber ist.«

Bei dem Wort Gefahr richtete Tuck seinen saphirblauen Blick zurück zu den Vorbergen. »Wir müssen uns beeilen«, sagte er mit bitterem Ton, »denn der Feind folgt bereits wieder unserer Fährte.«

Sie ritten ostwärts, hinein in das Tal, und das Gestrüpp, das sie nachzogen, verwischte ihre Spuren. Die Hänge des Tals stiegen ringsum an, höher und drohender, je weiter sie nach Osten kamen. Der Talboden schlängelte sich hin und her, und sie folgten der Straße entlang einer gewundenen Klamm, flach, felsig und ohne Wasser oder Eis, obwohl das trockene Bachbett mit einer Schneeschicht überpudert war.

Tuck sah, wie Galen auf die Hänge blickte, die sich zu beiden Seiten erhoben, bis das Tal schließlich an eine senkrecht aufragende Wand stieß. Galen schlug sich mit der Hand an die Stirn.

»Majestät?«, rief der Wurrling über den müden Hufschlag der Pferde hinweg.

»Seht Ihr es denn nicht, Tuck?«, rief der König zurück. »Wir sitzen in der Falle. Wir hätten nach Westen, ins offene Land hinausreiten sollen und nicht nach Osten in diese steilwandige Kluft, denn hier gibt es keinen Ausweg. Und nun ist es zu spät, umzukehren. Das Packpferd hätte in diese Richtung rennen sollen, nicht wir, und ich war abgelenkt, als es nach Süden preschte, ein Fehler, der uns das Leben kosten könnte.« Galens Stimme klang bitter.

»Aber, Majestät, sie werden dem Geruch Eures Wamses und nicht unserer verwischten Spur folgen«, erwiderte Tuck, doch ein Schauder überlief ihn.

»Wollen wir's hoffen, Tuck, wollen wir's hoffen.«

Der Wurrling blickte den Weg zurück, doch der Eingang zum Tal war bereits nicht mehr zu sehen, und er hoffte verzweifelt, dass ihr Trick die Vulgs und Ghule getäuscht hatte und keines dieser bösartigen Geschöpfe ihrer Fährte folgte.

Wie lange ihre Flucht bereits währte, konnte Tuck nicht genau sagen, aber sowohl Gagat als auch Leichtfuß hatten bis an die Grenze ihres Durchhaltevermögens doppelte Last getragen, und sie waren dem Zusammenbruch nahe.

Galen hielt sein Pferd an, stieg ab und gab Tuck ein Zeichen, es ihm gleichzutun. Kaum stand der Wurrling im Schnee, hielt Leichtfuß taumelnd hinter ihm inne, und Gildor und Brega stiegen ebenfalls ab.

Galen ging zu Fuß in Richtung Osten weiter und führte Gagat. Das Pferd zitterte bei jedem Schritt, sein Atem ging unregelmäßig, und seine Flanken waren schweißüberströmt – Tuck hätte weinen können wegen des geschundenen Tieres. Er schaute zurück zu Leichtfuß, und auch Gildors Pferd war bis an die äußerste Grenze geritten worden.

Von ihren Verfolgern sah Tuck nichts, doch der Weg hinter ihnen führte um eine Biegung, und ob die Ghule der falschen oder der richtigen Fährte folgten, wusste er nicht.

Galen betrachtete das Tal ringsum und runzelte nachdenklich die Stirn. »Irgendetwas an diesem Tal kommt mir seltsam vertraut vor, Tuck: die Straße, die Klamm zu unserer Rechten, der glatte Rand. Mir ist, als müsste ich es kennen, obwohl ich noch nie hier war. Es scheint eine Kindheitserinnerung zu sein, aber ich kann sie nicht einordnen.«

Sie kamen um eine Biegung und blieben stehen, denn weniger als eine Meile vor ihnen lag das obere Ende des Tals: eine hohe Felswand, die senkrecht aus dem Talgrund sprang. Der Weg, dem sie folgten, führte schräg an der Klippe nach oben und verschwand dort. Ebenfalls in den Stein gehauen war eine steile Treppe, die bis hinter den Rand hinaufging, dann weiter eine Zinne empor, die hoch über der Steilwand stand, und schließlich auf einen Wachturm auf der Spitze der Zinne, der das ganze Tal überblickte. Hinter der Festungsanlage, und diese zwergenhaft erscheinen lassend, erhob sich das gewaltige Massiv des Grimmdorns in den Winternachthimmel.

Gildor und Brega schlossen zu Tuck und dem König auf, und Brega flüsterte: »Es ist, wie wir vermutet haben: Wir sind im Ragad-Tal.«

»Ja, natürlich!« Galen schlug sich an die Stirn. »Das Tal der Tür!«

»Tal der Tür?«, fragte Tuck. »Welche Tür?«

»Die Dämmertür«, antwortete Gildor. »Der westliche Eingang nach Drimmenheim. Oben auf dieser Klippe befindet sich, in die Große Wand von Aevor gehauen, die Dämmertür. Sie ist nun seit beinahe fünfhundert Jahren geschlossen, aber zuvor stand sie fünfhundert Jahre offen; die Drimma schlossen sie nicht ganz, als sie vor dem Graus flohen, der, aus seinem Gefängnis befreit, durch ihr Reich streifte.«

»Ich muss sie mir ansehen, da ich schon einmal hier bin«, sagte Brega.

Sie gingen auf der verlassenen Straße voran, und unterdessen gab Brega ihnen einige Erläuterungen. »Dort oben auf der Zinne, das ist der Wächterstand, wo Châkka in alten Zeiten über das Tal wachten. Über die Steilwand stürzte einst anmutig ein Wasserfall – der Wächterfall. Er wurde vom Dämmerbach gespeist, der angeblich dieses Tal geformt hat.

Die Straße, auf der wir gehen, heißt der Rellsteig, ein alter Handelsweg, der aufgegeben wurde, als der Gargon über Kraggen-cor zu herrschen begann.

Wenn die alten Geschichten wahr sind, befindet sich die Dämmertür in einem mächtigen Säulengang vor der Großen Wand, auf einem Marmorhof, umgeben von einem Graben mit einer Zugbrücke.

Lange schon wünschte ich dieses Land mit eigenen Augen zu sehen. Ich hatte jedoch gehofft, dies würde dann der Fall sein, wenn die Châkka es wieder zu einem mächtigen Reich wie in alter Zeit machten, und nicht, wenn ich vor einem schändlichen Feind flüchten müsste.«

»Die Dämmertür«, sagte Galen, »öffnete sich den alten Geschichten zufolge allein durch Worte. Ist das wahr?«

»O ja«, antwortete Brega. »Wenn die Worte von einem Châk gesprochen wurden, der dabei mit der Hand gegen die Tür drückte – jedenfalls behauptet das die Überlieferung der Châkka.«

»Bei den Lian heißt es, der Zauberer Grevan habe dabei geholfen, die Tür anzufertigen«, sagte Gildor.

»Ganz recht, er hat sie zusammen mit Tormeister Valki gebaut«, bestätigte Brega.

»Kennst du die überlieferten Worte, welche die Tür aufgehen lassen?«, fragte Tuck, und Staunen sprach aus seinen großen, schräg stehenden Augen.

»Jawohl, sie sind mir geläufig«, antwortete Brega, »denn mein Großvater war ein Tormeister und hat sie mir beigebracht. Ich aber folgte dem Gewerbe meines Vaters und wurde stattdessen Krieger. Doch obwohl ich die überlieferten Worte kenne, würde ich diese Tür nicht für alles Sternsilber in Kraggen-cor öffnen, denn dahinter haust der Ghath.«

Die Rösser führend kamen sie an die Stelle, wo die Straße entlang der Steilwand anstieg und der Weg frei von Schnee war. Sie hielten und banden das Strauchwerk los, da sie es nicht mehr benötigten. Dann begannen die Kameraden den Aufstieg, bei dem beide Pferde vor Anstrengung bei jedem Schritt zitterten.

»Die Rösser sind am Ende«, sagte Galen, und in seiner Stimme lag Bedauern. »Das ist ein großes Unglück, denn erst wenn sie sich lange genug ausgeruht haben – eine Woche oder mehr – und mit Hilfe von Getreide und reinem Wasser wieder zu Kräften gekommen sind, können wir weiterreiten.«

»Aber wie gelangen wir dann nach Süden?«, fragte Tuck.

Bregas Antwort war kurz und bündig: »Zu Fuß.«

»Nein! Unser Vorhaben, zum Heer zu eilen und es gegen Modru zu führen, wird dadurch gewaltig verzögert«, protestierte Tuck, »genau wie unsere Absicht, die Lian im Lerchenwald vor der Horde zu warnen, zunichte gemacht ist. Wie sollen wir über dieses Unglück hinwegkommen?«

»Ich weiß es nicht«, sagte Galen müde.

»Kleiner Freund«, schaltete sich Gildor ein, »unsere Pläne, Darda Galion zu warnen und schnell nach Süden zu reisen, mögen zunichte gemacht sein, wie Ihr sagt, doch auch wenn wir nicht wissen, wie es weitergehen soll, müssen wir uns Mühe geben und dürfen die Hoffnung nicht fahren lassen.«

Daraufhin schleppten sie sich schweigend weiter.

Sie stiegen die Straße entlang der Felswand hinauf, bis sie schließlich oben angelangt waren. Über ihnen schwebte die mächtige natürliche Halbkuppel der Großen Wand, und eingebettet in ihrer höhlenartigen Umarmung lag ein kleiner See, lang gestreckt, schmal und schwarz. Er war nicht einmal eine halbe Meile breit und erstreckte sich vom Nordende, wo die vier Gefährten standen, beinahe zweieinhalb Meilen weit nach Süden. Der See war durch einen Damm aus großen Steinen am oberen Ende des Wasserfalls entstanden. Der Rellsteig, dem sie folgten, verlor sich in dem ebenholzschwarzen Wasser.

»Dieser dunkle Bergsee dürfte nicht hier sein!«, schrie Brega.

»Das ist der Schwarze Teich«, sagte Gildor, »und die Lian behaupten, dass etwas Böses in ihm haust. Was, weiß ich nicht, aber bleibt möglichst weit von seinen Ufern weg.«

»Ai! Hier haben wir es mit einem Rätsel zu tun!«, rief Galen aus. »Warum ist dieser See nicht zugefroren?«

Tuck erkannte, dass Galen in der Tat auf einen rätselhaften Umstand hingewiesen hatte: Abgesehen von einem schmalen Eisrand hier und dort, bewegte sich das dunkle Wasser des Schwarzen Teichs in trägen Wellen. *Als würde es vor Bosheit pulsieren,* dachte Tuck.

»Vielleicht ist er nicht zugefroren, weil ihn die Große Wand schützt«, sagte Brega und spähte zu dem riesigen Steingewölbe hinauf.

»Vielleicht ist er aber auch deshalb nicht zugefroren, weil Modru es nicht will«, entgegnete Gildor. »So wie der Quadra-Pass von Schnee frei war, befindet sich auch dieser Schwarze Teich nicht im Griff der tiefen Winternacht. Vielleicht liefe dies Modrus Absichten zuwider, und er ist nun einmal der Beherrscher der Kälte.«

»Welche Absicht könnte er damit verfolgen, diesen See eisfrei zu halten?«, brummte Brega, aber niemand wusste eine Antwort.

»Er ist so *schwarz«,* sagte Tuck.

»Selbst wenn die Sonne schiene, würde er so aussehen«, sagte Gildor. »Manche meinen, das käme daher, weil er unter dem schwarzen Granit der Großen Wand liegt; andere behaupten, der Grund dafür sei, dass der Schwarze Teich böse ist.«

Tuck blickte zur Großen Wand hinauf, die sich höhlenartig hunderte von Fuß über ihm wölbte. Dann suchte sein Blick das ferne Ufer ab. »Oho! Dort drüben vor der Wand sehe ich hohe weiße Säulen, die ein großes Dach tragen.«

»Das ist der Säulengang der Dämmertür«, sagte Brega, der mit den Augen Tucks ausgestrecktem Finger gefolgt war. »Vor ihm müsste ein marmorner Hof liegen, begrenzt von einem Graben, den der Dämmerbach speist. Doch das alles hat dieser Schwarze Teich überflutet. Aber sieh, dort steht noch die alte Zugbrücke offen an der Stelle, wo der Graben sein sollte. Und dort verläuft auch der Rellsteig entlang des Fußes der Großen Wand. Aber alles Übrige wurde in Schwärze ertränkt.« In Bregas Stimme klang Wut über die Entweihung des Ortes durch den Schwarzen Teich.

»Vielleicht ...«, setzte Galen an, aber seine Worte wurden durch das anhaltende, markerschütternde Heulen eines Vulgs unterbrochen, das durch das Ragad-Tal hallte. Gagat und Leichtfuß hoben ruckartig die müden Köpfe und stellten die Ohren auf.

»Vulgs!«, schrie Brega. »Hier im Tal!«

Tucks Herz schlug heftig, er wirbelte herum und blickte das Tal hinab, sah jedoch nichts wegen dessen Biegungen. »Zum Wächterstand!«, rief er und rannte auf die Steintreppe zu, die rund eine Viertelmeile südlich begann.

Keuchend vor Anstrengung kletterte er die Stufen zur Spitze der Zinne hinauf, und von dort hatte er einen Überblick über das Tal unter ihm: Ghule mit Fackeln ritten langsam auf das obere Ende des Tals zu, sie suchten in den Spalten und dunklen Nischen nach möglichen Verstecken von Flüchtlingen, während sich Vulgs mit der Schnauze im Schnee Schritt für Schritt an der schwachen Duftspur entlangarbeiteten, die von dem mitgeschleiften Buschwerk verwischt worden war.

Rasch sauste Tuck wieder die Treppe hinab zu den anderen, die dort auf ihn warteten. »Ghule! Und Vulgs! Sie durchkämmen das Tal und forschen, wo wir uns verstecken. Sie sind über die ganze Breite des Tals verteilt.«

»Doch wir können nicht an ihnen vorbei durchbrechen«, sagte Galen zähneknirschend. »Das halten Gagat und Leichtfuß nicht mehr aus.«

»Falls wir es über den alten Graben schaffen, können wir uns auf dem Säulengang verstecken«, schlug Brega vor.

»Aber die Zugbrücke ist oben!«, schrie Tuck. »Wir können ja nicht durch die Luft schweben!«

»Gebt die Hoffnung nicht auf, bis wir nachgesehen haben«, erwiderte Gildor in scharfem Ton.

»Jawohl«, stimmte Galen zu. »Überquere nie eine Brücke, bevor sie vor dir steht; verbrenne keine Brücke, wenn du zurückwillst.«

»Dann los«, sagte Tuck verärgert, »wenngleich ich fürchte, wir werden alle Brücken hinter uns verbrannt haben, wenn wir an die eine vor uns kommen.«

Sie zogen die Pferde hinter sich her und liefen nach Norden, um das Ende des Sees herum, wo sie ein flaches Rinnsal durchquerten, dessen Boden von Schlamm bedeckt war. Nun wölbte sich der Fels der Großen Wand über ihnen, und Tuck erschien es beinahe, als könne er den Stein unter seinem eigenen Gewicht ächzen hören.

Sie wandten sich nach Süden und liefen geschwind an der schwarzen Granitwand entlang, vielleicht eine halbe Meile weit, bis sie an einen brüchigen Damm kamen, wo der Rellsteig aus dem Wasser des Schwarzen Teichs auftauchte. Das Pflaster des Steigs war mit den Jahren aufgebrochen, und sie bahnten sich einen Weg über die losen Steine zu dem Säulengang im Süden, links von ihnen die Große Wand und rechts, nur wenige Schritte entfernt, der Teich.

Noch eine halbe Meile eilten sie weiter, bis sie endlich an eine große Brücke aus massiven Holzbalken kamen. Sie schritten hinaus auf den ersten Brückenbogen, ihre Tritte klangen hohl, und das Wasser des Schwarzen Teichs plätscherte keine drei Fuß unterhalb von ihnen. Doch dann mussten sie stehen bleiben, denn die Zugbrücke war hochgezogen, und unter ihren Füßen wogte das offene Wasser.

Und aus dem Ragad-Tal drang das Heulen eines Vulgs.

»Als die Châkka aus Kraggen-cor flohen, ließen sie die Zugbrücke unten«, knurrte Brega. »Jetzt ist sie oben.«

Gildor begann seine Bekleidung abzulegen und reichte Tuck Schwert und Langmesser. »Die *Rûpt* haben sie hochgeklappt«, sagte der Elf. »Falls wir am Leben bleiben, werde ich Euch die Geschichte erzählen. Aber nun schwimme ich erst einmal auf die andere Seite und versuche, die Brücke herabzulassen.«

»Aber man kann den Seilen nach so langer Zeit nicht mehr trauen«, wandte Brega ein.

»Ich fürchte, wir haben keine Wahl«, sagte Gildor, der inzwischen nur noch mit einer Hose bekleidet war.

Er ist ohne Rüstung unterwegs, dachte Tuck unsinnigerweise, denn weder Kettenhemd noch Panzer hatte der Elf abgenommen, nicht einmal einen Stahlhelm.

»Seid vorsichtig«, sagte der Wurrling, der Gefahr spürte, wenngleich er nicht wusste, weshalb.

Mit einem flachen Sprung tauchte Gildor in das kalte, dunkle Wasser. Rasch durchschwamm er den Graben, der nicht breiter als sechzig Fuß war. Doch als er auf einen Steinpfeiler des gegenüberliegenden Brückenbogens kletterte, entstand zu seinen Füßen ein großer Wirbel im Wasser, als wäre ein riesiges Etwas dicht unter der schwarzen Oberfläche vorbeigeschwommen, und Tuck hielt ängstlich die Luft an. Rasch ebbte das Wogen jedoch wieder ab, und die Oberfläche pulsierte langsam wie zuvor in kleinen Wellen.

Gildor ergriff die Fallleinen, welche die Zugbrücke bewegten, und sie waren vom Alter steif und spröde. Er blickte nach oben und schüttelte sie, und von den Rollkloben auf den Ankerpfosten rieselte Staub. Dann zog der Elf mit vor Anstrengung verzerrtem Gesicht an den Leinen. Und unter dem Quietschen der Rollen und dem Ächzen der großen Achse senkte sich die Zugbrücke langsam aus ihrer senkrechten Stellung herab.

»Sobald wir drüben sind, ziehen wir sie wieder hoch«, sagte Brega. »Dann kann der Feind uns auch dann nicht zu Leibe rücken, wenn er uns entdeckt, es sei denn er schwimmt.« Brega deutete auf seine Axt. »Und dabei ist er leichte Beute.«

Langsam neigte sich die Brücke auf den Stützpfeiler herab. Den halben Weg hatte sie zurückgelegt, und als Tuck eben anfing, aufzuatmen, riss das uralte Seil mit einem dumpfen Knall. Quietschend und ächzend sauste die schwere Zugbrücke immer schneller herab und kam mit einem donnernden, bebenden *BUUM* auf, das aus der Halbkuppel der Großen Wand durch das ganze Tal hallte:

BUUM! Bum! bum! bum ... um ...

»Schnell!«, rief Galen, während die dröhnenden Echolaute an den Talwänden entlangrauschten. Dann stürmte er über die Brücke und zog die verängstigten Pferde mit sich, und Tuck und Brega rannten hinterher.

Und aus dem Tal drang schauerliches Geheul von Vulgs und Ghulen, erregt vom Fieber der Jagd.

Über die herabgesenkte Brücke lief das Trio, als Letzter Brega, denn er hatte angehalten, um Gildors Gepäck und Kleidung einzusammeln.

»Lässt sich die Zugvorrichtung reparieren?« Galen schleuderte die Frage Gildor entgegen, doch der Elf übergab nur das ausgefranste Ende des Seils an Brega und nahm dafür seine Kleider in Empfang.

Der Zwerg betrachtete die uralten Fasern der Fallleinen, dann sah er zu den Rollkloben am Ankerpfosten empor. »Nein, König Galen, nicht rechtzeitig.«

»Majestät!«, schrie Tuck und deutete.

Auf dem Rellsteig sprangen Vulgs über die Spitzkuppe, die Nase am Boden. Der Leitvulg drehte, dem Geruch der Beute folgend, in Richtung der Zinne mit dem Wächterstand ab.

»Die Ghule können nicht weit dahinter sein.« Tucks Stimme bebte und sein Herz schlug heftig.

Brega hob seine Axt. »Sollen wir die Brücke verteidigen oder den Säulengang, König Galen?«

»Den Säulengang, würde ich meinen.« Galens Stimme klang grimmig. »Sie können zwischen den großen Steinsäulen nicht mit den Hélrössern über uns herfallen.«

Gildor schlüpfte in den zweiten Stiefel und sprang, nunmehr wieder voll bekleidet, auf. Tuck reichte ihm das Schwert Wehe, aber während Gildor sich dieses umgürtete, sagte er zu dem Waerling: »Behaltet das Langmesser als Eure Waffe, Tuck, denn für Euch ist es wie ein Schwert, und es wird in diesem Kampf der Zeitpunkt kommen, da Eure Pfeile verbraucht sind oder die Entfernung zu gering ist für den Bogen, und dann habt Ihr eine Klinge nötig.«

»Aber ich bin ungeübt im Schwertkampf, Fürst Gildor«, widersprach Tuck, doch der Elf wollte davon nichts hören, und der Waerling gürtete sich das Langmesser um und zog es aus der Scheide. Blaues Zwielicht brach aus seinem Klingenjuwel und ließ eine helle Kobaltflamme an der scharfen Schneide aufleuchten.

»Das Licht verrät, dass das Böse nahe ist«, sagte Gildor. »Doch die Vulgs sind noch fern und die Ghûlka noch ferner, und die Klinge dürfte nicht derart kräftig glühen.« Er zog Wehe hervor, und auch dessen Flamme strahlte. Der Elf furchte nachdenklich die Stirn. »Beide flüstern, dass das Böse näher ist.«

Auf Gildors Worte hin wurden Tucks Augen unwiderstehlich von den dunklen Wassern des Schwarzen Teichs angezogen.

»Wir können nicht den ganzen Tag hier herumstehen und uns den Kopf über die Feinheiten von Elfenklingen zerbrechen«, brummte Brega. »Lasst uns am Säulengang Stellung beziehen, und auch wenn wir möglicherweise nicht überleben, die Barden werden von diesem Kampf singen, so sie denn von ihm erfahren.«

Tuck und Gildor steckten die Klingen in die Scheide, und die vier Kameraden liefen entlang der Großen Wand zum Säulengang und zogen die Pferde hinter sich her. Zwischen geriffelten Säulen gingen sie hindurch und gelangten auf eine große, halbrunde Steinscheibe innerhalb des Halbkreises von Säulen. Darüber befand sich ein großes, gemeißeltes Gebäude. Während sie ihr Gepäck ablegten, blickte Tuck über die dunklen Wasser, die den versunkenen Hof bedeckten. Dort stand der weit ausgreifende Koloss eines gewaltigen Baumes, überflutet, seit einer Ewigkeit abgestorben, aber immer noch aufrecht. Schwarzes Wasser plätscherte an die Stufen, die aus dem unsichtbaren, überschwemmten Hof heraus anstiegen.

»Sie kommen«, sagte Gildor leise und zeigte nach hinten, auf die andere Seite des Sees.

Ghule mit Fackeln auf Hélrössern quollen über den Rand der Steilwand und schauten sich suchend nach den Flüchtigen um. Das Vulg-Rudel sprang, immer noch der Witterung folgend, vom Wächterstand in Richtung Norden. Der Führer der Ghule heulte den schwarzen Ungeheuern etwas zu, und die Tiere antworteten mit einem Knurren.

Am Nordufer des Schwarzen Teichs jagten die Vulgs auf der Fährte ihrer Beute dahin, und das Hämmern der unförmigen Hélrösserhufe pflanzte sich zitternd entlang der Großen Wand fort.

Sie kamen um das Nordende des Sees herum, und die vier Kameraden schauten grimmigen Blickes zu. Brega packte seine doppelschneidige Axt mit dem beidhändigen Kampfgriff der Zwerge, und Gildor zog das Schwert Wehe, während Galen Jarriels leuchtenden Stahl in der rechten Hand hielt und in der linken die runenverzierte, silberne Atala-Klinge aus dem Grab Othrans des Sehers. Tuck machte seinen Bogen bereit und bezog an einer Säule Stellung, von wo seine Pfeile ungehindert fliegen konnten.

Nun wandten sich die Ghule südwärts und ritten entlang der Großen Wand direkt auf den brüchigen Damm und die Brücke sowie den Säulengang dahinter zu.

Plötzlich aber heulte der Führer der Ghule auf und brachte sein Hélross abrupt zum Stehen, und hinter ihm wurden die übrigen Hélrösser mit harter Hand angehalten.

»Was bedeutet das?«, brummte Brega und trat ein Schritt vor, um besser sehen zu können.

Die Ghule waren bis zum Damm geritten, aber nicht weiter, und nun wogten sie scheinbar verwirrt durcheinander, als würde es ihnen widerstreben, über den Damm zu reiten, um sich die vier zu holen. Einige riefen den Vulgs Befehle zu, und auch die schwarzen Bestien hielten an, drehten sich um und hockten sich auf die Hinterbacken; die Zunge hing ihnen über die geifernden Kiefer, aber sie kamen nicht näher. Ghule stiegen ab.

»Was bedeutet das?«, knurrte Brega noch einmal. »Kann es sein, dass sie Angst vor uns haben? Wir sind doch nur zu viert, und ihrer sind dreißig.«

Die vier Kameraden betrachteten die Ghule und Vulgs lange, doch sie fanden keinen Hinweis darauf, was deren Angriff aufgehalten hatte.

»Ich weiß nicht, warum sie angehalten haben«, sagte Gildor, »aber solange sie dort stehen, sitzen wir hier fest.«

»Nein, Fürst Gildor«, meldete sich Tuck zu Wort. »Wir können immer noch durch die Dämmertür gehen.«

»Die Dämmertür!«, rief Galen aus. »Die hatte ich ganz vergessen! Tuck hat Recht. Wir können den Ghola tatsächlich entfliehen!«

»Euer Plan würde uns aus dem Tiegel in die Schmelze führen!«, schrie Brega. »Habt Ihr vergessen, König Galen, dass der Ghath Kraggen-cor beherrscht?«

»Nein, Brega«, erwiderte Galen, »ich habe es nicht vergessen, aber so lautet mein Vorschlag: Wir gehen durch die Dämmertür und schließen sie hinter uns, und die Ghola werden glauben, dass wir versuchen, unter dem Grimmwall hindurch- und zum Morgentor hinauszugelangen. Stattdessen warten wir, ob sie abziehen; wenn ja, kommen wir wieder heraus und schlagen uns nach Süden zur Gûnarring-Schlucht durch.«

»Und wenn sie nicht abziehen?«, platzte Tuck heraus. »Was dann?«

»Dann sind wir auch nicht schlimmer dran als jetzt«, entgegnete Gildor.

»Ja, aber ich meine, warum machen wir es nicht so, wie König Galen es gesagt hat?«, fragte Tuck. »Warum gehen wir nicht tatsächlich unter dem Grimmwall hindurch?«

»Ihr wisst nicht, was Ihr da sagt, kleiner Freund«, antwortete Gildor. »Lieber hundert Ghûlka entgegentreten als einem Gargon. Müssten wir nur an den *Rûpt* vorbeikommen, die in Drimmenheim hausen, würde ich zu dem Versuch raten; ihrem Meister jedoch möchte ich nicht begegnen. Nein, wenn wir die Tür benutzen, dann nur, um die Ghûlka zu täuschen, und nicht, um durch die Schwarzen Gruben zu gehen.«

»Nun gut, aber wo ist diese Tür eigentlich?«, fragte Tuck und suchte mit den Augen den glatten Stein der Großen Wand ab. »Ich kann sie zwar nicht sehen, aber sie muss ja hier irgendwo sein.«

»Dort«, sagte Brega und deutete, doch noch immer sah Tuck nichts als dunklen Fels. »Dort, wo das Pflaster so abgenutzt ist, das zu ihr hinführt«, fuhr Brega fort. »Sie ist geschlossen und nicht zu sehen, aber als die Châkka Kraggen-cor aufgaben, ließen wir sie einen Spalt offen.«

»Die Brut hat sie geschlossen«, sagte Gildor, »fünfhundert Jahre nach der Flucht der Drimma. Aber auch das ist eine lange Geschichte, die später erzählt werden soll, denn nun gilt unsere Sorge Galens Plan.«

»Mir gefällt dieser Plan nicht«, brummte Brega, »dieses Katz-und-Maus-Spiel, denn dabei droht uns der Ghath. Aber wir haben nun mal keinen besseren.«

»Dann sind wir uns also einig?«, fragte Galen, und als alle nickten, fügte er hinzu: »Dann soll es geschehen.«

Brega hängte sich die Axt über den Rücken, trat an die Große Wand und legte die Hand fest an den blanken Stein; dazu murmelte er leise, kehlige Worte. Und *als würde es aus der Hand des Zwergs wachsen,* breitete sich auf dem dunklen Granit ein Flechtwerk aus, das hell im Schattenlicht leuchtete und im Wachsen Gestalt annahm. *Und plötzlich war die Tür da,* und ihr Umriss glänzte auf dem glatten Stein.

Tuck spürte, dass etwas nicht in Ordnung war, und sah hinauf zu Gildor. Der Lian war bleich und zitterte, und auf seiner Stirn perlte Schweiß. Nur Tuck schien es zu bemerken, und er fragte den Elfen: »Was ist mit Euch, Fürst Gildor?«

»Ich weiß es nicht, Tuck«, antwortete der Krieger, »aber etwas schrecklich Böses ... weit von hier ...«

Brega trat einen Schritt zurück und nahm die Axt vom Rücken. »Haltet Eure Waffen bereit«, sagte er mit heiserer Stimme. Galen und Gildor zückten ihre Klingen, während Tuck hastig den Bogen umhängte und das Langmesser zog. Das rote Licht von Wehe mischte sich mit dem blauen von *Tod,* während Galen funkelnden Stahl und die Klinge aus Atala in der Hand hielt.

Brega wandte sich wieder der Tür zu und legte die Hand in einen dort leuchtenden Runenkreis, und er rief das Zauberwort, das die Tür öffnete: *»Gaard!«*

Das Flechtwerk aus Zaubermetall flammte kurz auf, und dann begannen sich all die Linien, magische Zeichen und Glyphen zurückzuziehen, *als würden sie in Bregas Hand gesogen,* und sie verblassten Funken sprühend, bis der dunkle Granit wieder leer zurückblieb. Brega trat einen Schritt von der Wand weg. Und langsam schien sich der Stein zu spalten, und es erschienen zwei große Türflügel und schwangen lautlos nach außen auf, bis sie an der Großen Wand anlagen. Vor den Gefährten klaffte eine finstere Öffnung, und sie sahen den Anfang des Westkorridors in der Dunkelheit verschwinden. Rechts führte eine steile Treppe in die schwarzen Schatten hinauf.

Tucks Herz raste wie wild, als er in die leere Stille starrte, die sich vor ihnen auftat, und die Knöchel, mit denen er den Griff des Langmessers umklammerte, waren weiß.

Und von hinten drangen markerschütternde Schreie zu ihnen!

Die vier fuhren herum und sahen, wie sich große, schleimige Fangarme aus dem schwarzen Wasser schlängelten, nach den sich wehrenden und schrill wiehernden Pferden griffen und sie zu der fauligen Tiefe zogen.

»Krake!«, schrie Galen.

»Madûk!«, brüllte Brega.

»Leichtfuß!« Gildor sprang mit dem lodernden Wehe vor, doch ehe er das Schwert einsetzen konnte, schrie er: *»Vanidor!«*, sank wie vom Donner gerührt auf die Knie und vergrub das Gesicht in den Händen. Wehe fiel klirrend aus seinen tauben Fingern auf den Stein. *»Vanidor!«* Wieder rief Gildor voller Pein den Namen seines Bruders, und ein seilartiger Greifarm schlang sich um den verzweifelten Elfen und zog ihn auf den Schwarzen Teich zu. Galen sprang vor und ließ sein Schwert auf den mächtigen Arm niedersausen, doch die Klinge schnitt nicht. Noch einmal schlug Galen vergebens zu. Dann stieß er das runenverzierte Langmesser aus Atala in den Fangarm, und die silberne Waffe aus Othrans Grabmal schnitt eine klaffende Wunde in das Fleisch des Kraken, wo die Schwertklinge zurückgeprallt war.

Gildor flog ohnmächtig zur Seite, als der verwundete Tentakel mit einem Ruck ins Wasser zurückgezogen wurde. Auch die kreischenden Pferde wurden brutal unter die ebenholzschwarze Oberfläche gezerrt, und weitere Arme schossen aus dem Wasser; sie schlugen wütend umher und griffen nach den vieren.

Brega sprang vor und zog den bewusstlosen Gildor zurück, während Tuck die rot leuchtende Elfenklinge aufhob und zum Portal rannte.

»Die Tornister!«, rief Galen und schnappte sich erst einen und dann einen zweiten, während Brega Gildor durch die Dämmertür schleifte.

Tuck stürzte noch einmal hinaus, duckte sich zwischen den

peitschenden Armen hindurch und griff sich die anderen beiden Tornister, aber auf dem Rückweg zum Tor streifte ihn ein Schlag und streckte ihn nieder. Auf allen vieren krabbelte er eilig in Richtung Dämmertür, um Gepäck, Bogen, Schwert und Langmesser in Sicherheit zu bringen. Galen war hinter ihm und hob den Wurrling auf die Füße, und gemeinsam stolperten sie durch das Portal in den Westkorridor.

Das erzürnte Ungeheuer schlug nach ihnen, hämmerte mit einem großen Stein an die Tür und zerrte an den Torflügeln. Es riss den mächtigen toten Baum aus dem Teich und ließ ihn krachend gegen das Portal sausen, so dass seine Äste brachen. Tödlich spitze Holzgeschosse wurden in den Raum geschleudert, sie schlitterten über den Boden oder zerbarsten auf dem Stein zu Splittern. Und gewaltige Fangarme wickelten sich um die Säulen und zerrten daran.

»Die Kette! Die Kette!«, schrie Brega und sprang zu einer starken Eisenkette, die über ihnen aus der Dunkelheit herabbaumelte. »Wir müssen die Türen schließen, sonst werden sie aus den Angeln gerissen!«

Tuck und Galen eilten zu ihm, und zu dritt zogen sie an den mächtigen Kettengliedern, um die Dämmertür zu schließen, aber die Kraft des tobenden Kraken hielt dagegen, und ihr waren sie nicht gewachsen. Und die ganze Zeit peitschten und tasteten die Tentakel auf der Suche nach ihnen im Eingang umher.

In dieses Schlangennest hinein sprang Brega, schlug mit der Hand an eine der gewaltigen Türangeln und schrie: *»Gaard!«* Dann machte er einen Satz zurück, um dem Griff des Ungeheuers zu entgehen. Und langsam und knirschend schlossen sich die Türen, dem Zauberwort gehorchend, während die Bestie unablässig dagegen hämmerte und sie aufzuzerren versuchte. Doch langsam und ächzend bewegten sich die Flügel aufeinander zu, und bevor sie endgültig zufielen, sah Brega noch, wie das Ungeheuer eine der mächtigen Säulen des Gebäudes aus ihrem Sockel riss. Dann schwang die Dämmertür zu, und er sah nichts mehr.

Der Krake ließ von der Tür ab, als sie mit einem Knall zuschlug, und die vier waren in der pechschwarzen Dunkelheit von Drimmenheim eingeschlossen.

»Meine Tasche«, keuchte Brega, »wo ist meine Tasche?« Tuck hörte ihn im Finstern umhertasten. »Die Laterne ... wir brauchen Licht«, murmelte der Zwerg.

Tuck holte Feuerstein und Stahl aus seinem Wams und schlug einen Funken. In dem kurzen Aufleuchten sah er die anderen drei, als wären sie erstarrt.

»Noch einmal«, bat Brega.

Erneut schlug Tuck Stein gegen Stahl, und dann noch einmal und noch einmal. Jedes Mal beleuchtete der kurze Funke von neuem eine wie eingefroren wirkende Szenerie, in der Brega nach seinem Tornister suchte.

Als der Zwerg seine Laterne schließlich aufklappte, wurden die vier in sanft phosphoreszierendes Blaugrün getaucht. Gildor saß nun aufrecht, er sah bleich und abgehärmt aus, als litte er Schmerzen oder Kummer.

Durch die Dämmertür drang ein lautes Krachen und Poltern.

»Was ...?«, schrie Tuck.

»Das Gebäude«, antwortete Brega. »Der Madûk hat in seiner Wut die Säulen niedergerissen. Es ist eingestürzt.«

Bum! Bum! Bum! Ein Donnern und Prasseln ertönte.

»Der Krake schleudert jetzt in seiner Wut Steine gegen die Dämmertür«, sagte Gildor, »denn ihr habt seine Absichten zunichte gemacht, ihn um seine Beute betrogen.«

»Könnt Ihr versuchen, die Tür wieder zu öffnen, Brega?« Galen blickte grimmig drein. *Bum! Bum!*

»Ja, König Galen, *aber wozu?* Da draußen wartet ein Ungeheuer darauf, uns zu zerschmettern.« Brega war völlig verdutzt über Galens Bitte.

»Weil wir möglicherweise in der Falle sitzen«, antwortete Galen. »Und weil Modrus Graus in unserem Gefängnis haust.«

Brega erbleichte, und er schritt mit grimmiger Miene zur Tür. *Bum! Bum!* Wieder legte er die Hand an eine der seltsamen, massiven Angeln, murmelte einige Worte und schrie dann: *»Gaard!«* Aber nichts geschah. Brega berührte das Portal und erklärte: »Sie bebt, aber ob sie aufzugehen versucht oder ob das von dem fürchterlichen Hämmern kommt, kann ich nicht sagen. Die Angeln könnten entzwei sein, oder vielleicht ist die Tür blockiert, jedenfalls geht sie nicht auf.« *Bum! Bum! Bum!* Noch einmal legte Brega die Hand auf die Angel. *»Gaard!«,* bellte er, um das Kommando zum Öffnen zu widerrufen.

»Sagte ich nicht, mir gefällt dieser Plan nicht? Und jetzt sind wir hier eingeschlossen. Wir können nicht mehr hinaus.« Bregas Stimme klang bitter. »Wir können nicht mehr hinaus.« *Bum! Bum!*

»Außer vielleicht durch das Morgentor«, sagte Galen düster.

»Aber das befindet sich auf der anderen Seite des Grimmwalls!«, schrie Brega. »Und ich kenne den Weg nicht.«

»Gildor ist ihn gegangen«, bemerkte Tuck.

»Das war vor langer Zeit und auch nur ein einziges Mal«, antwortete Gildor, hielt sich die Hand an die Brust und atmete schwer. Tuck spürte jedoch, dass der Elf an einem Schmerz litt, der über lädierte Rippen hinausging, und er fragte sich, warum Gildor den Namen seines Bruders Vanidor gerufen hatte.

Bum!

»Und doch haben wir keine andere Wahl«, sagte Galen. »Uns bleibt nur der Versuch, das Schwarze Loch in seiner gesamten Länge zu durchdringen und durch das Morgentor zu entkommen, denn die Dämmertür ist uns verschlossen. Und wir müssen wieder draußen sein, bevor die Ghola über den Quadra-Pass reiten und dem Gargon von uns berichten können, sonst wird dieser bösartige Vûlk uns nachstellen.« *Bum! Bum!*

»Was Ihr sagt, ist richtig.« Gildor rappelte sich stöhnend auf und zog Wehe unter den Tornistern hervor, die Tuck auf das Schwert geworfen hatte. Er gab dem Bokker das Langmesser, steckte sein flammendes Schwert in die Scheide und sagte: »Wir müssen versuchen, hindurchzugelangen, und zwar schnell. Was das angeht, haben wir keine Wahl.«

Und so schulterten die vier ihre Tornister, und nach einigem Nachdenken führte Gildor sie die Treppe hinauf; neben ihm hielt Brega die Lampe, während Tuck und Galen folgten.

In das finstere Drimmenheim schritten sie, in die Gewölbe des Graus, und hinter ihnen nahm das wütende Hämmern in den pechschwarzen Korridoren kein Ende: *Bum! Bum! Bum!*

DRITTES KAPITEL

Die Kämpfe

Hinaus durchs zerstörte Nordtor der Feste Challerain floh das Pony mit seiner doppelten Last, vorbei an kämpfenden Menschen und Ghulen, an schrill wiehernden Pferden und schnaubenden Hélrössern, fort von dem Klirren und Pfeifen des Stahls, dem Geheul der Horde und den Todesschreien. Und Danner klammerte sich fest an Patrel, während sie im Schatten des ersten Walls nach Westen galoppierten, das flache Gelände vor dem Tor überquerten und in die Vorberge hineinpreschten.

Am Abhang eines niedrigen Hügels hielten sie an und beobachteten, wie die Schlacht in rasender Wut aus dem Tor quoll. Klumpen kämpfender Männer konnten sich befreien, nur um alsbald wieder ins Getümmel verstrickt zu werden, und viele stürzten tot in den Schnee.

»Hast du noch Pfeile?«, fragte Patrel.

»Nein«, antwortete Danner. »Mit meinem letzten habe ich die Vipernstimme erlegt.«

»Ohne Waffen können wir nicht wieder ins Gefecht eingreifen«, sagte Patrel voller Grimm, »denn wir wären eher ein Hemmnis als eine Hilfe.«

Sie stiegen ab und sahen hinunter auf die brodelnde Schlacht. Patrel kauerte sich mit angespanntem Blick vor das Pony; Danner stand, starrte zornig und ballte die Fäuste.

Hin und her wogte der Kampf, ein chaotisches Gemenge aus hauenden Schwertern und zustoßenden Speeren am Rande eines Hohlwegs. Helme wurden zertrümmert und Kettenhemden durchbohrt, und Schreie erfüllten die Luft. Männer und Ghule fielen und hier und dort auch ein Wurrling. Pferde rasten los, ungehindert von ihren gefallenen Reitern, und gelegentlich floh ein herrenloses Pony.

Danner stapfte auf und ab, knirschte vor Wut mit den Zähnen und wandte die glimmenden Bernsteinaugen nicht ab, während Patrel untätig im Schnee hockte. Seine grünen Augen funkelten.

Plötzlich sprang Patrel auf. »Der König!«, rief er und deutete zu der Stelle, wo das Gefecht um den grauen Sturmwind herum tobte.

Aurion Rotaug war umzingelt, und sein Schwert fuhr unbarmherzig zwischen die Feinde. Ghule fielen, enthauptet oder mit gespaltenem Schädel, doch andere rückten nach, und einer schleuderte eine Lanze, die den König durchbohrte. Dennoch schlug Aurion weiter um sich und fällte noch einmal zwei Feinde. Mit rot leuchtendem Schwert stürmte der Elfenfürst Gildor in das Getümmel, ein blau flammendes Langmesser wehrte die Hiebe von Krummsäbeln ab. Er ebnete sich einen Weg bis an Aurions Seite, und die Ghule wichen vor dem unheimlichen Licht der beiden Elfenklingen zurück. Für einen Augenblick standen sich Elfenkrieger sowie der vom Speer durchbohrte König auf der einen und die räuberischen Ghule auf der anderen Seite bewegungslos gegenüber. Doch dann sackte Aurion vornüber auf Sturmwinds Rücken, und die Ghule stimmten ein wildes Geheul an und stoben davon.

Danner stand regungslos da, seine Miene war kalt, mit Augen wie gefrorenes Gold, während es nun Patrel war, der wütend auf und ab lief und grünes Feuer aus seinen Blicken sprühen ließ. Und dann rührten sich beide nicht, als Fürst Gildor Sturmwind vom Schlachtfeld führte; nachdem der Elf das Kampfgetümmel hinter sich gelassen hatte, stieg er ab und bettete Aurion auf die Erde; und kurz darauf kreuzte er die Hände des Königs über der Brust und legte sein Schwert neben ihn.

»Aurion Rotaug ist tot«, sagte Danner mit tonloser Stimme, während Patrel das Gesicht abwandte, die Augen voller Tränen.

»Sieh mal, dort!«, rief Danner. »Vidron bricht aus!«

Patrel drehte sich um und sah eine Streitmacht menschlicher Krieger, die sich endlich aus dem Gefecht lösen konnte, und sie wurde angeführt vom silberbärtigen Vidron. In Richtung Osten jagten sie auf ihren Pferden, die Ghule dicht hinter ihnen. Auch Gildor hetzte davon, mit Sturmwind im Schlepptau; in weitem Bogen umging er die verfolgenden Ghule auf ihren Hélrössern.

Rukhs und Hlöks wimmelten aus dem Nordtor, dazu ein, zwei Ogrus, und sie begannen die Leichname der Gefallenen zu plündern. Auch Ghule waren da; sie standen dort, wo eben noch die fliehenden Männer vorbeigeprescht waren.

»Sie versperren uns den Weg«, zischte Danner. »Nun können wir nicht folgen, ohne einen Umweg zu reiten.«

»Der Treffpunkt ist in den Schlachtenhügeln«, sagte Patrel. »Wir schlagen einen Bogen nach Westen und reiten die Poststraße hinab.«

Sie bestiegen erneut Patrels scheckiges Pony und machten sich auf den Weg ins Schattenlicht, das die Vorberge des Challerain einhüllte.

»Hast du etwas von anderen Wurrlingen gesehen, die freikamen?«, fragte Patrel.

»Nein«, knurrte Danner. »Weder zu Fuß noch auf Ponys oder rittlings hinter einem Mann.«

»Nur acht von uns schafften es noch bis ans Nordtor«, sagte Patrel. »Und ich habe zwei ... nein, drei danach fallen sehen, allerdings weiß ich nicht genau, wer es war. Sandor, vielleicht, aber wer noch, kann ich nicht sagen.«

»Tuck?« Danner versagte fast die Stimme.

»Das weiß ich nicht«, antwortete Patrel. »Es könnte Tuck

gewesen sein, aber ich kann es einfach nicht sagen. Hör zu, Danner, wir müssen der Tatsache ins Auge sehen, dass wir möglicherweise als Letzte aus der Kompanie des Königs übrig sind. Es kann sein, dass sonst keiner überlebt hat.«

Sie ritten eine Weile schweigend weiter. »Am Treffpunkt werden wir herausfinden, ob noch Dorngänger durchgekommen sind oder nicht«, sagte Danner schließlich.

Weiter ging es zwischen den Anhöhen hindurch.

»Schau!«, rief Patrel und deutete. In einem kleinen Tal vor ihnen stand ein weißes Pony, gesattelt und gezäumt – eins der Tiere, wie sie die Wurrlinge ritten.

»Lass dir Zeit«, sagte Danner. »Vielleicht ist es immer noch verschreckt von der Schlacht oder dem Gestank der Hélrösser.«

Langsam ritten sie zu dem kleinen Ross hinab, Patrels geschecktes Pony wieherte, und das weiße kam zu ihnen getrottet, als freue es sich, ein anderes Pony zu sehen und die Wurrlinge dazu.

Danner stieg ab, sprach dem Tier gut zu und ergriff die Zügel, um es auf Kampfwunden zu untersuchen. »Es ist unversehrt«, sagte der Bokker nach einer Weile. »Sieht aus wie Teds Pony, könnte aber auch Sandors Schimmel sein.«

»Jetzt nicht mehr, Danner, jetzt nicht mehr«, erwiderte Patrel. »Wem immer es vorher gehörte, von nun an kannst du es reiten.«

Danner saß auf, und weiter ging es, in südlicher Richtung durchs Hügelland.

Zwanzig Meilen ritten sie, bevor sie in einem Dickicht auf einem sanft abfallenden Hang südlich des Berges Challerain ein Lager aufschlugen. Hirse hatten sie in ihren Satteltaschen, aber kein Getreide für die Ponys. Danner grub unter dem Schnee und fand große Mengen Gras, das noch immer nahrhaft war, da Modrus früher Winter es konserviert hatte.

Zuletzt legten sie einen neuen Verband um Patrels verwundete linke Hand, an der ihn beim Kampf um den vierten Wall eine feindliche Klinge getroffen hatte. »Wollen wir hoffen, dass die Schneide nicht vergiftet war«, brummte Danner.

Patrel übernahm die erste Wache, und Danner legte sich in der Kälte nieder; sie hatten kein Feuer gemacht, denn sie waren dem Feind noch zu nahe.

Danner hatte noch nicht lange geschlafen, als ihn Patrel weckte. »Ein Reiter, in südlicher Richtung, auf der Ebene westlich von uns.«

Sie standen am Rande des Dickichts und beobachteten, wie in rund einer Meile Entfernung das schwarze Ross durch das Schattenlicht im Westen brauste.

»Hoi!«, rief Danner aus. »Ich glaube, das ist ein Pferd, kein Hélross. Und schau, sitzt da nicht noch einer vorne drauf? Ein Wurrling?«

Danner sprang aus dem Dickicht. »Hiyo!«, schrie er und winkte, aber das Tier jagte weiter, und ehe der Bokker erneut rufen konnte, unterbrach ihn Patrel.

»Danner!«, bellte er. »Ruf nicht! Denn selbst wenn es ein Pferd ist, was ich ebenfalls glaube, wissen wir nicht, welche anderen Ohren dich noch hören könnten – und wir sind ohne Waffen.«

Widerwillig hielt Danner seinen Ruf zurück, denn Patrel hatte Recht. Und so sahen sie dem schwarzen Ross auf seinem Weg in den Dusterschlund nach, bis es schließlich im fernen Schattenlicht verschwand.

Zwei weitere Tage ritten sie nach Süden, auf die Schlachtenhügel zu, wenngleich keiner von beiden wusste, wohin genau sie reiten sollten, denn, wie Patrel es ausdrückte: »Die Schlachtenhügel sind eine weitläufige Gegend, gut und gern fünfzig Meilen breit und mehr als hundert lang. Eine ganze Armee könnte sich in ihnen verlieren; wie wir da die Reste der Festungstruppen finden sollen, weiß ich nicht, aber sie werden unsere Augen brauchen, falls keine weiteren Wurrlinge mit ihnen entkamen.«

»Dann reiten wir eben nach Steinhöhen«, sagte Danner. »Das war der nächste vereinbarte Treffpunkt.«

Und so ritten sie weiter nach Süden.

Als sie am nächsten Dunkeltag das Lager abbrachen, sagte Patrel: »Wenn ich richtig gerechnet habe, ist heute der letzte Tag des Dezembers, Jahresende. Morgen ist der zwölfte Jultag.«

»Ach, ich glaube nicht, dass wir heute Abend viel feiern werden«, entgegnete Danner, »auch wenn das alte Jahr stirbt und das neue beginnt.« Er blickte sich um. »Nicht in meinem wildesten Träumen habe ich vorausgesehen, dass ich je einen Jahresendtag so verbringen würde: müde, hungrig, halb erfroren und ohne Waffen auf der Flucht vor Massen von Feinden. Und das alles in einer trostlosen Finsternis, die uns eine böse Macht geschickt hat, eine Macht, die in einem eisernen Turm in der Ödnis von Gron wohnt.«

Patrel schnallte den Sattel auf sein Pony, und als er damit fertig war, drehte er sich zu Danner um. »Dann verrate mir doch mal«, bemerkte der winzige Bokker, »was du nächstes Jahr sagen wirst, wenn es *richtig* schlimm kommt.«

Danner starrte Patrel völlig entgeistert und mit offenem Mund an. Dann brachen beide in ein schallendes und lang anhaltendes Gelächter aus. Patrel johlte und kreischte, Danner hielt sich den Bauch und seine brüllendes Lachen hallte über die Ebene. Die Ponys drehten den Kopf zu den lärmenden Wurrlingen, stellten die Ohren auf und schauten fragend, und das ließ Danner noch heftiger lachen. Er zeigte auf die Tiere und fiel rücklings in den Schnee, während Patrel in die Knie ging, und Tränen über sein Gesicht strömten.

Immer neue Lachsalven brachen aus ihnen hervor, und Danner ging auf den Knien durch den Schnee zu Patrel, warf die Arme um ihn und lachte. Schließlich wischten sie sich die Tränen aus den Augen, standen auf, stiegen auf ihre Ponys und ritten weiter nach Süden. Beide hatten ein breites Lächeln im Gesicht, und ab und zu fing einer von ihnen an zu kichern oder lachte dröhnend, und der andere fiel jeweils mit ein. Und so flohen sie müde und hungrig, halb erfroren und ohne Waffen vor Massen von Feinden, und das alles in einer trostlosen Finsternis, die ihnen eine böse Macht geschickt hatte, eine Macht, die in einem eisernen Turm in der Ödnis von Gron wohnte – und sie lachten.

Sie waren beinahe zehn Meilen auf der Poststraße geritten, zwischen den nördlichen Ausläufern der Schlachtenhügel hindurch, als sie auf den überfallenen Wagenzug stießen, und das Blutbad erschütterte sie.

»Das ist Laurelins Karawane«, murmelte Danner und ballte die Fäuste, dass die Knöchel weiß hervortraten, während sie an den Opfern entlangschritten.

Sie gingen eine Seite des Zugs hinab und die andere zurück und suchten nach Überlebenden, doch da waren nur die steifgefrorenen Leichen der Erschlagenen.

»Oi! Sieh mal hier«, sagte Patrel und kniete sich in den Schnee. »Eine breite Spur, die nach Osten führt, Klumphufe – Hélrösser.«

»Ghule!«, fauchte Danner, und dann sahen sie wie zur Bestätigung den Kadaver eines Feindes aus dem Leichenvolk, der Kopf von einem Schwertstreich gespalten. »Wie alt ist diese Spur?«

»Schwer zu beurteilen«, antwortete Patrel. »Mindestens fünf Tage, vielleicht sieben oder mehr.«

»Warte mal«, sagte Danner. »Der Zug hat die Feste Challerain am ersten Jultag verlassen, und heute ist der elfte Jul. Sie können, selbst wenn sie nach Süden gerast sind, nicht vor dem späten vierten Jul hier gewesen sein, und sie haben sicherlich nicht so getrödelt, dass sie nach dem siebten Jultag durchgekommen wären.«

»Damit wäre die Spur sechs Tage alt«, stellte Patrel fest, »einen Tag hin oder her.«

Weiter marschierten sie den Zug ab und sahen in die Wagen und die Gesichter der Getöteten.

»Sie ist nicht dabei«, sagte Danner. »Und Prinz Igon auch nicht.«

»Entweder sie konnten fliehen, oder sie sind Geiseln«, erwiderte Patrel. »Falls sie entkamen, haben sie sich wahrscheinlich nach Süden gewandt; falls sie als Geiseln genommen wurden ...« Patrel zeigte auf die Fährte der Ghule.

Danner schlug sich zornig mit der Faust in die Handfläche. »Ponys können Hélrösser nicht einholen.« In seiner Stimme klang hilflose Verzweiflung.

»Selbst wenn sie es könnten«, sagte Patrel, »haben die Ghule einen nicht wettzumachenden Vorsprung, und wer weiß, was ihr Ziel ist. Abgesehen davon wissen wir nicht, ob Laurelin und Igon tatsächlich Geiseln sind. Vielleicht konnten sie entkommen.«

Danner stand da und brütete vor sich hin. Ohne Vorwarnung stieß er einen wortlosen Wutschrei aus. »Was für eine grausame Wahl«, rief er und bemühte sich dann erkennbar, seine Gefühle zu beherrschen. »Du hast Recht, Patrel«, knurrte er schließlich, »sie reiten Hélrösser, keine Ponys, und statt der sechs Tage Vorsprung könnten sie ebenso gut sechzig haben, wir würden sie so oder so nicht einholen, ob die beiden nun gefangen sind oder nicht. Lass uns unverzüglich nach Steinhöhen weiterreiten; wenn wir von der Sache hier erzählen, werden Vidron oder Gildor die Ghule auf schnellen Pferden verfolgen, wenn es sein muss ... wenn es noch Hoffnung gibt, obwohl ich glaube, diese wird nur noch schwach glimmen.«

Patrel nickte. »Lass uns Pfeile, Getreide und vielleicht noch weitere Vorräte in den Resten der Karawane suchen. Dann reiten wir nach Steinhöhen.«

Eine Stunde später ließen sie den Wagenzug hinter sich und folgten der Poststraße nach Westen.

An diesem Abend saßen sie weitab der Straße und schnitten Pfeile an einem kleinen, geschützten Lagerfeuer zurecht, dem ersten, das sie seit ihrem Aufbruch von der Feste Challerain angezündet hatten. Als Patrel aufschaute, sah er Tränen in Danners Bernsteinaugen glitzern. Danner starrte blind ins Feuer und sagte mit brechender Stimme: »Sie hat mich ihren Tänzer genannt, weißt du.«

Die Poststraße schwenkte um die Schlachtenhügel herum wieder nach Süden, und auf ihr liefen die beiden Ponys, das Gescheckte mit Patrel und der Schimmel mit Danner, und über allem strömte das Schattenlicht.

»Diese Straße sieht jetzt ganz anders aus als damals, als wir sie zum ersten Mal in nördlicher Richtung bereisten«, sagte Patrel.

Danner brummte nur, und die Ponys trotteten weiter, während es zu schneien begann. »Willkommen im neuen Jahr«, knurrte Danner und sah zu den wirbelnden Flocken im Dusterschlund empor. Dann blickte er Patrel an. »Willkommen im neuen Jahr, mein Freund, denn heute ist der letzte Jultag. Und vergiss nicht: Heuer fangen unsere Schwierigkeiten erst so *richtig* an.« Und die beiden brachten ein mattes Lächeln zustande.

Am Abend des sechsten Dunkeltags nach ihrem Aufbruch von der Feste Challerain kampierten sie auf einem Hang östlich des Punktes, wo sich der Oberlandweg und die Poststraße treffen.

Danner stand da und blickte auf die Kreuzung hinab, und als Patrel ihm einen Becher heißen Tee brachte, sagte der kleinere der beiden Wurrlinge: »Wenn ich daran denke, dass es erst vier Wochen her ist, seit wir die Spindelfurt überquert haben und aus den Sieben Tälern diese Straße heraufzogen ...«

»Vier Wochen?« Danner schlürfte seinen Tee, ohne die Straße aus den Augen zu lassen. »Es kommt mir vor wie Jahre statt Wochen. Jedenfalls fühle ich mich um Jahre gealtert.«

Patrel legte ihm die Hand auf die Schulter. »Vielleicht bist du tatsächlich Jahre älter, Danner. Wir alle, vielleicht.«

Vier Dunkeltage später ritten sie auf einem Damm über einen Graben und durch weit offene Tore in einer hohen Wehrmauer in das Dorf Steinhöhen. Rund hundert Steinhäuser erhoben sich an den Hängen der engen Talmulde, die sich in die Flanke eines größeren Hügels grub. Die Ponyhufe klangen hohl auf den Pflastersteinen und hallten von den Häusern mit ihren verschlossenen Fensterläden wider. Auf den leeren Dorfstraßen war nicht die geringste Bewegung zu entdecken.

»Der Ort sieht verlassen aus«, sagte Patrel, holte den Bogen hervor und legte einen Pfeil an die Sehne.

Danner sagte nichts, während auch er seine Waffe bereitmachte und mit den Augen die dunklen Eingänge und verschlossenen Fenster absuchte. Ein schneidender Wind kam auf, fegte um die Ecken und ließ kleine Schneebänder sich zwischen den groben Steinen hindurchschlängeln.

Sie ritten weiter durch die leeren Straßen, bis sie schließlich an Steinhöhens einziges Wirtshaus kamen, dessen Schild im kalten Wind knarrte.

»Wenn jemand hier ist, dann sind sie im Gasthof«, sagte Danner und sah mit zusammengekniffenen Augen zu dem Schild empor, das etwas wie ein weißes Einhorn auf rotem Grund zeigte und dazu die Worte: *Zum Weißen Einhorn, Inh.: Bockelmann Bräuer.*

Steinhöhen war ein Dorf am westlichen Rand des dünn besiedelten Wildlands und lag an der Kreuzung der in Ost-West-Richtung verlaufenden Querlandstraße und der Poststraße, einer Nord-Süd-Verbindung. Es war ein Handelsplatz für Bauern, Waldbewohner und Hausierer. Das Weiße Einhorn mit seinen vielen Räumen beherbergte für gewöhnlich ein, zwei Reisende oder auch einen Siedler aus der Gegend, der über Nacht blieb. Gelegentlich kamen aber auch »echte« Fremde, wie etwa Soldaten des Königs, die von der Feste nach Süden unterwegs waren, oder eine Gruppe reisender Zwerge; in diesen Fällen schauten die Einheimischen unfehlbar auf ein, zwei Bier und einen Blick auf die Fremden in der Gaststube des Einhorn vorbei, sie hörten sich die Neuigkeiten aus der Ferne an und es gab stets viel Gesang und Fröhlichkeit.

Als aber Danner und Patrel die Tür entriegelten und eintraten, begrüßte sie nur Stille, denn das Gasthaus war kalt und dunkel, und in den Kaminen brannte kein Feuer.

Patrel zitterte in der öden Kälte, während Danner einen Kerzenstummel fand und es fertig brachte, ihn anzuzünden.

»Wo die Leute wohl alle geblieben sind?«, fragte Patrel, als sie die Gaststube mit dem einen langen Tisch und den Bänken, sowie den kleineren Tischen mit Stühlen durchquerten.

»Vermutlich nach Süden geflohen«, antwortete Danner, der

eine Lampe entdeckt hatte und sie nun mit Hilfe der Kerze anzündete.

»Oder ins Weitimholz«, beantwortete Patrel seine eigene Frage. »Die Gesunden und Starken werden im Weitimholz gegen das Gezücht kämpfen.«

»Und was nun?« Danner drehte sich zu Patrel um, und die Lampe warf einen gelben Schein auf die Züge der beiden Bokker. »Wo warten wir auf Vidron und Gildor und die Übrigen, denen der Ausbruch gelang?«

»Genau hier, Danner«, antwortete Patrel und vollführte eine ausladende Handbewegung. »Im besten Gasthof am Ort.«

Danner schaute ringsum in die kalte Dunkelheit und lächelte. »Und du hast gesagt, das würde ein schlechtes Jahr werden.«

Patrel lächelte zurück, und die grünen Augen funkelten. »Was hältst du davon, wenn du etwas zu essen suchst, während ich die Ponys in den Stall bringe, wo sie niemand sieht.«

Sie fanden eine zweite Lampe, die Patrel mit hinaus in den Stall nahm, wo er die Tiere unterbrachte, während Danner die Küche entdeckte und die Speisekammer durchstöberte.

Als Patrel zurückkam, hatte Danner bereits ein kleines Feuer entzündet und einen kleinen Kessel zum Sieden gebracht, und ein stechender Geruch durchwehte den Raum.

»Riecht gut«, sagte Patrel und rieb sich forsch die Hände. »Was ist das?«

»Lauch«, antwortete Danner.

»Lauch? Mann, Danner, ich hasse Lauch!« Patrel verzog säuerlich das Gesicht.

»Ob du ihn hasst oder nicht, Patrel, er ist unser Mahl, es sei denn, du isst lieber Hirse.«

Danner setzte einen Topf mit Teewasser auf, während Patrel düster den blättrigen Lauch im Kessel betrachtete. Er ließ sich auf einen Stuhl sinken und sagte: »Man sollte meinen, in einem so großen Gasthaus müsste sich noch etwas anderes als Lauch zu essen finden.«

»Es sieht aus, als hätten sie alles mitgenommen, alles außer dem Lauch.«

»Siehst du, ich sag doch, der schmeckt nicht«, erwiderte Patrel und brach in Gelächter aus. »Das wird wirklich ein furchtbares Jahr, wenn ich gekochten Lauch essen muss.«

Danner brüllte vor Lachen.

»So schlecht war er gar nicht, muss ich sagen«, räumte Patrel ein und tunkte den letzten Rest Lauch mit einem Stück Hirsekeks auf.

»Vielleicht warst du früher nur nicht hungrig«, sagte Danner. »Ich meine, du hast drei Portionen gegessen.«

»Da könntest du Recht haben«, erwiderte Patrel und kaute nachdenklich. »Vielleicht war ich wirklich noch nie richtig hungrig. Natürlich habe ich auch noch nie tagelang von einer Hirsediät gelebt. Andererseits war es wohl gar nicht so übel, dass wir den Lauch gefunden haben. Es hätte schlimmer kommen können.«

»Was meinst du mit schlimmer?«, fragte Danner.

»Na ja«, entgegnete Patrel und verzog schaudernd das Gesicht. »Es hätte auch Haferbrei sein können.«

Den restlichen Tag rannte Danner wie ein Tier im Käfig auf und ab, und häufig ging er hinaus auf die Veranda, um nach Vidron, Gildor oder anderen Überlebenden der Feste Challerain Ausschau zu halten.

»Ach, ich komme mir eingeschlossen vor, Patrel«, sagte Danner, als er von einem seiner Ausflüge nach draußen zurückkam. »Wir wissen ja nicht einmal genau, ob noch jemand entkommen ist. Die Ghule waren ihnen dicht auf den Fersen. Was, wenn keinem die Flucht gelang?«

»Wenn das der Fall ist«, erwiderte Patrel mit grimmigem Blick, »dann wird niemand kommen.«

»O nein«, widersprach Danner, »jemand wird auf jeden Fall kommen: das Gezücht nämlich. Vergiss nicht, in der Feste Challerain hält sich eine riesige Horde auf, und sie wird auf ihrem Weg nach Süden mitten durch Steinhöhen marschieren. Und wir dürfen nicht hier sein, wenn sie eintrifft.«

»Du hast Recht, Danner«, antwortete Patrel. »Aber das Madenvolk wird nicht so bald hier sein. Sie werden erst durchkämmen, was von der Feste Challerain übrig ist. Aber es stimmt natürlich: Früher oder später *werden* sie durch Steinhöhen marschieren.«

Patrel verfiel in brütendes Schweigen. Er regte sich nicht und nahm den Blick nicht vom Feuer, als Danner zur Tür und nach draußen spazierte. Als der Bokker wieder hereinkam, schaute Patrel auf. »Ich sehe die Sache folgendermaßen, Danner«, sagte der Kleinere der beiden. »Pferde sind schneller als Ponys, und die Männer müssten inzwischen hier sein, wenn sie nicht weit abgedrängt wurden.«

»Oder getötet«, unterbrach Danner.

»Ja, oder getötet«, fuhr Patrel fort. »So oder so können wir nicht zu lange warten, da wir nicht wissen, wann Ghule, Vulgs oder sonstiges Gezücht hier sein werden. Fest steht nur, sie *werden* kommen.

Wir wissen auch dies: Wurrlinge sehen weiter durch diese fürchterliche Dunkelheit als Menschen oder Elfen – wer weiß, vielleicht sehen wir im Schattenlicht besser als jedes andere Volk. Das Reich braucht unsere Augen, Danner, aber du und ich, das ist zu wenig: Es werden mehr Dorngänger gebraucht als nur wir beide.

Hier ist mein Vorschlag: Lass uns noch den heutigen und den morgigen Dunkeltag in Steinhöhen bleiben. Wenn weder Vidron noch Gildor oder sonst irgendwer kommt, dann brechen wir am Tag darauf in die Sieben Täler auf. Wir gehen zu Hauptmann Alver und berichten ihm, was wir wissen. Dann bilden wir eine Dorngängerkompanie, die nach Süden, nach Pellar ziehen soll, eine Kompanie, die sich dem Heer anschließt und für es sieht – als seine Augen, seine Kundschafter, um die Bewegungen des Feindes zu beobachten und den Legionen des Königs in der Schlacht die nötige Schlagkraft zu verleihen.«

Patrel packte Danner am Unterarm und sah ihm in die Augen. »Niemand außer uns Wurrlingen kann das leisten, Danner. Was meinst du?«

Ein breites Grinsen zog über Danners Gesicht. »Hei! Mir gefällt dein Plan. Selbst wenn Vidron oder andere kommen, muss einer von uns in die Sieben Täler zurückkehren und weitere Dorngänger sammeln.« Dann verschwand das Lächeln und ein finsterer Ausdruck trat an seine Stelle. »Modru muss sich für viele Dinge verantworten.«

Sie machten Wasser heiß, nahmen ein Bad und wuschen ihre Kleidung, die sie anschließend am Feuer zum Trocknen aufhängten. Und sie schliefen in Betten!

Den ganzen nächsten Tag hielten sie nach Anzeichen von Überlebenden aus der Feste Ausschau; sie ritten die Talmulde hinauf bis zur Kuppe des Hügels, aber auch von dort sahen sie nichts von Männern aus Challerain. Zwar bemerkten sie einige Wurrlingshöhlen hoch oben in dem Taleinschnitt, doch sie waren leer wie alle anderen Behausungen in Steinhöhen.

»Könnten welche aus Tobi Holders Verwandtschaft sein«, sagte Danner, dem eingefallen war, dass Tobi häufig Reisen unternahm, um mit den Leuten in Steinhöhen Handel zu treiben, und dass die Holders immer behaupteten, sie stammten ursprünglich aus der Gegend des Weitimholz.

Sie kochten neuen Lauch, und Patrel trieb eine kleine Ecke Käse auf, welche die Bräuers bei ihrer Abreise ins Weitimholz übersehen hatten – »es reicht gerade für einen Bissen für jeden« –, aber sie genossen ihn, als wäre er Ambrosia, und sprachen den ganzen restlichen Dunkeltag über von dem Festmahl am Vorabend von Laurelins Geburtstag.

Am nächsten Tag ritten sie noch einmal auf den Hügel, doch sie sahen nichts von Überlebenden, und so gingen sie zurück ins Gasthaus, löschten das Feuer und sammelten ihre Sachen zusammen.

»Wenn ich ein, zwei Kupfermünzen hätte«, sagte Danner und warf einen letzten Blick auf die Herberge, »dann würde ich sie Bockelmann Bräuer als Bezahlung für das Bad, das Waschen der Kleidung und das Bett, in dem ich geschlafen habe, hier lassen.«

»Das Bad allein war eine silberne wert«, sagte Patrel.

»Sogar eine goldene«, erwiderte Danner.

»Komm, Danner, lass uns verschwinden, bevor wir Bockelmann eine Truhe Juwelen schulden«, sagte Patrel lachend. Dann gingen sie hinaus und verriegelten die Tür hinter sich.

Im Stall beluden sie die Satteltaschen ihrer Ponys mit Getreide, dann ritten sie durch die leeren Straßen und zum Westtor hinaus. Und als sie den Damm überquerten, der zur Querlandstraße führte, sahen und hörten sie nicht, dass Rossmarschall Vidron an der Spitze eines müden und schmutzigen Haufens von Kriegern von den Hügeln herab durch das Osttor von Steinhöhen in den nunmehr wieder verlassenen Ort ritt.

Die Querlandstraße verlief nach Südwesten, unterhalb der südlichen Ausläufer der Schlachtenhügel, auf den Grenzwald und die Sieben Täler dahinter zu. Auf diesem Weg ritten die

Bokker, und sie lagerten zum ersten Mal an den Hügeln und dann mitten im Wald.

Am dritten Tag sahen sie durch die winterlichen Bäume des Grenzwalds den großen Dornwall und kamen zu dem Dornentunnel, der in die Sieben Täler führte. Sie nahmen Fackeln vom Eingang und zündeten eine an, dann ritten sie in die Barriere hinein, und in ihre Augen traten glitzernde Tränen, denn sie waren wieder zu Hause.

Zuletzt tauchten sie wieder aus dem Dornwall auf und kamen zu einem hölzernen Bogen, der auf Steinpfeilern ruhte – die Brücke über den Spindelfluss. Von den vier Hauptwegen in die Sieben Täler war dies die einzige Brücke; die drei anderen waren die Spindel-Furt, die Wenden-Furt und die Furt über die Tine. Aber wie es in vielen Dingen die Art der Wurrlinge ist, hieß die Brücke einfach »die Brücke«.

»He«, sagte Danner verblüfft, als sie aus dem Dornentunnel kamen, »da sind ja keine Wachen, keine Dorngänger.«

Auch Patrel schaute sich besorgt um, sagte jedoch nichts. Er sah, wie jenseits der Brücke die zweite Sperre wuchs, in die erneut ein schwarzer Tunnel hineinführte. Zwei Meilen hatten sie im Innern des Walls zurückgelegt, um bis an die Brücke zu kommen, und nahezu drei weitere Meilen hatten sie noch zurückzulegen, ehe sie den Dornwall ganz hinter sich lassen würden. Die Ponys trotteten über die Brücke, und ihre Hufe trommelten auf den dicken Bohlen. Unten leuchtete der zugefrorene Spindel perlgrau im Schattenlicht. Bald hatten sie die Brücke überquert und tauchten erneut in die Düsternis, und ihre zischende Fackel warf ein unstetes Licht auf das Gewirr messerscharfer Dornen.

Insgesamt verbrachten sie beinahe zwei Stunden im Innern der Barriere und ritten wieder ins Freie, als ihre Fackel gerade zu Ende brannte. Und keine Jenseitswache begrüßte sie, als sie in die Sieben Täler kamen, nur das kalte Schattenlicht des Dusterschlunds.

»Was, glaubst du, hat das zu bedeuten, Danner: keine Wachen, der Zugang offen, das Lager verlassen?« Patrels Stimme klang düster, und die grünen Augen suchten das Land ringsum nach einem Lebenszeichen ab, entdeckten jedoch keines.

»Ich glaube, es bedeutet, dass etwas Schändliches im Gange ist«, knurrte Danner. Er beugte sich herab und steckte die Fackel in den Schnee, um die Flamme zu löschen. »Komm, wir müssen jemanden suchen, der uns sagen kann, was los ist.«

Nach Westen ritten sie, der Querlandstraße folgend in die Sieben Täler hinein, durch sanft gewelltes Ackerland, das nun brach im Griff der Winternacht lag. Beinahe drei Stunden ritten sie nach Westen und legten rund neun Meilen zurück, bis sie zum Dorf Grünwies kamen.

Als sie sich dem Weiler näherten, sahen sie kein Licht, gerade so, als sei er verlassen.

»Oje, Danner, schau!«, rief Patrel. »Einige der Häuser sind niedergebrannt.«

Sie legten Pfeile an die Bögen, gaben den Ponys die Sporen und waren rasch inmitten des Dorfes. Türen standen offen, Fenster waren zerbrochen, manche Gebäude waren nur mehr verkohlte Ruinen. Die Straßen lagen verlassen da; nirgendwo war eine Spur von Leben zu sehen.

Wachsam um sich blickend ritten sie zur Dorfwiese.

»Patrel, dort, beim Feuergong ...« Danners Stimme klang grimmig, und als Patrel in die angegebene Richtung blickte, sah er den gefrorenen Leichnam eines Bokkers, aus dessen Rücken eine Lanze mit Stacheln ragte. »Ein Ghulenspeer!«, stieß Danner hervor. »Ghule sind in den Sieben Tälern!«

Patrel erbleichte, als er diese furchtbare Neuigkeit hörte, und er begutachtete den schrecklichen Beweis. »Er schlug den

Feuergong, als ihn das Scheusal erwischte. Vielleicht hat seine Warnung andere gerettet. Sehen wir uns weiter um.«

Sie ritten durch das kleine Dorf und stiegen hin und wieder ab, um Häuser zu durchsuchen. Und sie fanden weitere Getötete: Mammen, Bokker, Junge, Säuglinge, Greiser, Grumen.

In einem Haus entdeckten sie zwölf Tote – elf Kinder und eine Jungmamme. Danner rannte auf die Straße hinaus und schrie wütend: »Modru! Du feiges Scheusal! Wo bist du, du Schlächter?« Und er sank auf die Knie, ließ seinen Bogen fallen und trommelte mit der Faust auf den gefrorenen Boden; er stieß dunkle, kehlige Laute aus, von denen kein Wort zu verstehen war, obwohl es Worte waren, die er sprach.

Zuletzt richtete Patrel ihn wieder auf, setzte ihn auf das weiße Pony und führte ihn zum westlichen Rand des Dorfes, wo das Gasthaus zum Fröhlichen Otter stand und wo sie sich im Heuboden des Stallgebäudes zur Ruhe legten.

Und es war spät in der dunklen Winternacht, als Patrel aus einem tiefen, traumlosen Schlaf aufschreckte und donnernde Hufe vorüberrasen hörte. Er warf Danner einen Blick zu, der im Heu lag; der Bokker wachte nicht auf, wenngleich er sich unruhig hin und her warf und stöhnte.

Patrel griff nach seinem Bogen, schlich vom Heuboden hinab und hinaus in den Dusterschlund. Im fernen Schattenlicht sah er eine Schar von fünfzig oder sechzig Reitern, die auf der Querlandstraße nach Westen sprengten, doch ob es sich um Menschen auf Pferden oder um Ghule auf Hélrössern handelte, konnte er nicht sagen, da das Trommeln der Hufe verklang und die Reiter in der Winternacht verschwanden.

Am folgenden Dunkeltag setzten sie ihren Ritt nach Westen auf der Querlandstraße fort, sie kamen durch Bastheim und Wurz und schließlich nach Weidental, und auch diese Weiler waren verlassen; sie fanden niedergebrannte Gebäude und getötete Wurrlinge. Den ganzen Tag sprach Danner kein Wort, seine Lippen waren ein schmaler, weißer Strich und er hielt die Zügel des Ponys fest umklammert.

Sie hielten am Rand von Weidental und übernachteten in einer verlassenen Scheune, denn keiner der beiden hätte es ertragen, im Haus eines der Opfer zu schlafen.

»Ruten«, sagte Patrel. »Wir reiten nach Ruten. Dort ist das Hauptquartier der Dorngänger; vielleicht finden wir Hauptmann Alver – oder den Oberwachtmeister der Sieben Täler, falls keine Dorngänger da sind.«

»Was, wenn alle zerstört sind?« Es waren Danners erste Worte seit mehr als einem Tag, und seine Stimme klang düster.

»Alle zerstört?« Patrel drehte sich zu seinem Kameraden um.

»Alle Dörfer, alle Orte«, sagte Danner.

Patrel erbleichte bei dieser schrecklichen Vorstellung, und Danner begann das weiße Pony zu satteln.

»Ich reite nach Waldsenken, Patrel«, erklärte Danner. »Es liegt nur zwölf Meilen von hier entfernt. Wir gehen anschließend nach Ruten – wenn es noch nötig ist –, aber ich kann nicht so nahe an zu Hause vorbeikommen, ohne nachzusehen. Kommst du mit?«

Patrel nickte, denn er wusste, was er empfinden würde, wenn sie nur zwölf Meilen von den Wäldern entfernt wären, in denen er aufgewachsen war.

Sie ritten erneut auf der Querlandstraße nach Westen, bevor sie nach etwa fünf Meilen in Richtung Nordwesten abbogen, auf den Weg, der nach Lammdorf und weiter nach Waldsenken führte.

Sie hatten beinahe zwei Meilen zurückgelegt und ritten gerade nach Lammdorf hinein, als Danner schrie: »Schau!

Feuer! Waldsenken brennt!« Dann stieß er seinem Schimmel die Fersen in die Seiten und brüllte: »Yah!«

Patrel eilte ihm hinterher, und auch er sah in etwa zwei Meilen Entfernung Flammen in Waldsenken wüten.

Durch Lammdorf galoppierten die Ponys, dann auf der Waldsenkenstraße weiter nach Westen, und sie schlitterten auf dem Eis an der Furt über den Südbach. Danner bog nach Norden ab und jagte auf dem östlichen Fußpfad entlang, über den Klausenbach, und Patrel immer hinterher. Sie flogen an den Bachsteinen vorbei, das Nordufer hinauf und dann ins eigentliche Waldsenken hinein. Dort hielten sie in westlicher Richtung auf die Dorfwiese zu.

Überall auf den Hügeln tobten Brände. Und die Bokker sahen die Umrisse dunkler Gestalten vor den Feuern: Ghule auf Hélrössern! *Modrus Räuber waren in Waldsenken!*

Danner und Patrel zügelten ihre Ponys, sprangen ab und legten Pfeile an die Sehnen. Zwischen Baumstämmen hindurch huschten sie lautlos auf die Räuber zu, die sich nun alle auf der Dorfwiese tummelten. Doch während sich die Bokker dem Feind näherten, stießen die Ghule ein lautes Geheul aus und trieben ihre Hélrösser nach Süden, über die Brücke auf den Westpfad, und sie ließen das brennende Waldsenken hinter sich zurück.

Danner rannte ihnen schreiend einige Schritte nach, und sowohl er als auch Patrel ließen Pfeile fliegen, doch die Ghule waren bereits außer Reichweite, und die Geschosse fielen in einiger Entfernung in den Schnee.

Und als sie den fortreitenden Räubern nachsahen, hörten sie plötzlich einen schrillen Schrei: »Vorsicht!«, und dann das Hämmern von Klumphufen hinter ihnen. Die Bokker fuhren herum und sahen ein Hélross auf sie zustürmen, und ein grinsender Ghul hob den blutbespritzten Krummsäbel, um noch ein oder zwei Mal zuzuschlagen.

Ssstock! Aus den Bäumen hinter ihnen flog ein Pfeil über Patrels Schulter hinweg und durchbohrte die Brust des angreifenden Ghuls, und das bleiche Leichenwesen fiel tot in den Schnee, während das Hélross weiterjagte.

»Was …?«, rief Danner und wirbelte erneut herum, um zu sehen, wer ihr Retter war.

Eine kleine Gestalt mit einem Bogen in der Hand trat hinter einem Baum hervor, die saphirblauen Augen voller Hass, Verachtung und Entsetzen auf den toten Ghul gerichtet.

Danner sah die schmutzstarrende, zerzauste Jungmamme vor sich an. »Merrili!«, rief er ungläubig. »Merrili Holt!«

»Danner! Oh, Danner!« Merrili rannte schluchzend auf den Jungbokker zu und klammerte sich an ihn wie ein verirrtes Kind.

»Er ist tot, keine Frage«, stellte Patrel fest und erhob sich neben dem gefällten Ghul, »aber ich weiß nicht, wieso. Ich muss in der Feste mindestens zehn von ihnen gefedert haben, ohne dass es etwas bewirkte.«

»Holz durchs Herz«, sagte Danner über Merrili hinweg, die er noch immer in den Armen hielt. »Merrilis Geschoss hat ihn genau ins Herz getroffen.« Er sprach zu der Weinenden hinab: »Irgendeine andere Stelle, Merrili, und wir würden jetzt tot hier liegen, nicht er.«

»Ha, du hast Recht«, keuchte Patrel und betrachtete den Schaft, der aus der Brust des Ghuls ragte. »Holz durchs Herz! An Pfähle und Speere habe ich dabei wohl gedacht, aber nicht an Pfeile.« Patrel lachte wild, packte eines seiner Geschosse und reckte es in den Himmel. »Hai! Jetzt haben wir ein Mittel, mit dem wir sie bekämpfen können!«

»Sie haben meinen Vater und meine Mutter getötet, Danner«, sagte Merrili mit erstickter Stimme. Dann trat sie einen Schritt von dem Bokker weg, wischte sich Augen und Nase mit dem Ärmel ab und blickte hasserfüllt auf den toten Ghul hinab.

»Bringo und Bessie sind tot?«, flüsterte Danner.

»Und Tucks Eltern ebenfalls«, sagte Merrili, und ihre Augen füllten sich aufs Neue mit Tränen.

»Tucks Eltern auch?«, brach es aus Danner heraus. »Wie kam das?«

»Wir wollten die letzten Ponys aus Vaters Stall holen, um sie in den Klausenwald hinaufzubringen, wohin die meisten Leute geflohen sind. Tulpe und meine Mutter wollten ihre Kräuter und Arzneien holen, deshalb kamen sie mit.

Während Vater und ich unten in den Ställen waren, kamen die Ghule. Vater schob mich in einen Futterkasten und schloss den Deckel. Sie kamen herein und ... haben ihn einfach umgebracht.« Merrili brach in Tränen aus. Danner legte den Arm um sie, und auch seine Augen glänzten. Patrel fand ein Taschentuch und gab es ihr. Nach einer Weile fuhr sie fort:

»Sie haben alles angezündet, als sie weggingen. Ich konnte nicht zu Vater gelangen, und so rannte ich weinend hinten raus, über die Ponywiese und durch das Wäldchen am Ortsende, um Mutter und die Sunderbanks zu warnen. Aber ich kam zu spät.

Die Ghule hatten Tulpe bereits und schleiften sie an den Haaren mit sich. Bert kam angerannt, und das Einzige, womit er kämpfen konnte, war sein Maurerhammer. Damit brach er einem von ihnen den Arm, bevor sie ihn töteten. Dann durchbohrten sie Tulpe mit einem Speer, als sie sich losriss und zu Bert lief. Und so waren beide tot.«

Merrili redete hastig weiter, während sie den Schrecken jener Momente noch einmal durchlebte. »Die Ghule warfen eine Fackel in die Wurzel, so dass die Höhle in Flammen aufging. Dann ritten sie davon, ins Dorf hinab.

Ich lief zu unserer Höhle, und dort lag Mutter tot auf dem Gehsteig – von einer Klinge verstümmelt, grausam ermordet.

Ich ging in die Höhle und holte meinen Bogen – den mir Tuck geschenkt hatte –, aber ich fand nur einen einzigen Pfeil.« Merrili deutete auf den Schaft, der aus der Brust des toten Ghuls ragte.

»Ich ging zur Dorfwiese hinab, um wenigstens einen von den Schlächtern zu töten, bevor sie mich erwischten. Aber sie ritten fort, alle bis auf diesen einen. Wo er gelauert hatte, weiß ich nicht. Aber während er den anderen Mördern hinterhergaloppierte, hätte er euch niedergemacht, wie Vater, Mutter und die Sunderbanks. Deshalb habe ich ihn erschossen.«

»Und das war gut so, Merrili, sonst wären wir jetzt tot«, sagte Patrel. »Wir haben törichterweise unsere Pfeile auf die Ghule losgelassen, die bereits außer Reichweite waren, und wir hatten nichts mehr zur Hand, um diesen einen aufzuhalten.«

»Die Pfeile, die sich verirrn, kannst du genauso gut verliern«, zitierte Danner den alten Barlo. »Einer von Tucks Lieblingssprüchen.«

Bei der Erwähnung von Tucks Namen sah Merrili zu Danner empor. »Tuck. Wo ist Tuck?« Angst lag in ihrer Stimme.

Danner suchte nach Worten, doch er fand keine.

»Das wissen wir nicht, Merrili«, sagte Patrel. »Zuletzt haben wir ihn in der Feste Challerain gesehen.«

»In der Feste Challerain? Aber ich dachte, ihr wart an der Spindelfurt!« Merrilis Augen weiteten sich erstaunt.

»Habt ihr denn keine Nachricht erhalten? Ist Tucks Brief nicht angekommen?«, fragte Danner, und als sie den Kopf schüttelte, stieß er eine Verwünschung aus.

»Wir wussten, dass einige Bokker zur Festung aufgebrochen waren, aber nicht welche.« Merrilis Stimme war leise. »Erzähl mir von Tuck.«

»Das letzte Mal sahen wir ihn am zerstörten Nordtor von

Challerain, als wir den Ring der Horde durchbrachen – da lebte er noch«, erklärte Patrel. »Aber in diesem Kampf wurden wir getrennt, und wir wissen nichts über sein weiteres Schicksal.«

Merrili sagte zunächst nichts. »Kamen noch andere Wurrlinge frei?«, fragte sie schließlich.

Patrel zuckte mit den Achseln. »Wir wissen es nicht.«

»Merrili«, fragte Danner mit belegter Stimme, »meine Familie, ist sie wohlauf?«

Nun war es Merrili, die keine Auskunft geben konnte. »Das weiß ich nicht, Danner. Als wir Waldsenken in großer Eile räumten, ging alles drunter und drüber, die Leute liefen hin und her, manche nach Norden, andere nach Süden, wieder andere gelobten zu bleiben. Aber deine Eltern, Danner, habe ich nicht gesehen; ich weiß nichts über ihr Schicksal.«

Danner mahlte mit den Kiefern und drehte sich schließlich abrupt zu Patrel um. »Hör zu, Patrel, wir müssen den Ghulen in den Sieben Tälern Einhalt gebieten, und Merrili hat uns den Weg dazu gewiesen: Holz durchs Herz. Wir müssen hinauf in den Klausenwald und die Leute organisieren; dann können wir gegen Modrus Räuber zurückschlagen.«

»Wir brauchen Dorngänger, jetzige oder frühere«, sagte Patrel, »Leute, die mit Pfeil und Bogen umgehen können.«

»Ich kann mit Pfeil und Bogen umgehen«, meldete sich Merrili mit leiser Stimme.

»Wie ... was ...?« Patrel war verblüfft.

»Ich sagte, ich kann mit Pfeil und Bogen umgehen«, wiederholte Merrili lauter.

»Ich hatte dich schon verstanden«, erwiderte Patrel. »Was ich sagen wollte, ist: Du bist eine Mamme.«

»Was hat das damit zu tun?«, fuhr ihn Merili an und hob ihren Bogen auf, der im Schnee lag.

»Na, einfach alles. Ich meine, du bist eine Mamme.« Patrel schien nach Worten zu suchen.

»Das sagtest du bereits, und da ergab es auch nicht mehr Sinn«, schoss Merrili zurück, und ihre Augen blitzten. »Schau, Tuck hat mir beigebracht, wie man schießt, und zwar gut schießt. Er ist nicht hier und kommt vielleicht nie mehr, deshalb nehme ich seinen Platz ein, auch wenn ich ihn nicht ersetzen kann. Doch selbst wenn er hier wäre, würde ich mich euch anschließen, denn ich habe das Können, das wir brauchen. Meine Pfeile treffen, und darüber solltest du froh sein, denn der Beweis liegt vor deinen Füßen: Der Pfeil im Herzen des Räubers war kein Zufall, sondern er landete genau dort, wohin ich ihn zielte, und nirgendwo sonst, und andernfalls wärst du jetzt tot.« Ein düsterer Ausdruck trat in Merrilis Züge und sie senkte die Stimme. »Sie haben meine Eltern getötet, die Sunderbanks und zahllose andere, vielleicht auch Tuck, und dafür müssen sie bezahlen ... Sie müssen bezahlen.«

Danner blickte in ihr rußverschmiertes, tränenfleckiges Gesicht, dann hinauf in Richtung der Ponywiese, hinter der, wie er wusste, Bringo, Bessie und die Sunderbanks ermordet lagen; schließlich wanderte sein Blick in die Richtung seines eigenen Zuhauses und zuletzt fiel er auf den toten Ghul. »Ich finde, sie hat Recht. Was spielt es für eine Rolle, dass sie eine Mamme ist?«

Patrel prustete und schnaubte und setzte mehrmals zu sprechen an, tat es aber nicht, sondern nickte schließlich steif und widerwillig, und als Merrili die Arme um ihn warf und ihn fest drückte, verdrehte er über ihre Schulter hinweg die Augen in Richtung Danner, als wollte er ihm bedeuten: »Siehst du! Ich hab dir doch *gesagt*, sie ist eine Mamme!«

Merrili löste sich von Patrel. »Ich habe dich schon einmal gesehen«, sagte sie zu ihm, »aber ich kenne deinen Namen nicht.«

»Patrel Binsenhaar, aus dem schmalen Baumland östlich von Mittwald«, sagte der kleingewachsene Bokker.

»Patrel war unser Hauptmann in der Feste«, erklärte Danner.

»Jetzt erinnere ich mich: Ich habe dich an dem Tag gesehen, als Tuck fortritt. Auf der Gemeindewiese. Du hast Tuck, Hob, Tarpi und Danner nach Norden geführt.« Als Patrel nickte, sagte sie: »Ich bin Merrili Holt.«

»Ich weiß«, erwiderte Patrel. »Tuck hat oft von dir gesprochen.«

»Hört zu, wir können nicht den Rest des Winterkriegs hier herumstehen«, brummelte Danner. »Wir müssen in den Klausenwald hinauf und anfangen, zurückzuschlagen. Lasst uns gehen.«

Die drei marschierten von der Dorfwiese hinauf durch Waldsenken, mit einem kurzen Abstecher zu Danners Steinhaus, doch fanden sie keinen Hinweis auf das Schicksal von Hanlo und Gloria Brombeerdorn, seinen Eltern. Sie gingen weiter.

Die Ställe brannten lichterloh.

»Bringo wäre stolz darauf gewesen, dass seine Tochter zwei Bokker vor dem sicheren Tod gerettet hat, Merrili«, sagte Danner.

Merrili antwortete nicht, und sie gingen an der brennenden Scheune vorbei zur Ponywiese dahinter. Dort trieben sie elf Ponys zusammen und setzten ihren Weg die Talmulde hinauf fort.

Sie wickelten die Leichen von Bert und Tulpe Sunderbank sowie von Merrilis Mutter in weiche Decken und banden sie auf drei Ponys. »Wir bringen sie hinauf in den Klausenwald und begraben sie auf einer stillen Lichtung«, sagte Danner und hielt Merrili umarmt, die wieder weinte.

»Sie werden bezahlen«, flüsterte sie entschlossen. »Sie werden bezahlen.«

Merrili führte sie zu einem Wurrlingslager auf einer weiten Lichtung westlich der Stelle, wo der Nordpfad in den Klausenwald eintritt. Als das Trio mit einer Gruppe Ponys im Schlepptau auf das Gelände ritt, brach lauter Jubel aus, der sofort bedrücktem Schweigen wich, als man die drei Toten auf dem Rücken der Tiere sah.

Bokker wurden losgeschickt, um Gräber auszuheben, und Danner, Patrel und Merrili gingen zu den Lagerältesten, wo sich sogleich ein Kreis von Wurrlingen formierte, um zu hören, was besprochen wurde.

»Wir kommen von der Feste Challerain und bringen traurige Kunde: Die Festung ist an Modrus Horde gefallen, und Hochkönig Aurion ist tot.« Die Umstehenden stöhnten, als sie von Patrel diese Neuigkeit hörten, denn sie liebten ihren guten König Rotaug, auch wenn ihn keiner von ihnen je zu Gesicht bekommen hatte. Patrel wartete, bis sich der Aufruhr gelegt hatte, dann fuhr er fort: »Von den dreiundvierzig Bokkern, die in der Schlacht um die Burg auf den Wällen gedient haben, weiß ich nur von zweien, die überlebt haben: »Danner Brombeerdorn und ich selbst.« Erneut gab es Unruhe unter den Zuhörern, und Patrel bat sie mit erhobener Hand zu schweigen. »Es könnten sich noch weitere gerettet haben, allerdings nicht mehr als eine Hand voll, denn es lebten nur mehr acht von uns, als die letzte Schlacht begann, und drei davon habe ich fallen sehen.«

»Was ist mit dem Heer des Königs im Süden?«, fragte ein Alter. »Ist es nicht eingetroffen? Ist es nicht gegen Modrus Horden ins Feld gezogen?«

»Wir wissen nicht, wo das Heer ist«, antwortete Patrel, »aber es kam nicht nach Challerain. Warum, weiß ich nicht, denn es kam auch keine Nachricht. Und die Feste fiel in die Hände von Modrus Schwarm.

Von deren Ruine ritten Danner und ich über die Poststraße

nach Süden, nach Steinhöhen; und von dort setzten wir unseren Weg nach Westen fort und kamen über die Brücke in die Sieben Täler. Viel Schlimmes haben wir unterwegs gesehen. Allein in den Sieben Tälern liegen Grünwies, Bastheim, Wurz und Weidental in Trümmern, und Modrus Räuber haben viel Tod verbreitet. Und nun brennt auch Waldsenken …«

Waldsenken? Brennt? Rufe unterbrachen Patrel, und einige wandten sich zum Aufbruch, um nach Hause zu reiten. *»Halt!«*, brüllte Danner und sprang auf. »Bleibt, wo ihr seid!« Die Wurrlinge hielten inne, und es kehrte wieder Ruhe ein. »Es gibt nichts, was ihr jetzt noch tun könnt«, sagte Danner in scharfem Ton. »Was verbrannt ist, ist verbrannt, und was nicht verbrannt ist, steht noch. Es hat keinen Zweck, Hals über Kopf in die Lanzen der Ghule zu rennen.« Danner setzte sich wieder auf einen Baumstamm und bedeutete Patrel fortzufahren. Doch der kam nicht dazu.

»Hauptmann Patrel, bringt Ihr uns denn überhaupt keine gute Nachricht?«, fragte einer der Ältesten, und im Rat wie unter den Zuhörern erhob sich gleichermaßen Gemurmel.

»Doch! Ich bringe euch die beste aller Nachrichten«, sagte Patrel grimmig. »Wir wissen, wie Wurrlinge Ghule töten können.« Mitten in den Tumult hinein hielt Patrel einen Pfeil in die Höhe. »Holz durchs Herz. Dieses Holz hier. Pfeilholz. Und keiner trifft besser mit diesen Geschossen als der Wurrling.« Zustimmendes Gemurmel wurde unter dem Kleinen Volk laut, und Patrel hob die Hand. »Glaubt nicht, dass diese Aufgabe leicht ist, denn der Ghul muss mitten ins Herz getroffen werden; andernfalls hat der Pfeil keine Wirkung.«

Dann wandte er sich an den Ältestenrat: »Ich mache folgenden Vorschlag: Schickt Reiter, Boten, in andere Lager. Sie sollen überall mit freien Wurrlingen reden und ihnen sagen, wie man die Ghule töten kann. Lasst alle, die in der Nähe leben und geschickte Bogenschützen sind, an einem Ort zusammenkommen, an einem Ort, der ein gutes Stück abseits der Wege liegt, welche die Ghule benutzen.« Patrel sah Danner an, ob dieser einen Vorschlag hatte.

»Biskens Scheune, östlich von Lammdorf«, schlug Danner vor. »Sie liegt in einem kleinen Tal, das beinahe ganz von Wald verborgen ist, doch sie kann als großer Versammlungssaal dienen, den jeder kennt.«

»Also gut«, erklärte Patrel, »dann nehmen wir Biskens Scheune. Dort werden wir eine Kompanie zusammenstellen, um die Ghule aus den Sieben Tälern zu vertreiben.

Lasst die Boten auch folgende Nachricht verbreiten: Wurrlingsaugen sehen in dieser Finsternis weiter als die Augen von Menschen oder selbst Elfen. Und es könnte sein, dass unsere Augen weiter sehen als die des Feindes. Wenn das der Fall ist, sind wir den Eindringlingen gegenüber im Vorteil, denn durch große Wachsamkeit werden wir in der Lage sein, notfalls auszuweichen, wenn sie sich nähern, oder ihnen Fallen zu stellen. Lasst also verkünden, man soll Wachen aufstellen, alle Spuren unkenntlich machen, so dass die Räuber keiner Fährte von Wurrlingen im Schnee folgen können, und alle unsere Schliche im Wald anwenden, um ihre Pläne zu vereiteln. Und wenn ihr keine andere Wahl habt, weil ihr unerwartet in die Enge getrieben worden seid, dann zielt aufs Herz.

Nun lasst die Boten losreiten, um die Nachricht zu verbreiten; sie sollen die Wurrlinge überall Kompanien von Bogenschützen bilden lassen, die ihre Bezirke verteidigen, und die geübten Schützen in dieser Gegend zu Biskens Scheune rufen, denn von morgen an *schlagen wir zurück!«* Patrel verstummte, und einen Augenblick lang sagte niemand etwas, doch dann erhob sich Bürgermeister Geront Kwassel.

»Hip, hip, hurra!«, schrie er, und die begeisterten Dorfbewohner fielen mit ein: *Hipp, hipp, hurra! Hipp, hipp, hurra! Hipp, hipp, hurra!* Dreimal erklang der Ruf, dann sausten die

Wurrlinge hin und her; hastig wurden Pläne gemacht, wer wohin reiten und wer Wache stehen würde. Man erinnerte die Boten daran, dass einige geübte Schützen gebraucht wurden, um die Lager zu bewachen, dass andere jedoch Kompanien zur Bekämpfung der Ghule bilden sollten. Und da die meisten geübten Bogenschützen aktive oder frühere Dorngänger waren, würde die Bildung von Kompanien leicht fallen.

Inmitten des geschäftigen Treibens richtete man Merrili aus, dass die Gräber fertig seien. Begleitet von Danner und Patrel ging sie zu der Lichtung, auf der sich drei frisch ausgehobene Hügel türmten; und während die drei Getöteten zur Ruhe gebettet wurden und Merrili weinte, hallte Patrels klare Stimme über die Waldwiese:

Im kahlen, kalten Winterwald
Geht ihr zur ewigen Ruh,
Doch Frühling füllt die Lüfte bald
Auf Feld und Wald und Flur.

Dann lässt des Sommers milde Hand
Reich schwellen die Natur,
Der Herbst der Ernte zieht ins Land,
Euch decken Blätter zu.

Wenn Winter neu aufs Land sich senkt,
Schließt sich des Jahres Rund.
Lebt wohl, bis man uns zu euch legt
In diesen heiligen Grund.

Merrili, Danner und Patrel ließen je eine Hand voll Erde in die Gräber rieseln, und dann wurde Bessie Holt, Bert Sunderbank und Tulpe Sunderbank zugedeckt, auf dass sie eins mit dem Land würden.

In Biskens großer Scheune surrte es vor Bokkerstimmen, als Danner, Patrel und Merrili eintraten. Im gelben Schein der Lampen sahen sie beinahe hundert Wurrlinge, ein jeder mit einem Bogen bewaffnet. Überall schienen sie zu sein: auf dem Heuboden und in den Viehboxen, auf Strohballen und Futterkästen, sie standen im Hauptgang und auf Fässern – aus jedem Winkel spähten neugierige Wurrlingsgesichter.

Danner, Patrel und Merrili schlängelten sich durch die Menge zur Mitte der Scheune, wo ein behelfsmäßiges Rednerpodest stand, und auf dieses stieg das Trio. Als Patrel die Hand hob, verstummte die Menge. Es war warm in der Scheune, deshalb legten er, Danner und Merrili ihre Jacken ab, und unter den Bokkern erhob sich erstauntes Gemurmel, denn vor ihnen standen zwei behelmte Krieger in Rüstungen und eine Mamme. Weder Danner noch Patrel hatten die Wirkung bedacht, die ihr Anblick auf die Versammlung haben würde, denn ihnen war kaum mehr bewusst, wie prächtig sie aussahen: Danner in der schwarzen Rüstung, Patrel in der goldenen. Und was hatte eigentlich eine Mamme hier zu suchen?

Wieder hob Patrel die Hand, und wieder senkte sich Stille über die Versammelten. Danner und Merrili setzten sich mit überkreuzten Beinen auf das Podest, und Patrel sprach: Er berichtete vom Fall der Feste Challerain, von Aurions Tod, von der Tapferkeit der getöteten Wurrlinge und was er und Danner auf ihrem Ritt bis Waldsenken gesehen hatten. Seine Worte wurden mit entsetztem Stöhnen und Wutschreien quittiert, und Patrel musste oft innehalten, bis der Aufruhr abgeebbt war.

Dann sprach er davon, wie Merrilis Pfeil den Ghul getötet hatte und welche Hoffung daraus für die Wurrlinge erwuchs. Er sprach auch von der Fähigkeit ihres Volkes, weiter als andere durch den Dusterschlund zu sehen, und von dem Vorteil, den sie daraus ziehen könnten.

»Worauf ich also hoffe, ist dies: dass wir die Ghule in von uns ersonnene Fallen locken, sie mit wohlgezielten Pfeilen töten und so Modrus Räuber aus dem Land jagen.« Er zeigte auf Danner und Merrili. »Wir drei hier haben geschworen, genau das zu tun, und ich denke, ihr seid alle gekommen, weil ihr bereit seid, euch uns anzuschließen. Was meint ihr?«

Ein lauter Jubelschrei ließ die Dachbalken erbeben, denn die Bokker sahen nun endlich eine Möglichkeit, sich gegen die Ghule zu wehren.

Ein Bokker jedoch erhob sich, um etwas zu sagen. Es war Lutz Glucker aus Weidental. »Was Ihr sagt, klingt sehr vernünftig, Hauptmann Patrel. Bis auf eine Sache.«

»Und die wäre?«, fragte Patrel.

»Ähm, also, ich will niemanden beleidigen, aber man kann uns nicht zumuten, dass wir diese Mamme in unserer Kompanie aufnehmen«, sagte Lutz. Aus der Menge vernahm man hier und dort: *Hört, hört!*

»Und wieso nicht, Lutz?«, fragte Patrel.

»Na ja, weil sie eine Mamme ist!«, rief Lutz. »Versteht mich nicht falsch, ich meine, meine Frau und meine Tochter sind auch Mammen, aber ...«

»Aber was, Lutz?« Patrel ließ nicht locker, denn er war durch dieselbe Untiefe gewatet und wusste, dass die Angelegenheit offen und unverzüglich geklärt werden musste.

»Wir lassen unsere Mammen einfach nicht kämpfen, darum geht es«, erklärte Lutz, und hier und dort war beifälliges Gemurmel zu hören.

»Ist es euch lieber, sie sterben ohne Kampf?«, entgegnete Patrel unbarmherzig. »So wie in Grünwies, Bastheim, Wurz?«

Lutz wand sich unbehaglich, und in der Versammlung stritten einige mit ihren Nachbarn.

»Hört alle zu!«, rief Patrel über das Geplapper hinweg. »Von allen Bogenschützen hier, einschließlich mir selbst und Danner, ist Merrili meines Wissens die Einzige, die tatsächlich einen Ghul getötet hat. Oder kann jemand von euch das Gleiche von sich behaupten? Ich kann es nicht.«

Wieder brachen Streitereien aus, und wieder rief Patrel um Ruhe, aber nun war er zornig, und aus seinen Augen blitzte grünes Feuer. »Merrili hat mit ihrem Geschick einmal meine Haut gerettet, und solange ihr es euch nicht verdient habt, traue ich ihr und Danner mehr als allen anderen hier!«

Patrels Aussage löste einen Tumult aus, und es gab viele zornige Rufe. Doch auch Merrili tobte vor Wut, da sie zuhören musste, wie die Bokker über ihr Schicksal stritten, *als ob sie gar nicht anwesend wäre, um für sich selbst zu sprechen.* Als sie aber aufspringen wollte, legte ihr Danner die Hand auf die Schulter und erhob sich stattdessen selbst. Wiederum verstummte die Versammlung, denn die meisten wussten um Danners außerordentliches Können als Bogenschütze.

»Hauptmann Patrel hat Recht«, sagte der Bokker in seiner schwarzen Rüstung. »Niemand sonst kann sich rühmen, einen Ghul getötet zu haben. Aber ich möchte noch dieses hinzufügen: Merrili hat den Ghul mitten ins Herz getroffen, die einzige Stelle, wo ihn ein Pfeil töten kann, und er saß auf dem Rücken eines schnell galoppierenden Hélrosses! Nun überlegt euch: Wollt ihr einen solchen Bogenschützen aus eurer Kompanie aussperren? Und überlegt gründlich, *denn das Können, über das sie bereits verfügt, müsst ihr erst noch erwerben!* Danner hielt inne. »Wenn es also keine Einwände mehr gibt ...«, in der Scheune war es still, »... dann lasst uns mit der Planung dieses Krieges fortfahren.« Danner setzte sich wieder, Merrili drückte ihm die Hand, und ihre kobaltblauen Augen strahlten.

Da die meisten Bokker sich kannten, zumindest dem Ruf nach, und da alle in ihrer Jungbokkerzeit Dorngänger gewesen waren, hatte man rasch Einheiten gebildet und die Leutnants ausgewählt. Es war keinen Moment lang strittig, dass sie unter Hauptmann Patrel Binsenhaars Führung stehen würden und dass Hauptmann Danner Brombeerdorn sein Stellvertreter sein sollte. Die Mamme, also Merrili Holt, war am schwersten einzuordnen, da sie keine Dorngängerausbildung besaß. Zuletzt beschloss man, dass sie in Hauptmann Patrels Stab dienen sollte, bis sie mit den anderen an Erfahrung gleichgezogen hatte.

Nun versammelten sich alle Leutnants um den Tisch; statt auf Stühlen saßen sie auf Fässern, und Patrel, Danner und Merrili traten zu ihnen hinab. Die anderen Bokker in der Scheune wurden still und lauschten angestrengt, um zu hören, was die acht besprachen. Es waren dies: die Hauptleute Patrel und Danner; die Leutnants Orbin Thied, Norv Otker, Dimbo Brüter, Albin Weidner und Lutz Glucker, der trotz seiner Vorbehalte gegen Merrili sofort zum Leutnant ernannt worden war, denn er genoss einen entsprechenden Ruf als Dorngänger; schließlich stand noch Merrili Holt am Tisch, und sie wirkte klein und zart zwischen den Kriegern. Und während sie Rat hielten und den Krieg vorbereiteten, trafen immer noch weitere Wurrlinge in Biskens Scheune ein, die den Aufrufen Folge leisteten.

»Weiß jemand von euch über die Bewegungen der Ghule Bescheid?«, fragte Patrel.

»Jawohl«, sagte Norv Otker, »jedenfalls bilde ich es mir ein. Sie streifen über die Straßen der Sieben Täler: über die Querlandstraße, den Tineweg und die Zweifurtenstraße mit Sicherheit. Und wenn das Muster stimmt, dann sind sie auch auf der Südbahn, dem Wendenweg, dem Weststeig und dem Oberlandweg – auf allen Straßen in den Sieben Tälern, und sie plündern sämtliche Ortschaften, durch die sie kommen.«

»Mag sein, dass sie vorläufig nur die größeren Orte plündern«, sagte Merrili, »aber bald werden sie auch Höfe und

Heime in den Wäldern und Sümpfen verwüsten. Keine Hütte, kein Häuschen, kein Pfahlbau, keine Höhle wird vor dem Gezücht sicher sein.« Zustimmendes Gemurmel erhob sich bei den bitteren Worten der Mamme in der Scheuer.

»Wie sind sie in die Sieben Täler gekommen?«, fragte Danner. »Wie haben sie den Dornwall überwunden? Wie sind sie an den Jenseitswachen vorbeigekommen?«

Niemand am Tisch kannte die Antwort auf diese Frage, aber einer der Neuankömmlinge bat ums Wort; Patrel erteilte es ihm und erkundigte sich nach seinem Namen.

»Ich bin Dambo Rick aus Dinburg. Ich war oben in der Nähe von Düneburg, als bekannt wurde, dass Ghule in den Sieben Tälern seien. Es hieß, sie seien beim alten, aufgegebenen Nordwaldtunnel durch den Dornwall gekommen.«

»Aber der führt nur noch teilweise durch den Wall«, unterbrach Orbin und schlug mit der Faust auf den Tisch.

»Richtig«, sagte Dambo, »aber lass mich zu Ende reden. Sie drangen auf diesem Weg vor, so weit er führt, nämlich bis an den Oberlauf des Spindel. Dann ritten sie den zugefrorenen Wasserlauf entlang; das Eis ist dick und trägt sie leicht. Inzwischen ist der Fluss bis zum Grund gefroren, wie man hört. Sie ritten bis zum inneren Durchbruch an der Gabelung zehn Meilen westlich der Spindelfurt, den Granithang hinauf, und schon waren sie in den Sieben Tälern.«

Dambos Worte lösten einen Tumult aus, denn das war ihnen allen neu. Der alte Nordwaldtunnel war vor Jahren aufgegeben worden; Wurrlingsbauern hatten den Spindeldorn dabei unterstützt, die südliche Hälfte zu füllen, und so war dieser Teil des Tunnels zugewachsen. Den nördlichen Abschnitt jedoch hatte man sich selbst überlassen, und ohne die Hilfe der Wurrlinge wächst der Spindeldorn notorisch langsam. Die alten Sperren im Norden hatte man zwar intakt gelassen, aber die konnten Modrus Beauftragte mit einiger

Mühe entfernt haben. Der innere Durchbruch war eine große Lücke im Dornwall am Südufer des Spindel, wo sich ein massiver Granithang aus der Erde schob, eine riesige Steinplatte, die beinahe fünf Meilen weit in die Sieben Täler hineinreichte. Und der Spindel war in diesem Jahr zugefroren, ein Ereignis, das seit Wurrlingsgedenken noch nie vorgekommen war.

Patrel bat um Ruhe, die rasch eintrat, worauf Merrili das Wort ergriff. »Hai! Dann sind die Vulgs am Anfang auch auf diesem Weg in die Sieben Täler gekommen: durch die nördliche Hälfte des Nordwaldtunnels, den zugefrorenen Spindel hinab und über den inneren Durchbruch hinauf.« Wieder erhob sich zustimmendes Gemurmel unter den Bokkern.

»Gut«, meldete sich Danner, »dann wissen wir nun also, wie die Ghule und vor ihnen die Vulgs hereinkamen. Aber jetzt stellt sich das Problem, wie wir Modrus Räuber wieder vertreiben können. Wo fangen wir an?«

Eine Weile sprach niemand, dann sagte Norv Otker: »Bis jetzt ist eine Gruppe der Ghule jeden Dunkeltag zwischen Weidental und Farnburg auf der Querlandstraße auftaucht. Dieser Haufen könnte die beiden Ortschaften auch in Brand gesteckt haben.«

»Und Waldsenken ebenfalls«, sagte Merrili leise.

»Ja, auch Waldsenken«, fuhr Norv fort. »Es sind vielleicht zwanzig, fünfundzwanzig von den Räubern. Die könnten wir uns als Ziel vornehmen.«

Danner blickte sich um. »Ich schätze, dass mittlerweile annähernd hundertzwanzig von uns hier versammelt sind. Das scheint mir ein ganz gutes Kräfteverhältnis zu sein: fünf von uns auf jeden Ghul.«

»Das stimmt«, sagte Patrel, »aber vergesst nicht, die Ghule werden nicht stillhalten und bequeme Zielscheiben abgeben. Und sie werden mit Krummsäbeln, Speeren und Hélrössern das Verhältnis zu ihren Gunsten ausgleichen.«

Patrel stellte die Planungen für einen Augenblick zurück, um aus den Neuankömmlingen eine weitere Einheit zu bilden und einen Leutnant auszuwählen, der sie befehligen würde: Regin Burk, ein Bauer aus der Gegend der Mittelfurt.

Während dieser Pause saß Merrili mit übereinander gelegten Händen da und war tief in Gedanken versunken. Regin stieß zum Rat und sah sie erstaunt an, sagte jedoch nichts.

»Nun gut«, meinte Patrel, »wenn diese Bande von Räubern unser erstes Ziel sein soll, wie gehen wir vor?«

Niemand sprach, und die Stille trommelte laut in aller Ohren. Schließlich räusperte sich Merrili, und Patrel forderte sie mit einem Kopfnicken zum Sprechen auf. »Ich weiß nur wenig vom Krieg«, begann sie, »und verstehe deshalb nichts von Strategie, Taktik oder Kampf. Ich weiß aber mit Pfeil und Bogen umzugehen, und ich kenne mich gut mit Ponys aus. Doch etwas, das du gesagt hast, Patrel, hat mir zu denken gegeben. Du sagtest: ›Die Ghule werden nicht stillhalten und bequeme Zielscheiben abgeben.‹ Aber angenommen, sie würden es? Stillhalten, um Zielscheiben abzugeben, meine ich. Das würde unsere Aufgabe gewaltig erleichtern.« Ein Murmeln ging durch die Reihen der zuhörenden Bokker, das aber rasch wieder verstummte, als Merrili fortfuhr. »Deshalb habe ich mir Folgendes überlegt: Lasst uns die Ghule in eine Falle mit hohen Wänden locken und die Tür hinter ihnen schließen. Dann töten wir sie in ihrem Gefängnis.« Erneut begann das Murmeln anzuschwellen, aber Merrili hob die Stimme, und es wurde still. »Augenblick! *Es gibt keine Falle mit hohen Wänden hier in der Gegend,* höre ich manche sagen. Aber da irrt ihr euch. Denn es *gibt* eine, und sie heißt Lammdorf – der Weiler Lammdorf. Hört nun meinen Plan: Eine Gruppe von Wurrlingen auf Ponys wird von den Ghulen entdeckt. In panischer Flucht reiten die armen Wurrlinge auf Lammdorf zu. Zwar haben die Wurrlinge einen kleinen Vorsprung – vielleicht eine Meile –, jedoch wissen die Räuber, dass Ponys nicht so schnell sind wie Hélrösser, und sie jagen sogleich hinterher. Die dummen Wurrlinge reiten nach Lammdorf hinein, die Hauptstraße entlang, und inzwischen sind die Ghule direkt hinter ihnen. Aber *holla!*, als das Gezücht durch Lammdorf stürmt, sind die Wurrlinge plötzlich verschwunden; stattdessen versperrt eine Barrikade die Straße, und sie geht in Flammen auf. Die Ghule machen kehrt, aber hinter ihnen brennt auf einem Wagen eine weitere Barrikade. Und die Lücken zwischen den Gebäuden sind dichtgemacht und bieten keinen Ausweg. Dann springen Wurrlinge aus Verstecken auf den Dächern, und Pfeile durchbohren Ghulenherzen, denn nun sind die Jäger zu Gejagten geworden, da die Wurrlinge die Räuber angreifen.«

Merrili verstummte, und es wurde still in der Scheune, sehr still. Dann aber ließ gewaltiger Jubel die Wände von Biskens Scheune erzittern, ein breites Lächeln trat auf die Gesichter der Anwesenden, und Patrel packte Merrili und drückte sie ungestüm an sich. Über den Beifall und die Rufe hinweg schrie er ihr ins Ohr: »Du verstehst also nichts von Strategie, Taktik und Kampf, ja? Ich wünschte, ich wäre so unwissend.«

Und in Merrilis Augen glänzten Tränen, während Danner ihr lächelnd die Hand drückte und sagte: »Du wirst deinen Schwur gegenüber den Räubern halten, Merrili, denn mit diesem Plan werden sie tatsächlich bezahlen.«

Es wurde viel debattiert, ehe alle Einzelheiten zu Merrilis Plan herausgearbeitet waren, und dabei erwies es sich, dass die Mamme schlaue Fragen stellte und wertvolle Hinweise gab. Und als alles gesagt und getan und der letzte Punkt geklärt war, schaute Lutz Glucker über den Tisch zu Merrili und sagte: »Ich habe mich geirrt, was dich angeht. Kannst du mir verzeihen?« Worauf Merrili lächelte und den Kopf neigte, und Lutz lächelte zurück.

Patrel bat um Ruhe und sagte dann: »Dieser Dunkeltag geht zu Ende, und unser Plan ist fertig. Morgen bereiten wir unsere Falle in Lammdorf vor, und am Tag danach, sofern die Ghule mitspielen, lassen wir sie zuschnappen. Doch ehe wir uns zur Ruhe begeben, möchte ich gern ein paar Worte von der Architektin unseres Plans hören, von Merrili Holt.«

Wieder brachen Beifall und Jubel los, und Merrili war wie benommen, denn es war eine Sache, von einer Idee zu erzählen, die sie gehabt hatte, aber eine ganz andere, vor einer Versammlung von Kriegern eine Rede zu halten. Danner beugte sich zu ihr und flüsterte ihr ins Ohr: »Sag einfach, was du fühlst.« Dann hoben zwei Bokker sie auf den Tisch.

Sie stand dort oben, drehte sich langsam und blickte in all die Wurrlingsgesichter, auf all die Dorngänger mit ihren Bögen, die es nicht erwarten konnten, Modrus Gezücht den Krieg zu bringen und ihre verlorenen Liebsten zu rächen. Und Trauer ergriff ihr Herz, aber auch wilder Stolz. Und dann sprach sie mit klarer Stimme, und alle hörten sie:

»Lasst von diesem Ort der Freiheit hier und jetzt die Kunde ausgehen, dass Wurrlinge nicht länger ängstlich vor Modrus Räubern fliehen werden. Der Böse in Gron hat sich das falsche Land ausgesucht, um es unter seinem eisernen Tritt zu zermalmen, denn scharfer Dorn wird seine Ferse treffen, und wir werden ihm tiefe Wunden zufügen. Wir haben diesen Krieg nicht gewählt, aber nun, da er uns heimgesucht hat, werden wir nicht nur kämpfen, um zu überleben, wir werden kämpfen, um zu *siegen.* Lasst es ein für alle Mal gesagt sein, dass an diesem Tag der Kampf begonnen und das Böse einen gleichwertigen Gegner gefunden hat.«

Unter donnerndem Jubel stieg Merrili vom Tisch herab, und sie sah, dass einige weinten.

»Sie nennen es nicht mehr den Winterkrieg, Merrili«, sagte Danner. »Sie verwenden jetzt einen Ausdruck aus deiner Rede: die Kämpfe.«

Bevor Merrili etwas erwidern konnte, betrat Patrel die Scheune. »So, die Falle in Lammdorf ist aufgestellt. Morgen ist der Tag, an dem wir sie zuschnappen lassen. Außerdem haben wir aus einem Versteck heraus die Ghule auf ihrer Patrouille entlang der Querlandstraße beobachtet. Es sind siebenundzwanzig. Unsere Chancen stehen gut, vielleicht sogar noch besser inzwischen. Wie hat sich die Lage hier entwickelt?«

»Noch mehr Dorngänger, jetzige und ehemalige, sind eingetroffen. Unsere Reihen sind auf doppelte Größe angeschwollen, wir zählen jetzt fast zweihundertfünfzig, und ständig tröpfeln neue herein«, sagte Danner. »Morgen in Lammdorf wird die Luft voller Pfeile sein. Warum lassen wir nicht ein paar von den Bokkern hier?«

»Nein«, erwiderte Merrili. »Es ist wichtig, dass morgen alle dabei sind. Wir denken, wir werden siegen, aber vielleicht verlieren wir auch, doch ob Sieg oder Niederlage, alle sollten teilnehmen.«

»Sag, Merrili, was könnte morgen schief gehen?« Lutz schaute von dem Pfeil auf, an dem er schnitzte.

»Wenn ich das wüsste, Lutz, dann würde es nicht geschehen«, antwortete Merrili.

»Aber es wird nichts schief gehen«, beruhigte Lutz. »Du hast nur den ganz normalen Bammel vor der Schlacht.«

»Ich hoffe, du hast Recht«, erwiderte Merrili, »denn ich weiß nicht, ob ich es ertragen könnte, wenn wir scheitern sollten.«

Danner lachte und wechselte das Thema. »Ach, Patrel, du hättest dabei sein sollen, als einige von den Neuankömmlingen Einwände gegen eine Mamme in der Kompanie erhoben. Lutz hat ihnen einen Rüffel verpasst, und was für einen.«

Lutz lächelte reuevoll, doch aus seinen Augen funkelte

Zorn. »Diese Stutzschwänze! Oh, Verzeihung, Merrili, aber sie machen mich immer noch wütend.«

Auch Patrel lachte. »Es gibt nichts Schlimmeres als einen bekehrten Übeltäter, Lutz, einen, der seine Irrtümer eingesehen hat. Ich weiß, wovon ich rede, denn ich war selbst einer.«

Lutz stand auf, lächelte erneut und übergab Merrili die Pfeile. »Hier, Pfeile, die zu deinem Bogen passen. Ziel gut mit ihnen, denn morgen lassen wir einen Trupp der Räuber in die Falle gehen.«

Und während sich Lutz, wie auch Danner und Patrel, zur Ruhe begab, saß Merrili noch da, betrachtete die Pfeile und suchte nach einem Fehler in ihrem Plan.

Beinahe dreihundert Wurrlinge hatten sich zu den Waffen gemeldet, als die Kompanie im Schattenlicht nach Westen ritt, auf Lammdorf zu. Auf Dächern und hinter Barrikaden bezogen die Bokker Stellung. Eine Gruppe von zwanzig Ponyreitern wurde auf der Straße zum Dorf nach Süden geschickt; sie waren der Köder, der die Ghule in die Falle locken sollte.

Merrili und Patrel bezogen Stellung auf dem Dach des Blauen Ochsen, Lammdorfs einzigem Gasthaus. Auf der anderen Straßenseite sah Merrili Danner auf dem Dach der Schmiede, und sie winkte ihm zu, bevor sie in Deckung ging. Alle Wurrlinge verschwanden aus dem Blickfeld, wenngleich einige weiter in Richtung Süden Ausschau hielten, wo man den Ponytrupp auf dem Verbindungsweg in der Nähe der Querlandstraße stehen sah.

Dann begann das Warten ...

Minuten schienen wie Stunden, und Stunden zogen sich hin wie Tage. Und noch immer warteten sie, und die Ghule kamen nicht. Merrili rutschte unruhig hin und her und prüfte immer wieder ihre Pfeile, während Patrel leise eine Melodie summte und andere sich flüsternd unterhielten. Doch die Ghulentruppe kam nicht. Die Zeit schleppte sich auf bleiernen Füßen dahin, schwerfällig, langsam, zäh. Und da wusste Merrili, was ihr Plan nicht berücksichtigt hatte: »Wir wissen nicht, ob die Ghule überhaupt kommen«, sagte sie zu Patrel, »denn wir kontrollieren ihre Reihen nicht.«

Und weiter ging das Warten ...

Die ganze Arbeit war vergeblich, dachte Merrili.

Und die Zeit schleppte sich dahin ...

»Dort kommen sie, Hauptmann«, sagte der Wachposten. »Du liebe Güte!«

Auf den Ruf des Spähers hin lugte Merrili über den Rand des Daches und schaute durch den Dusterschlund nach Süden, zur Kreuzung der Dorfstraße mit der Querlandstraße. Sie erblickte sofort den Ponytrupp, und hinter ihm kamen zwischen den Hügeln entlang der Querlandstraße die Ghule auf den galoppierenden Hélrössern in Sicht. Merrili blieb beinahe das Herz stehen, *denn da draußen ritten hundert von Modrus Räubern, und nicht nur ein Trupp von siebenundzwanzig.* Doch für eine Änderung des Plans war es zu spät, denn die Bokker auf der Straße wendeten bereits ihre Ponys und schossen auf Lammdorf zu, und die Ghule machten sich unter Geheul an die Verfolgung.

Donnernd rasten sie auf das Dorf zu, und die Hélrösser rückten den Ponys beunruhigend schnell näher. Merrili ballte die Faust und schlug auf das Dach. »Reitet, Bokker, reitet! Reitet um euer Leben!«, flüsterte sie und hoffte inbrünstig, dass sie die Geschwindigkeit von Ponys gegenüber Hélrössern richtig geschätzt hatte.

Nun senkten die dahinjagenden Ghule die Lanzen, da sie sich bereitmachten, die fliehenden Wurrlinge aufzuspießen, die den Rand von Lammdorf erreicht hatten.

Der Anführer der Ghule heulte einen Befehl, und zwanzig von ihnen rasten nach links, auf die Lücke zwischen Lammdorf und dem Rillteich zu, um alle Wurrlinge abzufangen, die möglicherweise in diese Richtung flohen. *Diese zwanzig Räuber würden außerhalb der Falle bleiben!*

Merrili blickte über die Straße und sah, wie Danner zwei Gruppen der Bokker zusammenrief und mit ihnen aus dem Blickfeld verschwand, als sie auf der Rückseite der Schmiede vom Dach sprangen.

Und dann sprengten die Ponys mit den Wurrlingen unten auf der Straße vorbei, und hinter ihnen stimmten die Ghule auf ihren Hélrössern bereits ein Siegesgeschrei an, denn sie hatten ihre Beute so gut wie erreicht.

Durch die Barrikade am Ende der Straße schlüpften die Ponys, und die Lücke schloss sich, als ein mit Gestrüpp beladener Wagen in sie geschoben wurde. Flammen loderten auf, als das mit Lampenöl bespritzte Holz von Fackeln entzündet wurde. Die rennenden Hélrösser kreischten vor Schmerz und kamen rutschend zum Stehen, da die Ghule, die eine Falle witterten, hart an den Zügeln rissen, um kehrtzumachen und wieder nach Süden zu reiten. Doch auch dort rollte eine Barrikade quer über die Straße, und Flammen schlugen hoch.

Die Falle war zugeschnappt.

Doch zwanzig Ghule waren nicht in ihr gefangen.

Patrel stand auf und setzte das Reichshorn an die Lippen – das silberne Signalhorn, das ihm Marschall Vidron am Tag ihres Kennenlernens geschenkt hatte –, und ein heller Ton durchschnitt die Luft. Weit klang sein Ruf übers Land, und überall, wo ihn Wurrlinge hörten, regte sich Hoffnung kraftvoll in ihren Herzen. Unten auf der Straße von Lammdorf zuckten die Ghule bei dem Klang zusammen, und Hélrösser bäumten sich vor Angst auf. Auf den Dächern erhoben sich

Wurrlinge, und auf Patrels zweites klares Signal hin sauste zischend ein todbringender Pfeilhagel auf die Ghule herab.

Merrili stand kerzengerade da, hatte einen Pfeil an die Sehne gelegt, und in ihrem Kopf sprach leise Tucks Stimme. *Tief einatmen. Halb ausatmen. Zieh bis zum Anschlag. Richte dein Ziel aus. Lass los.* Wieder und wieder schickte sie Pfeile zu den Ghulen hinab, und jedes Mal flüsterte Tuck in ihrer Erinnerung. Und ihre Pfeile flogen, wohin sie zielte, und drangen in Brust und Herz der Ghule. Es spielte keine Rolle, dass ringsum offenbar Chaos herrschte und dass die Straße unten eine wogende Masse war, dass sich Hélrösser aufbäumten und Speere auf Bokker geschleudert wurden und dass Todesschreie die Luft zerrissen. Alles, was zählte, waren Tucks Worte: *Tief einatmen. Halb ausatmen. Zieh bis zum Anschlag. Richte dein Ziel aus. Lass los.* Und Tod flog von ihrem Bogen.

Doch die Ghule waren wilde Räuber, und sie warfen Speere auf die Wurrlinge. Andere stiegen ab, manche mit Pfeilen gespickt, und kletterten an den Pfosten der Vordächer hinauf zu den Bokkern, wo sie mit ihren Krummsäbeln wüteten, bis auch sie von Pfeilen aus nächster Nähe gefällt wurden, oder von Lanzen, welche die Wurrlinge eigens zu diesem Zweck gefertigt hatten.

Merrili bemerkte den Ghul nicht, der zu ihr aufs Dach heraufkletterte, aber Patrel erledigte ihn mit einem Pfeil ins Herz.

Unten auf der Straße schwand die Zahl der Ghule. Doch von der nördlichen Barrikade war ein Tumult zu vernehmen, da die zwanzig Ghule außerhalb der Falle sie aufzubrechen versuchten. Und tatsächlich gelang es ihnen, eine Bresche in die Sperre zu schlagen. Überlebende Ghule preschten auf die Lücke zu, während die Wurrlinge von Dach zu Dach sprangen und Pfeile auf die fliehenden Gegner abfeuerten. Die beiden von Danner befehligten Gruppen griffen die zwanzig

Feinde draußen an, und Pfeile drangen mit einem dumpfen Geräusch in Leichenfleisch. Die Ghule wirbelten herum und rasten auf ihren Hélrössern den unberittenen Wurrlingen entgegen. Manche wurden von Speeren durchbohrt, andere von Krummsäbeln erschlagen. Doch die Bokker wichen nicht zurück und zielten genau, und Pfeile drangen in Ghulenherzen. Zu Danners beiden Gruppen stießen die Lockvögel auf ihren Ponys, und diese Bokker schoben die Barrikade wieder an ihren Platz, bevor ein Großteil der eingeschlossenen Ghule freikam, so dass nur vier oder fünf von ihnen durch die Lücke entwischen konnten. Dann wandten sich die Lockvögel dem Gezücht draußen zu, und zischend sauste der Tod in die Reihen der einst so stolzen Ghule. Drei von ihnen jedoch entkamen den dornenspeienden Wurrlingen, und diese drei flohen voller Angst.

In der Falle überlebte keiner.

Und als die Wurrlinge sahen, dass die Schlacht von Lammdorf zu Ende war, brach gewaltiger Jubel aus, und Hochrufe auf Merrili wurden laut. Die aber drehte sich zu Patrel um und klammerte sich schluchzend an ihn, und Patrel sah die anderen an, als wollte er sagen: »Was soll man machen, sie ist eben eine Mamme.«

Siebenundneunzig Ghule waren gefallen: sechs durch Speere auf den Dächern, die übrigen durch Pfeile ins Herz. Es war ein grandioser Sieg, aber er hatte auch einen hohen Preis gekostet:

Neunzehn Wurrlinge waren tot und dreißig andere verwundet, teils durch Krummsäbel, teils durch Speere; manche der Verwundeten würden nie wieder kämpfen, die meisten jedoch würden gesunden, um weitermachen zu können.

Die Nachricht von der Schlacht von Lammdorf verbreitete sich wie ein Lauffeuer in den Sieben Tälern und stärkte den

Mut der Wurrlinge, denn das erste Gefecht hatten sie gewonnen, und das Kleine Volk wusste nun, dass es die Ghule schlagen konnte.

Auch die Nachricht von einer »Dorngängerin« machte die Runde, aber die meisten hielten das nur für ein Gerücht.

Und im Nordwald, im Südwald und in anderen Gegenden schlossen sich Dorngänger zusammen, um für die Freiheit zu kämpfen. In den Oberdünen, den Lehmdünen und im Ostwald wurden Fallen errichtet und Ghule getötet. Und in Kleinmoor, Großmoor und dem Gebiet der Klippen im Westen lächelten die Wurrlinge, denn sie hatten schon die ganze Zeit gekämpft und wussten, dass die Ghule verwundbar waren, wenngleich die Zahl der toten Feinde in Lammdorf auch sie überraschte.

In Biskens Scheune saß der Rat der Leutnants mit Hauptmann Patrel, Hauptmann Danner und Merrili zusammen. »Dann sind wir uns also einig«, sagte Patrel. »Wir wissen zwar noch nicht, wie wir es anstellen sollen, aber wir müssen den Kampf jetzt zu den Ghulen tragen – wir müssen ihre Festung in den Ruinen von Farnburg zerstören.«

Merrili blickte in die Runde, und das eisige Gefühl einer schlimmen Vorahnung ließ sie erschaudern.

VIERTES KAPITEL

Myrkenstein

Speichel floss aus Modrus scheußlicher Eisenmaske, und seine Augen blitzten vor Wut. Mit einem rückhändig geführten Schlag krachte die Faust im schwarzen Panzerhandschuh in Laurelins Gesicht und schleuderte die Prinzessin zu Boden. *»Khakt!«* Auf Modrus durchdringenden Schrei hin huschte der stumme Rukh ins Zimmer. Sein Blick wanderte rasch hierhin und dorthin, er flitzte zum Spiegel und zog das schwarze Tuch über das Glas. Dann beeilte er sich, vor Modru zu buckeln und zu kriechen.

»Shuul!«, zischte Modru, und der Stumme sprang nach draußen. Die Gestalt im schwarzen Umhang wandte sich wieder Laurelin zu. »Vielleicht bessern sich Eure Manieren nach einer Ruhepause in Eurer Unterkunft«, sagte der Böse und stieß ein zischendes Lachen aus.

Der stumme Rukh kehrte zurück und hatte zwei Lökha dabei.

»Shabba Dûl!«, spie Modru, und die Lökha rissen Laurelin vom Boden hoch und schoben sie aus dem Raum.

Sie führten sie den zentralen Korridor entlang, bis sie zu einer schweren, eisenbeschlagenen Tür kamen. Ein Lökh brachte einen Schlüsselring zum Vorschein und steckte einen der Schlüssel klappernd ins Schloss, während der andere eine Fackel entzündete. Knarrend öffnete sich das Portal, und ein modriger Geruch schlug ihnen entgegen. Die Lökha führten Laurelin mit erhobener Fackel durch die Tür, und sie sah, dass sie sich in einem Treppenschacht befanden, in dem sich steile Stufen abwärts ins Dunkel wanden. Sie stiegen hinab, und die Prinzessin drückte sich an die schleimig-feuchte Wand zu ihrer Linken, denn auf der rechten Seite gab es kein Geländer.

Und weiter ging es, eine Treppenflucht, eine zweite, Laurelin hörte auf, die Stufen zu zählen. Zuletzt kamen sie auf einen Absatz mit einer rostigen Eisentür, und obwohl die Stufen noch weiter in die Schwärze hinabführten, blieb der Lökh mit den Schlüsseln stehen und steckte rasselnd einen davon in das Vorhängeschloss.

Unter Flüchen mühte er sich ab, den Schlüssel umzudrehen, der sich endlich auch knirschend bewegen ließ. Der Lökh hämmerte auf das Schloss, und es sprang auf. Er wuchtete das Schließband zurück und stieß ruckweise und langsam die Tür auf, bis sie sich hindurchzwängen konnten.

Hinter der Tür führte ein schmaler, gewundener Gang nach unten. In regelmäßigen Abständen versperrten ihn Eisengitter, aber sie ließen sich mit den Schlüsseln öffnen, und die Lökha brachten Laurelin immer weiter hinab. Zuletzt kamen sie in einen stinkenden Raum, übersät mit Schmutz und zersplitterten Knochen, aus denen das Mark gesogen worden war. Der gewundene Gang führte am Ende des Raums noch weiter, aber links befand sich eine vergitterte Zelle mit schmutzigem Stroh auf dem Boden, und in diesen fauligen Käfig wurde die Prinzessin gestoßen.

Die Tür fiel krachend zu.

Das Schloss rastete klirrend ein.

Dann machten die Lökha kehrt und stampften davon.

Und das Licht nahmen sie mit.

Laurelin hörte ihre widerlichen Stimmen und ihr blökendes Gelächter, während die beiden den Weg zurückgingen, den sie gekommen waren. Sie hörte, wie die Eisengitter rasselnd zufielen, und das rostige Knarren der Eisentür, die mit Gewalt zugestoßen wurde. Dann war sie allein in dem schwarzen Loch.

Laurelin streckte die gesunde Hand aus und bewegte sich

langsam Schritt für Schritt vorwärts, bis sie das Gitter der Zelle erreicht hatte. Dann wandte sie sich nach rechts und tastete sich an den Stäben entlang, bis sie an eine Wand stieß. Erneut drehte sie nach rechts und schritt in der absoluten Finsternis die Wand ab, wobei sie ihre Schritte zählte.

Laurelins Zelle war fünfzehn Schritte breit und zehn Schritte tief. Drei Seiten bestanden aus schleimigem Stein, die vierte aus Eisenstäben. Verfaultes Stroh bedeckte den Boden. An der rückwärtigen Wand gab es einen kleinen Steinsockel, auf den sich Laurelin setzte, als wäre er eine Bank, den Rücken zur Wand, die Füße hochgezogen. Und allein in dieser pechschwarzen Finsternis presste sie die Stirn gegen die angezogenen Knie und weinte zum ersten Mal seit ihrer Gefangennahme.

Laurelin erwachte vom fernen Quietschen von Eisen und dem Klirren, als das Tor geöffnet wurde, und dann wuchs der Schein einer Fackel an, als jemand den gewundenen Gang entlangkam. Es war ihr Wärter, der Lökh. Das Fackellicht schmerzte in Laurelins Augen, und sie schirmte das Gesicht mit der Hand ab und blinzelte wässrige Tränen fort. Der Lökh stellte zwei Eimer auf den Boden vor der Zellentür, dann machte er kehrt und ging den Weg zurück, den er gekommen war, schlug die Gitter zu und schloss die Eisentür.

Während noch grelle Nachbilder vor ihren Augen tanzten, tastete sich Laurelin zu den Gitterstäben und streckte den Arm hindurch, bis sie einen der Eimer fand. Er enthielt Wasser, und sie trank durstig mit Hilfe des Bechers, den sie auf dem Boden des Eimers entdeckte. Und auch wenn das Wasser nach Schwefel schmeckte, erschien es ihr süß. Sie tastete weiter auf dem fauligen Stroh kniend umher, bis sie das zweite Holzgefäß fand, und als sie hineinlangte, entdeckte sie ein Stück altbackenes Brot. Sie legte den Brocken in die Beuge ihres gebrochenen Arms und griff noch einmal in den Eimer, aber schnell riss sie die Hand mit einem erschrockenen Laut zurück, denn etwas Nasses mit kleinen Klauen war darüber gehuscht.

Laurelin setzte sich auf den Steinsockel, aß das grobkörnige Brot und lauschte einem fernen Tropfgeräusch von Wasser, das durch die Schwärze hallte.

Die Prinzessin wusste nicht, wie lange sie geschlafen, noch was sie geweckt hatte. Sie richtete sich auf ihrem Steinsockel auf und lauschte angestrengt ins Dunkel. Etwas hatte sich *verändert.* Sie konnte nicht sagen, was es war, aber ihr Herz raste, und die Angst drang ihr bis ins Mark. Sie drückte sich an die Steinwand in ihrem Rücken, hielt den Atem an und versuchte zu erfühlen, was sie nicht sehen konnte. Und allmählich gewann sie die Überzeugung, dass sich ein riesiges Ungeheuer in der Finsternis an ihren Käfig presste und mit langen Armen durch die Stäbe griff, um sie zu packen. Sie zog die Beine an und machte sich so klein wie möglich, um dem Griff zu entgehen, und sie dachte an die zersplitterten Knochen, mit denen der Boden vor der Zellentür übersät war. Ihre Kehle war trocken, und sie hatte Durst, aber sie trank nicht, denn dort, wo der Eimer stand, lauerte auch der Schrecken.

Als der Wärter das nächste Mal kam, wartete Laurelin, bis das sich nähernde Licht den Gang schwach beleuchtete und ihn leer zeigte, und dann stürzte sie an die Stäbe und blieb dort stehen. Wieder schmerzte sie das Fackellicht, aber sie kniff die Augen zusammen und drehte das Gesicht zur Seite. In dem Augenblick, in dem der Lökh die beiden Eimer absetzte, ergriff Laurelin den Becher auf dem Eimerboden und trank gierig – zwei Becher, drei, vier: Sie zwang das Wasser in sich hinein, während der Lökh sie höhnisch ansah und etwas von *»Schtuga!«* schnaubte. Laurelin schnappte sich das Brot und zwei

Rüben aus dem anderen Gefäß, während sie das Fleisch liegen ließ, schöpfte noch einen Becher Wasser aus dem Eimer und ging zurück zu dem Steinsockel. Der Lökh nahm die beiden ersten Holzbehälter und ließ die neuen stehen, und dann marschierte er unter rauem Gelächter den Gang zurück.

Laurelin aber saß mit hochgezogenen Beinen und dem Rücken an der Wand auf ihrem Stein, neben sich einen vollen Becher Wasser, und aß Brot und Rüben. Und sie dachte: *So, du Ungeheuer aus dem Dunkel, falls du tatsächlich da draußen bist, mein Essen und Trinken hab ich hier bei mir, und es steht nicht vor deinen Füßen.*

Während der nächsten »Tage« lebte Laurelin an der Rückwand der Zelle; sie verbrachte viel Zeit auf dem Steinsockel, doch häufig ging sie auch in die eine oder andere Ecke, um sich Bewegung zu verschaffen oder anderer Bedürfnisse wegen. Und jedes Mal, wenn der Wärter kam, trat sie an die Gitterstäbe, sobald das sich nähernde Licht erkennen ließ, dass der Korridor leer war. Dann schüttete sie Wasser in sich hinein und griff sich ihr Essen, ehe der Lökh mit seiner Fackel wieder verschwunden war.

Immer wieder spürte Laurelin die finstere Erscheinung vor ihrer Zelle, und dann blieb sie auf dem Steinsockel. Zu anderen Zeiten jedoch schien der Gang leer zu sein, und dann lief sie an der Rückwand hin und her.

Zwar verfügte sie über keine sichere Methode, die Zeit zu bestimmen, doch sie glaubte, dass der Lökh sie nur einmal am »Tag« besuchte, um Essen und Trinken zu bringen. Diese »Tage« zählte sie, indem sie mit dem Daumennagel eine Kerbe in das Holz ihrer Armschiene ritzte, die ein kleines Stück aus dem Verband ragte.

Sie hatte fünf solcher Kerben gemacht, als sie das Rasseln der Türen hörte und der Schein einer Fackel von den Wänden des Durchgangs reflektiert wurde. Es war aber noch keinen »Tag« her, seit der Aufseher zuletzt vor ihrem Käfig gewesen war. Doch das Licht näherte sich weiter, und Laurelin sah zwei Lökha den Korridor betreten.

Unter dem Klappern von Schlüsseln öffnete einer der Lökha ihre Zelle, und man schob sie nach draußen. Blinzelnd trottete die Prinzessin ein zweites Mal den krummen Gang entlang und durchquerte den Treppenschacht, nur diesmal nach oben statt nach unten.

Während sie die Stufen hinaufstiegen, zählte Laurelin mit: Acht Treppenfluchten ließen sie hinter sich, ehe sie oben an die Tür kamen. Die Prinzessin zitterte, als sie den zentralen Gang erreichten, denn die Gefangenschaft hatte sie geschwächt.

Die Lökha führten sie durch eine angrenzende Tür, hinter der sie noch einmal fünf Treppen hinaufstiegen, bevor sie schließlich zu einem großen, leeren Geschoss kamen, aus dem weitere Stufen spiralförmig nach oben ins Dunkel führten, hinauf in Modrus Eisernen Turm. Beim Aufstieg in dem dunklen Schacht ging ein Lökh vor der Prinzessin und einer hinter ihr, und sie drückte sich erneut an der Wand entlang, da es auch hier kein Geländer gab, das sie vor einem Absturz bewahrt hätte.

Nach oben ging es, vorbei an schmalen Fensterschlitzen, die auf den Dusterschlund hinausblickten, Absatz auf Absatz, und Laurelins Atem ging rau und keuchend. Und als sie kurz davor war, zusammenzubrechen, hielten die Lökha, um zu verschnaufen, denn auch ihnen ging die Luft aus. Laurelin ließ sich auf den Treppenabsatz sinken, lehnte den Kopf gegen die kalte Wand und keuchte.

Zu früh für Laurelin standen die Lökha wieder auf und fauchten sie an, und der quälende Aufstieg begann von neuem. Vier weitere Fluchten überwanden sie, ehe sie zuletzt an eine eisenbeschlagene Tür mit einem Messingklopfer kamen, den der vordere Lökh einmal anhob und fallen ließ.

Nach einer kleinen Weile öffnete ein Rukh die Tür, auch dieser stumm gemacht. Laurelin wurde in einen großen Saal an der Spitze des Eisernen Turms geführt. Er war rund und maß beinahe sechzig Fuß im Durchmesser, und er lag größtenteils im Dunkeln. An den Wänden konnte man jedoch schwach Tische erkennen, auf denen sich Schriftrollen häuften, dazu Prismen und Destillierkolben, Astrolabien, Tabellen und in Metall gegossene geometrische Figuren, Phiolen mit Chemikalien sowie weitere seltsame Geräte und Lehrbücher.

Auch Folterwerkzeuge gab es hier: eine Kohlenpfanne mit glühenden Eisen, Fesseln, eine Streckbank und andere grauenhafte Utensilien.

Laurelins Blick wanderte zu einem massiven Postament in der Mitte des Raumes; allerdings verwirrte sie das Ding darauf: Es sah aus wie ein großer, schwarzer, unregelmäßiger *Klecks;* es schien jedoch eher ein *Fehlen* von Licht zu sein, was die Aufmerksamkeit der Prinzessin fesselte. Er hatte die Form und Größe eines schweren, ungleichmäßigen Steins, sieben Fuß lang, vier hoch, vier breit. Und er saß massig da, wie ein großes, schwarzes *Gähnen,* das Licht in seinen bodenlosen, dunklen Schlund saugte.

Die Lökha führten Laurelin um dieses *Ding* herum zu einem Eisenpfosten mit einer Kette daran und schlossen ihre gesunde Hand in den eisernen Armreif. Und während sie hinausstampften, riss Laurelin den Blick von dem schwarzen Fleck los und schaute woandershin, und sofort stockte ihr der Atem, denn dort, mit den Handgelenken an die Wand gefesselt und dem Kopf auf der Brust, hing ein Elf.

»Fürst Gildor!«, schrie Laurelin.

Langsam hob der Elf den Kopf und sah sie an; sein Gesicht war übel zugerichtet. Er starrte lange und sagte schließlich: »Nein, Teure, ich bin Vanidor, Gildors Zwillingsbruder.«

Zischendes Gelächter drang aus dem Dunkel. »Dann muss es also Fürst Vanidor heißen, ja?«

Laurelin fuhr herum und sah Modru aus der Finsternis treten.

»Fürst Vanidor, Fünfter in der Thronfolge der Lian«, sagte der Böse. »Vielleicht sollte er Euren Platz einnehmen, meine Liebe, denn wenngleich Ihr dem Thron des Hochkönigs nahe steht, so fließt in ihm doch das Blut der *Dolh.«* Modru hielt inne und spreizte die Hände. »Aber ach, das edle Blut eines königlichen Fräuleins kommt meinen Bedürfnissen eher noch mehr entgegen als das eines hochgeborenen Lian, denn Ihr entstammt Mithgar und er nicht.«

»Königliches Fräulein?« Vanidor sah Laurelin an.

»Ja!« Modrus Stimme klang hämisch, als er die Prinzessin an den verfilzten Haaren packte und ihr Gesicht ins Licht der Fackel drehte. »Hier ist der Preis, nach dem Ihr strebt, Narr!«

Hohlwangig und mit eingesunkenen Augen, die linke Gesichtshälfte blau geschlagen, mit saurer Fäule aus der Zelle bedeckt und mit unsagbar schmutziger Kleidung – so stand Laurelin vor Vanidor, und es dauerte lange, ehe der Elf sprach, und dann sagte er nur: »Es tut mir Leid, Prinzessin.«

»Pfui! Leid?«, zischte Modru, doch dann blitzte Triumph aus dem Visier des eisernen Helms. »Ah, ich verstehe. Es tut Euch Leid. Aber mehr als ihr ahnt. Ihr hättet diese Maid gerettet – wenn Ihr sie gefunden und erkannt hättet und wenn ihr nicht in Gefangenschaft geraten wärt. Aber sie wäre kein leicht zu erringender Preis gewesen, selbst wenn Ihr den Wächtern im Burghof entwischt wärt, denn sie war in Gesellschaft von einem meiner ... Adjutanten. Und *dieser* hätte keinen verschont, der gekommen war, sein ... Liebchen zu stehlen. Aber macht Euch keine Sorgen, meine Liebe, denn er hat die Anweisung ... zärtlich zu sein.«

Modru fuhr zu Vanidor herum und schleuderte ihm grob

ins Gesicht: »Wie viele von euch hat man auf diesen Metzgergang geschickt?«

Vanidor sagte nichts.

»Doch sicher mehr als drei«, spie Modru.

»Frag sie«, sagte der Elf.

»Du weißt, sie sind tot, du Narr«, zischte Modru, »deshalb frage ich jetzt dich. Und du wirst mir außerdem sagen, wie ihr meine Mauern überwunden habt.«

Wiederum schwieg Vanidor.

Modru gab dem stummen Rukh ein Zeichen. *»Vhuul!«* Der Rukh huschte zur Tür hinaus, während Modru zu dem massiven Postament ging und begeistert den mächtigen, schwarzen Schlund betrachtete. »Du hast noch einen Moment Zeit, deine Verschwiegenheit zu überdenken, Dummkopf, und wenn du mir dann die Antworten nicht gibst, nach denen ich suche, dann entziehe ich sie dir.«

Bei diesen Worten verspürte Laurelin einen stechenden Schmerz in der Brust. Sie blickte in Vanidors grüne Augen, und ihre eigenen grauen schwammen in Tränen. Doch Vanidor sagte nichts.

»Vielleicht sollte ich dich zum Sprechen bewegen, indem ich mich der Prinzessin widme und dich zuschauen lasse«, schlug Modru mit kalter Stimme vor. »Doch nein, ich brauche sie unbefleckt.«

Die Tür ging auf, der Rukh huschte herein, und hinter ihm schob sich ein großer Höhlentroll gebückt durch die Öffnung. Zwölf Fuß maß er in der Höhe, seine Augen glühten rot und aus seinem Mund ragten Hauer. Seine Haut war grünlich und geschuppt, wie Panzerplatten. Er trug eine schwarze, lederne Hose und sonst nichts. Gebückt und mit herabhängenden Armen schlurfte er in den Raum, machte einen weiten Bogen um den Klecks auf dem Postament und trat vor Modru, wobei er lüstern nach Laurelin schielte.

Das Herz der Prinzessin schlug heftig, und sie brachte kaum den Willen auf, zurückzublicken, ohne zu erbleichen.

»Dolh schluu gogger!«, befahl Modru in der widerlichen Slûk-Sprache. Darauf drehte sich der Ogru um und packte einen Arm Vanidors, während der Rukh die Fesseln aufschloss. Dann schleppten sie den Elfen zur Streckbank, wo sie ihn erneut an Füßen und Handgelenken festbanden. Der mächtige Ogru-Troll kauerte neben der Bank, mit einem Arm hielt er seine Knie umfasst, die andere Hand ruhte auf dem Kurbelrad, und in seinem Gesicht stand ein dumpfes, höhnisches Grinsen.

Auf ein Zeichen von Modru hin drehte der Ogru langsam an dem Rad: *Klack! Klack! Klack! Klack!* Während das hölzerne Zahnrad klapperte, wurden die Fesseln an den Handgelenken nach oben gezogen. *Klack! Klack! Klack!* Nun war das Seil straff gespannt, und Vanidors Arme und Beine wurden gerade gezerrt. Hier hielt der Troll inne, sein Mund stand weit offen, und er fuhr sich mit der Zunge über die gelben Zähne.

»Wie viele sind mit dir gekommen?«, zischte Modru.

Vanidor sagte nichts.

Klack!

»Verrate mir Folgendes, du Narr: Wie hießen deine getöteten Begleiter?« Modru sah Vanidor an, dessen Körper straff gespannt war.

»Sagt es ihm, Fürst Vanidor!«, schrie Laurelin voller Qual. »Es kann niemandem schaden, denn sie sind tot!«

»Duorn und Varion«, antwortete Vanidor schließlich.

»Ach, der Tölpel hat ja doch eine Zunge«, fauchte Modru. »Duorn und Varion also, ja? Und was ist mit weiteren Begleitern – hatten auch sie einen Namen?«

Wiederum verschloss Vanidor fest die Lippen.

Der Troll grinste freudig.

Klack!

»Du kannst es ebenso gut sagen, du Narr«, zischelte Modru,

»denn dein Schweigen wird die Rückkehr meines Meisters nicht verhindern.«

»Dein Meister?«, stieß Vanidor zwischen zusammengebissenen Zähnen hervor. Schweißperlen standen auf der Stirn des Elfen, und Schweiß lief ihm übers Gesicht.

»Gyphon!«, frohlockte Modru.

»Gyphon?«, keuchte Vanidor. »Aber er befindet sich jenseits der Sphären.«

»Im Augenblick ja«, krähte Modru, »doch am Schwärzesten Tag wird der Myrkenstein den Weg öffnen. Doch wir vertrödeln Zeit, du Narr. Nenn mir Namen.«

Schweigen.

Klack!

Ein Stöhnen entfuhr Vanidors Lippen, und Laurelin weinte lautlos.

»Myrkenstein?« Vanidors Atem ging stoßweise.

Modru sah ihn höhnisch an und hielt inne, als überlegte er, ob er sein Geheimnis mitteilen sollte. »Warum nicht? Ihr werdet diese Geschichte keinem mehr erzählen.« Der Böse ging zu dem *Fleck* auf dem Postament. »Hier, du Narr, ist der große Myrkenstein, den mein Meister vor vier Jahrtausenden auf den Weg geschickt hat. Lang war seine Reise, aber vor fünf Jahren kam er schließlich an. Sagte nicht mein Meister zu Adon: *Selbst in dieser Stunde habe ich Ereignisse in Gang gesetzt, die du nicht aufhalten kannst.* Sagte er das nicht?«

Modru kehrte zu Vanidor zurück. »Deine Gefährten, Dummkopf, wie heißen sie?«

Der Elf biss sich auf die Lippen, bis Blut floss, doch er sagte nichts.

Klack!

Vanidor litt große Qual: Seine Schultern wurden aus den Gelenkpfannen getrennt, Hüfte und Wirbelsäule waren bis an die Grenze gedehnt. Die Rippen zeichneten sich auf der auf und ab wogenden Brust ab.

»Nun, mein Fürst Vanidor«, höhnte Modru, »meine Geschichte vom Myrkenstein scheint Euch zu verwirren. Woher kam dieses Ding, fragt Ihr Euch. Aus dem Himmel, du Narr! Was ihr Einfaltspinsel den Drachenstern nennt, das war von Gyphon gesandt: ein großer, flammender Komet, dessen einziger Zweck darin bestand, den Myrkenstein zu mir zu tragen, in finster lodernder Glorie auf Mithgar zu stürzen und den Stein in meinen Zufluchtsort in der Ödnis fallen zu lassen. Weshalb, glaubst du wohl, habe ich mich all die Jahre hier aufgehalten? Aus Angst? Nein! Nennen wir es lieber freudige Erwartung.

Und nun gib die Namen deiner Kameraden preis.«

Nur Laurelins Schluchzen antwortete ihm.

Speichel lief aus dem Mundwinkel des Trolls.

Klack!

Vanidors Handgelenke bluteten, seine Knöchel wurden aus den Gelenken gerissen, aus seinem Mund drangen unverständliche Geräusche.

»Denkst du, das war ein Unfall der Natur?«, fragte Modrus Vipernstimme. »Nein, es war das Werk meines Meisters! Und der Stein ist eine großartige Waffe. Was glaubst du, wie der Dusterschlund gemacht wird? Wie? Du weißt es nicht? Dann werde ich es dir sagen müssen: aus dem Myrkenstein, du Narr! Er *frisst* das verfluchte Sonnenlicht und sendet Schattenlicht an seine Stelle. Und mit ihm lenke ich die Ausdehnung der Winternacht, zum Leid der Welt. Doch wenn mein Meister kommt, werden ich und meine Lakaien vom Sonnenbann befreit werden, und dann kann nichts mehr unsere Herrschaft aufhalten.«

Modru schlug mit der geballten Faust auf die Streckbank, und er ragte finster über dem Elfen auf. »Namen, du Narr, Namen«, zischte er.

»So redet doch, Fürst Vanidor!«, schrie Laurelin. »Bitte redet!«

Schreie entrangen sich Vanidor, doch er sagte keine Namen.

Der große Ogru schmatzte feucht mit den Lippen.

Klack!

»Reite, Flandrena, reite!«, drang ein Schrei aus Vanidors Kehle.

»Flandrena?«, zischte Modru. »Ist das einer deiner Gefährten?«

Vanidors raues Kreischen erfüllte den Turm, und Laurelin riss an ihrer Kette und warf sich hin und her, sie weinte und schrie und versuchte, den Elfen zu erreichen.

Klack!

»Gildor!« Vanidors gequälter Schrei erschütterte den Turm, und dann wurde es still, denn der Krieger der Lian war tot.

Laurelin fiel auf die Knie, presste die Arme an den Leib und schaukelte vor und zurück; ein gewaltiges Schluchzen ließ ihren Körper erbeben. Doch ihr Leid war so tief, dass kein Laut aus ihrer Kehle drang. Und sie nahm nur undeutlich wahr, dass die Lökha sie von dem Eisenpfosten losbanden und wieder den Treppenschacht hinabführten. Die Folterung und Ermordung von Vanidor Silberzweig hatten Laurelin über die Grenze dessen getrieben, was sie ertragen konnte. Und während sie blind die Stufen hinabtaumelte, hallte ihr Modrus zischendes Gelächter hinterher.

Sie wurde in einen Hauptkorridor hinabgebracht, aber die Lökha zwangen sie nicht wieder in die dunkle Zelle. Stattdessen wurde sie zwei beflissenen Rukha übergeben, die sie in einen reich ausgestatteten Raum führten.

»›Unbefleckt‹, hat er gesagt«, krächzte ein Rukh.

»Aber, *tsss,* der Arm, der Arm«, zischte der andere.

»Den heilt der Trunk, du dummer Sack«, schnarrte der Erste, »nachdem wir ihn verbunden haben.«

Unsanft zogen die beiden Rukha der Prinzessin die stinkende Kleidung aus und zerrten sie dabei hierhin und dorthin. Als sie dann nackt war, schnitten sie mit einer eisernen Schere den Verband auf, der die Schiene an Ort und Stelle hielt. Und solange sie arbeiteten, weinte Laurelin leise und die Tränen verschmierten den Ruß in ihrem Gesicht.

Schließlich war der verletzte Arm freigelegt, und obwohl der Knochen bereits begonnen hatte, wieder zusammenzuwachsen – denn es waren dreiundzwanzig Tage vergangen, seit er gebrochen war –, legten die Rukha einen Verband um den Bruch an, indem sie Stoffstreifen in eine flüssige Paste tauchten und um den Arm der Prinzessin wickelten, wo sie rasch trockneten. Als die beiden fertig waren, reichte die steif gewordene Hülle von oberhalb des Ellenbogens bis über das Handgelenk.

Und sie flößten ihr den scharfen, brennenden Trank ein, die gleiche feurige Flüssigkeit, die ihr die Ghola auf dem langen Ritt zu Modrus Eisernem Turm gewaltsam verabreicht hatten.

Sie führten sie in einen anderen Raum und setzten sie in ein heißes Bad, und sie wuschen ihr mit grober Seife und rauen Händen die Haare und schrubbten ihr den Dreck aus dem Gesicht und vom restlichen Körper. Laurelin aber achtete kaum auf ihre gefühllosen Dienste.

In dieser Nacht schlief sie in einem Bett, doch sie träumte vom Eisernen Turm und wachte schreiend auf: »Vanidor!« Dann fiel sie weinend wieder in einen erschöpften Schlaf.

In ihren Träumen kam eine Elfe mit goldenen Haaren zu ihr und tröstete sie.

Und dann stand ein Elf mit traurigen Augen vor ihr. *Bist du Vanidor? Bist du Gildor?* Aber der Elf sagte nichts, sondern lächelte nur freundlich.

Zuletzt sah sie ihren Fürst Galen. Er stand an einem dunklen Ort und hielt ihr Medaillon an seine Kehle.

Als sie erwachte, stellte sie fest, dass sie weinte, und ihre Gedanken kehrten ständig zurück zu jenen unerträglichen Augenblicken im Turm: unsäglich grausame, unbarmherzige Augenblicke, die sich in ihrer Erinnerung endlos wiederholten.

Der stumme Rukh brachte ihr Essen, doch sie rührte es nicht an, sondern saß auf dem Bett und starrte, ohne zu sehen, in das Feuer im Kamin: Sie trauerte. Den ganzen Dunkeltag saß sie so, und kaltes Entsetzen hielt ihr Herz umklammert. Was das Gemetzel beim Überfall auf den Wagenzug nicht vermocht hatte, was achtzehn Tage in der Hand der Ghola und fünf »Tage« in einer schmutzigen Zelle ohne Licht nicht vermocht hatten, das hatte nun der Martertod Vanidors, den sie hilflos mit ansehen musste, bewirkt: Er hatte ihren Geist in ein dunkles Reich getrieben, in dem es keine Hoffnung gab.

In der folgenden Nacht träumte Laurelin erneut von der Dame mit dem goldenen Haar. Diesmal pflanzte die Elfe einen Samen in schwarze Erde. Ein grüner Spross erschien und erblühte rasch zu einer wunderschönen Blume. Und ebenso schnell welkte die Blume und starb. Ein Wind erhob sich und trug die vertrockneten Blüten und Blätter davon. Aber auch seidene Federflocken trieben im Luftzug, und die Elfe fing eine der Flocken und streckte sie Laurelin entgegen, und *siehe!*, es war ein Same.

Laurelin erwachte, setzte sich im flackernden Feuerschein auf und dachte über die Botschaft der blonden Dame nach, und schließlich glaubte die Prinzessin den Sinn erkannt zu haben: *Dem Leben entspringt der Tod, dem Tod entspringt das Leben, es ist ein nie endender Kreislauf.*

Und mit Hilfe einer goldhaarigen Elfe, der sie nie begegnet war, begann in diesem Augenblick Laurelins Seele zu heilen.

FÜNFTES KAPITEL

Drimmenheim

Sie stiegen die lange Treppe hinauf, Brega und Gildor mit der Laterne voran, Tuck und Galen dahinter. Und von unten hallte es donnernd, da der wütende Krake gegen die Dämmertür hämmerte. *Bum! Bum!*

Am Ende der Treppe hielten sie an, um zu Atem zu kommen.

»Zweihundert Tritte«, wandte sich Brega an Gildor. »Es ist doch sehr merkwürdig, dass ein Handelsweg mit einem Hindernis wie einem Anstieg von zweihundert Stufen beginnen soll.«

»Nichtsdestoweniger, Drimm Brega, ist das der Weg, den ich damals gegangen bin«, erwiderte Gildor. »Vielleicht werden schwere Güter auf einem anderen Weg befördert, vielleicht durch eine ebenerdige Passage, die in dem Raum da unten beginnt; aber als wir vor vielen Jahren zu Fuß unter dem Grimmwall Drimmenheim durchquerten, führte man uns auf diesem Weg.«

Brega brummte nur.

Bum! Bum! Bum!

»Lasst uns weitergehen«, sagte Brega, »bevor der Madûk womöglich die verborgenen Stützpfeiler losreißt und der ganze Durchgang über uns zusammenstürzt.«

Sie setzten ihren Weg über einen hohen, kurvenreichen Korridor fort, von dem Durchgänge und Spalten nach beiden Seiten als schwarze Höhlen abzweigten. Der Boden war eben und mit einer feinen Schicht Gesteinsstaub bedeckt, in dem keine Spur außer ihrer eigenen zu sehen war.

Bum! Bum! Hinter ihnen tobte nach wie vor der Krake, aber

die Echowellen wurden mit der Zeit immer schwächer: *Bum ... bum ... um ...* Schließlich konnten sie das wilde Hämmern gar nicht mehr hören.

Der Boden neigte sich inzwischen abwärts, und immer noch führten Gänge und Spalten von dem Korridor weg, dem sie folgten. Doch Gildor blieb in dem Haupttunnel und bog nicht seitlich ab.

Immer tiefer drangen sie in die unheimliche Schwärze vor, und mit raschen Schritten hatten sie sich mittlerweile vier, fünf Meilen von der Dämmertür entfernt, denn Galen hatte erklärt: »Wir müssen dieses schwarze Labyrinth hinter uns gelassen haben, ehe die Ghola dem Gargon die Nachricht übermitteln können, dass Eindringlinge in seinem Reich wandeln.«

Doch alle vier waren müde, erschöpft von der langen Verfolgungsjagd, die ihrer Flucht ins schwarze Drimmenheim vorausgegangen war, und als sie in eine Halle von gewaltigen Ausmaßen kamen, die annähernd eine Viertelmeile lang und vielleicht zweihundertfünfzig Fuß breit war und laut Brega rund sieben Meilen von der Tür entfernt lag, erklärte Gildor, dass sie anhalten sollten.

»Wir müssen essen und ruhen, und ich möchte auch die Wege vor uns studieren«, sagte der Liankrieger und zeigte auf die vier großen Portale, die als schwarze Öffnungen in den Raum klafften, »denn ich muss den richtigen Pfad nach draußen wählen.«

Dankbar für die Gelegenheit zum Ausruhen, ließ sich Tuck mitten in der Halle auf den Boden fallen. Er wühlte in seinem Rucksack herum und reichte Galen ein Stück *Mian;* ein weiteres behielt er selbst. Sie setzten sich in der Mitte des Saals ins Dunkel und schauten zu, wie Gildor und Brega der Reihe nach die Ausgänge inspizierten, in jeden hineinspähten und über die Pfade sprachen, die sie sahen. Schließlich kamen Elf und

Zwerg zurück, setzten sich zu dem Mann und dem Wurrling und nahmen sich ebenfalls etwas zu essen.

Brega schlang seine Ration hinunter, doch Gildor rührte sein Essen kaum an. Er wirkte nachdenklich, bedrückt.

»Elf Gildor«, sagte Brega und trank einen Schluck aus seiner Feldflasche, »gibt es Wasser entlang des Wegs, den wir gehen?«

»Ja, wenn ich den richtigen wähle«, antwortete Gildor. »Trinkwasser im Überfluss; süß und rein war es damals, vor so langer Zeit, als ich hier war.«

»Elf Gildor«, bohrte Brega weiter, »da wir nun hier ruhen, bevor wir weitergehen – Ihr sagtet doch, Ihr würdet uns von Ereignissen aus alter Zeit berichten, nachdem die Châkka Kraggen-cor verlassen hatten. Wieso war die Zugbrücke oben? Die Dämmertür verschlossen? Weshalb entstand der Schwarze Teich?«

»Ach ja«, erwiderte Gildor, »ich habe Euch diese Geschichte versprochen. So hört denn zu, denn Folgendes weiß ich:

Als der Graus aus dem Vergessenen Gefängnis ausbrach, flohen die Drimma aus Drimmenheim, und manche Elfen flohen aus Darda Galion, denn so groß ist der Schrecken des Gargon. Drimma wandten sich nach Ost und West, nach Nord und Süd, und so hielten es auch die Elfen, die flohen, oder sie gingen auf den Schattenritt.

Nachdem die Drimma fort waren, begannen sich Rucha und Loka in den schwarzen Gruben zu sammeln, um dem Gargon in seinem Reich des Grauens zu dienen. Zahlreich waren die Scharmützel mit dem Gezücht, und die Lian setzten Wächter an den Portalen ein, an der Dämmertür, am Morgentor.

Auch die *Rûpt* bewachten diese Eingänge, doch warum sie es taten, ist nicht bekannt; Tatsache ist, das Gezücht hielt Wacht. Vielleicht befürchteten sie ein Eindringen der Wächter Lians, doch auch die Lian können Gargoni nicht widerstehen:

Nur durch die Macht der Zauberer vom Schwarzen Berg von Xian wurden diese furchtbaren Kreaturen während des Großen Bannkriegs in Schach gehalten. Und hätte es mehr Gargoni gegeben, wären selbst die Zauberer gescheitert.

Jedenfalls bewachte das Gezücht die Dämmertür, auch wenn niemand außer ihm selbst hineingehen wollte, und die Lian beobachteten geduldig, während eine Jahreszeit die nächste und ein Jahr das andere ablöste.

Dann geschah es vor fünf Jahrhunderten, dass jede Nacht zwei riesige Trolle kamen, Gestein abbauten und einen Damm über den Dämmerbach errichteten. Ein Jahr lang arbeiteten sie schwer, dann war es schließlich vollbracht. Der Dämmerbach stürzte nicht mehr in einem anmutigen Wasserfall in den Abgrund, sondern das Wasser blieb hinter dem Damm der Trolle gefangen. Und der Schwarze Teich wuchs rasch an und füllte bald das gesamte Tal unter der Großen Wand aus.

Wieder verging einige Zeit, etwa ein Jahr, glaube ich. Dann kam in dunkler Nacht ein mächtiger Drache geflogen.«

»Ein Drache!«, platzte Tuck heraus.

»Jawohl, ein Drache«, erwiderte Gildor und nickte.

»Dann sind die alten Geschichten also wahr«, sagte Tuck. »Es gibt wirklich Drachen, und sie sind nicht nur Fabelgestalten aus Märchen, die man sich am Herd erzählt.«

»So ist es, Tuck«, bestätigte Gildor. »Drachen gibt es wirklich, sowohl Feuerdrachen als auch Kaltdrachen. Einst spien alle Drachen Flammen, doch jene, die Gyphon im Großen Krieg halfen, wurden ihres Feuers beraubt und verwandelten sich in Kaltdrachen; und sie unterliegen dem Bann, denn die Sonne tötet sie, auch wenn sie nicht den *Dörrtod* sterben – dieses Schicksal bleibt ihnen aufgrund ihrer Schuppenhaut erspart. Dennoch sind Kaltdrachen Furcht einflößende Feinde, und ihr Ausstoß ist schrecklich: Zwar brennt er nicht, doch er löst Fels und Metalle auf – selbst Silber rostet unter dem ätzenden Ausfluss und er verkohlt Fleisch auch ohne Feuer.«

»Aber wo sind sie dann, die Feuerdrachen und die Kaltdrachen?«, fragte Tuck. »Ich meine, wenn es Drachen wirklich gibt, warum sieht sie dann niemand?«

»Sie schlafen, Tuck«, antwortete Gildor. »Tausend Jahre lang verstecken sie sich in Höhlen in den abgelegensten hohen Bergen, nur um dann aufzuwachen, das Land zu verheeren und ihre metallischen Rufe herauszubrüllen. Vor fünfhundert Jahren haben sie sich in ihren Höhlen schlafen gelegt; in fünfhundert Jahren von heute an werden sie aufwachen, und sie werden hungrig sein und ein zweitausendjähriges Wüten beginnen, ehe sie wieder schlafen. Sie alle sind grausame Geschöpfe, besonders die Abtrünnigen und die Kaltdrachen, denn diese bindet das Gelöbnis nicht.«

Tuck runzelte die Stirn. »Abtrünnige? Und welches Gelöbnis?«

»Vor langer Zeit«, erklärte Gildor, »in der Ersten Epoche Mithgars, kamen Drachen zum Schwarzen Berg, und sie hatten ein gewaltiges Unterpfand bei sich – den Drachenstein. Als Gegenleistung dafür, dass die Magier versprachen, den Stein auf ewig zu verstecken, seine Geheimnisse zu bewahren und ihn vor allen zu schützen, die anderes im Sinn hatten, gelobten die meisten Drachen, ihre Raubzüge auf ein Maß zu beschränken, das sie zum Leben brauchten – hin und wieder eine Kuh, ein Pferd und dergleichen. Sie gelobten weiterhin, sich nicht in die Angelegenheiten anderer Völker einzumischen, es sei denn, diese hätten sich zuerst in die Angelegenheiten der Drachen eingemischt; in diesem Fall stand es ihnen frei, gerechte Vergeltung zu üben. Sie gelobten, nicht zu plündern – außer zum Lebensunterhalt. Und sie gelobten, nach keinen Schätzen zu trachten, die jemandem gehörten; verlassene Schätze allerdings sind nach wie vor als Beute frei.

Einige Drachen lehnten es ab, sich von dem Gelöbnis binden zu lassen, so wie auch einige Magier sich nicht von ihrem Teil der Abmachung fesseln lassen wollten, und diese alle sind Abtrünnige.«

»Schrecklich wird der Tag sein, wenn die Drachen erwachen«, sagte Brega grimmig, »denn sie sind das Unheil aller Völker, besonders, wie Ihr sagtet, Fürst Gildor, die Abtrünnigen und die Kaltdrachen. Die Châkka haben häufig unter diesen grausamen Geschöpfen gelitten: Immer wieder haben Drachen unsere Schätze geraubt und unseren schwer verdienten Reichtum gehortet.« Der Zwerg sah Gildor an. »Doch der Drache, der in der Nacht zur Dämmertür kam, war er ein Kaltdrache wie Schlomp?«

»Ja, wie Schlomp, aber nicht Schlomp selbst, denn den Wurm hatte Elgo bereits getötet«, antwortete Gildor. Bei der Erwähnung von Schlomps Namen blitzten Bregas Augen zornig auf, und er schien etwas sagen zu wollen, doch Gildor fuhr fort. »Als das riesige Ungeheuer aus der nördlichen Ödnis nach Süden schwebte, hielten wir ihn zunächst für den mächtigen Schwarzhaut selbst, doch dann sahen wir, dass es Schupp von der Wüsten war. Und er trug eine schwere Last – eine *sich windende* Last –, etwas, das böse und lebendig war, und das ließ er in den Schwarzen Teich fallen.«

»Der Krake«, sagte Galen.

»Der Madûk«, echote Brega.

»Jawohl«, bestätigte Gildor mit einem Nicken, »wenngleich wir damals nicht wussten, was es war; erst jetzt, fünfhundert Jahre später, haben wir vier zu unserem Leidwesen entdeckt, dass es sich um einen Hélarmer handelte.«

»Ein Hélarmer?« Wieder schaute Tuck verwirrt drein. »Woher kam dieses Ungeheuer?«

»Ich halte es für sehr wahrscheinlich, dass Schupp es vom großen Mahlstrom, unweit der Todesinseln im Nordmeer, hierher getragen hat, denn das ist ein Schlupfwinkel dieser Kreaturen, und dort, wo die Gronspitzen in den Ozean tauchen, ziehen sie Schiffe hinab in den großen Strudel«, erklärte Gildor. »Es kann aber auch von anderen Orten stammen: Es heißt, dass schreckliche Ungeheuer von jenseits der Grenzen der Zeit die Tiefen bevölkern – nicht nur die gewaltigen Meeresschluchten, sondern auch die kalten dunklen Seen: den Grimmteich, den Nordsee und andere. Und die Wasser, die in Finsternis unter dem Land fließen, die lichtlosen Ströme unter den Bergen, die den Stein meißelnden Flüsse, die grundlos tiefen schwarzen Pfuhle – auch sie enthalten angeblich grausame Geschöpfe, und man lässt sie besser in Frieden.«

Tuck erschauderte und blickte sich im Halbdunkel um, während Gildor weitersprach: »Schupp ließ seine Fracht in den Schwarzen Teich fallen und flog dann nach Norden, erpicht darauf, vor Sonnenaufgang wieder in seiner Höhle und in Sicherheit zu sein. Und da sich dieses Ungeheuer nun in den Wassern tummelte, sahen die Lian bei Tagesanbruch, dass die Zugbrücke oben und die Dämmertür geschlossen war; die *Rûpt* standen an diesem Eingang nicht länger Wache.«

»Das war nicht mehr nötig«, sagte Galen, »denn der Krakenwart bewachte ihn nun.«

»So ist es«, erwiderte Gildor, »und nun wissen wir, warum uns die Ghûlka nicht angriffen: Sie fürchteten den Hélarmer.«

Wieder erschauderte Tuck. »Was für ein schändliches Monster: lauert im schwarzen Wasser und wartet auf unschuldige Opfer.«

Eine Weile sprach niemand, dann sagte Galen leise: »Ich habe Gagat geliebt.«

»Und ich Leichtfuß«, murmelte Gildor.

Wieder blieb es lange Zeit still, und in Tucks Augen schimmerten Tränen. Sogar Brega wirkte betroffen über den Tod der Pferde, die ihr Letztes gegeben hatten, nur um von einem grässlichen Geschöpf grausam getötet zu werden. Der Zwerg sagte mit heiserer Stimme: »Kein Ross hätte mehr geben können als diese beiden.«

Schließlich stand Galen auf. »Ist noch etwas zu sagen, Gildor?«, fragte er. »Wir müssen weiter.«

»Nur dieses, König Galen«, sagte der Elf und erhob sich ebenfalls, »das Ungeheuer wurde auf Geheiß Modrus hier abgesetzt, dessen bin ich mir sicher, denn niemand sonst würde eine solche Schandtat begehen. Merkt Euch auch dieses: Die Macht des Bösen in Gron muss gewaltig sein, wenn er einen Drachen zwingen kann, einen Kraken vom Großen Mahlstrom hierher zu tragen, und einen Kraken, dass er sich tragen lässt.«

»Vielleicht«, sagte Brega und schulterte seinen Rucksack, »ist ja etwas an der Sage dran, dass sich Drachen mit Madûks paaren.«

»Was?«, entfuhr es Tuck. »Drachen paaren sich mit Kraken?«

»Es ist nur eine Sage«, erwiderte Brega. »Wahr ist aber auch, dass den Châkka keine weiblichen Drachen bekannt sind.« Brega sah Gildor an, der nur mit den Achseln zuckte und bestätigte, dass auch die Elfen keine weiblichen Drachen kannten.

Erneut brachen sie auf, um das Morgentor zu erreichen, ehe sie entdeckt wurden. Und je tiefer sie nach Drimmenheim eindrangen, desto unbehaglicher wurde Tuck zumute, auch wenn er nicht wusste, weshalb.

Der von Gildor gewählte Korridor führte weiter schräg nach unten, und weniger als eine Meile nach der »Langen Halle«, wie Brega sie nannte, kamen sie zu einem Spalt im Boden, nahezu acht Fuß breit; auf der anderen Seite ging der Weg weiter. Und aus den schwarzen Tiefen des Risses kam ein *saugendes* Geräusch.

»Aha,«, sagte Gildor, »jetzt weiß ich, dass wir dem Pfad folgen, den ich vor langer Zeit beschritt, denn an diese *schlür-*

fende Spalte erinnere ich mich gut. Allerdings gab es beim letzten Mal eine Holzbrücke, auf der wir sie überquert haben.«

»Was verursacht das Saugen?«, wollte Tuck wissen und spähte vergeblich in die Finsternis hinab. »Es klingt, als würde irgendein grässliches Wesen da unten liegen und versuchen, uns in seinen Rachen zu ziehen.« Tucks Gedanken waren bei Gildors Worten von Ungeheuern, die an tiefen, dunklen Orten wohnen.

Brega lauschte. »Ein Wasserstrudel, glaube ich. Hatte dieser Ort einen Namen, als Ihr zuletzt hier wart, Elf Gildor?«

Gildor schüttelte den Kopf, und Tuck sagte: »Dann nenne ich ihn den Schwarzen Zug, denn es scheint, als wollte er uns in seine vergessenen Tiefen ziehen. Mag sein, dass es ein glucksender Wasserstrudel ist, aber er klingt wie ein saugendes Maul.«

»Glaubt Ihr, Ihr könnt darüber springen, Tuck?«, fragte Galen.

Tuck maß mit den Augen die Entfernung; es war ein weiter Satz für einen drei und einen halben Fuß großen Wurrling. »Ja«, erwiderte er, »auch wenn ich lieber eine Brücke hätte.«

»Hier, Waeran«, sagte Brega, stellte die Laterne und seinen Rucksack ab und entrollte ein Seil. »Leg dein Gepäck ab und binde dir das Seil um die Mitte; dann wirf mir das lose Ende hinüber. Ich werde dich sichern, falls du zu kurz springst.«

Mit drei Schritten Anlauf setzte Brega über den Spalt. Tuck warf dem Zwerg die Seilrolle zu, nachdem er sich ein Ende um die Hüfte gebunden hatte. Brega schlang es sich um die Schultern und packte es fest mit beiden Händen, dann nickte er dem Bokker zu.

Nach einem letzten Blick auf das schwarze Loch, bei dem er alle Gedanken an ein scheußliches, saugendes Maul zu verbannen suchte, nahm Tuck Anlauf und sprang mit aller Kraft. Er landete gute zwei Fuß hinter dem Rand der Spalte.

Nun wurden Gepäck und Laterne über den Graben geworfen, dann sprangen Gildor und Galen hinüber, und sie marschierten weiter und ließen das grässliche Saugen des Schwarzen Zugs hinter sich zurück.

Immer tiefer drangen sie unter den dunklen Granit des Grimmdorns, der Pfad führte beständig abwärts, Gänge und Abzweigungen trennten sich von ihrem Korridor, unerwartete Risse taten sich im Boden auf, jedoch keiner so breit wie der Schwarze Zug. Und je weiter sie gingen, desto heftiger klopfte Tucks Herz vor Beklommenheit.

»Das liegt am Graus, Tuck«, sagte Gildor, der bemerkte, wie unbehaglich sich der Waerling fühlte. »Wir schreiten ihm jetzt entgegen, und die Angst wird noch größer werden.«

Weiter ging es durch das düstere Labyrinth, bis sie zu einem großen Saal kamen, »elf Meilen von der Dämmertür entfernt«, wie Brega sagte. Auch diese Halle war riesig: beinahe neunhundert Fuß lang und sechshundert Fuß breit. Sie gingen mitten hindurch und verließen sie am anderen Ende.

Noch immer führte ihr Weg abwärts. Tuck war sehr müde, und er begann zurückzufallen. Es war ein langer »Tag« gewesen, denn er hatte vor vielen Stunden mit dem Versuch begonnen, den Quadra-Pass zu überqueren.

»Wenn wir das nächste Mal in einen Saal kommen, machen wir Rast«, sagte Galen, »denn erschöpfte Beine tragen uns nicht schnell, falls wir uns einmal beeilen müssen.«

Doch sie wanderten noch vier Meilen durch die schwarzen Röhren, an Spalten, Gabelungen und Einmündungen vorbei, ehe sie zu einem weiteren Saal kamen, auch dieser von gewaltigen Ausmaßen. Brega hielt die Laterne in die Höhe, und Gildor lächelte erleichtert und streckte die Hand aus. »An diese Stelle erinnere ich mich ebenfalls, denn hier haben wir Halt gemacht, um Wasser nachzufüllen.«

Tuck spähte an Gildor vorbei und sah eine nahezu runde

Halle, sechshundert Fuß im Durchmesser. Und im phosphoreszierenden Schein der Zwergenlaterne erblickte er eine niedrige Brücke über einem klaren Bach, der aus der Wand zu ihrer Linken kam und in einem breiten Kanal den Saal durchquerte, ehe er unter der Wand im Süden wieder verschwand. Mehrere niedrige Steinbrüstungen umgaben den Raum.

»Das hier ist der Bodensaal«, sagte Brega. »Die Überlieferung der Châkka spricht von dieser Brücke über den Trinkwasserbach. Süß war dieses Wasser in all den Tagen der Châkka.«

»Süß war auch der Dämmerbach, ehe der Schwarze Teich entstand«, erwiderte Gildor. »Doch nun hat der Hélarmer das Wasser verdorben, und es schmeckt faulig und fühlt sich widerlich an. Wollen wir hoffen, dass der Trinkbach noch sicher und rein ist.«

Sie schritten über die gewölbte Brücke und hielten am anderen Ende, um sich zu bücken und das Wasser zu prüfen, und dann tranken sie durstig und füllten ihre ledernen Feldflaschen mit der kalten, kristallklaren Flüssigkeit.

Sie setzten sich mit dem Rücken an eine Steinbrüstung und nahmen eine Mahlzeit zu sich. Während sie aßen, breitete sich Beklemmung in Tucks Adern aus; die Angst hatte zugenommen, denn sie waren dem Graus vier Meilen näher gekommen.

Kaum hatten sie ihre Rationen aufgegessen, als Gildor leise zu sprechen begann: »König Galen, ich habe eine traurige Nachricht. Ich konnte bisher nicht davon sprechen; mein Schmerz war zu groß. Doch nun muss ich es sagen, solange ich es kann: Ich fürchte, das Unternehmen zur Rettung von Prinzessin Laurelin ist fehlgeschlagen, denn Vanidor ist tot.«

»Vanidor ...«, entfuhr es Tuck. »Woher wisst Ihr das, Fürst Gildor?«

»Der Platz, wo er in meinem Herzen stand, ist nun leer.« Gildor sah zur Seite und schwieg einen Augenblick, dann sprach er mit leiser, kaum vernehmlicher Stimme weiter. »Ich fühlte seine Todesqual. Ich hörte seinen letzten Schrei. Der Böse hat ihn getötet.«

Gildor erhob sich und schritt in die Finsternis. Und nun wussten sie alle, weshalb der Elf in jenem bitteren Augenblick, da der Krakenwart zugeschlagen hatte, überwältigt auf die Knie gefallen war und *»Vanidor!«* geschrien hatte.

Nach einer kleinen Weile erhob sich auch Galen und folgte Gildor ins Dunkel. Dort standen sie und sprachen leise, doch was sie sagten, erfuhr Tuck nicht, während ihm Tränen übers Gesicht liefen.

Und Brega hatte sich die Kapuze über den Kopf gezogen.

Wieder hielt Gildor Wache, während die übrigen schliefen, und die traurigen Augen des Elfen beobachteten das schwache, rubinrote Flackern auf Wehes Schneide, mit dem das Schwert leise vom Bösen kündete, das noch fern war.

Nach nur sechs Stunden Rast setzten sie ihren Marsch fort.

Sie wählten einen südöstlichen Ausgang des Bodensaals und schwenkten, dem Lauf des Korridors folgend, nach Osten. Nun stieg der Untergrund an, aber immer noch zweigten rechts und links Einschnitte und Tunnel ab.

Drei Meilen marschierten sie, dann hielt Gildor an einer Stelle, wo von Süden her ein geräumiger Korridor einmündete. Er stand unschlüssig da und sprach mit Brega, doch das überlieferte Wissen des Zwergs half wenig oder gar nicht. Sie schritten in diesen südlichen Korridor hinein, bis sie in einen großen Seitengang kamen, worauf Gildor den Kopf schüttelte und sie auf den östlichen Weg zurückführte.

Noch immer stieg der Weg an und drehte nun nach Norden, und auf diesem Abschnitt gab es keine seitlichen Tunnel oder Schluchten.

Drei Meilen weiter sahen sie sich vier möglichen Durchgängen gegenüber: Der äußerste linke war breit, gerade und führte abwärts; auch der Weg rechts war breit, nur ging er nach oben. Die beiden Pfade in der Mitte waren krumm und schmal, und einer führte nach oben, der andere nach unten. Unmittelbar links von ihnen stand eine Steintür offen.

»Ach, ich kann mich nicht erinnern«, sagte Gildor beim Blick auf die vier Wege vor ihm.

»Welchen der vier Ihr auch wählt, sie führen alle in den Ravenor«, sagte Brega.

»In den Stormhelm?«, fragte Tuck. »Ich dachte, wir laufen unter dem Gestein des Grimmdorn.«

»Sieh her, Waeran«, sagte Brega und zeigte. »Hier ist der schwarze Granit des Aggarath, während wir hier den rötlichen Stein des Ravenor sehen. Ja, wir verlassen hier den dunklen Fels des von dir so genannten Grimmdorn und betreten das Rostrot deines ›Stormhelm‹.«

Trotz des zunehmenden Unbehagens, das Tuck auf ihrer Wanderung nach Osten befallen hatte, machte sein Herz einen hoffnungsvollen Hüpfer. »Liegt nicht das Morgentor an der Flanke des Stormhelm?« Brega nickte. »Dann sind wir also nun unter dem Berg, in dem sich unser östlicher Ausgang befindet.«

»Aber Freund Tuck«, sagte Brega, »wir sind zwar einundzwanzig Meilen unter dem Fels des Aggarath gegangen, doch müssen wir weitere fünfundzwanzig oder gar dreißig Meilen unter dem roten Stein des Ravenor zurücklegen, ehe wir wieder ins Freie treten können.«

Tuck sank das Herz, als er diese Entfernungen hörte, und es plumpste noch tiefer, als Gildor hinzufügte: »Fünfundzwanzig oder dreißig Meilen, falls ich den Weg finde, aber viel weiter, wenn ich mich irre.«

»Lasst uns ruhen und etwas essen, während Ihr versucht,

Euch den Weg ins Gedächtnis zu rufen, Fürst Gildor«, schlug Galen vor.

Da der Elf nickte, führte Brega sie durch die offene Steintür in einen kleinen Saal, nicht mehr als fünfundzwanzig Fuß im Durchmesser, mit einer niedrigen Decke – der erste kleine Raum, den sie in Drimmenheim sahen.

»Oi!«, rief Brega aus und hielt die Laterne in die Höhe.

In der Mitte des Raumes hing eine schwere Kette aus einem schmalen, von einem Gitter abgedeckten Schacht in der Decke und lief unten am Boden in einen ähnlichen Gitterschacht; beide Öffnungen waren dunkel.

Brega untersuchte das Eisengitter im Boden. »Vorsicht. Dieses Gitter ist lose, obwohl es früher einmal fest im Stein verankert war.«

Tuck betrachtete verwundert den kleinen Saal. »Wozu ist das gut, Brega? Der Schacht und die Kette. Und weshalb die Eisengitter?«

Der Zwerg zuckte mit den Achseln. »Ich kenne den Zweck all dessen nicht, Tuck. Luftschächte, Fensterschächte, Schächte zum Abbau von Erzen, Brunnenschächte für Wasser, Löcher, in denen man Dinge hinaufzieht oder hinablässt – darüber weiß ich Bescheid. Aber diese Konstruktion entzieht sich meiner Kenntnis, wiewohl andere Châkka ihren Zweck sicherlich erklären könnten. Was die Gitter angeht, kann ich nur vermuten, dass sie verhindern sollen, dass etwas herauskommt.«

»Oder hinein«, fügte Gildor hinzu.

»Ist dies das Vergessene Gefängnis?« Tuck blieb fast das Herz stehen.

»Nein, Tuck«, sagte Gildor und zeigte auf die Steintür und die Eisenstäbe. »Eine solch windige Konstruktion würde nicht einmal einen entschlossenen Ruch zurückhalten und noch viel weniger der Kraft eines bösen Vûlk etwas entgegensetzen.«

Brega schnaubte wütend. »Dieser Raum wurde von Châkka gebaut, Elf; Ihr übertreibt, wenn Ihr sagt, er könnte keinen Ükh an der Flucht hindern ... Allerdings habt Ihr Recht, was den Ghath betrifft.«

Bei der Erwähnung des Graus hörte Tuck erneut sein Blut laut in den Ohren rauschen.

»Ich nehme alles zurück, Drimm Brega, und entschuldige mich für mein vorlautes Gerede.« Gildor verbeugte sich vor dem Zwerg, und Brega erwiderte die Verbeugung.

Sie setzten sich, aßen ein wenig *Mian* und tranken Wasser, und Gildor erwog die Frage der vier Korridore. »Ich denke Folgendes: Keiner der beiden mittleren Gänge dürfte unser Weg sein, denn ich weiß noch, dass ich damals keine engen, gewundenen Pfade ging. Was aber die beiden ganz links und rechts angeht, so kann ich nicht sagen, welchem wir folgen müssen.«

»Sagt Eure Überlieferung nichts über diesen vierfach geteilten Weg, Brega?«, fragte Galen.

»Nein, König Galen«, antwortete der Zwerg.

»Dann, Fürst Gildor«, sagte Galen, »müsst Ihr Euch für einen der beiden Wege entscheiden und hoffen, dass wir irgendwann an eine Stelle kommen, die Ihr wiedererkennt.«

Plötzlich brandete eine gewaltige Angst in Tuck auf, und er hielt erschrocken die Luft an. Auch Galen, Gildor und Brega erbleichten. Ebenso plötzlich war das Angstgefühl jedoch wieder verschwunden und ließ nur schnell klopfende Herzen zurück.

»Er weiß es!«, schrie Gildor und sprang auf. »Der Graus weiß, dass wir in seinem Herrschaftsgebiet sind, und sucht nach einer Spur von uns.«

»Die Ghola«, fauchte Galen. »Sie haben ihm die Nachricht gebracht.«

»Wir müssen hinaus!«, rief Brega. »Wir müssen nach draußen, bevor er uns findet!« Hastig schulterte der Zwerg seinen Tornister und ging zur Tür, wo er die Laterne hochhielt, während die Übrigen ihm eilig folgten.

Nun standen sie vor den vier Durchgängen. »Welchen nehmen wir, Fürst Gildor?«, fragte Galen. »Wir können nicht mehr warten. Ihr müsst Euch entscheiden.«

»Dann soll es der äußerste linke sein«, erwiderte Gildor, »denn er ist der breiteste.«

Und schon hasteten sie den abwärts führenden Korridor entlang, wobei sich alle nach Tuck richteten, denn der Wurrling war der Kleinste, und deshalb bestimmte er das Tempo.

Gildor zog Wehe aus der Scheide und trug das Schwert offen, damit sein Licht die vier warnen konnte, falls sich das Gezücht näherte.

Ein halbe Meile gingen sie durch den glattwandigen Tunnel, doch plötzlich begannen Gildors Schritte langsamer zu werden, als würde es ihm widerstreben, weiter vorzudringen, obwohl Wehes scharlachrotes Klingenjuwel nur schwach glomm.

Noch eine Achtelmeile marschierten sie, dann blieb der Elf stehen, und seine Gefährten taten es ihm gleich; nur Brega trippelte noch ein paar Schritte weiter. »Wir dürfen diesen Weg nicht weitergehen«, murmelte Gildor, weiß im Gesicht.

»Aber der Pfad ist breit und glatt«, brummte Brega und deutete auf den offenen Gang vor ihnen.

»Wir gehen auf einen unheilvollen Ort zu«, entgegnete Gildor. »Er stinkt wie eine große Schlangengrube, doch sind es keine Schlangen, die in ihm hausen.«

Tuck schnupperte und nahm einen leichten Natterngeruch in der Luft wahr. »Was ist das, Fürst Gildor? Was verursacht diesen Gestank?«

»Ich weiß es nicht mit Bestimmtheit«, erwiderte der Elf,

»doch als ich über die Schlachtfelder des Bannkrieges schritt, hing dieser Geruch überall dort, wo Gargoni gewesen waren.«

Sie gingen zurück zu den Korridoren beim Gitterraum, und dieses Mal nahmen sie den rechten Weg. Und als sie den aufwärts führenden Gang betraten, schwappte erneut diese bedrückende Angst über sie hinweg.

»Er sucht.« Gildors Stimme war angespannt und seine Miene grimmig.

Weiterhin gaben Tucks Beine auf ihrem Weg den Korridor hinauf das Tempo vor. Geschwind durcheilten sie den in den Stein gegrabenen Stollen, doch langsam änderte sich dessen Charakter: Die Wände wurden rauer, weniger von den Werkzeugen der Zwerge bearbeitet. Und dann erschien ein kleiner Spalt im Boden und verbreiterte sich rasch zu einem Graben, der sich schwarz und bodenlos zu ihrer Linken auftat. Der Fußboden, auf dem sie liefen, war bald nur noch ein breiter Sims am Rande des Bruches; und dann verengte er sich zu einer schmalen Leiste, und eine größere Strecke legten sie seitlich an die Wand gepresst zurück, während unter ihnen der Abgrund gähnte. Zuletzt aber kamen sie erneut auf breiteren Untergrund, und Tuck seufzte erleichtert, als sie dessen Stein betraten.

In diesem Augenblick ließ einmal mehr grausige Angst die vier erbeben, da der Gargon sie zu erspüren versuchte und seine Suchkräfte durch die steinernen Hallen von Drimmenheim aussandte.

Aufwärts führte der Weg, und breite Risse tauchten im Boden auf; Tuck musste über drei bis vier Fuß tiefe Gräben setzen – weite Sprünge für jemanden, der nur drei und einen halben Fuß misst.

Endlich jedoch glättete sich der Boden wieder und sie durchschritten erneut ein Tunnelgewölbe, und nach drei

Stunden und einer Strecke von sechs Meilen erreichten sie einen großen, runden Saal, wo Tuck um eine kurze Rast bat.

Er setzte sich auf den Boden und massierte seine Füße, doch sein Herz war von einer unheilvollen Vorahnung erfüllt, denn sie waren dem Graus sechs Meilen näher gekommen. Um sich abzulenken, sagte er: »Na, jetzt bin ich vom Dorngänger zum Grubengänger geworden.«

»Ai, damit habt Ihr uns einen Namen gegeben, Tuck«, sagte Gildor, »und falls unsere Geschichte je erzählt wird, wird man uns die Grubengänger nennen.«

»Ach«, knurrte Brega, »Grubengänger sind wir. Doch von uns vieren habe nur ich davon geträumt, durch die Korridore von Kraggen-cor zu schreiten, und jetzt ist es so weit, aber ich wünschte es mir anders. Denn nicht triumphierend bin ich einmarschiert, sondern schleiche stattdessen heimlich hindurch. Und falls ich es erleben sollte, meinen Verwandten von dieser Reise zu erzählen, werde ich dieses sagen: Ich bin in Kraggen-cor gewandelt, das einst ein mächtiges Reich war; doch sein Glanz ist nicht mehr, und Furcht durchzieht nun seine Hallen.«

Ein weiteres Mal strich die hämmernde Angst über sie hinweg, stärker nun als zuvor, und alle vier sprangen auf, als wollten sie fliegen; dann war es vorbei, und Tuck löste die geballten Fäuste wieder.

Sie machten eine Runde durch den kreisförmigen Saal, Gildor besprach sich mit Brega, und sie wählten den östlichen Weg, denn er war breit und abgenutzt von vielen Füßen.

Vorwärts schritten sie, und der Weg war glatt und eben.

»Gibt es denn nichts, was der Gargon fürchtet?«, keuchte Tuck und lief auf seinen Wurrlingsbeinen geschwind dahin.

»Nicht dass ich wüsste«, antwortete Gildor, »sonst würden wir es gegen ihn einsetzen.«

»Er fürchtet die Sonne«, sagte Galen an Tucks Seite, »und

vielleicht fürchtet er die Macht Modrus, doch beides steht uns nicht zu Gebot, um den Schrecken abzuwehren.«

»Was ist mit den Zauberern?«, fragte Tuck. »Fürst Gildor, Ihr spracht doch davon, dass sie im Bannkrieg die Gargonen bekämpft haben.«

»Die Magier von Xian wurde seit dieser Zeit nicht wieder gesehen«, entgegnete Gildor, »außer vielleicht von Elyn und Thork auf der Suche nach dem Schwarzen Berg: Es heißt, sie hätten die Zauberfestung gefunden.«

Weiter marschierten sie, die Laterne warf schwankende Schatten durch den Gang, und ihr Licht enthüllte seitliche Stollen und Öffnungen.

»Gibt es etwas, das Modru fürchtet?«, fragte Tuck, der noch immer das Tempo für alle bestimmte.

»Die Sonne«, antwortete Galen, »und Gyphon.«

»Es heißt außerdem, er verabscheut Spiegel«, ergänzte Gildor.

»Spiegel?«, brummte Brega überrascht.

»Ich glaube, er sieht etwas von seiner wahren Seele vom Glas zurückgeworfen«, sagte Gildor. »Und es heißt, er kann sein Abbild in einem reinen Silberspiegel nicht ertragen, denn es ist dann aller Verkleidung entblößt und steht offen vor ihm. Es heißt allerdings auch, dass jene, die Modrus Spiegelbild in einem silbernen Spekulum sehen, für alle Zeit dem Wahnsinn anheim fallen.«

Der Weg, dem sie folgten, drehte nach Norden, und ihr fester Tritt trug sie über den breiten, ebenen Boden. Sie hatte beinahe zwei Meilen seit dem Runden Saal zurückgelegt, wie Brega ihn nannte, als Gildor die Hand hob. »Pssst!«, flüsterte er schneidend. »Ich höre eisenbeschuhte Füße. Und seht: Wehe spricht vom Bösen. Schließt die Lampe, Brega.«

Rasch klappte Brega den Deckel der Laterne zu, und sie standen lauschend in dem dunklen Gang. Ein Stück voraus hörten sie das Klappern von Schuppenpanzern und den Tritt vieler Füße auf dem Stein. Die Lichter von Fackeln tanzten in der Ferne auf und ab, und sie wurden heller, da sich eine große Streitmacht näherte. Tucks Herz hämmerte vor Angst.

»Der Graus lässt Rukha und Lökha in den Gängen nach uns suchen«, sagte Galen grimmig.

Brega hob den Deckel der Laterne einen Spalt weit an und suchte nach einem Ausgang, durch den sie fliehen konnten. »Hier entlang«, flüsterte er, und sie betraten einen schmalen Korridor, der ostwärts führte.

Der Gang, dem sie folgten, war nur leicht bearbeitet und sah eher wie eine natürliche Höhle aus. Gelegentlich gab es Risse und Gräben im Boden; meist konnten sie darüber steigen, aber hin und wieder musste zumindest Tuck auch springen.

Sie marschierten eine Meile und blieben dann stehen, um zu lauschen, und Gildors scharfes Gehör verriet ihnen, dass einige aus dem Gezücht ihnen in den schmalen Gang gefolgt waren.

Die vier setzten ihren Weg fort, und je weiter sie nach Osten kamen, desto besser ausgebaut wurde der Durchgang. Gildor behielt Wehes Klingenjuwel aufmerksam im Auge; das rote Glühen verriet ihm, dass das Böse noch fern war, wenngleich die Angst mit jedem Schritt, den sie taten, zunahm, da sie noch immer in die Richtung des Gargon liefen.

Erneut strich die hämmernde Angst über sie hinweg, und Tuck stockte der Atem. Als es vorüber war, setzten sie ihren Weg nach Osten fort.

Schließlich gelangten sie zu einer breiten Halle und spähten vorsichtig hinein, nach den Flammen von Rukhenfackeln Ausschau haltend. Die Halle war dunkel und leer. Brega machte die Lampe weit auf, und in ihrem Schein sahen sie, wie riesig der Raum war: beinahe eine viertel Meile lang und halb so breit. Die vier waren von der westlichen Seite gekommen. »Ai!«, sagte Gildor leise. »Ich erinnere mich an diesen Ort, allerdings kamen wir damals durch den nördlichen Eingang dort hinten. Ja, und nun liegt unser Pfad dort im Osten.«

»Wie weit noch, Fürst Gildor, wie weit bis zum Morgentor?«, fragte Galen beim Durchqueren des Saals.

»Vielleicht fünfzehn Meilen, es können aber auch zwanzig sein«, antwortete Gildor. »Genau weiß ich es nicht.« Dann wandte sich der Elf an Brega. »Drimm Brega, wie viel haben wir schon zurückgelegt?«

»Zweiunddreißig Meilen seit der Dämmertür«, antwortete der Zwerg mit einer Bestimmtheit, die keine Diskussion zuließ.

»Dann sind es eher fünfzehn als zwanzig Meilen bis zum Ausgang auf der anderen Seite«, erwiderte Gildor. »Vorausgesetzt, ich finde den Weg.«

Sie verließen die Halle durch das östliche Portal und betraten einen flüchtig angelegten Stollen: Zwar war der Boden glatt, doch Wände und Decke waren kaum von den Werkzeugen der Zwerge bearbeitet und sahen rau aus. Der Boden stieg an, und der Gang schlängelte sich hierhin und dorthin, und einmal wand er sich in einer weiten Spirale nach oben. Viele Spalten zweigten links und rechts in die Dunkelheit ab.

»Wenn ich mich nicht irre«, sagte Brega, und in seiner Stimme schwang Erregung mit, »dann nennt die Überlieferung der Châkka das hier den Aufwärtsweg. Er ist Teil der Handelsstraße durch Kraggen-cor und verläuft von der Breiten Halle zum Großen Saal der Sechsten Höhe. Wo wir eben waren, das muss die Breite Halle gewesen sein. Und auch wenn ich den Weg nicht kenne, schreiten wir damit tatsächlich auf den östlichen Eingang zu, denn die Überlieferung erzählt, dass der Große Saal knapp zwei Meilen vom Morgentor entfernt ist.«

Sie stiegen weiter nach oben, und auch ihre Hoffnung stieg,

doch ebenso wuchs ihre Angst, denn sie marschierten auf den Graus zu.

»Psst!« Wieder mahnte Gildor seine Begleiter zu Stille, und Brega schloss die Laterne. Die rote Flamme von Wehe wuchs an, und sie hörten, wie sich Rukhs näherten.

Sie schlüpften seitlich in eine Ritze und versteckten sich tief in ihrem Dunkel. Wehe wurde in die Scheide gesteckt, damit sein roter Schein sie nicht verriet; dann warteten sie.

Nun hörten sie Stimmen in der widerwärtigen Slûk-Sprache reden, und lauter klang das Trampeln von Füßen und das Klirren der Waffen. Fackelschein näherte sich und passierte die Mündung der Ritze. Tuck schlug das Herz bis zum Hals. *Und einer der Rukhs kam mit einer brennenden Fackel, um die Spalte abzusuchen!*

Tief hinten im Dunkel des Felsspalts, und noch unentdeckt vom Rukh, griff Tuck nach einem Pfeil, doch ehe er ihn an die Sehne legen konnte, strich ein Hieb des schrecklichen Graus über sie alle hinweg, die Rukhs stießen Angstschreie aus, und der eine, der die Ritze absuchte, kreischte auf, ließ die Fackel fallen und hielt sich entsetzt die Ohren zu. Und dann war die Woge des Schreckens vorübergerollt, der Rukh hob die Fackel schnell wieder auf und rannte zurück zu den anderen, ohne weiter in der Spalte nachzusehen.

Ein zähnefletschender Hlök schlug mit einer Peitsche auf die Rukhs ein und trieb sie erneut zur Jagd. Doch sie waren bereits an dem Spalt vorbeigezogen, der die vier verbarg, und deshalb entdeckte die Truppe sie nicht, obwohl sie auf ihrem Weg alle anderen Ritzen absuchten, bis ihr Fackellicht in der Ferne verschwand.

»Der Graus hat seine eigene Suche durchkreuzt«, flüsterte Tuck, dessen Hände noch immer zitterten. »Doch es überrascht mich, dass seine Kraft auch die Rukhs überwältigt.«

»Gegen die Angst, die er verbreitet, ist niemand gefeit«, sagte Gildor, »vielleicht nicht einmal Modru selbst.«

»Lasst uns gehen, bevor noch weiteres Gezücht hier vorbeikommt«, drängte Brega.

Gildor zog Wehe, und sie beobachteten, wie das Licht des Klingenjuwels verblasste, denn der Trupp der Rukhs war weitergezogen, außer Sichtweite. Rasch liefen die vier aus der Felsspalte hinaus und setzten ihren Weg nach Osten fort, und bald kamen sie zu einer weiteren riesigen Höhle, über deren Boden rechteckige Steinblöcke verteilt lagen.

Brega deutete auf einen der Würfel. »Das hier nenne ich den Ruhesaal, denn ich glaube, die Beine des Waeran werden müde, und wir können zwischen diesen Steinsesseln ruhen und uns hinter ihnen verstecken, falls ein Suchtrupp kommt.«

»Ein guter Vorschlag, Krieger Brega«, sagte Galen und setzte sich mit dem Rücken an einem Stein auf den Boden, »denn mir schwant, auf dem nächsten Abschnitt werden wir schnell auf den Beinen sein müssen und sollten deshalb ausgeruht sein.«

Und so saßen sie im Ruhesaal, aßen *Mian* und tranken Wasser, während Wehe stumm Wache hielt und ihre Herzen vor Angst heftig klopften.

Nach Bregas Messung waren sie seit der Dämmertür neununddreißig Meilen marschiert und hatten lediglich sechs Stunden in der Bodenkammer geschlafen und nicht mehr als eine Stunde an ihren anderen Rastplätzen geruht. Völlig erschöpft blieben sie vielleicht eine weitere Stunde im Ruhesaal sitzen, um Kraft für den letzten Vorstoß zum Morgentor zu sammeln, das nach Gildors Schätzung weniger als zehn Meilen östlich lag.

Ein neuerlicher Angsthieb ließ sie aufspringen, und sie blieben in bitterer Besorgnis stehen, als es vorbei war.

»O weh!«, stöhnte Brega, »Wir müssen hinaus.«

»Lasst uns sofort gehen«, sagte Gildor und griff nach Wehe, »denn zu warten hieße, das Unglück herauszufordern.«

»Tuck?«, erkundigte sich Galen, und als der Bokker nickte, schleppten sie sich auf müden Beinen weiter.

Aufwärts führte der Gang, sanft ansteigend schwenkte er bald nach links, bald nach rechts. Wehes Klingenjuwel flackerte schwach rubinrot, die Warnung vor einer noch fernen Gefahr, der die vier allerdings mit jedem Schritt näher kamen. Schnell marschierten sie zwischen senkrechten Wänden und unter einem gewölbten Dach. Auf ihrem Weg kamen die Grubengänger an tief in die Wände gemeißelten Runen vorbei, doch sie nahmen sich nicht die Zeit, die alten Botschaften zu lesen. Lange liefen sie, beinahe zwei Stunden, und sie sahen zu beiden Seiten keine Aus- oder Eingänge; auch gab es keine Spalten, nur glatte Wände. Und weiterhin führte der Weg kurvenreich nach oben.

Schließlich erreichten sie eine gewaltige Höhle, deren Ende sich in schwarzer Leere verlor. Wehe schrie nun heraus, dass das Böse in der Nähe lauerte, und ihre Herzen hämmerten heftig vor Angst, doch sahen sie kein Anzeichen von einem Feind.

»Schnell, quer durch den Raum und zum Durchgang auf der Ostseite hinaus«, sagte Gildor, »denn das Böse kommt.«

Sie eilten weiter, und Tuck gab das Tempo vor. Sechshundert Fuß, achthundert und mehr legten sie zurück, und noch immer erstreckte sich vor ihnen nichts als schwarze Leere.

»Das hier ist der Große Saal der Sechsten Höhe«, keuchte Brega. »Wir sind weniger als zwei Meilen vom Morgentor entfernt.«

»Pssst!«, mahnte Gildor und steckte Wehe in die Scheide. »Schaut da vorn – Lichter. Jemand kommt. Schließt die Laterne, Brega.«

Tuck sah Fackellicht, das weit im Osten von einem Portal reflektiert wurde.

»Im Süden ebenfalls«, zischte Galen und zeigte auf Lichter, die auch dort aus einem Korridor drangen.

»Im Norden liegt noch ein Durchgang im Dunkeln.« Bregas Stimme war leise und drängend.

»Dann nach Norden!«, befahl Galen, und sie rannten über den Steinboden, während Brega seine Laterne nur einen Spalt weit offen hielt, damit der schwache Lichtschein ihnen den Weg wies.

Kaum waren sie in den nördlichen Durchgang geschlüpft, als Rukhs und Hlöks ohne Zahl von Osten und Süden in den Großen Saal strömten.

»Es ist die Horde«, sagte Galen mit müder Stimme und spähte hinaus auf die Flut des Gezüchts, die sich in den Großen Saal ergoss. »Sie haben den Quadra-Pass überquert und sind ins Schwarze Loch gekommen, um sich dem Gargon anzuschließen.«

»Ach, und der Graus wird die Gruben als schwarze Festung benutzen, um Krieg gegen Darda Galion zu führen, und die Brut wird seine Armee sein.« Gildors Worte klangen grimmig.

»Aber erst wird das Gezücht nach uns suchen«, zischte Brega, »und wenn wir entkommen wollen, um den Lerchenwald zu warnen, dann nichts wie weg.«

Nach Norden flohen sie, fast eine viertel Meile weit, bevor sie auf eine zerstörte Tür auf der rechten Seite stießen. Der Korridor dehnte sich weiter vor ihnen aus und drehte in der Ferne nach links, doch um die Biegung sahen sie den Widerschein von Fackeln.

»Schnell, da hinein!«, schrie Brega, und sie stürmten durch die beschädigte Tür.

Sie kamen in einen weiteren großen Saal, schmal, aber lang gestreckt und mit einer niedrigen Decke. Einhundert Schritte war er lang und nur zwölf breit, und am gegenüberliegenden, östlichen Ende war ein Ausgang zu sehen.

Auf halbem Weg stützte ein mächtiger Gewölbebogen die Decke, und in seinen Stein waren große Kraftrunen gemeißelt.

Und als sie sich in Richtung des Ausgangs aufmachten, fiel Tucks Blick auf Spuren einer vor langer Zeit geschlagenen Schlacht: zerbrochene Waffen, Teile von Rüstungen, die Schädel und Gebeine längst toter Kämpfer.

Und mit schwarzem und nun getrocknetem Blut waren Zwergenrunen an die Wände geschmiert worden:

Auch Brega sah sie. »Braggi!«, rief er aus. »Das ist Braggis Rune, geschrieben mit Blut des Gezüchts. Er kam hierher, um den Ghath zu töten, wurde jedoch nie mehr gesehen.«

Sie marschierten schnell weiter, nun zwischen den Überresten der im Kampf Getöteten. Zwergenrüstungen lagen ebenso herum wie die Panzer des Gezüchts, dazu zerbrochene Äxte und Krummsäbel, Kriegshämmer und Keulen.

Brega stülpte die Kapuze über den Kopf, während sie weitereilten. »Hier, in der Halle von Gravenarch, bezog Braggi Stellung, aber die Zeichen sprechen dafür, dass der Ghath kam und ihn und seine Krieger tötete, da sie erstarrt waren.«

Tuck erschauderte. Sein Blick wanderte rasch in die fernen Tiefen der Halle, und er versuchte, die stummen Zeugen jener vergangenen Tage zu übersehen, als der Gargon eine vor Angst fest gewurzelte Kolonne von Zwergen abschritt, und als das grauenhafte Geschöpf beim letzten Zwerg angekommen war, lebte von Braggi und seinem tapferen Stoßtrupp keiner mehr.

Rasch strebten die vier dem östlichen Portal zu und erreichten den runenverzierten Mittelbogen. Als sie eben darunter hindurchgingen, erfasste sie die Angstwoge des Graus, *doch diesmal strich sie nicht über sie hinweg, sondern verharrte fest auf ihren bang hämmernden Herzen, und große Furcht lähmte ihre Schritte.*

»Er hat uns gefunden«, stieß Gildor hervor. »Er kommt, er ist schon nahe!«

Tucks Lungen hoben und senkten sich, doch er schien nicht genügend Atemluft zu bekommen, und seine Glieder gehorchten ihm kaum mehr; er war nahezu bewegungsunfähig.

Brega hielt seine Brust umklammert und atmete zischend durch zusammengebissene Zähne; er drehte das Gesicht nach oben, und die Kapuze fiel von seinem Kopf. Seine Augen weiteten sich. »Der Bogen«, stieß er hervor. »Der Schlussstein ... wie eine Stütze ... schneidet den Verfolgern den Weg ab.«

Angst durchpulste sie alle, während Brega sich mühsam bückte und einen zerbrochenen Kriegshammer ergriff. »Hebt mich hoch«, presste er hervor, »hebt mich ... wenn ich zuschlage, lasst mich fallen ... rennt ... die Decke wird einstürzen.«

»Aber du könntest getötet werden!« Tucks Worte klangen gedämpft in den Wellen der Furcht.

Doch nun erhob sich Bregas Wut über die lähmende Angst. »Hebt mich hoch, bei Adon, ich befehle es!«

Galen und Gildor stemmten den Zwerg in die Höhe und stützten ihn, während er auf ihren Schultern stand, die linke Hand auf dem Stein des Bogens, den Kriegshammer in der rechten. Tuck stand hinter ihnen, und nur die Augen des Wurrlings waren auf das Portal mit der zertrümmerten Tür gerichtet. Und es schien ihm, als könnte er schwere Schritte durch seine schreckliche Angst hören, plumpe Füße aus Stein, die sich der Tür näherten. Und als gerade ein fürchterliches Etwas aus dem Dunkel aufzutauchen begann, schrie Brega: »Jaa!«, und schwang den Hammer mit aller Wucht seiner kräftigen Schultern. *Krach!* Der Schlegel zerschmetterte den

Schlussstein des Torbogens, und das Gewölbe darüber gab unter lautem Poltern nach. Gildor, Galen und Brega stolperten rückwärts, während ringsum Gestein herabfiel. Und Brega packte Tuck und lief, denn nur der Wurrling hatte einen flüchtigen Blick auf den noch halb ins Dunkel gehüllten Gargon erhascht, doch das genügte, um seine Beine zu lähmen.

Sie stürzten nach Osten auf die Tür zu, immer ein kleines Stück vor der Decke, die hinter ihnen auf den Boden krachte und den Saal mit zerbrochenen Steinen füllte.

Und als sie durch das Portal stürmten und eine Treppe hinabliefen, gab das Dach unter gewaltigem Getöse vollständig nach und versperrte jegliche Möglichkeit, ihnen zu folgen.

Durch das Gestein aber dröhnte in Wellen die lähmende Angst, und Tuck meinte, sein Herz würde zerspringen; doch inzwischen konnte der Wurrling wieder aus eigenem Antrieb laufen, und sie kämpften sich einen schmalen Gang hinab, während hinter ihnen endloser Schrecken tobte.

»Nach unten«, keuchte Brega, »wir müssen zum Mustersaal der Ersten Senke hinunter – der Kriegshalle –, denn dort ist die Zugbrücke über die Große Tiefe. Und über die müssen wir, um ans Morgentor zu gelangen. Jedenfalls heißt es so in der Überlieferung.«

»Ai, Drimm Brega«, erwiderte Fürst Gildor mit vor Angst dünner Stimme, »wir haben die Große Tiefe auf einer Zugbrücke überquert, aber wir gingen nicht diesen Weg, sondern sind eine lange Treppe hinabgestiegen, bis wir in einen gewaltigen Saal kamen: Eure Kriegshalle.«

»Wir befinden uns hier auf der Fünften Höhe«, stieß Brega hervor. Er war kreidebleich im Gesicht, denn die Wirkung des Graus hielt ihre klopfenden Herzen nun fest umschlossen. »Sechs Treppenfluchten müssen wir hinabsteigen, um zur Kriegshalle zu kommen.«

An einem Tunnel auf der linken Seite vorbei taumelten sie eine weitere Treppe hinab. »Vierte Höhe«, murmelte Brega, während der schmale Gang sie nach Süden führte. Erneut passierten sie einen Tunnel auf der Linken, hielten sich aber geradeaus, um eine weitere Treppe hinabzusteigen. »Dritte Höhe«, sagte Brega, und immer noch floss die Angst in ihren Adern, und sie wussten, der Gargon folgte ihnen auf einer anderen Route. Der Tunnel, den sie nun betraten, verlief in Ost-West-Richtung, und sie flohen nach Osten, obwohl ihre Beine so schwer waren, dass sie ihnen kaum noch gehorchten. Die nächste Treppenflucht. »Zweite Höhe«, ließ sich Bregas zittrige Stimme vernehmen.

Tuck und seine Gefährten waren über alle Maßen müde, und die grässliche Angst zehrte an ihrem Willen; dennoch flohen sie weiter, denn stehen zu bleiben hätte sichere Vernichtung bedeutet. Von Nord nach Süd führte der nächste Durchgang, und sie bogen nach rechts, nach Süden ein, und wieder führten steile Stufen hinab ins Dunkel. »Erste Höhe«, zählte Brega, und vorbei an einem Pfad, der nach Westen führte, bog der Stollen nach Osten.

Weiter wankten sie in elender Angst, und wieder kamen sie an eine Steintreppe, die abwärts führte: »Torhöhe«, krächzte Brega, als sie unten angelangt waren, und immer noch taumelten sie vorwärts.

Wieder machte der Stollen einen Bogen nach Süden, und wie zuvor achteten sie nicht auf einen weiteren Tunnel links von ihnen, denn die Wege, die sie wählten, führten nach unten, nach Süden und Osten, und alle anderen schlossen sie aus.

Nachdem sie eine weitere lange Stiege hinabgetaumelt waren, kamen sie unvermittelt in eine große, dunkle Halle, in die sie hineinstolperten, und noch immer übermannte der Schrecken ihr Herz, und sie vermochten sich kaum vorwärts zu schleppen.

»Ah, eine Drachensäule«, keuchte Brega und deutete zu einer mächtigen Steinsäule in Gestalt eines Drachen, der sich um einen großen, geriffelten Pfeiler wand. »Wir sind in der Kriegshalle der Ersten Senke. Östlich von hier muss die Brücke über die Große Tiefe sein.«

Mit vor Angst zitternden Beinen, die ihnen kaum mehr gehorchten, wankten sie am Rand eines tiefen Abgrunds entlang, bis sie zu einer Holzbrücke kamen, die sich über den Graben spannte. Und, kaum zu glauben, die Zugbrücke war herabgelassen und unbewacht!

»Der Hochmut des Gargon war sehr groß«, keuchte Galen, »denn er hat wohl nicht geglaubt, dass wir bis hierher gelangen würden, sonst hätte er einen Schwarm zu unserer Begrüßung an der Brücke postiert.«

Sie gingen an Pech- und Ölfässern vorbei und an mit Stricken verschnürten Bündeln von Fackeln, mit denen das Madenvolk sich seinen Weg durch die dunklen Gänge von Drimmenheim geleuchtet hatte. Schließlich kamen sie an die Brücke über die Große Tiefe, ein gewaltiger Spalt, der aus der Dunkelheit links von ihnen ragte, um in den Schatten auf der rechten Seite zu verschwinden, bis zu hundert Fuß breit dort, jedoch bis auf fünfzig Fuß verengt an der Stelle, an der die Brücke stand. Und vor ihnen fielen senkrechte Wände in bodenlose Tiefen.

Als sie auf die Brücke traten, rief Galen: »Halt! Wenn wir diese Brücke zum Einsturz bringen, kann uns niemand mehr verfolgen.«

»Aber wie?« Tucks Herz schlug heftig, und jede Faser seines Wesens schrie: *Flieh, du Narr, flieh!* Doch er wusste, Galen hatte Recht. »Wie bringen wir die Brücke zum Einsturz?«

»Mit Feuer!« Galens Stimme klang heiser.

Kaum hatte es Galen ausgesprochen, als Brega schon von

Hoffnung angespornt zu einem Pechfass sprang, es auf die Brücke rollte und das hölzerne Gefäß mit seiner Axt aufschlug. Gildor und Galen rollten weitere Tonnen zu Brega hinaus, die der Zwerg ebenfalls aufschlug, so dass das Pech zäh über das Brückenholz floss.

»Eine Fackel, Tuck!«, schrie Galen, während er ein neues Fass holte.

Und der Bokker zog das blau leuchtende Langmesser und schnitt die Verschnürung eines Fackelbündels auf, und dann rannte er über die Brücke, während Brega zwei weitere Fässer mit dem öligen Inhalt zertrümmerte.

Tuck stand am östlichen Ende der Brücke, schlug den Stahl gegen den Feuerstein und entzündete die Fackel. Nun kamen auch Gildor, Galen und Brega herüber, und Tuck reichte dem Elfen den brennenden Span und sagte: »Ihr habt uns hindurchgeführt, Fürst Gildor, nun schneidet uns von unsern Verfolgern ab.«

Der Wächter Lians hob die Fackel, um sie zu schleudern, und am anderen Ende der Brücke trat der Graus aus dem Dunkel und richtete seinen Blick auf sie, dem niemand standzuhalten vermochte.

Der Gargon war gekommen, um sie zu töten.

Tuck fiel auf die Knie, von unerträglichem Entsetzen erfasst, und es war ihm nicht im Mindesten bewusst, dass die schrillen, durchdringenden Schreie, welche die Luft zerrissen, aus seiner eigenen Kehle drangen.

Ploff! Ploff! Die graue, steinartige Kreatur stampfte auf sie zu, geschuppt wie eine Schlange, aber aufrecht auf zwei Beinen gehend, die bösartige Nachäffung eines riesigen Reptilienmenschen.

Gildor war in grenzenlosem Schrecken erstarrt, die Augen

unentrinnbar von einem Anblick gefangen, der über das bloße Sehen hinausging.

Ploff! Ploff! Der massige Mandrak stampfte vorwärts, acht Fuß hoch, mit Klauen als Gliedmaßen und glitzernden Reihen von Fangzähnen im Echsengesicht.

Schweiß stand auf Galens Stirn, und seine ganze Gestalt bebte vor unermesslicher Anstrengung. Und langsam hob er die Schwertspitze, bis sie waagrecht auf den Gargon zeigte, doch dann erstarrte auch er, unfähig zu einer weiteren Bewegung, denn der Blick des Graus war über ihn gehuscht und hatte ihn mit seiner schrecklichen Kraft jeglichen Willens beraubt.

Ploff! Ploff! Nun marschierte der grässliche Gargon an Tuck vorbei; der kreischende Wurrling war seiner nicht würdig. Und der Gestank von Vipern erfüllte die Luft.

Doch als der Gargon an ihm vorüberging, war der Bokker nicht länger seinem direkten Blick ausgesetzt, und in diesem Moment sah Tuck das blaue Licht des Langmessers wild aufleuchten. Und unter fortgesetztem schrillem Kreischen und während unvorstellbare Furcht sein Wesen erschütterte, stieß der Wurrling mit aller Kraft und Verzweiflung sein Elfenmesser in die Muskeln des Gargonenbeins. Die unermesslich scharfe Klinge aus dem alten Duellin drang durch die Reptilienschuppen und tief in den mächtigen Schenkel der Kreatur, und aus dem Juwel brach eine blendend helle, kobaltblaue Flamme.

Der Gargon stieß ein metallisches Schmerzensgebrüll aus und begann sich umzudrehen, die mächtigen Krallen ausgefahren, um den kreischenden Wurrling in Stücke zu reißen.

Doch nun hatte der Graus Galen aus den Augen gelassen, und der Mann stieß Jarriels Schwert tief in den Bauch des Ungeheuers. Die Klinge brach am Heft ab, als das grauenhafte

Geschöpf erneut losbrüllte, Galen direkt in die Augen sah und ihn mit einer Furcht attackierte, die so tief war, dass das Herz eines Menschen zerspringen musste. Galen wurde von dieser gewaltigen Kraft zurückgeschleudert.

In diesem Moment aber sauste Bregas Axt glitzernd und sich drehend durch die Luft, um den Gargon mitten in die Stirn zu treffen, und das brüllende Ungeheuer taumelte rückwärts auf die Brücke.

Gildor warf die Fackel auf das pechgetränkte Holz, und mit einem lauten Zischen loderten Flammen empor; Brega zerrte Tuck rasch von der Brücke, ehe die sich ausbreitenden Flammen ihn erfassten.

Dann zogen sie den benommenen Galen von der Feuersbrunst weg, denn der fürchterliche Kraftstoß des Graus hatte den Mann außer Gefecht gesetzt.

Und auf der Brücke stieß der Gargon sein metallisches Brüllen aus, er war in wütende Flammen gehüllt, eine Axt steckte tief in seinem Schädel und ein abgebrochenes Schwert ragte aus seinen Eingeweiden.

Von der Kriegshalle her drang das Geräusch rennender Füße, als Rukhs und Hlöks aus den Gängen in den großen Saal strömten. Sie liefen zwischen den vier Reihen von Drachensäulen entlang, um schließlich auf der anderen Seite der bodenlosen Großen Tiefe anzukommen. Und Tuck konnte sie rufen hören: *Glâr! Glâr! (Feuer! Feuer!)*

In diesem Moment brandeten mächtige Wellen unerträglicher Angst auf, und das Gezücht fiel unterwürfig auf den Boden der Kriegshalle und kreischte vor panischer Angst, während Gildor, Brega und Tuck nach Luft schnappten und auf die Knie sanken, wie zu Steinstatuen erstarrt.

Und die fürchterlichen Schreckenswogen schienen kein Ende nehmen zu wollen.

Dann aber brach der Gargon zusammen und lag in den

tosenden Flammen der brennenden Brücke, und unvermittelt war auch die peinigende Angst verschwunden.

»Schnell«, keuchte Gildor, der sich als Erster erholt hatte, »wir müssen König Galen aus der Reichweite der Pfeile schaffen.«

Und so schleiften sie den bewusstlosen Mann eine Treppe hinauf zu dem nach draußen führenden Durchgang. Und während Gildor sich bemühte, Galen wiederzubeleben, standen Tuck und Brega Wache, der eine mit einem Elfenmesser, der andere mit Gildors Schwert, dessen Klinge mit dem roten Juwel in der knorrigen Hand des Zwergs seltsam wirkte – in diese Hand passte besser eine Axt.

»Ai, Tuck, sieh, wie riesig der Mustersaal ist«, sagte Brega ehrfürchtig, während die Flammen in die Höhe schlugen. »Er muss eine Meile lang sein und halb so breit.«

Und Tuck spähte über die hin und her rennenden Rukhs und Hlöks hinweg, und im Schein der brennenden Brücke sah er, wie sich die Reihen der Drachensäulen an gewaltigen Rissen im Boden vorbei in der Ferne verloren, und er wusste, dass Brega richtig geschätzt hatte.

Schließlich kam Galen wieder zu sich, doch er war schwach, mitgenommen, blass und abgezehrt das Gesicht, und tief in seinen Augen lauerte ein gehetzter Blick, denn er war von einem Angststreich des Gargon überwältigt worden, von einem Streich, der Galen getötet hätte, wäre er nicht im letzten Augenblick von Bregas wohl gezieltem Axtwurf gerettet worden. Dennoch, er war dem Tod nahe gewesen und nicht in der Lage, aufzustehen. Und so warteten sie auf dem steinernen Absatz oberhalb der Stufen, die zum Rand des Abgrunds hinabführten, während Kraft und Wille langsam in den vom Graus getroffenen König zurückflossen. Lange schauten sie den Flammen zu, bis die brennende Brücke einstürzte und den verkohlten Leichnam des Gargon mit sich in die Große Tiefe riss.

Und als die Zugbrücke fiel, erhoben sich die vier Grubengänger und machten sich auf den Weg nach Osten, Galen noch auf schwankenden Beinen, gestützt von dem kräftigen Brega. Eine viertel Meile weit gingen sie durch einen sanft ansteigenden Korridor, von der Ersten Senke bis auf Torhöhe. Dann kamen sie zur Osthalle und durchquerten deren weite Fläche, um schließlich das zerstörte Portal des Morgentors zu passieren, hinaus aus dem Berg, hinaus endlich wieder ins Freie.

Vor ihnen lag im Schattenlicht des Dusterschlunds das sich neigende Tal, das aus der Quadra hinausführte. Und in dieses gewölbte Tal schritten die vier, erst nach Osten, aber bald darauf nach Süden, in Richtung des fernen Darda Galion, um den Lian die Nachricht von der Horde in Drimmenheim zu bringen, aber auch, um ihnen die bemerkenswerte Neuigkeit zu erzählen, dass der Gargon tot war.

Es hatte aller vier bedurft, den Graus zu töten, und es war nur durch glückliche Umstände gelungen. Doch einer der vier Helden hatte den ersten Funken entzündet, denn wie Galen stockend und unter großer Anstrengung sagte, da der Schlag des Gargon immer noch nachwirkte: »Als wir erstarrt waren ... hoffnungslos verloren ... da war es Euer Streich, der uns befreit hat, Tuck, Euer Schlag, der zählte.«

SECHSTES KAPITEL

Schatten des Unheils

Tuck ließ den Blick seiner Juwelenaugen bis an die Grenze seines Sehvermögens schweifen; im Schattenlicht überschaute er das weite Tal im Schoß der Quadra, und kein Feind war in Sicht. Auf müden Beinen schleppten sich die vier Grubengänger vom Morgentor nach unten: Tuck und Galen voran, Gildor und Brega dahinter. Von Drimmenheim schritten sie hinab zu dem alten, aufgegebenen Handelsweg, der ein kurzes Stück nach Süden verlief, ehe er nach Osten schwenkte, um dem Tal zu folgen, das sich langsam zum Ausgang der Quadra in vielleicht fünfundzwanzig Meilen Entfernung hin senkte.

Und während sie die Stufen zu dem alten Pflaster hinabstiegen, sagte Brega ernst: »Mein Leben lang habe ich mich danach gesehnt, nach Kraggen-cor zu kommen, doch nun bin ich froh, es hinter mir zu lassen.«

Weiter trotteten sie, unsagbar erschöpft, doch sie mussten sich rasch ein gutes Stück vom Morgentor entfernen, denn Galen hatte eine Beobachtung gemacht. »Unter dem Gezücht im Schwarzen Loch waren keine Ghola. Ich vermute, sie streifen hier draußen irgendwo durch den Dusterschlund. Früher oder später werden sie nach Drimmenheim zurückkehren, und bis dahin sollten wir ein gutes Stück weitergekommen sein.«

Und so schleppten sie sich über die alte Handelsstraße, am Ufer des Quadra-Sees entlang, der weniger als eine Meile vom Morgentor entfernt war. Normalerweise wurde das klare Berggewässer von der Schneeschmelze des Stormhelm gespeist, die über den Quadra-Lauf zu Tal floss. Doch See und Zulauf waren nun in der Kälte der Winternacht erstarrt. Und während die vier an der Eisfläche entlangschlurften, vernahm Tuck weit entfernt ein leises Grollen, wie von ... doch sein Verstand war zu müde, um eine Antwort geben zu können.

Am steilen Westufer des Sees kamen sie an einem von Schnee überpuderten und mit Runen verzierten Reichstein vorbei, der die alte Grenze markierte, hinter der das Königreich der Zwerge von Drimmenheim begann.

In südöstlicher Richtung zogen sie das Tal hinab, nun dem Lauf des Quadrills folgend, einem Fluss, der aus dem Grimmwall kam, um schließlich weit im Osten in den Argon zu münden.

Ohne zu sprechen, schleppten sie sich rund zehn Meilen dahin, müde bis ins Mark; Drimmenheim und das Morgentor blieben zurück, das geheimnisvolle Grollen wurde schwächer, und schließlich schlugen sie ein Lager zwischen Ginsterbüschen und Kiefern am Hang des Tals auf. Und trotz ihrer lähmenden Erschöpfung hielten sie abwechselnd Wache, auch wenn Gildor protestierte, er könne diese Aufgabe allein übernehmen. Und jeder, der an der Reihe war, bekämpfte den Schlaf, indem er langsame Runden um das Lager drehte. Sie machten kein Feuer, und es war bitterkalt. Dennoch schliefen sie in ihrer Daunenkleidung und in die Umhänge gehüllt den Schlaf von Toten.

Rund zwölf Stunden blieben sie in dem Kiefernwäldchen, und die ganze Zeit schliefen alle bis auf den jeweils Wache Stehenden. Das Schwert Wehe mit seinem roten Edelstein hielt mit jedem Posten Wacht, und das Klingenjuwel flüsterte nur von weit entferntem Bösen. Schließlich aber weckte Gildor, der die letzte Wache hatte, seine Gefährten, denn er wusste, sie waren den Gruben immer noch zu nahe, um sich in Sicherheit zu wähnen, und durften nicht länger bleiben.

»Wir müssen weitereilen«, sagte der Elf, »denn wenn die Ghûlka zu den Höhlen zurückkehren, werden sie uns rasch auf der Spur sein.« Gildor deutete auf die blanken Pflastersteine des alten Handelswegs unterhalb von ihnen, den der Wind größtenteils schneefrei hielt. »Die Brut wird bald entdecken, dass wir diesem Weg folgen, weil sie keine Spuren quer durch das Land finden.

Über diese unmittelbare Gefahr hinaus, König Galen, spüre ich, dass ein Unheil in den Tagen, die vor uns liegen, droht, aber wie es genau aussieht, vermag ich nicht zu sagen. Doch wir müssen rasch vorankommen, denn seit der Krake zuschlug, fühle ich ein drängendes Bedürfnis nach Eile, und ich glaube, andernfalls wird alles umsonst gewesen sein, und Modru wird obsiegen.«

Nach diesen bitteren Worten nahmen die vier ein schnelles Mahl aus *Mian* und Wasser ein. Doch ehe sie aufbrachen, borgte sich Brega das Langmesser von Tuck, um einen Knüppel aus Eibenholz als Waffe zu fertigen, während Galen mit Hilfe der Atala-Klinge einen Bauernspieß für sich zurechtschnitt. Die Arbeit war rasch erledigt, denn beide Klingen waren unermesslich scharf.

»So«, brummte Brega und wog die hölzerne Keule in der Hand, während er Tuck das Elfenmesser zurückgab, »die liegt mir besser als dieser Zahnstocher von dir, Waeran.«

»Oh, der gehört mir nicht«, antwortete Tuck und schickte sich an, die abgenutzte Lederscheide abzuschnallen, um Gildor das Langmesser zurückzugeben. »Ich hab ihn mir nur für den Ausflug durch Drimmenheim geliehen.«

Doch Fürst Gildor wollte nichts von einer Rückgabe der Klinge wissen. »Behaltet das Messer, kleiner Freund. Ihr habt Euch die Waffe verdient. Wenn Ihr sie nicht getragen hättet, wären wir alle dem Gargon zum Opfer gefallen. Sie gehört nun Euch.«

Tuck war erstaunt, denn das Messer war eine der »besonderen« Elfenwaffen, und wie die meisten Wurrlinge verstand er sich so gut wie gar nicht auf Schwerter. »In meiner Hand ist es doch nur vergeudet!«, widersprach er.

»Nein«, entgegnete Gildor, »in Eurer Hand erfuhr es zum ersten Mal, seit es geschmiedet wurde, eine angemessene Verwendung. Ich glaube, es wurde für Euch gemacht.«

Und so kam es, dass ein jeder von den vieren bewaffnet war, als sie aus dem Kieferngehölz zurück auf die Straße schritten: Brega trug einen schlichten Holzknüppel, Galen einen Bauernspieß und ein Langmesser aus Atala; Gildor hatte Wehe umgegürtet und Tuck das Langmesser des Elfen, das in der Hand des Wurrlings wie ein Schwert war, dazu trug er Pfeil und Bogen. Und sie gingen geschwind, denn Gildors Unheil kündende Worte peitschten sie vorwärts.

Auch wenn jeder nur neun Stunden geschlafen hatte – bei drei Stunden Wachestehen –, waren sie doch einigermaßen ausgeruht, und die bleierne Müdigkeit, die auf ihnen gelastet hatte, war verschwunden. Ihr Schritt war jetzt fest und ihre Augen klar, wenngleich Modrus Finsternis die Landschaft noch immer verbarg. Doch Tuck genoss die *Offenheit* des Landes vor ihm, und wenngleich die Luft eiskalt war in der Winternacht, lauschte er nun *fernen* Geräuschen, statt naher Echos von engen Höhlenwänden. Und es gab ein leichtes Säuseln bewegter Luft, die Stille offenen Geländes.

»Brega«, sagte Tuck, »als wir die Stufen vom Morgentor herabkamen, hörte ich ein schwaches Grollen in der Ferne. Jetzt ist es nicht mehr da. Weißt du, was das war?«

»O ja«, brummte Brega, »das war der Worwor. In einer großen Falte im Gestein des Ghatan steckt dieser Worwor, und er ist ein gewaltiger Wasserstrudel, wo ein mächtiger unterirdischer Fluss aus der Flanke des Ghatan bricht, donnernd zwischen den Wänden der Schlucht kreist und dann wieder unter den Bergen verschwindet. Dort haben die Kriege gegen das Gezücht begonnen, denn Ükhs und Hröks haben unter Spott und Hohn Durek, den ersten König meines Volkes, in die gefräßigen Tiefen des Strudels geworfen.« Beim Gedanken an die höhnisch grinsende Brut verdunkelte Zorn Bregas Züge und in seinen Augen glomm Feuer, doch mit erkennbarer Mühe zügelte er seine Gefühlswallung und setzte die Geschichte fort: »Und Durek wurde vom tosenden Strom unter den Fels gesogen, aber irgendwie überlebte er und wurde zum ersten Châk, der die noch unbearbeiteten Gänge von Kraggencor durchschritt, denn dorthin zog es ihn. Und es heißt, er kam genau an der Stelle wieder aus dem Gebirge, wo später das Morgentor gegraben wurde; wie er allerdings die Große Tiefe überwand, ist nicht bekannt, auch wenn manche behaupten, die Utruni hätten ihm geholfen.«

»Die Utruni?«, sagte Tuck erstaunt.

»Jawohl, die Utruni«, erwiderte Brega, »denn es heißt, die Steinriesen würden die Arbeit der Châkka achten, denn wir stärken den lebenden Fels. Dagegen verachten die Utruni das Gewürm, denn obwohl es ebenfalls unter den Bergen lebt, besudelt die Brut gar den Stein selbst und zerstört die kostbaren Werke des zeitlosen Unterlands.«

»Aber wie konnten die Utruni Durek helfen?«, fragte Tuck. »Ich meine, die Große Tiefe ist mindestens fünfzig Fuß breit, und wer weiß, wo ihr Grund liegt – falls sie überhaupt einen hat. Wie also konnten sie ihm beistehen?«

»Utruni haben eine besondere Macht über Gestein«, antwortete Brega. »Sie sind in der Lage, sich durch Fels zu bewegen, den sie mit bloßen Händen teilen und dann hinter sich wieder fest verschließen.« Tuck blieb der Mund offen stehen, und Gildor nickte, um Bregas Worte zu bestätigen. Der Zwerg fuhr fort: »Mit dieser Gabe konnten sie jemandem helfen, der so eingesperrt war wie Durek.«

Tuck dachte über diese Geschichte von Durek nach, während die vier dem Quadrill nach Südosten folgten, der sie das Tal hinab zum noch nicht sichtbaren Ausgang der Quadra führte.

»Bei unserem Kennenlernen sagtest du, ich hätte Utruni-Augen«, sprach er schließlich zu Brega. »Wieso?«

»Ich meinte damit nur, dass deine Augen denen der Riesen ähneln«, antwortete Brega. »Es heißt, die Augen von Utruni seien große, kristallene Kugeln – oder Edelsteine. Und sie sehen vermittels eines anderen Lichts als wir, denn sie können selbst durch massiven Fels sehen. Und deine Augen, Waeran, sehen ebenfalls mit Hilfe eines anderen Lichts, denn wie könnte dein Blick sonst diese Finsternis durchdringen?«

Tuck marschierte schweigend und tief in Gedanken versunken weiter.

Die Aussage des Zwergs hatte wiederholt, was die Elfen schon früher gesagt hatten. Doch Tuck hatte Brega mit großem Interesse gelauscht, denn wie die Riesen waren auch die Zwerge Felsbewohner, und irgendwie verlieh das seinen Worten Glaubwürdigkeit.

Weiter schritten sie das Tal hinab, das die Zwerge Baralan nannten und die Elfen Falanith; doch unter jedem Namen war es die große geneigte Ebene, die von den vier Bergen der Quadra eingefasst war – von Stormhelm, Grimmdorn, Dachspitz und Grauturm. Und Tuck machte eine Entdeckung. »Hoi, Brega, siehst du den Fels oberhalb der Hänge dort drüben?« Brega schüttelte den Kopf, und Tuck fuhr fort: »Er ist beinahe weiß. Wir sind aus dem roten Granit des Stormhelm gekommen und am schwarzen des Grimmdorn vorbeimarschiert. Jetzt sehe ich Gestein eines weiteren Berges, und es ist hellgrau.«

»Das ist der Uchan, den du Grauturm nennst und die Elfen Gralon«, antwortete Brega. »Der einzige Berg der Quadra, den du jetzt noch nicht gesehen hast, ist der Ghatan, und dessen Gestein hat eine Blautönung. Rot, Schwarz, Blau, Grau, das sind die Farben der vier hohen Berge, und unter jedem liegen andere Erze, andere Schätze.«

Zwischen Quadrill und Grauturm schritten sie rasch den alten Handelsweg hinab. Zwölf Stunden wanderten sie insgesamt, und ihr Pfad schwenkte südlich um die Flanke des Berges herum, als sie zuletzt den Ausgang der Quadra erreichten. Schließlich hielten sie, um ein Lager aufzuschlagen, wiederum verborgen in einem Kieferngehölz. Sie waren rund fünfundzwanzig Meilen marschiert und zu müde, um noch weiterzugehen.

Als sie ihre Wanderung wieder aufnahmen, führte ihr Weg genau nach Süden, ihrem Ziel Darda Galion entgegen. Noch immer lag der zugefrorene Quadrill zu ihrer Linken, während sich rechts von ihnen die steilen östlichen Wände des hohen Grauturms erhoben. Und je weiter sie nach Süden kamen, desto weniger sahen sie von dem alten Pflaster, dem sie folgten, denn an manchen Stellen waren die Steine halb eingegraben, während sie andernorts tief in den Lehm am Flussufer gesunken waren.

Rund neun Stunden marschierten sie stetig nach Süden. Sie hielten nur einmal für eine Mahlzeit und eine kurze Rast, und dann gingen sie rasch weiter, denn Fürst Gildor hatte eine böse Vorahnung, als sei ihnen ein ferner Verfolger auf den Fersen, der mit jedem Schritt, den sie machten, näher kam. Oft prüften sie unterwegs das rote Klingenjuwel von Wehe, doch versprühte das Schwert nicht den Schimmer einer Warnung.

Eine weitere Stunde gingen sie, und Tucks Blick suchte den Horizont ab, nach Freund, Feind oder was auch immer, doch alles, was er sah, waren vereinzelte Bäume und nach Süden hin abfallendes Land entlang des Quadrill.

Plötzlich aber rief er: »Hoi, da vorn! Da ragt etwas auf, mitten in unserm Weg. Ich kann es nicht genau erkennen. Vielleicht ein Berg.«

»Genau vor uns dürfte kein Berg sein«, brummte Brega, und Gildor nickte bestätigend.

»Wie weit?«, fragte Galen.

»An der Grenze meiner Sicht«, antwortete Tuck. »Vielleicht fünf Meilen, höchstens.«

Weiter schritten sie, und Tuck spähte angestrengt, um zu erkennen, was ihnen im Weg stand. »Ha!«, rief der Wurrling nach einer weiteren Meile aus. »Es ist ein Sturm! Dort wirbelt Schnee auf.«

»Ich wusste doch, dass es kein Berg ist«, brummte Brega.

»Die Flocken wirken dunkel in diesem Schattenlicht«, erklärte Tuck, »und der Schnee sieht von hier wie eine steingraue Wand aus, denn er scheint sich weder vor- noch zurückzubewegen.«

Der Wind begann aufzufrischen, als sie sich dem Rand des stehenden Sturms näherten. Bald lag ein Stöhnen in der Luft, und einzelne Flocken wirbelten um sie herum.

»Psst!«, warnte Gildor und schlug die Kapuze zurück. »Horcht!«

Auch Tuck streifte die Kapuze vom Kopf und lauschte angestrengt, doch er hörte nichts als das Heulen des Windes.

»Ich dachte ...«, begann Gildor, unterbrach sich aber sofort: »Da!« Und nun hörten alle vier in der Ferne das lang gezogene Heulen eines Vulgs.

Erneut zog Gildor Wehe aus der Scheide, und der Elf sog zischend die Luft durch die Zähne, denn ein grellrotes Feuer leuchtete aus dem Klingenjuwel. »Sie kommen«, sagte der Lian grimmig.

»Kruk!«, fauchte Brega, als er das Leuchten des Steins sah, während Tuck lange und angestrengt nach Norden Ausschau hielt, in die Richtung, aus der sie kamen.

Wieder ertönte das schauerliche Geheul von Vulgs.

Tucks Blick drang durch die schräg vom Wind getriebenen

Flocken. »Jetzt sehe ich sie: ein großer Trupp, Ghule auf Hélrössern, fünfzig oder mehr. Sie jagen auf unserer Spur heran.«

»Ich sehe kein Versteck, kleiner Freund«, sagte Gildor. »Ist da nichts?«

»Ihr vergesst, Fürst Gildor«, mischte sich Galen ein, »dass sie von Vulgs begleitet werden – Vulgs, die unserem Geruch folgen. Selbst wenn wir ein Versteck fänden, würden Modrus Köter uns aufstöbern. Wir müssen vielmehr einen Platz suchen, den wir verteidigen können.« Galen wog den Spieß in der Hand und wandte sich an den Wurrling. »Tuck, sucht nach einer Stelle, die weder Vulgs noch Ghule auf Hélrössern leicht erreichen: einen Engpass oder einen hoch gelegenen Ort, wie dicht stehende Felsen oder Bäume.«

Wieder suchte Tuck den Dusterschlund ab. »Da ist nichts, Majestät. Die Bäume stehen vereinzelt, und das Land ist nur ein lang gezogener Hang ...«

Erneut vernahmen sie das wilde Vulggeheul.

Brega packte seinen Knüppel fester und stemmte die Beine in den Boden. »Dann beziehen wir hier am Ufer des Quadrill Stellung«, knurrte der Zwerg.

»Nein, Krieger Brega«, bellte Galen, »nicht hier.«

»Wo dann, König Galen?« Bregas Stimme klang zornig. »Der Waeran sagt, es gibt keine Stelle, die sich verteidigen ließe, und wir können uns vor den Vulgs nicht verstecken. Und dann ist dieses Ufer so gut wie jeder andere Platz für unser letztes Gefecht, denn wenn wir hier kämpfen, können sie uns nicht in den Rücken fallen.«

»Widersprecht mir nicht, Krieger Brega; dafür ist keine Zeit«, entgegnete Galen scharf. »Denn es gibt eine Möglichkeit, wie wir das Gezücht loswerden können: den Sturm! Wenn er sich weiter vorn verdichtet, wenn er wütet und wenn wir bis in dieses Toben gelangen, ehe die Brut uns erwischt, dann werden Wind und Schnee unsere Spur verdecken und uns verbergen. Los jetzt, und zwar schnell!«

Galen, der Fuchs!, ging es Tuck durch den Kopf, als der Bokker nach Süden losrannte.

Und hinter ihnen rasten Vulgs und Hélrösser heran und verkürzten rasch den Abstand.

Vom Rande des Sturms rannten die vier auf sein Zentrum zu, und je weiter sie nach Süden kamen, desto gewaltiger wurde das Tosen; doch hinter ihnen jagte das Gezücht heran, sein donnernder Hufschlag trommelte ungestüm übers Land, und schnell rückte es seiner Beute näher.

Weiter rannten die vier, das Heulen des Windes schwoll an, der Schnee wurde dichter und flog dunkel im Schattenlicht. Tuck warf durch das graue Wirbeln verzweifelte Blicke über die Schulter, und sein Herz blieb fast stehen, als er sah, wie schnell die Brut herankam.

Nun stießen die Vulgs abgerissene Schreie aus, und Ghule antworteten ihnen, denn auch wenn sie ihre Beute noch nicht gesehen hatten, wurde die Spur der Gejagten doch frischer, da sie ihnen so dicht auf den Fersen waren.

Tuck keuchte angestrengt, und seine Beine hämmerten über den gefrorenen Boden. Um ihn herum ächzte der schwarze Wind, und die Schneeflocken brannten in seinem Gesicht, als er noch tiefer in den Sturm eindrang.

Doch über das Kreischen des Windes erhob sich das Heulen von Ghulen und Vulgs, denn nun hatte das Gezücht die fliehende Beute erspäht, und Jubel erfüllte ihre lang gezogenen Schreie.

Hals über Kopf stürmte Tuck in den dichter werdenden Schnee, das ansteigende Schrillen des Windes löschte alle Geräusche außer seinem pfeifenden Atem, und er konnte seine Gefährten in dem schwarzen Wirbel nicht mehr sehen. Er warf einen Blick über die Schulter, was ihn sofort stolpern und der Länge nach hinfallen ließ. Und als er sich wieder aufrappeln wollte, donnerte ein Hélross vorüber, denn der Ghul mit dem Speer, der auf dem Tier saß, bemerkte den gestürzten Wurrling nicht.

Tuck sprang auf die Beine und rannte weiter; er konnte in dem schwarzen Tosen höchstens ein, zwei Schritte weit sehen. Verschwommene dunkle Gestalten stürmten an ihm vorbei, und der Bokker wusste, es war nur eine Frage der Zeit, bis man ihn entdecken würde. Dennoch lief er weiter.

Nun änderte sich die Raserei des Sturms jedoch irgendwie: Zwar hörte er das wütende Heulen noch immer, und Schnee peitschte ihm ins Gesicht und blendete ihn, aber das wilde Gestöber war *heller,* nicht mehr so schwarz, eher grau. Ließ der Sturm nach, wurde der Schnee weniger? Nein, denn noch immer vermochte er nicht mehr als ein, zwei Schritte weit zu sehen, und er wusste nicht, wo Freund und Feind in dieser blind machenden Umklammerung zu finden waren.

Er stürzte ein zweites Mal, und als er aufstand, schien der Wind innezuhalten, und eine dunkle Gestalt ragte in fünfzig Fuß Entfernung hinter ihm auf und stakste auf ihn zu: ein höhnisch grinsender Ghul auf einem Hélross. Der Leichenkrieger senkte seinen Hakenspeer und griff an, während Tuck nach Pfeil und Bogen tastete, doch der Bokker hatte keine Chance – das Hélross war zu schnell. Der Tod kam auf Klumphufen.

Die Lanze senkte sich, um den Wurrling zu durchbohren, und Tuck rollte sich seitlich in den Schnee. Das Hélross donnerte vorbei und, siehe da, Tuck war unversehrt, denn unerklärlicherweise hatte der Ghul sein Ziel nicht neu ausgerichtet, um den ausweichenden Wurrling zu treffen; irgendetwas stimmte nicht mit dem Leichenkrieger, denn das Hélross lief noch ein kleines Stück und brach dann zusammen, und der Ghul selbst blieb im Schnee liegen.

Tuck zog das blau flammende Langmesser und rannte zu dem gefallenen Feind, wobei er sich innerlich wappnete, den Ghul zu enthaupten. Als er jedoch näher kam, zuckte dieser in Krämpfen, die Finger scharrten über den Boden, er verzog das Gesicht zu einer Grimasse, und dann begann der Ghul zu *welken,* vor Tucks Augen zu *schrumpfen,* während der Schnee weiß blies und der Wind schrill pfiff. Und Tuck sah mit Entsetzen, wie der Körper des Räubers sich zu verziehen begann und schließlich in sich zusammenfiel, ein ascheartiger Überrest, in den der heulende Sturm fuhr. Schaudernd und voll Abscheu stürmte der Jungbokker weiter in das gleißende Weiß.

Das Schrillen wuchs an, bis Tuck kaum noch denken konnte, doch er taumelte weiter, mühte sich vorwärts im Innern einer gierigen weißen Wand, doch zuletzt ließ er das Schlimmste hinter sich, das Geräusch begann nachzulassen, auch wenn der Wind immer noch an ihm zerrte, allerdings bereits mit erlahmender Kraft.

Und dann schien er aus einer Mauer aus Weiß direkt in die Arme seiner Kameraden zu stolpern.

Und über ihm schien hell die Sonne.

Da wusste Tuck, dass er sich nicht mehr im Dusterschlund befand, und er brach in Tränen aus.

Sie gingen noch etwa zehn Meilen nach Süden, fort von dem kreischenden Wind und dem blendenden Schnee, der am Fuß der Schwarzen Wand tobte. Und sie ließen den furchtbaren Dusterschlund hinter sich. Während ihrer Wanderschaft schwelgte Tuck unablässig in den Wahrnehmungen des Sehens: helles Tageslicht, hoher, blauer Himmel, Winterwälder und Berge in der Ferne. Und sein Herz zersprang schier vor Glück, denn da war tatsächlich die *Sonne!* Tuck staunte, wie sein Schatten mit ihm Schritt hielt und länger wurde, als der Abend nahte. Und er war überrascht, wie hell der Tag war.

Und er hatte Fragen über Fragen: »Ist die Sonne eine ewige Flamme? Oder wird sie eines Tages sterben? Der Himmel ist so blau; woher kommt seine Farbe?«

Auf die meisten seiner Fragen konnten seine Kameraden nur den Kopf schütteln und lächelnd antworten: »Das weiß nur Adon allein.«

Sie lagerten auf einem kleinen Felsturm, der den Quadrill überblickte und leicht zu verteidigen war, denn auch wenn sie die Schwarze Wand hinter sich gelassen hatten, brach immer noch die Nacht an, und es war nicht auszuschließen, dass die Brut Streifzüge unternahm. Doch die Kameraden waren unsagbar müde, denn seit ihrem letzten Lager waren sie weit gelaufen, und nun konnten sie nicht mehr.

Tuck versuchte zwar in sein Tagebuch zu schreiben, aber er war zu erschöpft und schlief noch vor Sonnenuntergang ein.

Irgendwann in der Nacht schreckte Tuck aus dem Schlaf, und ringsum herrschte so tiefe Schwärze, dass sein Herz einen Schlag aussetzte, denn er glaubte, er befände sich wieder im Dusterschlund. Doch dann sah er den hellen Schleier am Himmel prangen, die silbrigen Sterne und die fingernagelschmale Sichel des abnehmenden Mondes, der bleich am Himmel stand, und Tuck seufzte zufrieden und sank zurück in den Schlummer. Und keiner seiner Gefährten weckte ihn zu einer Wachschicht, denn der Wurrling war allein an diesem Tag fünfunddreißig Meilen marschiert – eine mörderische Strecke für jemanden von seiner geringen Größe.

Als die vier am nächsten Tag ihr Frühstück einnahmen, sah Tuck mit Tränen in den Augen, wie die Sonne in der Morgendämmerung aufging. Wieder staunte er, wie hell der Tag war und wie dunkel die Nacht gewesen war, beide ganz anders als das widerliche Schattenlicht der Winternacht. Sonne, Mond, Sterne, Himmel – wie wunderbar zu schauen! Und nicht nur Tuck entzückte der Anblick der Sonne, denn auch Galen, Gildor und Brega standen wie verzaubert da und beobachteten, wie die goldene Himmelskugel über den Rand von Mithgar stieg, um auf das Land herabzuscheinen.

Nach Süden marschierten sie, das gewundene Tal des Quadrill hinab, und das Land ringsum war voll der feinen Schattierungen des Winters – die jedem trist erschienen, der nicht gerade den langen Dunkeltagen des Schattenlichts entkommen war.

Tuck ließ den Blick über diese wundervolle Landschaft streifen: Über den Hängen im Westen erhob sich das Grimmwall-Gebirge, das sich nach Norden und Süden erstreckte, die mächtigen Gipfel unter einer Haube aus Schnee. Hinter den Berghängen im Osten, und von ihrem Standort aus noch nicht zu sehen, senkte sich eine sanft gewellte Hochebene zum fernen Fluss Rothro und dahinter zum Argon. Hinter ihnen, im Norden, ragte die mittlerweile weit entfernte Schwarze Wand des Dusterschlunds auf. Und als sie um eine Kurve bogen, sah Tuck weit voraus im Süden ...

»Holla! Was ist das dort vorn, Fürst Gildor?«, fragte der Wurrling. »Ich kann es nicht erkennen.«

»Hai!«, rief der Lian-Krieger. »Hier im Licht von Adons Sonne erweist sich wieder, dass Elfenaugen weiter sehen als die jedes anderen Volks. Das sind die Ausläufer von Darda Galion, Tuck, dem Land der Silberlerchen. Eure Waerlingsaugen blicken auf den Anfang des großen Waldes der Greisenbäume – das Reich, das Ihr den Lerchenwald nennt.«

Lerchenwald, dachte Tuck, und vor seinem geistigen Auge erstanden die Karten des Kriegsrats. Lerchenwald: Ein Land der Elfen, das sich vom Grimmwald im Westen zum Fluss Argon im

Osten erstreckte und von der Hochebene im Norden zum Hohen Abbruch im Süden, wo das Land Valon begann. Lerchenwald, auch Darda Galion genannt, ein Land der Bäume und Flüsse – Rothro, Quadrill, Zellener und Nith samt ihrer Nebenläufe –, deren sprudelnde Wasser durch den Wald flossen, um sich schließlich in den breiten Strom des Argon zu ergießen.

Südwärts wanderten sie dem fernen Wald entgegen, und irgendwann auf ihrem Weg hörte Tuck das Geräusch von fließendem Wasser. Als er nachsah, entdeckte er dunkle, gurgelnde Wannen im Eis des Quadrill, wo der Griff der Kälte sich gelockert hatte und Wasser zu Tal stürzte. Und unwillkürlich wanderten die Gedanken des Wurrlings zu jener Nacht an der Spindel-Furt zurück, als das Pferd des Königsboten durchs Eis gebrochen war und der Mann sowie Tarpi ertranken.

Tuck riss sich von diesen düsteren Gedanken los und betrachtete eingehend die Greisenbäume, als sich die vier Kameraden nun dem Forst näherten. Gar mächtig waren diese ausladenden Waldriesen, die sich mit dämmrig grünen Blättern in den Himmel erhoben, denn das Volk der Elfen wohnte zwischen den gigantischen Stämmen und deshalb *sammelten* die Bäume das Zwielicht.

»Du meine Güte«, stieß Tuck hervor, »wie hoch sind denn diese Bäume?«

Gildor lächelte. »Es heißt, wenn man ihre Höhe abschreiten könnte, wären für jeden einhundertfünfzig Lianschritte erforderlich; doch ich weiß von einem alten Burschen tief im Wald, der mindestens zweihundert Schritte hoch ist.«

Tuck beobachtete den Schritt des Elfen und hielt die Luft an, denn eine Schrittlänge musste rund drei Fuß betragen.

»Aber ach, kleiner Freund, die Bäume hier sind nicht so groß wie jene in Adonar, woher sie meine Vorfahren vor langer Zeit als Setzlinge brachten, um sie in dieses Land der vielen Flüsse zu pflanzen.«

Ein Wald aus Adonar! Als Setzlinge hierher gebracht! Und nun sind sie Riesen! Tuck wurde schwindlig, wenn er an das Ausmaß an Arbeit dachte, die das Elfenvolk unternommen hatte, um einen ganzen Wald von Greisenbäumen hier in der Mittelebene zu pflanzen. Die dafür nötige Zeitspanne war unvorstellbar.

Schließlich bewegten sie sich mitten zwischen den mächtigen, himmelwärts ragenden Stämmen, deren Blätter sich hoch oben ineinander verflochten, so dass das Land darunter in einem weichen Zwielicht lag, obwohl die Sonne im Zenit stand.

»Kest!«, bellte eine Stimme; der Sprecher war nicht zu sehen.

»Halt«, sagte Gildor, und seine Begleiter blieben stehen. *»Vio Gildor! (Ich bin Goldzweig!)«,* rief der Lian.

Tuck hielt den Atem an, denn plötzlich waren sie von einer Gruppe grau gekleideter Elfenkrieger umringt, die sich scheinbar aus dem schattigen Zwielicht des Waldes geschält hatten. Manche trugen Bögen, andere funkelnde Schwerter, nach vorn trat jedoch ein Lian, der einen schwarzen Speer in der Hand hielt.

»Tuon«, sagte Gildor, der den Speerträger mit dem flachsblonden Haar erkannte.

Tuon lächelte Gildor an, doch er senkte seinen Speer nicht, sondern hielt die Waffe kampfbereit, und sein misstrauischer Blick überflog Fürst Gildors Begleiter, wobei er überrascht dreinschaute, als er den Waerling sah. »Ach, Tuon«, sagte Gildor mit erhobener Stimme, so dass ihn alle hören konnten, »leg den schwarzen Galgor zur Seite, denn meine Gefährten sind vertrauenswürdig.«

Tuon wechselte den Griff an der Waffe und schwang den schwarzen Speer zur Seite. »Man muss vorsichtig sein in diesen Zeiten, Alor Gildor, denn der Feind in Gron greift mit seiner gepanzerten Faust nach dem Land. Und auch wenn ich nicht an Euren Worten zweifle, so wüsste ich doch gern die Namen Eurer Kameraden.«

»Nein, Tuon«, antwortete Gildor. »Ich will dich nicht kränken, aber ich werde ihre Namen nicht preisgeben, denn die Taten dieser Krieger sind von solcher Art, dass Coron Eiron sie als Erster erfahren und der Geschichte ihres Heldenmuts lauschen sollte. So viel nur verrate ich: Drimm, Waerling, Mensch, Lian – in den letzten Tagen sind wir vier durch die Gänge von Drimmenheim geschritten! Wir haben sein lichtloses Labyrinth von der Dämmertür bis zum Morgentor durchdrungen. Hai! Die Grubengänger sind wir!«

Überraschte Rufe wurden in Tuons Begleiterschar laut, und erstaunt rissen die Elfen die Augen auf. Ihr Hauptmann trat einen Schritt zurück und rang nach Worten, doch Gildor hob die Hand. »Nein, Tuon, ich will zuerst zum Coron sprechen, denn das Wunder, von dem wir berichten können, soll Eirons Ohren vor allen anderen erreichen. Doch wenn du diese drei benennen musst, dann rufe sie Axtwerfer, Messerstoßer und Schwertbrecher.« Gildor deutete der Reihe nach auf Brega, Tuck und Galen. »Und mich kannst du Fackelschleuderer nennen.

Doch bringe ich auch andere, schlimme Kunde, und die müsst ihr von der Grenzwache als Erste erfahren: Eine gewaltige Horde der Brut lagert nun im schwarzen Drimmenheim – zehntausend oder mehr *Rûpt,* meiner Schätzung nach. Doch ich glaube, dass sie noch viele Tage oder Wochen nicht nach Süden aufbrechen werden, denn ihre Reihen sind gegenwärtig in Unordnung, und die Schwarze Wand steht bis jetzt still und bewegt sich nicht weiter auf Darda Galion zu. Ihr müsst jedoch stets wachsam sein, denn die Brut wimmelt in Drimmenheim wie Maden in einem Kadaver.« Gildor schwieg, und ein bedrücktes Murmeln ging durch die Reihen der Elfen.

»Ai, Alor Gildor, das ist in der Tat eine Nachricht von bitterer Bedeutung!«, rief Tuon. »Wenn sich ein riesiger Schwarm des Gezüchts in der Quadra tummelt, müssen wir höchste Wachsamkeit an der Grenze von Darda Galion üben, denn Drimmenheim liegt genau vor unserer Haustür. Sollten die *Rûpt* aber marschieren, wird es vieler Lian bedürfen, sie zurückzuwerfen; die meisten befinden sich jedoch im Norden, wie Ihr von Coron Eiron erfahren werdet. Er selbst ist erst vor kurzem aus Riamon zurückgekehrt, und Ihr habt Glück, ihn hier anzutreffen.« Dann betrachtete Tuon Gildors Kameraden, und Fragen standen ihm ins Gesicht geschrieben, die er jedoch nicht aussprach. Stattdessen neigte er den Kopf in Richtung Gildor und fand sich mit dem Vorsatz des Elfenfürsten ab, die Geschichte der Grubengänger zuerst Eiron, dem Coron aller Lian in Mithgar zu erzählen. Doch Tuon war klug, deshalb fügte er hinzu: »Wohl habt Ihr von der Horde gesprochen, Alor, aber nichts vom Graus gesagt, und ich denke, Euer Schweigen spricht laut zu denen, die seine Stimme verstehen. Doch wir werden uns Euren Wünschen fügen und nicht nach Namen und Taten fragen; fürwahr, Eure Geschichte muss gewaltig sein, wenn Ihr die Schwarzen Höhlen durchschritten habt.

Doch nun lasst uns zusammen essen. Und dort sind Pferde, die Euch zu einem Bootsversteck am Quadrill bringen, wo das Eis nicht hinreicht und der Fluss frei fließt, auch wenn der Wasserstand wegen der Kälte im Norden sehr niedrig ist.« Tuon gab den Lian seiner Grenzwächtertruppe ein Zeichen; dann machte der Träger des schwarzen Speers auf dem Absatz kehrt und führte die Kameraden zu seinem Lager, während der Rest seiner Gruppe lautlos mit dem erhabenen Schweigen des Greisenbaumwaldes verschmolz.

Gildor und Galen waren nun wieder zu Pferde, und Brega ritt hinter dem Elfen, während Tuck im Rücken des Königs saß.

Und sie galoppierten geschwind zwischen den mächtigen Greisenbäumen am Ufer des Qaudrill entlang. Vor ihnen ritt Theril, ein Krieger der Lian, den Tuon damit beauftragt hatte, sie zu den Booten zu führen.

Durch das milde Zwielicht der großen Bäume wand sich ihr Weg, das Moos am Boden dämpfte den Hufschlag der Pferde, und die wenigen Geräusche, die sie machten, verloren sich im dämmrigen Blättergewirr hoch über ihren Köpfen.

Tuck staunte über die mächtigen Bäume, und er sah, dass Gildor die Wahrheit gesagt hatte, denn die Riesen ragten hunderte von Fuß in die Luft, und jeder Stamm maß viele Schritte im Umfang. Tuck wusste auch, dass das Holz der Greisenbäume kostbar war – teurer als jedes andere –, denn niemand von den freien Völkern hatte je einen der Giganten gefällt, wenngleich die *Rûpt* schändlicherweise einige niedergehauen hatten. Die Elfen sprachen immer noch voller Bitterkeit vom Fällen der Neun, doch sie hatten auch schnell und unbarmherzig Rache geübt, hatten ein abschreckendes Beispiel an den Frevlern statuiert und deren Überreste dem Gezücht in seinen Bergverstecken in Mithgar präsentiert – nie wieder wurde ein Greisenbaum in Darda Galion gefällt. Doch gelegentlich wurde eine Art Ernte im Wald gehalten, denn Blitzschlag oder ein starker Sturm, der über die weiten Ebenen Valons fegte, ließen Äste herabfallen, und diese sammelten die Lian ein und studierten jedes Stück Holz lange, ehe das Werkzeug eines Schnitzers in die Maserung fuhr. Und dann schufen sanfte Elfenhände teure Schätze aus dem kostbaren Holz.

Durch dieses hoch ragende Waldland also galoppierten drei schnelle Pferde, von denen zwei doppelte Last trugen und dem dritten folgten. Mehrere Stunden ritten sie auf diese Weise, bis sie zuletzt zu einer Biegung am Hochufer des Quadrill kamen, wo das Moos bis zum Wasser hinabhing. Hier zügelte Theril sein Pferd und stieg ab, und die vier Kameraden taten es ihm gleich. Der Abend senkte sich auf das dämmrige Land.

»Hier werdet Ihr lagern, Alor Gildor«, sagte Theril, »und morgen mit einem Boot den Quadrill hinabfahren bis zu der Stelle, wo er sich mit dem Fluss Zellener vereint. Gleich dahinter findet Ihr auf dem Südufer ein weiteres Lager der Grenzwache, von wo Ihr zu Pferde ins Herz des Waldes, zu Coron Eiron, weiterreisen werdet.«

»Ein Boot?«, brummte Brega, »Ich sehe keines. Müssen wir uns eines aus Moos flechten?«

»Ha, Axtwerfer«, lachte Theril, »eines flechten? Nein! Aber Ihr werdet eines aus dem Moos *ziehen!«* Und der Lian sprang hinab zum Ufer des Quadrill und zog die herabhängenden Moosranken beiseite, und siehe da, unter einem breiten Steinüberhang schaukelte ein Dutzend Elfenboote lautlos an Halteseilen. Jedes der schlanken Gefährte war etwa sechs Schritte lang und lief an Bug und Heck spitz zu, und sauber geschnitzte Rippen verliehen ihnen einen runden Boden.

Bregas bellendes Lachen übertönte das Geräusch des Flusses, und er blickte mit Kennermiene auf die Boote, denn Brega war eine Seltenheit im Zwergenvolk: Er konnte schwimmen und solche kleinen Fahrzeuge handhaben, auch wenn diese hier gepaddelt und nicht gerudert wurden.

Tuck hingegen, wiewohl ein guter Schwimmer, verstand so gut wie nichts von Booten, und er betrachtete die Gefährte mit ihren runden Böden misstrauisch und fragte sich, ob sie nicht einfach umkippen und untergehen würden.

Nachdem sie ihr Lager aufgeschlagen und ein Mahl eingenommen hatten, bestieg Theril wieder sein Ross und ergriff die Zügel der beiden anderen Tiere. »Ich reite zurück zur Grenzwache, Alor. Soll ich noch eine Nachricht überbringen?«

Gildor sah die anderen an, und Galen ergriff das Wort. »Nur

dies, Theril: Fürstin Rael von Arden sagte, dass uns auf unserem Weg unerwartete Hilfe zuteil werden würde. Sagt Tuon und Euren Kameraden, dass Rael Recht hatte: Zuerst begegneten wir dem Axtwerfer und nun Eurer Gruppe. Und sagt ihm auch, dass der Hochkönig sich stets großzügig gegenüber den Grenzwächtern des Lerchenwalds zeigen wird.«

Galen schwieg, und Theril musterte den Mann aufmerksam. »Ihr müsst dem Hochkönig sehr nahe stehen, Schwertbrecher, wenn Ihr seine Gedanken so gut kennt. Ich bin schon sehr neugierig auf Eure Geschichte. Doch ich werde Eure Nachricht überbringen, und sollte einer von uns je dem Hochkönig von Angesicht zu Angesicht gegenüberstehen, so werden wir sagen: ›Ich bin Schwertbrecher begegnet, einem Mann von nobler Gesinnung, und wenngleich ich damals weder seinen Namen noch seinen Rang oder seine Taten kannte, so bin ich doch stolz, ihm und seinen Kameraden geholfen zu haben.‹«

Theril grüßte alle der Reihe nach, dann riss er sein Pferd herum und donnerte in den dämmrigen Wald davon, die anderen beiden Reittiere im Schlepp. Und Tuck rief den enteilenden Rössern hinterher: »Lebt wohl, Lian Theril, und alle Eure Kameraden ebenfalls.«

Der folgende Morgen sah die vier im Elfenboot auf dem schnell fließenden Quadrill. Brega kniete im Heck, seine kräftigen Schultern führten ein Stechpaddel, während Gildor im Bug ebenfalls paddelte. Tuck saß auf einer Ruderbank im Rücken des Elfen und Galen hinter dem Wurrling. Auch Galen bediente ein Ruder, nur Tuck war ohne eines; doch dem Wurrling war klar, dass er die anderen nur behindern würde, falls er zu rudern versuchte. Deshalb saß er und sah, wie die moosbewachsenen Ufer rasch vorüberzogen, und er staunte über den Unterschied zwischen den weichen Schatten dieses dämmrigen Landes und der harten Finsternis des Dusterschlunds.

Den ganzen Tag reisten sie auf diese Weise, gelegentlich schossen sie durch Stromschnellen, wo das Wasser weiß schäumte und laut zwischen Felsen hindurchstürzte, und an diesen Stellen paddelten Brega, Galen und Gildor dann schnell und kräftig, während Tuck sich gut festhielt. Dann wieder floss das Wasser friedlich zwischen niedrigen, von Farnen gesäumten Ufern oder hohen Felswänden dahin, und das Schweigen des erhabenen Greisenwalds ergriff von Tuck Besitz, und er döste vor sich hin und merkte nicht mehr, wie die Stunden in diesem zeitlosen Dämmerlicht vergingen.

Ostwärts fuhren sie den ganzen Tag mit nur ein, zwei Pausen, und als es Abend wurde, erreichten sie die Einmündung des Zellener. Und unmittelbar dahinter erspähten sie den Schein eines Lagerfeuers der Grenzwächter, das ein Stück zurückversetzt im Wald am Südufer des Quadrill lag.

Früh am nächsten Morgen zogen sie weiter, nunmehr wieder zu zweit auf geliehenen Pferden. Dieses Mal hatten sie keinen Führer, denn Gildor kannte den Weg nach Waldesherz, das noch etwa zwanzig Meilen entfernt lag.

Schnell waren die Rösser, und bereits Mitte des Vormittags passierten die vier Kameraden den ersten Vorposten der Lianwächter und kamen schließlich zu Behausungen, die sich zwischen die gigantischen Greisenbäume duckten: Sie waren in Waldesherz, der Elfenfestung im Zentrum des großen Waldes von Darda Galion.

Gildor führte sie zu einem großen, niedrigen Gebäude in der Mitte, und während die vier darauf zuritten, blieben Elfen stehen, um diese zusammengewürfelte Gruppe aus Mensch, Drimm, Waerling und Lian zu betrachten. Schließlich erreichten die Gefährten den Coron-Saal, und Wächter fragten nach ihren Namen, während sich andere um die Rösser kümmerten.

»*Vio Gildor*«, erwiderte Fürst Gildor. »*Vio ivon Arden.* (Ich komme aus Arden.) Meine Begleiter werde ich Coron Eiron und seiner Gemahlin Faeon vorstellen.«

Bei der Erwähnung der Elfe Faeon huschte ein besorgter Ausdruck über die Mienen der Wächter. »Alor Gildor«, sagte der Hauptmann der Türwache, »Ihr dürft eintreten und zum Coron sprechen, doch Ihr werdet ihn betrübt vorfinden; den Grund dafür mag er Euch selbst nennen. Ich kann nur hoffen, dass Ihr Nachrichten bringt, die ihn aus seiner Niedergeschlagenheit aufrichten.«

»Hai!«, rief Gildor. »Dafür kann ich mich verbürgen, denn wir bringen die allerbeste Kunde. Haltet uns nicht länger auf und lasst uns eintreten!«

Und sie schritten in den großen Saal, doch er war düster und nur spärlich beleuchtet. Und am anderen Ende des lang gestreckten Raums saß auf einem Thron im Halbdunkel ein müder Elf: Eiron, der Hohe Coron aller Elfen in Mithgar.

Die Kameraden durchmaßen den Saal, um vor dem Thronpodest stehen zu bleiben. Eiron löste die Hand von der Stirn und sah die vier an, und er machte große Augen angesichts von Mensch, Drimm und Waerling. »Alor Gildor«, sagte er schließlich an den Elf gewandt, und seine ruhige Stimme war voller Trauer.

»Coron Eiron«, sagte Gildor und verneigte sich leicht, »ich darf Euch meine Kameraden vorstellen: Drimm Brega aus den Roten Bergen, Rûpttöter, mächtiger Krieger, Axtwerfer. Den Waerling Tuck Sunderbank, Dorngänger aus den Sieben Tälern, Bogenschütze, Bruttöter, Messerstoßer.« Gildor hielt inne, und Tuck wie Brega verbeugten sich vor dem Elfenkönig, der seinerseits den Kopf neigte. Dann fuhr Gildor fort: »Und, Coron, wenngleich ich ihn als Letzten vorstelle, ist auch dieser Mann hier ein Krieger ohnegleichen: Hordenhetzer, Ghûlktöter, Schwertbrecher, Sohn des toten Königs Aurion ... Coron Eiron, hier ist König Galen, der neue Hochkönig von Mithgar.«

Die letzten Worte veranlassten Eiron aufzustehen, und er verbeugte sich tief vor Galen, der sich seinerseits vor dem Coron der Elfen verneigte.

»Ach, aber welch schmerzliche Nachricht Ihr bringt, denn Aurion und ich waren einander stets wohlgesinnt, und ich bin traurig, von seinem Tod erfahren zu müssen«, sagte Eiron. »Lasst uns alle Platz nehmen, reden und das Brot zusammen brechen, und Ihr erzählt mir Eure Geschichte, denn ich höre aus Aldor Gildors Worten heraus, dass ihr mit wichtiger Kunde kommt, wiewohl ich hoffe, es sind auch gute Neuigkeiten darunter, denn ich trage Kummer im Herzen und würde eine Aufmunterung begrüßen.«

Gildor zeigte ein breites Lächeln, er zog das Schwert Wehe aus der Scheide, reckte es gen Himmel und rief: *»Coron Eiron, va Draedan sa nond!* (König Eiron, der Gargon ist tot!)«

Coron Eiron taumelte rückwärts und stieß mit der Kniekehle gegen den Thron, so dass er abrupt auf dem Sitz Platz nahm. *»Nond? Va Draedan sa nond?«* Eiron traute seinen Ohren nicht.

»Ai! So ist es!«, frohlockte Gildor und stieß Wehe zurück in die Scheide. »Wir vier haben ihn vor fünf Tagen in den finstren Hallen von Drimmenheim getötet: Tuck hat ihn mit dem Langmesser geschnitten und so seinen furchtbaren Blick gebrochen; König Galen zerbrach ein Schwert tief in den Eingeweiden des Scheusals und hat so Zwerg Brega befreit, Brega schleuderte die Axt, die den Schädel des Gargon spaltete, und ich warf die Fackel, die ihn in einem Flammenmeer einschloss; und das Feuer tötete ihn zuletzt. Er war tot, ehe der Scheiterhaufen schließlich in die Große Tiefe in Drimmenheim fiel und den verkohlten Kadaver des Gargon mit in den bodenlosen Abgrund riss.«

Eirons Gesicht rötete sich vor Freude. Der Elfenkönig sprang auf und rief einen Pagen zu sich. »Zündet die Lampen an! Entfacht die Feuer! Bereitet alles für ein Festmahl vor! Und schickt mir Havor!« Kaum war der Diener aus dem Raum gehuscht, trat bereits ein Lian-Krieger – Havor, der Hauptmann der Torwache – ein, um dem Ruf seines Coron zu folgen. »Tragt die Nachricht bis in alle Winkel von Darda Galion und die umliegenden Länder«, befahl Eiron. »In den Großwald und nach Darda Erynian, nach Riamon und Valon, zu den Lian, die jetzt im Norden sind, und zum Heer im Süden: *Va Draedan sa nond!* Getötet von diesen vier: Drimm Brega aus den Roten Bergen; Tuck Sunderbank, Waerling aus dem Land der Dornen, Alor Gildor, Lian aus Arden, und Galen, dem Hochkönig von Mithgar!«

Havor riss die Augen weit auf, denn der Graus hatte die Quadra lange beherrscht, und die Angst vor seiner fürchterlichen Macht hatte Zwerge, Menschen und sogar Elfen veranlasst, aus jenen Gebieten zu fliehen. Doch obwohl viele Elfen in Adonar Zuflucht suchten, blieben andere Lian in Darda Galion zurück und gelobten, Mithgar nicht zu verlassen und ihren Wächterdienst fortzusetzen. Dennoch zog sich der schwache Pulsschlag der Angst im Norden wie ein roter Faden durch ihr Leben, und nur die Sonne hielt den Graus in Schach, denn nachts pirschte er durch das geneigte Tal, das bei den Elfen als Falanith bekannt war; im Morgengrauen aber kehrte er stets zu den Schwarzen Höhlen zurück, denn Adons Bann herrschte über seinesgleichen. Und niemand außer Braggi und seinem Sturmtrupp hatte den Graus je herausgefordert, und sie waren gescheitert, denn noch nie war ein Gargon ohne die Hilfe von Zauberern getötet worden, und die Magier hatte man lange nicht mehr gesehen; wohin sie allerdings entschwunden waren, wusste niemand zu sagen. Hier aber standen vier, die einen der schrecklichen Gargoni mit ihren eigenen Händen getötet hatten – und es war vielleicht der Letzte seiner Art gewesen. Der Graus von Drimmenheim war tot! Havor stieß die geballte Faust in die Luft und rief: *»Hál, valagalana!* (Heil, tapfere Krieger!)« Dann stürzte der Hauptmann hinaus, um die bemerkenswerte Neuigkeit in Umlauf zu bringen, während Eiron seine Gäste in ihre Quartiere zu wärmenden Kaminfeuern und Bädern führte, damit er ihrer Geschichte dort in voller Länge lauschen konnte.

Große Freude breitete sich in der Festung der Elfen aus, und Boten auf schnellen Pferden jagten ins Land hinaus. Und wo die Nachricht eintraf, begannen die Bewohner zu feiern, denn lange hatten sie unter dem Joch des Graus gelitten; und als sie die frohe Kunde vernahmen, wussten alle, dass die Geschichte der Wahrheit entsprach, denn sie horchten in ihr Inneres, und dort flüsterte nicht länger der Atem der Angst aus dem schwarzen Drimmenheim: Der Graus war tot.

Und im Gästequartier ruhten die vier Helden aus und unterhielten sich leise mit Eiron. Doch nicht nur sie erzählten ihre Geschichte, sondern sie erfuhren ihrerseits auch viel vom Coron.

»Ja, König Galen«, sagte Eiron, »im Süden steht der Kampf auf Messers Schneide, denn die Lakh aus Hyree und die Räuber aus Kistan treten in großer Zahl an, und sämtliche Heere von Hoven und Jugo, Pellar und Valon sind in schwerer Bedrängnis. Die Drimma aus den Roten Bergen haben sich uns angeschlossen, doch immer noch ist der Bund an Zahl weit unterlegen.«

»Was ist mit den Lian?«, fragte Galen. »Und den Menschen aus Riamon?«

»Wir kämpfen im Norden«, antwortete Eiron. »Der Böse in Gron schickt seine Horden durch den Jallor-Pass und den Crestan, und sie strömen aus geheimen Ausgängen hoch in den Flanken des Grimmwalls. Meine Lian bilden eine Kampfgemeinschaft mit den Dylvana – den Elfen von Darda Erynian und dem Großwald – sowie mit den Drimma aus Minenburg, den Menschen aus Riamon und Baeron. Wir kämpfen in der Festung oberhalb von Delon, im Rimmen-Gebirge und im Land Aven. Bisher haben wir im Süden bis zur Erin-Furt und den Ruinen von Caer Lindor gekämpft. Und überall werden wir schwer bedrängt, denn Modrus Scharen sind gewaltig und sie greifen in großer Stärke an.

Hört, König Galen: Ich will Euer Unterfangen nicht in Zweifel ziehen, doch Ihr seht sicherlich selbst, dass Ihr Euren Plan, das Heer zu sammeln und nach Norden gegen die *Rûpt* zu ziehen, aufgeben müsst. Ihr könnt nicht mit Euren Legionen nach Norden rücken und den Süden schutzlos zurücklassen, denn alle befinden sich im Griff des Bösen.

O ja, Nord, Süd, Ost, West, überall – wie in den Windungen einer riesigen Schlange trachten Modrus Lakaien uns zu zerquetschen. Und nun bringt Ihr die Nachricht, dass sich eine Horde in der Quadra tummelt. Doch die gegenwärtig in Darda Galion behauste Streitmacht der Wächter Lians ist nur ein Rest, den ich hier sammeln wollte, um ihn zu ihren Brüdern in den nördlichen Schlachten zurückzuführen. Nun aber werde ich das nicht tun, denn ich will dieses Land nicht schutzlos lassen angesichts der Bedrohung durch den Schwarm in Drimmenheim, obwohl die restlichen Grenzwächter allein den Feind nicht zurückdrängen könnten, sollte der Dusterschlund nach Süden schwappen und das Gezücht mit ihm kommen.

Ich verfluche den Tag, da der Böse in Gron zum Herrn dieser schrecklichen Finsternis wurde, die das Land verdüstert, denn mit ihr trotzt er Adons Bann und bringt massenhafte Vernichtung über uns.

Doch selbst dort, wo die Dunkelheit nicht herrscht, bewirkt Modru Böses, denn die Hyranier und Kistanier bestürmen den Süden, weil sie glauben, dass dieser Krieg nur ein Vorspiel für die Wiederkehr Gyphons ist. Das aber kann nicht sein, denn die *Vani-lêrihha* sind noch nicht zurückgekehrt, und das Morgenschwert bleibt verschwunden.«

»*Vani-lêrihha?* Morgenschwert?« Tucks Wurrlingsneugier war geweckt. »Wovon redet Ihr, Coron Eiron?«

»Die *Vani-lêrihha* sind die Silberlerchen, Tuck«, antwortete der Elfenkönig. »Vor der Teilung waren diese silbernen Singvögel in Darda Galion zu Hause, sie wohnten hoch in den Greisenbäumen und ihre Melodien vom Dämmerlicht klangen jubilierend übers Land. Doch nach der Teilung verschwanden die Silberlerchen, und wir wissen nicht, wo sie geblieben sind. Tausend Jahre vergingen, und der Wald blieb ohne ihren Gesang. Wir waren zu der Überzeugung gelangt, sie seien für immer verschwunden, doch dann machte die Fürstin Rael in Arden eine unheilvolle Weissagung:

Wenn Silberlerchen, Silberschwert
Im Dämmerritt kehr'n heim,
Dann, Elfen, gürtet Euch zum Kampf
Und steht dem Einen bei.

Der Todeswind wird weh'n, und Leid
Zermalmt das Land;
Doch kein Gram, nicht Adon selbst,
Hält ein des Bösen Hand.

Die Silberlerchen ihrer Worte kennen wir, und wir glauben, dass das Silberschwert ihres Rätsels das Morgenschwert ist – jene mächtige Waffe, die angeblich die Kraft hat, den Hohen Vûlk, Gyphon selbst, zu töten. Doch das Morgenschwert ist während des Großen Krieges in der Gegend der Mark Dalgor verschwunden, und bis zu Raels Prophezeiung glaubten wir, es sei verloren gegangen oder Gryphon habe es an sich bringen können, denn er fürchtet es. Doch nun vermuten wir es in

Adonar, denn wie sonst könnte es auf dem Dämmerritt heimkehren? Aus demselben Grund glauben wir, dass sich auch die *Vani-lêrihha* in Adonar aufhalten, obwohl wir dessen noch nicht sicher sind. Und Silberlerchen wie Silberschwert werden eines schrecklichen Morgens zum Leid der Welt nach Mithgar zurückkehren.« Eiron verstummte.

Nach einer Weile meldete sich Brega zu Wort. »Auch die Châkka kennen unheilvolle Vorhersagen, die bis jetzt unerfüllt blieben, und wir fürchten den Tag, da ihre Worte wahr werden. Aber glaubt ihr denn nicht, dass Eure Prophezeiung gerade erfüllt wird? Wir kämpfen; Todeswinde wehen; Leid bedrückt das Land. Viele der Vorhersagen passen.«

»Nein, Drimm Brega«, entgegnete Eiron. »Diese Weissagung sieht aus, als stünde sie noch bevor, denn es sind keine Silberlerchen im Land, und das Morgenschwert – das Zeichen der Macht – ist noch nicht zurückgekehrt, um sein Schicksal zu erfüllen.«

»Zeichen der Macht?«, fragte Tuck. »Was ist denn ein ›Zeichen der Macht‹ und was meint Ihr mit ›sein Schicksal erfüllen‹?«

Wieder sprach Eiron zu dem Wurrling. »Was ein Zeichen der Macht ist, lässt sich bisweilen schwer erkennen, während es bei anderen Gelegenheiten jeder sofort sieht. Und es kann ein böses oder ein gutes Zeichen sein: Wältiger ist ein Zeichen der Macht des Bösen, ein Angstzeichen, denn er hat für das Gezücht so manches Tor zertrümmert. Ebenso verhielt es sich mit Gelvins Los, ein übles Ding am Ende. Die Zeichen des Guten kennt man zum Teil: Kammerling war eines, auch Wehe oder vielleicht der schwarze Galgor – diese scheinen in das Schema zu passen. Andere wiederum bleiben unerkannt, bis sie ihr Schicksal erfüllen, und scheinen bis dahin keinerlei Macht zu enthalten: Edelsteine, Dolche, Ringe, ein wertloses Schmuckstück. Nicht alle sind so offenkundig wie König

Galens runenverzierte Atala-Klinge, die wie vorhergesagt den Krakenarm durchschnitt.«

»Wie vorhergesagt?«, entfuhr es Tuck überrascht.

»O ja, wie vorhergesagt«, antwortete Eiron, »denn ich selbst war es, der vor langer Zeit die Inschrift auf dem Grab Othrans des Sehers übersetzte:

Bewahr den roten Pfeil
Bis zur bestimmten dunklen Stund
Die Klinge trotzt dem Wächter
Aus dem schwarzen, schleimigen Schlund.

Ich wusste nicht, was die Worte bedeuten, als ich sie entzifferte, doch es scheint nun gewiss, dass König Galens Klinge ein Zeichen der Macht ist, das dazu bestimmt war, den Wächter aus dem schwarzen, schleimigen Teich zu treffen, denn das war sein Schicksal. So wie Gildors Langmesser, Jarriels Schwert und Bregas Axt zusammen mit einer Fackel der Rucha dazu bestimmt waren, gemeinsam den Draedan zu töten.«

»Aber angenommen, es wäre uns nicht geglückt?«, fragte Tuck. »Was wäre dann aus der Bestimmung geworden?«

Eiron gab Alor Gildor ein Zeichen, dem Waerling zu antworten.

»Zeichen der Macht scheinen Wege zu kennen, ihr Schicksal zu erfüllen«, antwortete Gildor. »Wären wir gefallen, ehe wir Drimmenheim erreichten, hätte die Atala-Klinge dennoch den Kraken gefunden, und wäre das Langmesser jetzt nicht in den Gargon gefahren, es wäre durch andere Hände geschehen, nicht durch unsere. Manche Zeichen scheinen mehr als nur eine Bestimmung zu haben: Gelvins Los, der grüne Stein von Xian. Vielleicht sind das Langmesser oder die Atala-Klinge mit der ihnen bestimmten Aufgabe noch nicht fertig; hört auf mich, es kann sein, dass ihre größten Taten noch in der

Zukunft liegen, so wie glaube, dass das Werk von Wehe erst noch vollbracht werden muss.

Ja, Tuck, Zeichen der Macht sind rätselhafte Dinge. Vielleicht werden sie von Adon aus der Ferne gesteuert. Doch niemand weiß mit Sicherheit, was ein Zeichen ist, und wir können bestenfalls raten: Wenn ein Gegenstand in Xian hergestellt oder im untergegangenen Duellin geschmiedet wurde, dann scheint die Aussicht größer zu sein, dass er eine Bestimmung in sich trägt; doch viele stammen auch von anderswoher, und niemand kann sagen, was ein Zeichen ist, bevor sich die jeweilige Bestimmung erfüllt.«

In diesem Augenblick kam ein Diener zu Eiron, und der Coron verkündete, das Festmahl sei bereitet. Und auf dem Weg in den Coron-Saal war Tuck tief in Gedanken versunken:

Wenn die Lian Recht haben, dann sieht es doch ganz so aus, als seien wir alle gezwungen, die Bestimmungen dieser ›Zeichen der Macht‹ zu erfüllen. Welche Rolle spielt es dann, ob wir uns bemühen, unsere eigenen Ziele zu erreichen? Denn ob wir wollen oder nicht, wir werden von verborgenen Einflüssen getrieben ... Oder verhält es sich so, dass die Pfade der Zeichen und ihrer Träger zufällig immer dieselbe Richtung einschlagen? Vielleicht habe ich das Zeichen gewählt, weil es meinen Zielen entgegenkommt, und das Zeichen hat mich aus genau demselben Grund auserkoren.

Sie kamen in den Coron-Saal, und dort herrschte strahlende Helligkeit, denn Elfenlampen brannten, die Kamine waren entzündet und strahlende Lian füllten den Raum. Eiron führte sie zum Thronpodest, und sie stiegen die Stufen empor: Brega in schwarzem Kettenpanzer, Tuck in Silber und Galen in Rot, während Gildor überhaupt keine Rüstung trug. Eiron hob die Stimme, so dass ihn alle hören konnten: *»Hál va Deevestrîdena, slêanra a va Draedan!* (Heil den Grubengängern, den Gargontötern!)«

Und dreimal brach ein lauter Freudenschrei aus den Reihen der versammelten Lian: *»Hál ... Hál ... Hál!«*

Darauf wurden die Gäste an eine reich gedeckte Tafel geführt, und das Dankesmahl begann.

Gildors Augen überflogen jedoch die Gesellschaft, als suche er nach einem abwesenden Gesicht. Schließlich wandte er sich an Eiron. »Coron Eiron, ich sehe meine Schwester Faeon nicht, die strahlende Herrin von Darda Galion.«

Schmerz erfüllte nun Eirons Züge. »Faeon ist auf dem Schattenritt«, sagte der Coron. »Seit sieben Tagen.«

Gildor sank schwer getroffen zurück, Ungläubigkeit im Gesicht. »Aber die Trennung! Niemand hat seither mehr den Dämmerritt unternommen.«

»Wie Ihr auch, Alor Gildor, fühlte Faeon Vanidors Todesschrei, und sie war außer sich. Sie hat den Schattenritt nach Adonar unternommen, um Adon persönlich zu bitten, einzuschreiten und dem Bösen in Gron Einhalt zu gebieten.« Eirons Hände zitterten vor Seelenqual.

»Aber Adon hat gesagt ... nein, gelobt – er wird nicht direkt in Mithgar tätig werden.« Gildors Stimme klang kummervoll. »Und dennoch ging sie, Ihn anzuflehen? Hat Faeon nicht bedacht, dass der Weg zurück verschlossen ist, für immer abgetrennt?«

»Sie wusste es nur zu gut, Gildor ... nur zu gut«, antwortete Eiron. »Sie wusste, dass der Dämmerritt erst in der Zeit der Silberlerchen und des Silberschwerts wieder unternommen wird, und dann vielleicht von Seinem Boten. Doch sie dachte vielleicht, dass dieses eine Mal ...« Eiron holte tief und bebend Luft. »Vanidors Tod hat sie dazu getrieben.«

Gildor erhob sich, ging zu einem Kamin und starrte dort lange in die Flammen. Auch Eiron verließ den Tisch, und er trat an ein Fenster, wo er auf die Greisenbäume hinausblickte und zu niemandem sprach.

»Nun wissen wir, was Eiron Kummer bereitet«, sagte Galen nach einer Weile. »Seine Gemahlin Faeon hat Mithgar verlassen und wird nicht wieder zurückkehren.«

»Ich verstehe nicht, König Galen«, sagte Tuck. »Wohin ist sie gegangen? Und warum kann sie nicht zurückkehren?«

»Sie hat den Schattenritt nach Adonar unternommen«, antwortete Galen, und auf den verwirrten Gesichtsausdruck des Wurrlings hin fuhr er fort: »Man hat mir die Sache vor langer Zeit wie folgt erklärt:

In den Ersten Tagen, als die Sphären geschaffen wurden, wurden die Welten auf drei Ebenen aufgeteilt: Hohgarda, Mittegarda und Untargarda. Und Tage ohne Zahl vergingen. Dann geschah es, dass Adon und andere der Hohen in Adonar auf der Hohen Ebene Wohnung nahmen; woher die Hohen allerdings kamen, wird nicht erzählt. Wieder flohen Tage sonder Zahl, dann aber entsprang auf der Tiefen Ebene, im öden Unterland von Neddra, Gezücht dem welken Land – manche behaupten, durch Gyphons Hand. Damit war nur noch die Mittelebene unbevölkert. Zuletzt aber zogen Mensch, Zwerg, Wurrling und andere über das Antlitz der Welt; auf welche Weise jedoch wir, die jüngsten Wesen, entstanden – und von wessen Hand –, das ist nicht bekannt; manche sagen, Adon habe uns hierher gepflanzt, andere behaupten, es sei Elwydd, seine Tochter, gewesen, und wieder andere sind der Ansicht, jedes Volk sei von einer anderen Hand geschaffen worden. Doch wie auch immer, nun waren alle drei Ebenen bewohnt.

Damals waren die Wege zwischen den Ebenen offen, und der Kundige konnte von einer Ebene in die andere wechseln.

Und in jener düstren Zeit regierte Gyphon – der Hohe Vûlk – in der Untargarda; seine Herrschaft wurde aber von Adon nur geduldet, und das ärgerte Gyphon gewaltig, denn es gelüstete ihn nach der Macht über alle Dinge.

Gyphon gedachte also die gesamte Schöpfung zu regieren,

deshalb schickte er seine Gesandten nach Mithgar, damit sie jene, die hier lebten, von Adon abbringen und zu ihm führen sollten. Denn falls Gyphon die Herrschaft über die Mittelebene, den Drehpunkt, erringen konnte, dann würden sich die Kräfte der Macht wie bei einer großen Wippe zu seinen Gunsten neigen, und Adon würde nach unten fallen.

Und viele auf der Mittelebene glaubten an Gyphons schändliche Versprechungen und folgten ihm. Der Blick anderer aber war klarer, sie sahen den Großen Verführer in ihm und widersetzten sich seiner Herrschaft.

Gyphon tobte und sandte Horden seines Gezüchts von Neddra nach Mithgar, denn wenn er die hier Lebenden nicht überreden konnte, ihm zu folgen, so wollte er eben Gewalt anwenden.

Adon war wütend und er zerstörte den Weg zwischen Untargarda und Mittegarda, so dass keine weitere Brut hinüberwechseln konnte. Und Adon nahm sich Gyphon vor und demütigte ihn. Und Gyphon kroch vor dem Hohen zu Kreuze und schwor seinen ehrgeizigen Zielen ab.

Deshalb kam es damals zu keinem Krieg, doch Myriaden des Gezüchts lebten nun in Mithgar, woraus viel Kummer und Leid entstand.

Doch obwohl Gyphon Adon Treue geschworen hatte, hegte er noch immer eine Gier nach Macht in seinem schwarzen Herzen. Und er beherrschte bereits Untargarda – wenn es ihm gelang, die Macht über eine weitere Ebene zu erringen – Hohgarda oder Mittegarda –, würde er alles beherrschen.

Sein Verlangen köchelte über Epochen hinweg, und zuletzt setzte er einen Plan in die Tat um, denn er besaß in Mithgar einen starken Diener: Modru!

Gyphon startete einen Angriff auf Adonar, und zur gleichen Zeit schlug Modru in ganz Mithgar zu; so begann der Große Bannkrieg.

Gyphons wahrer Plan bestand jedoch darin, über die Hohe Welt vorzustoßen und persönlich auf die Mittelebene zu kommen, um die niedrigeren Wesen zu besiegen, die hier kämpften, denn der Macht des Hohen Vûlk konnte keiner von ihnen widerstehen. Doch ehe er das tun konnte, trennte Adon die Hohe und die Mittlere Ebene voneinander, so wie er den Weg zur Unteren Ebene Äonen zuvor abgeschnitten hatte. Und indem Adon die Verbindung zwischen Adonar und Mithgar kappte, verhinderte er, dass Gyphon hierher kam, um zu siegen.

Dennoch wurde der Krieg auf allen drei Ebenen ausgefochten; das entscheidende Ergebnis aber sollte auf der Mittelebene, hier in Mithgar, erzielt werden, wo der Kampf zwischen dem Glorreichen Bund und Modru und seinen Lakaien tobte. Und wie Ihr wisst, verlor Modru. Deshalb siegte das Große Böse hier nicht. Doch hätte Adon die Verbindung nicht zerstört, wäre das Resultat ein anderes gewesen.

Doch selbst in der Zerstörung war Adon noch gnädig: Denn wenn auch niemand mehr von Adonar nach Mithgar gelangen kann, so ist doch der umgekehrte Weg – von Mithgar nach Adonar – offen geblieben.

Über Äonen ist das Elfenvolk von Adonar zwischen Hohgarda und Mittegarda hin- und hergereist, denn die Elfen lieben zwar Mithgar sehr, doch sie sind ein Volk der Hohen Ebene: Ihre wahre Heimstatt ist Sternholm in Adonar. Viele aber leben gern hier, denn in Mittegarda herrscht großer Bedarf an ihren Fähigkeiten. Doch auch die Hohen Welten sagen ihnen zu, denn dort können sie ausruhen und neue Fähigkeiten ausbilden. Und obwohl ich es nicht mit Sicherheit weiß, glaube ich, dass sie auch nur in Adonar Kinder bekommen können, denn der Sage nach wurde kein Elfenkind je in Mithgar geboren; allerdings weiß man, dass in vergangenen Epochen Kinder zusammen mit anderen Elfen auf dem Dämmerritt nach Mittegarda kamen. Doch auch wenn sie hier leben, gehören sie der

Hohen Ebene an, und Adon will seine Elfen nach Hause kommen lassen; deshalb können sie den Schattenritt unternehmen.«

»Schattenritt ... Dämmerritt – ich verstehe noch immer nicht, was es damit auf sich hat«, unterbrach Tuck.

»Das waren die Wege zwischen Adonar und Mithgar, Tuck, aber nur Elfen konnten sie beschreiten, weder Mensch, Wurrling oder Zwerg noch irgendein anderes Volk.« Galen trank einen Schluck *Wela,* einen berauschenden Met der Elfen, und fuhr dann fort: »Irgendwie ist am Abend, wenn die Schatten fallen, der Weg zwischen den Ebenen offen, und ein Elf kann zu Pferd von hier nach Adonar reiten. Und vor der Trennung konnten sie umgekehrt in der Morgendämmerung von Adonar nach Mithgar reiten. *Geh wenn die Schatten fallen, kehr heim im Dämmerlicht,* ist ein alter Segenswunsch der Elfen. Doch nun kann nur mehr der Schattenritt unternommen werden und auch dieser, wie gesagt, nur vom Elfenvolk.«

Brega, der ebenso aufmerksam zugehört hatte wie Tuck, stieß ein grollendes Geräusch aus. »Unheimlich ist dieser Schattenritt, ich habe ihn in meiner Jugend nämlich einmal von fern gesehen: ein Elf zu Pferd, der durch den Wald unterhalb von mir ritt, wobei sich das Ross bewegte, als würde es einem bestimmten Muster folgen. Vielleicht haben mir meine Ohren einen Streich gespielt, aber mir war, als hörte ich ein Singen oder eine Art Sprechgesang, ich weiß es nicht genau. Die Abenddämmerung schien sich um Elf und Pferd zu sammeln, während die beiden von einem Baum zum anderen huschten. Dann verschwanden sie hinter einer Eiche und kamen auf der anderen Seite nicht wieder hervor. Ich rieb mir die Augen, aber es war keine optische Täuschung. Ich lief rasch den Hang hinab, denn es wurde schnell dunkel. Ich fand noch die Spuren des Pferdes dort beim Baum, und sie verblassten, als hätten sich Elf und Ross in Luft aufgelöst. Ich sah mich nach anderen Zeichen um, aber die Nacht brach herein, und im schwachen Licht der Sterne lassen sich keine Spuren lesen. Ich eilte weiter und sagte zu niemandem ein Wort, denn ich wollte nicht, dass man sich hinter meinem Rücken über mich lustig macht.« Brega leerte seinen *Wela.* »Heute ist das erste Mal, dass ich die Geschichte erzählt habe.«

Tuck schwieg lange und dachte über Galens und Bregas Worte nach. Schließlich sagte er: »Wenn ich also recht verstehe, führt der Schattenritt nur in eine Richtung, und Elfen, die nach Adonar reiten, können nie mehr zurückkehren, denn der Weg von dort hierher wurde zerstört, und niemand hat seit dieser Zeit den Dämmerritt unternommen.« Als Galen nickte, schaute Tuck mit traurigen Augen auf Eiron und Gildor, den Faeon, Eirons Gemahlin und Gildors Schwester, hatte den Schattenritt unternommen, um bei Adon um Beistand zu flehen. Doch Adon hatte in all den zurückliegenden Epochen nie direkt in Mithgar eingegriffen, und er hatte versprochen, es nie zu tun. Dennoch schien Raels Prophezeiung über die Silberlerchen und das Silberschwert, *gebracht im Dämmerritt,* zu besagen, dass der Weg erneut geöffnet würde ... doch wann, das wusste niemand. Und vor Tucks geistigem Auge entstand das Bild eines Elfenkriegers zu Pferd, der wie ein Geist aus dem Morgennebel auftaucht, mit einem Schwert, das einem anderen zu überreichen war, damit dieser es gegen den Großen Bösen führe. Der Wurrling schüttelte den Kopf, um das Bild zu vertreiben.

»Vielleicht sind die Silberlerchen deshalb verschwunden«, mutmaßte Tuck; und auf den verwirrten Gesichtsausdruck von Galen und Brega hin erläuterte er: »Wenn die Silberlerchen den Schattenpfad fliegen konnten, dann sind sie in Adonar gelandet und können nicht mehr zurück.« Galen und Brega nickten überrascht über die kluge Bemerkung des Wurrlings und fragten sich, weshalb sie nicht selbst darauf gekommen waren.

Bald danach kehrten Fürst Gildor und König Eiron an die

Festtafel zurück, doch das Gespräch am Ehrentisch versiegte nahezu. Und obwohl die vier Grubengänger einem großen Dankesbankett beiwohnten und lächelten, wenn ihnen die fröhlich Feiernden zuprosteten, war ihnen das Herz doch schwer, denn wie ein Bahrtuch lastete Traurigkeit auf ihnen.

Tuck gähnte herzhaft, und seine Augen wirkten eulenhaft vor Müdigkeit. Dennoch hörte er genau zu, was gesprochen wurde, denn er, Galen und Brega saßen nun mit Eiron zu Rate. Von ferne erklangen Musikfetzen, da das Fest seinen Fortgang nahm, doch die Kameraden hatten sich zurückgezogen, um zu besprechen, wie es weitergehen sollte, und Eiron war zu ihnen gestoßen, um seinen Rat beizusteuern.

Lange hatten sie gesprochen, und nun erklärte Galen: »Folgende beide Möglichkeiten scheinen also die besten zu sein: zu Pferd nach Süden, über die Ebenen von Valon in Richtung Pellar; auf diesem Weg liegt im Land Valon die Stadt Vanar, rund zweihundertfünfzig Meilen von hier, und sie wäre unser erstes Ziel, denn dort würden wir Vanadurin finden, die uns zu den Legionen führen könnten; falls aber das Heer in Pellar kämpft, müssen wir noch einmal fast dreihundert Meilen reiten, nur um bis an die Kreuzung zu kommen, die in dieses südliche Land abzweigt.

Unsere zweite Möglichkeit ist die Weiterreise per Boot, den Fluss Nith hinab bis zum Argon und von dort südwärts nach Pellar; dieser Weg ist ungewisser und möglicherweise gefährlicher, denn es kann sein, dass wir erst bei der Argon-Fähre an der Pendwyrstraße auf Hilfe treffen, und falls dieser Übergang vom Feind gehalten wird, werden wir alles andere als Hilfe finden. Doch selbst wenn er in Freundeshand ist, liegt er rund neunhundert Meilen entfernt, da der Fluss einen weiten Bogen nach Osten macht.«

Lange überlegte Galen, dann sagte er: »Wir fahren auf dem

Fluss, denn obwohl die Reise weiter und ungewisser ist, so ist sie doch auch schneller, denn der Nith und der Argon brauchen keine Ruhepausen und fließen Tag und Nacht in ihrem Lauf. Und wenn wir im Boot essen und schlafen und nur anhalten, wenn es die Not gebietet, dann können wir die Argon-Fähre in sieben Tagen oder schneller erreichen. Zu Pferd durch Valon hingegen sind wir frühestens in zehn Tagen an der Fähre, es sei denn, wir hetzen die Pferde gnadenlos – wenn wir ihnen ein wenig Ruhe gönnen, werden es wahrscheinlich sogar eher vierzehn Tage. Nein, wenn man eilig nach Süden muss, ist der Fluss die bessere Wahl.«

Und so wurde es entschieden: Per Elfenboot würden die Kameraden nach Süden fahren, denn Pferde ermüden, der Fluss jedoch nicht.

Am nächsten Morgen brach ein großes Gefolge von Waldesherz nach Süden auf: Coron Eiron und eine Eskorte der Wächter Lians begleiteten Galen, Gildor, Brega und Tuck zu einem Bootsversteck am Fluss Nith.

Einmal mehr saß Tuck hinter Galen auf einem leicht galoppierenden Pferd, und mit müden Augen schaute der Bokker in den vorbeifliegenden Wald von Greisenbäumen. Er hatte nicht richtig ausgeschlafen, denn der Disput darüber, wie sie weiterreisen sollten, hatte sich bis spät in die Nacht hingezogen, und sie waren zeitig aufgestanden, um sich auf den Weg zu machen. Und sie ritten rasch zwischen den mächtigen Stämmen, denn ein Gefühl der Dringlichkeit bedrückte alle, besonders Fürst Gildor, der immer noch ein *Unheil* spürte, das vor ihnen lag; wie dieses aber aussah, konnte er nicht sagen.

In ihrem zügigen Reittempo gelangten sie nach rund einer Stunde zu einer Lichtung am Ufer des Nith, und das Plätschern des schnell fließenden Wassers erfüllte den dämmrigen Wald.

Sie hielten die Pferde an, und die gesamte Gesellschaft stieg ab. Ein Elf sprang die Uferböschung hinab und zog ein Elfenboot aus einem Versteck.

Eiron betrachtete das Gefährt und sagte: »Dieses Boot wird euch bis zur Biegung oberhalb der Vanil-Fälle bringen. Ihr werdet es am Südufer unter dem Schiefen Stein wieder verstecken. Dann steigt ihr über die Lange Treppe den Hohen Abbruch hinab zum Kessel, und in den Weidenwurzeln dort werdet ihr ein weiteres Boot finden. Haltet euch nahe des Südufers, bis ihr den mächtigen Bellon passiert und auf dem Argon selbst seid.«

Die vier nickten zu Eirons Worten, denn er hatte nur seine Anweisungen von der Nacht zuvor wiederholt, als sie die Fahrt nach Süden planten.

Ihre neu aufgefüllten Tornister wurden in das Gefährt verladen, und die Kameraden machten sich zum Einstieg bereit. Doch ehe sie in dem Elfenboot Platz nahmen, bat Eiron sie, noch einen Augenblick zu warten, und er rief einen Lian zu sich. Der Krieger näherte sich mit einem länglichen Tablett, das von einem goldenen Tuch bedeckt war. Nun wandte sich der Coron an die Grubengänger, und obschon er mit leiser Stimme sprach, war er auf der ganzen Lichtung zu vernehmen: *»Va Draedan sa nond;* von euch vier Helden getötet. Diese Tat überstieg unsere kühnsten Hoffnungen, denn der Graus war ein bösartiger Vûlk, dessen Macht selbst die Tapfersten vor Angst in den Wahnsinn trieb. Am Ende aber siegtet ihr, wo alle anderen gescheitert waren. Doch auch wenn Modrus Graus gefallen ist, bedrängt die gewaltige Macht des Bösen in Gron noch immer das Land. Deshalb geht euer Feldzug weiter, und auf den Wassern des Nith werdet ihr uns verlassen; denn obwohl wir euch gerne hier behalten hätten, wissen wir, dass jetzt nicht die Zeit ist, da ihr von euren Mühen ausruhen könnt. Doch wollen wir euch nicht ohne vollständige Bewaffnung abreisen lassen. Drimm Brega, Ihr habt Eure Axt verloren, und Ihr, König Galen, Euer Schwert: Die eine spaltete den

Schädel des Graus, das andere zerbrach in seinen Eingeweiden, und beide liegen nun in der Unergründlichkeit der Großen Tiefe. Doch aus den Waffenkammern Darda Galions habe ich eigenhändig diese beiden Klingen hier für Euch ausgewählt.« Eiron schlug das goldene Tuch zurück, und auf dem Tablett lagen zwei funkelnde Waffen: ein Elfenschwert aus hellem Silber und eine stählerne Axt mit schwarzem Stiel. In jede Klinge waren Kraftrunen eingeprägt, die in ebenholzschwarz gearbeiteten Buchstaben ihre Botschaften verkündeten. Eiron überreichte Galen das Schwert und Brega die Axt.

Der Zwerg prüfte die Waffe mit scharfem Blick, als wollte er ihre handwerkliche Güte abschätzen. Dann rief er »Hai!«, sprang hinaus auf die Lichtung und durchschnitt mit der zweischneidigen Axt die Luft; und die Waffe *zischte* im Schwung der breiten Zwergenschultern und glitzerte im Dämmerlicht. Dann warf Brega sie lachend in die Luft und fing sie am schwarzen Stiel wieder auf. Und von den versammelten Elfen ertönten *Ohs* und *Ahs*, als sie Kraft und Geschicklichkeit des Drimm sahen. »Hai!«, rief Brega noch einmal und erklärte dann: »Nimm dich in Acht, Gezücht, denn diese Axt ist wie für mich geschaffen!«

Auch Galen wog seine glänzende Klinge in der Hand, spürte ihre Ausgewogenheit und bemerkte die Schärfe der Schneide. »Ich habe zwei Schwerter in diesem Krieg zerbrochen: eines am Tor der Feste Challerain, das andere an der Brücke in Drimmenheim. Doch ich glaube, die Klinge, die ich hier in der Hand halte, wird in keinem Gefecht zerstört werden.«

Eiron lächelte und sagte: »Sie wurden vor langer Zeit im untergegangenen Duellin geschmiedet. Die Runen sprechen in einer alten Zunge und erzählen dem Metall von der Schärfe der Schneide, von der Härte der Klinge, vom festen Halt von Heft und Stiel und von der Schlagkraft. Und jede Waffe ist nach seinen Runen benannt: Eure Axt, Drimm Brega, heißt in der Elfensprache Eboran, was so viel wie ›Schwarzer Räuber‹ bedeutet, und der Name Eurer Klinge, König Galen, ist Talarn, und das bedeutet ›Stahlherz‹.«

Brega hielt seine Axt hoch. »Mögen die Elfen diese Klinge Eboran nennen und die Menschen Schwarzer Räuber zu ihr sagen, aber ihr wahrer Name – ihr Châkka-Name – lautet Drakkalan (Schwarzer Vergießer)!«

Eiron wandte sich wieder dem Tablett zu, entnahm ihm eine schwarze Scheide mit Gurt, beides mit roten und goldenen Verzierungen, und übergab sie Galen. Und der König ließ Stahlherz in die Scheide gleiten und gürtete sich die Waffe um die Mitte. Dann trat er ans Boot, band seine alte Scheide vom Tornister und gab dem Coron die leere Hülle. »Vielleicht findet Ihr eine passende Waffe für diese Schwerthalterung, Coron. Sie hat Mithgar gut gedient, denn sie trug die Klinge, welche tief in die Gedärme des Gargon schnitt.«

Der Coron der Lian empfing die Scheide achtungsvoll und legte sie sorgsam auf das Tablett. Dann entnahm er diesem vier von Elfen gefertigte Umhangspangen. Sie waren aus Gold, in der Form einer strahlenbekränzten Sonne, mit einem eingesetzten Gagatstein. Eiron befestigte der Reihe nach die Schmuckspangen am Kragen der vier. »Durch dieses Zeichen werden euch alle als die vier Grubengänger erkennen – als die Graustöter – und sie werden euch an ihrem Herd willkommen heißen und an den Feuerstellen von euren Taten singen.«

Darauf trat der Coron einen Schritt von den vieren zurück und verbeugte sich tief, und mit ihm verbeugten sich alle Elfenkrieger in seinem Gefolge. Die Grubengänger verneigten sich ihrerseits, und Galen ergriff für alle das Wort: »Wir kamen in Eile, Coron, und wir gehen in Eile, denn unser Unternehmen duldet keinen Aufschub. Doch es wird der Tag kommen, da wir ein wenig verweilen können, und dann würde ich gerne ausführlich in den dämmrigen Gewölben des

Lerchenwalds wandeln. Nun aber ziehen wir nach Süden, mein Heer zu suchen; zwar wissen wir nicht, was wir sonst entdecken mögen, doch eines kann ich sagen: Wenn Modru endlich bezwungen sein wird, wenn seine faule Dunkelheit dem Lichte weicht, dann wird man sich noch lange daran erinnern, dass Elf, Zwerg, Waerling und Mensch Hände und Waffen vereinten, um das Böse niederzuwerfen. Und lange wird das Band zwischen unseren Völkern bestehen.« Galen reckte Stahlherz in die Höhe. *»Hál ûre allience! Hál ûre bônd!* (Heil unsrem Bündnis! Heil unsrem Band!)«

Ein mächtiger Schrei erhob sich aus der Mitte der Lian-Krieger, und sie schwangen glitzernde Schwerter und Speere, während die vier Kameraden das Boot bestiegen und sich vom Ufer abstießen. Und als Brega, Galen und Gildor zu den Paddeln griffen und sich auf die schnelle Fahrt vorbereiteten, stiegen die Elfen auf ihre Rösser und bildeten ein Spalier entlang des Flusses. Und wie mit einer Stimme riefen sie: *Hál, valagalana!,* machten alle zugleich kehrt und ritten geschwind nach Norden davon, um zwischen den gewaltigen Stämmen der hohen Greisenbäume zu verschwinden.

Die Kameraden steuerten das Boot zur Mitte des Flusses, wo die Strömung des Nith sie rasch nach Osten trug, den fernen Wassern des mächtigen Argon und ihrem Schicksal entgegen.

Geschwind strömte der Nith seinem Ende entgegen, und das Boot eilte mit ihm in seinem Lauf. Von der Einstiegstelle bis zu den Vanil-Fällen waren es dennoch neunzig Meilen, und ehe die vier den Anlegeplatz erreichten, würde die Sonne untergehen. Deshalb wollten sie bei Sonnenuntergang ein Lager aufschlagen, da es in der Dunkelheit einer Neumondnacht zu gefährlich war, sich dem hohen Wasserfall zu nähern; diesen letzten Umstand hielt Tuck in seinem Tagebuch fest, zusammen mit der Bemerkung, dass Gildor die Verzögerung nur sehr ungern hinnahm, da das unbekannte Gefühl des Unheils, das den Elfen bedrückte, mit jedem Tag stärker geworden war. Aber Verzögerung oder nicht, wenn das Licht schwand, würden sie ihr Lager aufschlagen, da sie sonst Gefahr liefen, die Anlegestelle am Schiefen Stein zu verpassen und über die Wasserfälle getragen zu werden.

Und so kreuzte das wendige Gefährt den ganzen Tag durch die Schnellen, und Gildor, Galen und Brega saßen abwechselnd im Heck und lenkten das Boot, während Tuck zum Ufer schaute und in die Waldlandschaft spähte, die in dämmrigem Dunkel verschwand, oder dem Mahlen des klaren Wassers zusah. Manchmal kritzelte der Wurrling in sein Tagebuch, dann wieder döste er vor sich hin – Letzteres war der Fall, als sie schließlich an Land anlegten, denn das Knirschen des Bugs riss ihn aus einem leichten Schlaf.

Steifbeinig staksten sie am Ufer entlang: Brega sammelte Gestrüpp für ein Lagerfeuer, Tuck schichtete Steine zu einem Kreis für die Feuerstelle, Galen und Gildor zogen das Boot an Land. Bald war das Feuer mit Hilfe von Tucks Stahl und Stein entfacht, und sie nahmen ein kurzes Mahl ein. Bevor sie sich zur Ruhe legten, wurde kaum gesprochen, denn die lange Bootsfahrt hatte sie ermüdet. Als Tuck seine Wache antrat, fragte er sich, wie es ihnen ergehen würde, wenn sie den Argon erreichten, denn dann würden sie, von kurzen Pausen abgesehen, bis zur Argon-Fähre an der Pendwyrstraße im Boot bleiben und fast eine Woche lang kein Lager aufschlagen. Schon beim Gedanken an die Enge taten dem Wurrling die Beine weh.

Kurz vor dem Morgengrauen wurde Tuck von Fürst Gildor geweckt, der unruhig auf und ab lief und es kaum erwarten konnte, aufzubrechen. »Wenn wir jetzt losfahren, erreichen wir den Schiefen Stein unmittelbar nach Tagesanbruch«, sagte der Lian. Und so verschlangen sie, während sie das Lager abbauten, hästig ein Frühstück und bestiegen das Boot, als der Himmel im Osten die erste Blässe zeigte.

Das Gefährt der Elfen durchschnitt nun rasch die spritzenden Wogen, da der Nith schmaler wurde und schneller dem östlichen Dämmerlicht entgegenstrebte. Zwei Meilen fuhren sie, und nach noch einmal zwei drehte der Fluss nach Nordosten; durch das Laub der Greisenbäume beobachtete Tuck, wie sich der Himmel von Grau zu Rosa und Blau verfärbte. Und tief zwischen den dicken Stämmen erhaschte der Wurrling ab und zu einen Blick auf den leuchtend orangeroten Rand der Sonne am Horizont. Von ferne aber hörte Tuck ganz leise ein Grollen über dem Rauschen des Wassers.

»Dort vorn ist der Schiefe Stein!«, rief Gildor und streckte den Arm aus. »Rudert zum Südufer!« Und Galen paddelte kräftig, Gildors Führung folgend; es war jedoch Brega im Heck, dessen mächtige Schultern das Gefährt rasch in eine sichere Gegenströmung bugsierten, unter den Schatten eines großen Felsens in der Form eines Monoliths, der schief im Wasser stand und sich an das hohe Steinufer lehnte. Auf Gildors Anweisung lenkte Brega das Boot in den Einschnitt zwischen dem riesigen Fels und dem Hochufer. Und im trüben Licht glitt ihr Fahrzeug an seinen Anlegeplatz neben einem weiteren schlanken Elfenboot, das dort angeleint lag. Nachdem die vier ausgestiegen waren und ihr Gefährt ebenfalls vertäut hatten, gürteten sie ihre Waffen um, schulterten die Tornister und folgten einem steinigen Pfad nach oben ans Hochufer.

Rund eine Meile weit marschierten sie nach Osten, am Fluss entlang, bis sie schließlich zum Hohen Abbruch kamen, einer tausend Fuß hohen, senkrechten Felswand, über die der Nith in den Vanil-Fällen wild und ungehindert in einen ausgedehnten, schäumenden Strudel hinabstürzte, den man den Kessel nannte.

Tuck stand ergriffen am Rand des senkrechten Absturzes.

Weit konnte er schauen, weit über das Land unter ihm, und sein Blick folgte im Morgenlicht dieser massiven Flanke; rund sieben Meilen östlich gewahrte er einen weiteren Wasserfall, einen gewaltigen Katarakt, der die Wand des Hohen Abbruchs hinabstürzte, um in den Kessel zu donnern. Das war der mächtige Bellon, die Stelle, wo der große Fluss Argon über den Abbruch strömte. Hinter dem Kessel floss der Argon weiter nach Osten, fort von der Steilwand bis jenseits des Horizonts.

»Großer ...!«, stieß Tuck hervor. »Als uns die Ghule vom Quadra-Pass nach Süden jagten, da hielt ich die Steilwand, an die wir damals kamen, schon für gewaltig, aber verglichen mit dieser hier wirkt sie wie eine bessere Treppenstufe. Wie hoch ist diese Klippe und wie weit erstreckt sie sich ... wisst Ihr das?«

»Jawohl, Tuck«, antwortete Fürst Gildor. »An manchen Stellen misst sie zweihundert Faden vom oberen Rand bis unten, weiter östlich aber nimmt sie immer mehr ab, bis sie das Niveau des Flussufers erreicht. Hier vor Euch fällt die Wand eintausend Fuß senkrecht ab. Und was ihre Länge betrifft: Vom Grimmwall im Westen bis hierher, wo wir stehen, erstreckt sie sich über rund zweihundert Meilen, und nach Osten reicht sie noch einmal zweihundert Meilen und verläuft dort noch ein Stück entlang des Großwalds. Auf dieser Seite des Argon markiert der Hohe Abbruch die Grenze zwischen Darda Galion und Valon: Von hier oben nach Norden liegt das Land der Lian, von dort unten nach Süden das Land der Harlingar.«

»Und wie kommen wir nach unten?«, wollte Tuck wissen.

»Über die Lange Treppe ... dort drüben«, antwortete Gildor und deutete.

Tuck sah einen schmalen, steilen Pfad mit vielen Serpentinen, der neben den silbern glänzenden Vanil-Fällen die Felswand hinabführte.

Diesen Weg stiegen die vier einzeln hintereinander ab: Gildor voran, Brega als Letzter und dazwischen Tuck vor Galen. Es war ein langer Abstieg, und sie legten häufig Ruhepausen ein, denn sie stellten fest, dass es fast ebenso schwierig war, einen Steilhang hinabzuklettern wie hinauf. Und die ganze Zeit presste sich Tuck an die Wand, denn der Absturz war jäh und erschreckend. Je weiter sie nach unten kamen, desto lauter wurde das Tosen des Nith, der in den Kessel stürzte, und sie mussten sich gegenseitig ins Ohr schreien, um sich zu verständigen. Zuletzt aber wurde jegliche Unterhaltung unmöglich, als sie eine halbe Meile südlich der Stelle, wo die Vanil-Fälle in den schäumenden Strudel donnerten, den Fuß der Wand erreichten. Über der wirbelnden Gischt spielten Regenbögen.

Dann waren sie am Gestade des Kessels, und Gildor führte sie zu einer Gruppe von Weiden und zeigte auf ein dort verstecktes Elfenboot. Rasch stiegen sie ein, und Gildor dirigierte sie mit Handzeichen am Südufer entlang; mit mächtigen Ruderstößen trieben sie das Gefährt durch die tückischen Wirbel und den Sog der Rückströmung.

Rund eine Meile fuhren sie, dann konnten sie sich schreiend wieder verständigen, da das Donnern des Katarakts langsam hinter ihnen verklang. Doch vor ihnen hörte Tuck bereits das tiefe Grollen der Bellon-Fälle, obwohl diese noch etwa sechs Meilen entfernt waren.

Hurtig paddelten alle mit Ausnahme Tucks, und die Ufer des Kessels flogen nur so vorbei. Zwei Meilen rasten sie dahin, das Wasser wurde unruhiger und war voller Wirbel, und erneut war kein Wort mehr zu verstehen. Noch einmal zwei Meilen, und das unablässige Brüllen des Bellon hämmerte Tuck in den Ohren und ließ seine kleine Gestalt erbeben. Der Kessel begann nun das Boot hin und her zu drehen, aber das Geschick der drei Paddler hielt es auf Kurs. Nach einer weiteren Meile hatten sie die größte Annäherung an den gewaltigen Bellon erreicht, der rund drei Meilen nördlich in den Kessel rauschte, doch der hoch aufragende Bogen des senkrechten Abbruchs warf das Brüllen des mächtigen Wasserfalls zurück und über sie hinweg, und das tosende Donnern schüttelte Tuck durch, ließ seine Zähne aufeinander schlagen und raubte ihm jeglichen Gedanken. Die übrigen drei hielten das Gefährt hier nur mit größter Mühe auf einem geraden Kurs, denn das Wogen und Mahlen war heftig; doch weiter eilten sie, am Bellon vorbei.

Und im Vorüberfahren blinzelte Tuck mit tränenden Augen auf den großen Katarakt: Mehr als eine Meile breit war er und tausend Fuß hoch; doch während der Vanil-Fall silbern geglänzt hatte, wies der Bellon eine helle Jadetönung auf.

Sie fuhren langsam unterhalb der großen Fälle nach Osten, doch es dauerte lange, ehe das Lärmen nachzulassen begann, und noch immer kämpften sie mit den Wirbeln des Kessels. Mit jedem Stück, das sie zurücklegten, ebbte das Brüllen jedoch mehr ab und das Wasser wurde ruhiger, und schließlich ließ das Boot die Wirbel und Strudel hinter sich, denn nun kamen sie an die Stelle, wo der Argon sich wieder sammelte, um der fernen Avagon-See entgegenzufließen. Und als das Gefährt aus dem Kessel in die ruhigere Strömung glitt, wusste Tuck, dass nun ihre lange Reise den Argon hinab zur Fähre begann.

Hinter ihnen tobte der Bellon weiter, aber wenn die vier Kameraden die Stimme hoben, konnten sie sich nun wieder unterhalten.

»In der Châkka-Sprache nennen wir diesen großen Wasserfall den Ctor«, rief Brega. »In der Gemeinsprache heißt das ›der Schreier‹. Doch trotz dieses Namens hätte ich mir nie träumen lassen, dass seine Stimme derart laut ist.«

»Noch lauter schreit der Bellon für die Händler auf dem Argon«, meldete sich Galen zu Wort, »denn diese Flusskaufleute kommen seinem Gebrüll noch näher. Sie transportieren ihre Waren nämlich über die Obere Treppe – dort auf dem Hohen Abbruch – und kommen bis auf eine Meile an das Getöse heran. Es heißt, sie stopfen sich Bienenwachs in die Ohren, damit sie nicht taub werden.«

Tuck sah in die von Galen angezeigte Richtung. Unmittelbar östlich des Bellon wand sich ein zweiter Weg – ebenjene Obere Treppe – die Steilwand hinauf, eine Handelsstraße, die ein gutes Stück breiter war als der schmale Pfad, den sie an den Vanil-Fällen hinabgestiegen waren. Doch obwohl die Obere Treppe breiter war als die Lange Treppe, hätte Tuck nicht tauschen mögen, denn er konnte sich nicht vorstellen, dem Bellon noch näher zu kommen, und er hörte förmlich seine Mutter sagen: *Na, der könnte einen glatt in lauter Einzelteile rütteln!*

Nun begann die Reise den Großen Argon hinab: Nach Osten fuhren sie, den Hohen Abbruch entlang, der sich tausend Fuß hoch zu ihrer Linken erhob; zu ihrer Rechten lagen die grasbewachsenen Ebenen der Nördlichen Weite von Valon, und vor ihnen floss rasch der breite Argon, der größte Fluss Mithgars. Ihr Kurs würde über hunderte von Meilen einen Bogen von Osten nach Süden und schließlich zurück nach Südwesten schlagen; ihr fernes Ziel war die Pendwyrstraße an der Argon-Fähre, eine Strecke von rund siebenhundertfünfzig Meilen auf dem Fluss. Und dort hofften sie den Übergang in Freundeshand vorzufinden, dazu Rösser und Führer, die sie zum Heer brachten.

Den ganzen Tag befuhren sie den Fluss und hielten nur einmal kurz bei Sonnenuntergang am Südufer. Doch sobald sie ihre Bedürfnisse befriedigt hatten, ließen sie ihr Gefährt wieder zu Wasser und ruderten in die schnelle Strömung in der Flussmitte hinaus. Tuck war dabei nun behilflich, denn zuvor hatte Brega mit dem Langmesser ein Paddel so zurechtgeschnitten, dass es der Wurrling handhaben konnte, und dem Jungbokker gezeigt, wie man damit geradeaus ruderte.

Die Abenddämmerung ging in dunkle Nacht über, und Sterne funkelten hell am Firmament, während die verdunkelte

Kugel eines alten Mondes in der silbernen Klammer einer dünnen Neumondsichel langsam im Westen versank. Brega schien wie verzaubert von dem sternenübersäten Himmel und zeigte zu einem der hellsten Lichtpunkte hoch im Osten.

»Habt Ihr einen Namen für diesen Stern, Fürst Gildor?« In der Stimme des Zwergs schwang Ehrerbietung für die himmlischen Leuchtfeuer.

»Die Lian nennen ihn Cianin Andele, den Glänzenden Nomaden«, antwortete Gildor, »denn er ist einer der fünf Wandersterne; manchmal jedoch hält er inne und geht anschließend rückwärts, nur um dann erneut einzuhalten und seinen periodischen Lauf wieder von vorn zu beginnen. Warum er das tut, weiß ich nicht, in den alten Geschichten ist jedoch von einem verlorenen Schuh die Rede.«

Brega brummte und sagte dann: »Die Überlieferung der Châkka erzählt von vielen Wanderern, manche zu schwach, als dass man sie sehen könnte. Fünf sind bekannt, darunter dieser, und er ist der hellste. Wir nennen ihn Jarak, den Jäger.«

»Ist er der hellste Stern von allen?«, fragte Tuck und sah zu ihm hinauf.

»Ja«, antwortete Brega.

»Nein«, sagte Gildor fast gleichzeitig.

Tuck schaute von einem zum anderen, konnte jedoch im Dunkeln nichts in ihren Gesichtern lesen. »Was denn nun?«, bohrte er nach. »Ja oder nein?«

»Beide Antworten sind richtig«, erwiderte Gildor, »denn Cianen Andele ist zwar normalerweise der hellste, aber manchmal werden andere heller; in alter Zeit überstrahlte der Bannstern für eine Weile alle anderen, aber nun ist er verschwunden.«

»Der Bannstern?« Tucks Stimme klang neugierig.

»Ja, kleiner Freund«, entgegnete Gildor. »Als Adon seinen Bann über die *Rûpt* verhängte, erleuchtete ein neuer Stern den Himmel, wo zuvor keiner gewesen war, und er wurde so hell, dass er beinahe der Sonne Konkurrenz machte: Nicht nur überstrahlte er den späten Nachthimmel, er war auch noch am Morgen zu sehen. Er wuchs zu solcher Blendkraft heran, dass es schwer fiel, ihn anzusehen, denn er tat den Augen weh. Viele lange Nächte schien der Bannstern und wurde immer heller, bis er schließlich wieder verblasste und zuletzt ganz verschwand, worauf sein Platz am Nachthimmel schwarz und leer war wie zuvor. Und durch dieses Zeichen verhängte Adon seinen Bann über alle, die Gyphon im Großen Krieg unterstützt hatten.«

»Hoi, ein heller neuer Stern!«, stieß Tuck hervor. »Und einer, der noch dazu wieder verschwand. Das muss ein prächtiger Anblick gewesen sein, so wundersam wie der Drachenstern vielleicht.«

Bei der Erwähnung des Drachensterns trat ein bisher nie gesehener Ausdruck von Verwirrung in Gildors Züge, als würde er nach einer flüchtigen Erinnerung tasten.

Brega zeigte zur silbernen Sichel des untergehenden Mondes. »Ich glaube, das wundersamste Ereignis ist, wenn der Mond die Sonne frisst, wenn er sie von einer Seite her verschlingt, um sie auf der anderen wieder auszuspucken.«

Wiederum schien Fürst Gildor in seinem Gedächtnis nach einer verlorenen Erinnerung zu suchen.

»Wann wird das geschehen?«, fragte Tuck.

Brega zuckte mit den Schultern. »Vielleicht weiß es Elf Gildor.«

Tuck wandte sich an den Lian. »Wisst Ihr es, Fürst Gildor? Wisst Ihr, wann der Mond das nächste Mal die Sonne frisst?«

Gildor überlegte nur kurz, und dann antwortete er, und niemand zweifelte an seiner Aussage, denn das Volk der Elfen ist kundig in den Bewegungen von Sonne, Mond und Sternen. »Aro! Das wird ja schon in achtundzwanzig Tagen der Fall sein, Tuck! Hier unten wird der Mond die Sonne aber nicht ganz verschlucken; oben im Norden jedoch, in Rian, Gron und den Steppen von Jord, wird der Mond die Sonne vollständig verschlingen und sie viele Minuten lang in sich behalten, ehe er sie wieder freigibt.«

»Hoi!«, rief Tuck erneut aus. »Wenn das geschieht, dann wird dort im Dusterschlund, in der Ödnis von Gron, der schwärzeste Tag überhaupt herrschen.«

»Ja, Tuck der schwärzeste ...« Plötzlich verstummte Fürst Gildor, denn nun endlich hatte er die flüchtige Erinnerung zu fassen bekommen, eine Erinnerung, die in der Trauer und dem Entsetzen über Vanidors Tod verschüttet worden war. Er holte tief Luft und sagte dann mit ruhiger Stimme: »König Galen, wir müssen uns mit aller Eile, zu der wir fähig sind, zum Heer begeben, denn ein unbekanntes Verhängnis steht bevor. Ich kann nicht sagen, was es ist, ich weiß nur, es wird kommen. Denn als Vanidor seinen Todesschrei zu mir sandte, rief er meinen Namen, und in diesem fürchterlichen Augenblick wurde mir eine grausame Prophezeiung offenbar:

Der schwärzeste Tag,
das größte Übel ...

Vanidor starb mit dieser Warnung, aber ich vermute, seine Botschaft war unvollständig, denn ich fühle, da war noch etwas – über den Drachenstern und den Dusterschlund. Ich weiß jedoch nicht, was es genau war, denn danach löschte der Tod das Lebenslicht meines Bruders.«

Gildor verstummte, und lange Zeit sprach niemand ein Wort. Tuck konnte zwar das Gesicht des Lian nicht sehen, doch er wusste, dass der Elf weinte, und auch er selbst ließ seinen Tränen freien Lauf.

Dann war erneut die leise Stimme Gildors zu vernehmen. »Ich denke nun, dass Vanidors Prophezeiung von dem Tag handelt, da der Mond die Sonne frisst, denn Tucks Worte klingen wahr: Es wird in Gron tatsächlich der schwärzeste Tag sein, und dann wird das größte Übel eintreten.«

Wieder verstummte Gildor, und eine ganze Weile sprach auch keiner der andern. Das Elfenboot wurde auf dem Argon entlanggetragen, die flachen Ufer duckten sich dunkel im Abstand von beinahe einer Meile zu beiden Seiten. Und im Norden zeichnete sich der Hohe Abbruch schwärzlich im funkelnden Sternenlicht ab.

Schließlich ergriff Galen das Wort: »Und Ihr sagt, der Sonnentod ist nur noch zweimal vierzehn Tage entfernt?«

Tuck schauderte bei Galens Worten, denn sie brachten ihm das Bild von Modrus Standarte vor Augen: ein brennender Ring, Scharlachrot auf Schwarz – der Sonnentod. Und die Gedanken des Wurrlings kehrten zu jenem Dunkeltag auf dem Feld vor dem Nordtor der Feste Challerain zurück, als Modrus Zeichen des Sonnentods über der zerbrochenen rot-goldenen Standarte von König Aurion aufragte.

Gildors Antwort unterbrach Tucks Überlegungen. »Ja, mein König. Wenn in vier Wochen die Sonne im Zenit steht, wird ihr Licht verfinstert werden, und es wird der schwärzeste Tag herrschen.«

»Und dann wird das größte Übel kommen«, grollte Brega. »Vielleicht haben die Hyranier und Kistanier Recht: Vielleicht sprach Vanidors Warnung davon, dass der Große Böse, Gyphon selbst, zurückkehrt, um Adon zu unterwerfen.«

Tuck sank der Mut bei Bregas Worten, und Gildor sog pfeifend die Luft durch die Zähne, denn was der Zwerg gesagt hatte, klang wahr.

»Ihr könntet Recht haben, Krieger Brega«, sagte Galen. »Auf jeden Fall werden wir Fürst Gildors Rat befolgen und so rasch wie möglich zum Heer eilen; wie wir allerdings Modru am schwärzesten Tag trotzen sollen, vermag ich jetzt noch nicht zu sagen, denn wir wissen nicht wirklich, was Vanidors

Prophezeiung bedeutet. Doch wenn wir schnell sein wollen, müssen wir unsere eigene Geschwindigkeit der des Flusses hinzufügen; wir werden uns also abwechseln: zwei von uns paddeln, während die andern beiden ausruhen – jeweils vier Stunden lang – bis wir unser Ziel erreicht haben.«

»Tuck und ich übernehmen die erste Schicht«, meldete sich Brega freiwillig.

Es überraschte Tuck, dass sich Brega für ihn als Partner entschied, denn der Bokker wusste, er war seinen Gefährten an Kraft und Geschick nicht ebenbürtig, am wenigsten Brega. Aber Tuck war sich auch darüber im Klaren, dass Bregas Ruderleistung alleine fast der von Galen und Gildor zusammen entsprach, und deshalb sollte es das Gespann aus Zwerg und Wurrling mit dem aus Mensch und Elf aufnehmen können.

»Übernimm den Bug, Tuck,«, rief Brega, »ich nehme das Heck. König Galen, Fürst Gildor, wir werden Euch in vier Stunden wecken.«

Und so kam es, dass sich Galen und Gildor zur Ruhe legten, während Tuck und Brega die Ruder ins Wasser des mächtigen Argon tauchten, und das Elfenboot schoss geschwind in der Strömung dahin. Das Rennen zur Argon-Fähre hatte begonnen.

Lange, anstrengende Stunden der Plackerei folgten, in denen erst Zwerg und Wurrling, dann Lian und Mensch das Gefährt den mächtigen Argon hinabsteuerten. Auf vier Stunden kräftezehrender Arbeit folgten vier Stunden unruhiger Schlummer; und jedes Mal schien es Tuck, als sei er kaum eingeschlafen, wenn es wieder Zeit war, zu paddeln ... Wenn sie aufwachten, nahmen sie ein wenig *Mian* zu sich, dann begann die Schufterei von vorn; der Wurrling fragte sich, ob ihre Lebensmittel reichen würden, denn sie verschlangen die Wegzehrung der Elfen gierig, um ihre schwindenden Kräfte zu erhalten.

Und sie ließen keinen Kunstgriff aus, um sich die harte Arbeit ein wenig zu erleichtern: Sie suchten die schnellsten Strömungskanäle aus und stellten das Boot leicht quer, um mehr Unterstützung vom Fluss selbst zu erhalten, aber Tuck hatte dennoch das Gefühl, als würden die Ufer nervtötend langsam vorüberziehen; sie rieben sich die Hände mit Öl ein, damit die Paddel weniger scheuerten, holten sich aber trotzdem schmerzvolle Blasen; sie ruhten jede Stunde zehn Minuten, um ihre nachlassende Energie zu erneuern, die sie dennoch mehr und mehr verließ; sie hielten vielleicht eine halbe Stunde jeden Abend und jeden Morgen, um sich zu strecken und andere Bedürfnisse zu befriedigen, und dennoch schmerzten ihre verspannten Muskeln, und ihre Glieder wurden steif von der Enge im Boot. Doch wie wund und müde, verkrampft und von Blasen geplagt sie auch waren, sie ruderten unverdrossen ihrem Ziel entgegen.

Zur Mitte der ersten Nacht passierten sie eine namenlose Insel im Fluss. Hinter den Bäumen des Auenwaldes am Ufer erhob sich im Nordosten der Hohe Abbruch, während im Süden und Westen jenseits von Insel, Fluss und Waldsaum das ausgedehnte Reich von Valon lag. Galen und Gildor wurden nun für ihre Schicht geweckt, während sich Brega und Tuck auf den Boden des Gefährts fallen ließen, um den ersehnten Schlaf zu suchen. Doch kaum schien sich Tuck niedergelegt zu haben, musste er auch schon mühsam wieder wach werden, um erneut zu rudern, und noch immer standen die Sterne am Himmel.

Und während Tuck und Brega den Fluss hinabsteuerten, brach der Morgen an, und durch die Uferbäume hindurch sahen sie, dass der Hohe Abbruch allmählich flacher wurde und die Felswand zum abfallenden Land nach Süden und Osten hin auslief. Der Himmel veränderte sich langsam und kündete das Erscheinen der Sonne an. Schließlich stieg die goldene Kugel über den Großwald im Osten; dieser riesige Wald erstreckte sich vom Fluss Rissanin weit im Nordwesten bis zu den Glave-Hügeln im Südosten – rund sechs- bis siebenhundert Meilen weit. Und die Bäumen standen kahl und grau im Winterkleid.

Sie setzten das Boot am Westufer an Land und hielten ihre morgendliche Rast auf dem Boden von Valon.

Als sie weiterfuhren, schliefen Tuck und Brega, während Galen und Gildor den Fluss hinabhetzten, und als die Reihe wieder an Tuck war, stand die Sonne im Zenit.

Am Abend hielten sie vor Sonnenuntergang wieder am Ufer an, und der Wurrling schrieb kurz in sein Tagebuch. Dann wurde es Zeit, die Reise fortzusetzen, und Tuck fragte sich, ob ihre Kräfte bis zur Argon-Fähre reichen würden.

Und als sie ins Boot stiegen, sagte Gildor: »Sieht aus, als würde das Wetter schlecht. Wir sollten uns auf Regen oder Schnee gefasst machen.«

Tuck schaute umher, doch der spätnachmittägliche Himmel schien bis auf einige dünne Wolkenschleier klar zu sein.

Brega beobachtete, wie sich der Wurrling umblickte, und brummte: »Schau nach Westen, wie das Wetter wird, und nach Osten, wie es war.«

Auf diesem Flussabschnitt standen nur vereinzelt Bäume am Ufer, und Tuck sah über die Ebenen von Valon hinweg, wo tief am Horizont ein dunkle Wolkenbank dräute, hinter der die Sonne zum Teil bereits versunken war.

In dieser Nacht fiel ein kalter Nieselregen, und Tuck fühlte sich erbärmlich, solange er und Brega paddelten, aber noch viel elender war ihm, als er zu schlafen versuchte.

Der Regen hörte genau in dem Moment auf, als sie zu ihrer Morgenrast an der Nordspitze einer Insel mitten im Fluss landeten, und anstatt weiter zu schöpfen, zogen sie das Boot ans Ufer und drehten es um, damit das letzte Regenwasser herauslief. Als Galen und Brega das Gefährt wieder aufstellten, ließ Tuck den Blick über den Horizont schweifen: So weit das Auge reichte, war der Himmel trüb und bleigrau. Im Osten erhoben sich die Glave-Hügel, die das Ende des Großwalds und die Grenze zu Pellar anzeigten. Im Westen lag immer noch Valon, aber sie hatten viele Meilen entlang seiner Grenze zurückgelegt: Rund vierhundertfünfzig Meilen flussaufwärts waren sie aufgebrochen und die Nördliche Weite Valons entlanggefahren. In einem weiten Bogen verlief der Argon von Ost über Südost nach Süd, und aus der Nördlichen Weite wurde die Östliche Weite; im weiteren Verlauf würde der Argon seinen Bogen fortsetzen und zwischen der Südlichen Weite von Valon und dem Königreich Pellar in südwestlicher Richtung fließen, wo dann noch einmal dreihundertfünfzig Meilen voraus die Argon-Fähre lag. Seit Verlassen des Kessels hatten sie bereits mehr als die halbe Wegstrecke zu ihrem Ziel zurückgelegt, aber es war noch immer ein gutes Stück den Fluss hinab.

Einmal mehr legten sie ab, und Westwind kam auf, der ihnen quer vor den Bug blies, was Brega zum Fluchen veranlasste, denn die schneidenden Böen würden ihre Fahrt bremsen.

Eine Stunde vor Mitternacht begann sich der Wind zu legen, die Sterne kamen heraus, strahlend und kalt an einem zunehmend klaren Himmel.

Während der Morgenrast des vierten Tages auf dem Argon konnten die Reisenden kaum mehr auf den Beinen stehen, denn die lange Zeit in der Enge des Boots hatte ihren Tribut gefordert. Sie verweilten dennoch nicht allzu lange auf der Pellarseite des Flusses, denn wie Galen sagte: »Wenn diese endlose Reise noch länger dauern würde, dann würden wir einen Tag an Land verbringen und uns ausruhen. Aber heute müsste unser letzter Tag in dem engen Gefährt sein; am Abend dürften wir die Argon-Fähre erreichen.«

Brega brummte und tätschelte die Bordwand des Boots. »Das ist das prächtigste Gefährt, das ich je gelenkt habe, und doch werde ich froh sein, es hinter mir zu lassen – sonst könnte ich meine Beine am Ende nie mehr ausstrecken.«

Obwohl Brega der Gedanke, dass sie das Boot bald verlassen würden, keine Sorgen zu bereiten schien, pochte Tuck heftig das Herz bei Galens Worten, denn sie wussten nicht, was sie an der Argon-Fähre erwartete: Würden sie von Freund oder Feind empfangen werden?

Wieder fuhren sie auf den Fluss hinaus, der nun breiter und langsamer floss, in langen, sanften Kurven. Im Süden und Westen lag Pellar, im Norden und Osten die Südliche Weite Valons. Über ihnen erhob sich blau das Himmelsgewölbe, und die aufsteigende Sonne erwärmte die Luft. Kein Hauch regte sich, nur der Fahrtwind kräuselte Tucks Haar. Und das Eintauchen, Ziehen und Wiederauftauchen der beiden Paddel von Galen und Gildor hatte den erschöpften Wurrling bald eingeschläfert.

Am Ende der Rast am späten Nachmittag verkündete Galen, ehe sie das Boot zu Wasser ließen: »Wir bleiben jetzt alle wach, denn bis zur Fähre sind es nur mehr zwei, drei Stunden. Wir müssen uns vorsichtig nähern und auf der Hut sein, denn der Übergang an der Pendwyrstraße ist für Freund und Feind gleichermaßen von Bedeutung. Wir können Verbündete dort vorfinden oder das Heer; doch auch Modrus Lakaien aus Hyree und Kistan könnten die Fähre kontrollieren.«

Wieder stiegen sie ins Boot, und nun paddelten alle vier: Gildor vorn am Bug, dahinter Tuck und Galen, und Brega im Heck, wo am meisten Kraft und Geschick gefordert waren, sollten sie rasch wenden und enteilen müssen.

Eine Stunde verging, eine zweite, die Sonne versank und Dunkelheit brach herein, und die Ufer des Argon glitten als schwarze Schatten vorüber. Noch eine Stunde verstrich, und *psst!* – voraus waren Lichter zu sehen, an beiden Ufern und mitten im Fluss: Es war die Fähre!

»König Galen, Tuck, holt leise Eure Paddel ins Boot«, flüsterte Brega. »Elf Gildor, führt alle Rückschläge unter Wasser aus, damit uns kein Spritzen oder Platschen verrät.«

Vorsichtig holten Galen und Tuck ihre Paddel an Bord, hielten sie aber für den Notfall bereit. Tuck griff außerdem zu seinem Bogen und legte einen Pfeil an die Sehne, da er mehr bewirken würde, wenn er sie verteidigte, als wenn er paddelte, falls sie fliehen mussten.

Nun hörten sie entfernt die Rufe von Männern und das Klirren von Rüstungen übers Wasser hallen, denn eine große Überfahrt war im Gange; ob die Worte jedoch in der Gemeinsprache oder der Sprache der Südlinge geäußert wurden, konnten sie nicht feststellen.

Im Schatten des Westufers glitt das Elfengefährt dahin, und Brega und Gildor handhabten ihre Paddel so, dass sie diese nicht aus dem Wasser zogen, um zu einem neuen Schlag auszuholen, sondern das Blatt mit der Schmalseite voran unter Wasser zurückzogen, bevor sie es wieder quer stellten, um anzuschieben; kein Spritzen oder Platschen verriet sie.

Doch noch stand der Mond im ersten Viertel am Himmel, und durch eine Lücke in den Uferbäumen fielen seine Strahlen schräg auf die vier Kameraden herab; und als Tuck gerade wünschte, sie könnten bereits wieder ins Dunkel ein Stück weiter voraustauchen, ertönte hoch über ihnen eine bellende Stimme: *»Halt! Wer fährt in diesem Boot dort unten, Freunde des Königs oder der Abschaum Modrus?«*

Tuck wirbelte herum, und auf dem Ufer über ihnen stand eine Reihe berittener Krieger mit Kettenhemden und Stahlhelmen, die mit Rabenschwingen und Pferdehaar verziert waren; und sie hielten gespannte Bögen in den Händen, bereit, Tod auf die vier herabregnen zu lassen.

»Hál, Vanadurin!«, rief Galen. »Wir sind Freunde!«

Tuck sank mit dem Rücken gegen eine Ruderbank und ließ den angelegten Pfeil aus den Fingern gleiten. Erleichterung durchflutete ihn, denn es waren die Harlingar – die Reiter Valons –, die sie entdeckt hatten. Sie befanden sich unter Freunden.

Die Bögen der Berittenen wurden jedoch nicht gesenkt, und die Stimme bellte erneut: »Wenn Ihr Freunde des Königs seid, dann legt an und steigt aus!«

Brega und Gildor paddelten rasch zu einer Anlegestelle, dann zogen die vier das Boot an Land und kletterten die Uferböschung hinauf, wo sie von den Reitern des Valonischen Reiches umringt wurden.

»Vorsicht!«, sagte der Hauptmann der Reiter. »Kommt nicht näher, denn zwei von euch sind klein und gedrungen – so ähnlich wie Rutcha – allerdings weiß ich nicht, wieso ihr dann so weit entfernt vom Dusterschlund seid.«

Brega packte seine Axt Drakkalan, und ehe ein anderer sprechen konnte, stieß er mit zorniger Stimme hervor: »Gedrungen? Rutch? Ich bin kein Ükh! Sagt das noch einmal, wenn Ihr Euren Kopf los sein wollt.«

»Ein Zwerg«, knurrte der Hauptmann. »Ich hätte es wissen müssen. Aber was ist mit dem anderen? Der ist kein Zwerg. Bringt ihr ein Kind mit in dieses vom Krieg zerrissene Land?«

Bevor Tuck etwas sagen konnte, trat Galen vor und sagte zum Erstaunen der Harlingar: »Hauptmann, ich bin Galen, der Sohn von König Aurion, und das sind meine Kameraden: Krieger Brega, Zwerg aus den Roten Bergen; Fürst Gildor, Elf und Wächter Lians aus dem Ardental; und der Wurrling Tuck Sunderbank, Dorngänger aus den Sieben Tälern.«

Der Hauptmann der Reiter gab seinen Männern ein Zeichen, worauf diese Pfeil und Bogen sinken ließen, denn sie erkannten nun im Schein des Mondes, dass ihnen keine Feinde gegenüberstanden; im Gegenteil, wenn das Gesagte zutraf, dann blickten sie nicht nur auf Mensch, Elf und Zwerg, sondern auch auf einen Angehörigen des sagenumwobenen *Waldfolks*.

»Hauptmann«, sagte Galen, »jeder könnte sich als Sohn Aurions ausgeben, wie ich es getan habe, aber führt mich zu Eurem Befehlshaber, und ich werde meine Worte beweisen. Und ich bringe wichtige Nachrichten.«

Und so geschah es, dass zwei Harlingar vom Pferd stiegen und sich dem Boot zuwandten, während sie ihre Rösser Galen und Gildor überließen. Mann und Elf sprangen auf die Pferde, und Tuck und Brega kletterten hinter sie. Dann ritten sie im Galopp zum Lager der Vanadurin am Westufer des Argon.

»Ihr habt mir die rote Augenklappe gezeigt und Eure Geschichte erzählt, und ich bin geneigt, Euch zu glauben, und sei es nur, weil Ihr einen Elfen und einen Waldan an Eurer Seite habt.« *Hmph!*, schnaubte Brega bei den Worten des valonischen Marschalls. »Und natürlich auch einen Zwerg«, fügte der Mann lächelnd hinzu. »Doch ich wäre nicht der Kommandant, der ich bin, würde ich Dinge, die man mir erzählt, nicht überprüfen, wenn mir die Mittel dazu gegeben sind. Und gerade in diesem Augenblick setzt jemand mit der Fähre über, der Eure Aussagen stützen kann: Es ist Reggian, der Haushofmeister von Pendwyr, wenn der Hof in die Feste Challerain verlegt ist.«

Der Sprecher war Reichsmarschall Ubrik von Valon. Er war ein Mann in mittleren Jahren, doch von rüstiger Statur und mit strahlendem Blick. Bekleidet war er mit einem Kettenpanzer und einem Vlies über dem Rumpf; dazu trug er schwarze Hosen und weiche Lederstiefel. Sein Haar hatte die Farbe von dunklem Honig, mit Silber durchsetzt. Er war glatt rasiert, und seine Augen leuchteten blau.

Die vier saßen im Zelt des valonischen Reichsmarschalls, in das man sie geführt hatte, während draußen die Überfahrt einer Armee auf dem Rückzug vom östlichen Ufer auf das westliche fortdauerte. Und die Zeit verstrich in Schweigen, während sie auf den königlichen Haushofmeister Reggian warteten.

Endlich hörte man die Schritte einer Wachmannschaft, und ein silberhaariger Krieger mit sorgenzerfurchtem Gesicht betrat das Zelt.

»Reggian«, sagte Galen leise.

Der ältere Krieger drehte sich zu Galen um. »Mein Prinz!«, rief er aus und beugte ein Knie, den Helm unter dem Arm.

»Nein, Reggian, ich bin kein Prinz mehr«, erwiderte Galen. »Mein Vater ist tot.«

»König Aurion tot?« Reggian riss die Augen weit auf. »Ach, welch bittere Nachricht!« Dann sank der Krieger auf beide Knie, und nun kniete auch Ubrik nieder. »König Galen«, sagte Reggian, »mein Schwert gehorcht Eurem Befehl, wenngleich Ihr mich als Haushofmeister vielleicht ersetzen wollt, denn Caer Pendwyr ist an Modru gefallen, und seine Lakaien marschieren nun durch Pellar.«

Bis tief in die Nacht sprachen Galen und seine Kameraden mit Reggian und Ubrik. Und die Neuigkeiten vom Krieg im Süden waren ebenso furchtbar wie jene aus dem Norden:

Die Seeräuber aus Kistan waren in die Bucht von Pendwyr gesegelt und hatten eine große Streitmacht von Hyraniern auf der Insel Caer Pendwyr abgesetzt. Lange hatte die Festung dem Angriff standgehalten, doch zuletzt war sie gefallen. Das Heer von Caer hatte sich auf der Pendwyrstraße nach Nordwesten zu den Fiandünen zurückgezogen. Wieder folgten lange Gefechte mit den Lakh von Hyree, aber der Feind war zahlenmäßig weit überlegen, und nun zogen sich die Pellarier über den Argon zurück.

Im Westen war Hoven dem Feind in die Hände gefallen, doch immerhin konnte er in den Brinhöhen, der Grenze zwischen Hoven und Jugo, zum Stehen gebracht werden.

Im Nordwesten hielt eine Armee der Hyranier die Gûnarring-Schlucht; diese Truppe war bereits zu Beginn des Krieges geschwind und heimlich zur Schlucht marschiert, um sie zu besetzen, bevor Modrus Plan bekannt wurde. Noch immer aber kämpften die Vanadurin darum, diesen entscheidenden Durchgang zu befreien.

»Was ist mit den Châkka?«, fragte Brega. »Wo kämpft das Volk aus den Roten Bergen?«

»In den Brinhöhen«, antwortete Ubrik. »Ohne sie wäre auch Jugo inzwischen gefallen.«

»Und wie steht es mit der Flotte von Arbalin?«, wollte Galen wissen.

»Sie liegt in der Thell-Bucht versteckt und bereitet sich auf einen Schlag gegen die Seeräuber vor«, antwortete Reggian. »Wenn sie trotz ihrer zahlenmäßigen Unterlegenheit die kistanische Flotte in der Pendwyrbucht festhalten kann, ist diese andernorts nicht mehr einsetzbar. Aber die Arbaliner brauchen noch drei, vielleicht vier Wochen, bis sie so weit sind.«

»Pah!«, rief Brega. »In vier Wochen – weniger sogar – wird der schwärzeste Tag bereits gekommen sein. Und dann ist es vielleicht zu spät.«

Ubrik und Reggian schüttelten den Kopf, denn man hatte ihnen von Vanidors Prophezeiung erzählt, und sie war bitter.

»Modru zerquetscht uns langsam in seiner Umklammerung«, sagte Reggian. »Wie eine ...«

»Schlange!«, schrie Brega und sprang auf. »So hat es Eiron vom Lerchenwald gesagt. Und hört nun, denn ich sage dieses: Modru ist nur Gyphons Diener, und vielleicht bereitet sich der Große Böse tatsächlich darauf vor, am schwärzesten Tag zurückzukehren. Und zu diesem Zweck legen sich die Schlingen von Modrus Lakaien immer enger um uns, wie die Windungen einer Riesenschlange, die ihre Opfer zerdrückt. Aber das eine weiß ich auch: Schneid einer Schlange den Kopf ab, und der Körper stirbt – er wird um sich schlagen, keine Frage, und kann großen Schaden verursachen, aber sterben wird er doch.« Brega schwang seine Axt Drakkalan. »Lasst uns Modru angreifen! Schlagen wir dieser Schlange den Kopf ab!« Drakkalan zischte durch die Luft und sauste in ein Holzscheit, dass die Späne flogen.

»Aber Zwerg Brega!«, rief Reggian. »Gron und der Eiserne Turm liegen weit im Norden, rund dreizehn-, vierzehnhundert Meilen zu Pferd. Wir können vor dem nächsten Neumond keine Armee dorthin schaffen.«

»Die Harlingar könnten früher dort sein«, sagte Ubrik nach einem kurzen Augenblick. »Zwar wären die Pferde dann völlig erschöpft, aber wir könnten dieses Land – Modrus Festung – vor dem schwärzesten Tag erreichen.«

»Das ist aber nur machbar, wenn Ihr den Weg durch die Gûnarring-Schlucht nehmen könnt«, gab Gildor zu bedenken. »Und die wird vom Feind gehalten.«

»Vielleicht, vielleicht auch nicht«, entgegnete Ubrik. »Noch kämpfen die Vanadurin darum, sie zu befreien.«

»Was ist mit dem Übergang?«, fragte Tuck. »Der Weg, den nur die Zwerge kennen. Können wir nicht den nehmen und die Schlucht umgehen?«

»Nein, Tuck«, antwortete Brega. »Denn auf diesem Geheimweg liegt ein langer, niedriger Tunnel, der nur für Zwerge und Ponys geeignet ist. Schon ein Mensch müsste gebückt gehen, und ein Pferd käme niemals durch. Nein, durch die Gûnarring-Schlucht oder gar nicht.«

»Aber können wir denn gegen Modru selbst kämpfen?«, fragte Tuck.

Es war Gildor, der die Antwort gab: »Nein, das können wir nicht. Aber haben wir eine andere Wahl?«

Und so wurde nach langem Hin und Her beschlossen, dass Ubrik, Galen, Gildor, Brega und Tuck zur Gûnarring-Schlucht reiten würden. Sie würden zusätzliche Pferde mitnehmen und die Tiere wechseln, um sie auf dem langen Vorstoß zu schonen. In der Garnison am Nordrand der Roten Berge würden sie neue Pferde erhalten, mit denen das Rennen zur Schlucht weiterging. Sollte die Schlucht frei sein, würden sie die dort stehenden Vanadurin für den Ritt nach Gron, zum Eisernen Turm, anwerben. Und auch wenn sie nicht glaubten, Modru besiegen zu können, so würde sich ihr kühner Zug bereits lohnen, wenn es ihnen gelang, seine Festung zu stürmen und seine Pläne durcheinander zu bringen, vielleicht sogar Gyphons Rückkehr zu verhindern, falls das tatsächlich sein Ziel war; dafür würden sie selbst ihren Tod in Kauf nehmen.

Reggian würde weiterhin die Verbündeten im Süden befehligen, denn der Haushofmeister hatte klug und tapfer gekämpft, auch wenn er sich im Augenblick auf dem Rückzug befand; über die Proteste des Haushofmeisters hatte sich Galen hinweggesetzt: »Der Krieg ist erst mit der letzten Schlacht zu Ende. Denkt an die Legenden vom Großen Bannkrieg: Auch damals waren die Verbündeten in großer Bedrängnis, doch am Ende siegten sie. Keiner hätte mehr tun können als Ihr, Reggian, und viele hätten weniger getan. Ihr seid der Haushofmeister ... nun handelt danach.«

Und der silberhaarige Krieger nahm Haltung an und schlug die geballte Faust ans Herz.

Im Morgengrauen bereiteten sich Galen, Gildor, Tuck, Brega und Ubrik zum Aufbruch vor. Zehn Pferde hatten sie: fünf, auf denen sie jeweils ritten, während die anderen fünf an langen Leinen mitgeführt wurden – frische Tiere für die Aufgabe, die Reiter nach Norden zu tragen. Bei zweien der Pferde hatte man die Steigbügel für Zwerg und Wurrling verkürzt, und die beiden wurden auf die Rösser gehoben. Doch weder Tuck noch Brega lenkten ihr Reittier selbst; vielmehr hielten sie sich an der hohen Vorderpausche fest, während Galen und Gildor sie führten. Und Bregas Knöchel waren weiß, so angestrengt klammerte er sich fest, denn schon wieder musste er auf einem *Pferd* sitzen!

Wortlos salutierte Galen Reggian, die anderen taten es ihm gleich, und dann begann der schnelle Ritt zur Gûnarring-Schlucht.

Auf der Pendwyrstraße jagten die Pferde nach Nordwesten, fünf trugen Gewicht, fünf liefen ohne Last; sie variierten Tempo und Gangart, wie es die valonischen Reiter bei langen Ritten zu tun pflegten, und die Meilen flogen unter ihren Hufen dahin. Alle zwei Stunden wechselten die Reiter die Pferde, ab und an hielten sie, um die Beine auszustrecken, die Pferde zu füttern oder Wasser aus den Bächen zu schöpfen, die aus den noch fernen Roten Bergen flossen.

Bis spät in den Abend ritten sie, und als sie endlich hielten, war es beinahe Mitternacht. Sie hatten rund hundertzwanzig Meilen zurückgelegt. Doch ehe die Reiter zum Schlafen auf den Boden sanken, rieben sie die Pferde trocken und gaben ihnen Getreide und Wasser.

Bereits in der Morgendämmerung des folgenden Tages brachen sie erneut auf. Tuck war über alle Maßen müde, und er fragte sich, ob die Pferde das Tempo wohl halten konnten; doch die Rösser behaupteten sich gut, denn sie rannten zwar schnell und weit, doch dafür hatten sie die Hälfte der Zeit keine Last zu tragen. Die Reiter waren es, die schwer unter der Reise litten, denn vier von ihnen hatten Tage in einem engen Boot verbracht, und der fünfte war müde von aufreibenden Gefechten.

Doch sie strebten weiter, auf der Pendwyrstraße nach Nordwesten, und jagten nun an den niedrigeren Hängen der Roten Berge entlang, Bregas Heimat. Hoch erhoben sie sich zu ihrer Linken; sie begannen unweit des Argon aufzuragen und erstreckten sich rund zweihundert Meilen weit nach Nordwesten, ehe sie im flachen Grasland ausliefen. Auf einer Seite lag Valon, auf der anderen Jugo. Und der Stein der Gebirgskette hatte einen rötlichen Ton, ähnlich dem Stormhelm. Fichten und Kiefern wuchsen an den Hängen empor, und hohe, kahle Felsmassive türmten sich drohend auf. Gelegentlich sah Tuck etwas wie dunkle Mäuler, die sich in den Berg hinein öffneten, in die Schächte und Gänge der Zwerge; hier wohnten viele von Bregas Sippe, und hier wurde der beste Stahl aller Reiche geschmiedet.

Kurz nach Einbruch der Nacht erreichten sie die Garnison der Harlingar am Nordende der Roten Berge. Ungeachtet der Tatsache, dass der Posten so gut wie verlassen war – da die Soldaten in den Krieg geritten waren –, brachen die Kameraden eine knappe Stunde später bereits wieder auf und ritten auf fünf neuen Pferden in Richtung Schlucht, mit fünf weiteren im Schlepptau.

Am Morgen des nächsten Tages eilten sie immer noch nach Norden, und Tuck war so wund, dass er meinte, bei jedem

Hufschlag aufschreien zu müssen; doch er tat es nicht, und weiter ging die Jagd.

Nun rasten sie über die offenen Ebenen zwischen Jugo und Valon, die Westliche Weite zu ihrer Rechten, den Norden Jugos zu ihrer Linken. So weit das Auge reichte, dehnte sich sanft gewelltes Grasland aus: Dies war der Reichtum Valons, gelblich nun im Winterkleid; aber sobald das Frühjahr kam, ließ sich kein saftigeres Weideland für Mithgars feurige Rösser finden.

Durch dieses Flachland ritten sie den ganzen Tag und bis tief in die Nacht hinein. Und als sie hielten, um ein Lager aufzuschlagen, erhob sich links von ihnen ein erster Ausläufer des Gûnarring.

Bei Sonnenaufgang brachen die fünf wieder zu ihrem Ziel auf, das nunmehr nur noch fünfzig Meilen weiter nördlich lag. Während ihres Ritts konnte Tuck den südöstlichen Rand des Gûnarring sehen, eines mächtigen Gebirgsrings, der das verlassene Königreich Gûnar umgab und einen Teil des Grimmwalls bildete. Drei wohl bekannte Wege führten nach Gûnar hinein: die Schlucht zwischen Valon und Gûnar; der Ralo-Pass, der vom südlichen Trellinath über den Grimmwall anstieg; und der Gûnarschlitz, der sich von Lianion her tief in den Grimmwall einschnitt. Schließlich gab es noch den geheimen Zwergenweg – den Übergang –, einen schmalen Pass, der von Valon über den Gûnarring in das entvölkerte Reich hineinführte.

Und die fünf ritten so schnell sie konnten in Richtung Schlucht.

Eine Stunde verging, dann eine zweite, und die Berge des Gûnarrings erhoben sich kahl zur Linken und erstreckten sich in einer langen Kette vor den Reitern. Noch eine Stunde verstrich, und sie hielten gerade lange genug, um die Sättel auf die Ersatzpferde hinüberzuwechseln, dann eilten sie weiter nach Norden.

Die Berge begannen nun zur Schlucht hin niedriger zu werden. Weit voraus sah Tuck eine dicke, schwarze Rauchsäule in den Morgenhimmel steigen, doch wovon sie verursacht wurde, erkannte er nicht, denn sie befand sich rund zwanzig Meilen entfernt im Norden.

Weiter ritten sie, und die Sonne stieg am Himmel empor. Schließlich sahen sie auf der Ebene vor ihnen ein gewaltiges Wogen von Menschen und Pferden, und sie kamen zu einer berittenen Truppe der Harlingar, welche die Pendwyrstraße blockierte; die fünf hielten ihre Pferde vor den angelegten Lanzen an, und Ubrik trieb sein Ross nach vorn.

»Reichsmarschall Ubrik!«, rief einer der Berittenen.

»Hál, Borel!«, grüßte Ubrik. »Was gibt es Neues?«

»Nur Erfreuliches!«, antwortete Borel. »Sieg! Die Hyranier sind geschlagen! Die Schlucht ist unser!«

»Hai!«, rief Brega, und die Kameraden sahen einander grimmig lächelnd an, denn die Schlucht war nun in der Hand der Verbündeten, und sie konnten ihren Plan zum Angriff auf Modrus Festung fortsetzen.

»Und wie geht es König Aranor?« Ubriks Stimme klang angespannt, denn er liebte seinen Kriegerkönig sehr.

»Hai roi! Er hat gekämpft wie ein Dämon und ein, zwei Wunden hinnehmen müssen; aber es geht ihm gut, auch wenn er den Arm in den nächsten Tagen wohl in einer Schlinge tragen muss.« Borel steckte seine Lanze in eine Halterung am Steigbügel, und seine Mitstreiter taten es ihm gleich.

»Eure Kunde klingt angenehm in meinen Ohren«, sagte Ubrik, »und nur zu gern würde ich die ganze Geschichte aus Eurem Munde hören, doch wir können nicht bleiben. Wir möchten Eure Wache passieren, Borel, denn wir haben dringende Angelegenheiten mit König Aranor zu klären.«

Als Reaktion auf Ubriks Worte gab Borel seiner Mannschaft ein Zeichen und lenkte sein Ross zur Seite. Die fünf durften weiterreiten, und als sie den Posten passierten, hörte Tuck so manchen überraschten Ausruf, denn nie hatte man einen Zwerg auf einem Pferd gesehen, und nun erkannten die Soldaten außerdem, dass Tuck ein spitzohriger, juwelenäugiger Waldan war! Und, *da!*, auch ein Elf ist unter ihnen! Sonderbare Gefährten kündigen ungewöhnliche Ereignisse an.

Voran ritten die fünf, und die Gûnarring-Schlucht war nur mehr knapp vier Meilen entfernt. Sie erreichten den blutigen Schauplatz einer großen Schlacht: zertrümmerte Rüstungen und gespaltene Helme, zerbrochene Waffen, getötete Pferde und Menschen – manche blonde Harlingar, andere dunkle Hyranier. Doch ob hell- oder dunkelhäutig, tot waren sie so oder so: von Speeren und Pfeilen durchbohrt, von krummen oder geraden Säbeln aufgeschlitzt, von Hämmern und Keulen zerschmettert. Tuck bemühte sich, die gemetzelten Männer nicht anzusehen, aber sie waren überall.

Sie kamen an mehreren Gruppen von gefangenen Hyraniern vorbei, die von Vanadurin bewacht wurden. Die Gefangenen gingen zwischen den Getöteten herum und sammelten sie zu Begräbnis oder Verbrennung ein: Die Gefallenen aus Valon wurden in großen, grasbedeckten Hügeln zur letzten Ruhe gebettet, während die Hyranier auf einem riesigen Scheiterhaufen verbrannt wurden, von dem jene dicke, schwarze Rauchsäule zum Himmel stieg, die sie zuvor gesehen hatten.

»Wieso ehren sie die toten Hyranier und nicht die Gefallenen aus Valon?«, brummte Brega. »Feuer erhebt die Seelen von tapferen, toten Kriegern, so wie sauberer Stein sie reinigt. Aber Grasnarbe mit ihrem Wurzelgeflecht schließt sie ein, und sie brauchen lange, bis sie dem finstren, von Würmern wimmelnden Boden entfliehen.«

»Vielleicht denken sie wie mein Volk«, antwortete ihm Tuck. »Die Erde ernährt uns alle, solange wir leben, und nach unserem Tod kehren wir zu ihr zurück. Doch ob Feuer, Stein, Erde oder gar das Meer, das spielt alles keine Rolle, denn es ist die Art und Weise, wie wir leben, die von unseren Seelen Zeugnis ablegt, und vielleicht noch die Art, wie wir sterben. Doch es bedeutet wenig, wie wir bestattet werden, denn was wir waren, besteht dann nicht mehr, wenngleich unsere Seelen in den Herzen anderer fortleben mögen ... eine Zeit lang jedenfalls.«

Brega lauschte Tucks Worten und schüttelte dann den Kopf, sagte aber nichts mehr.

Schließlich kamen sie ins Lager der Vanadurin und ritten zu dem Pavillon in der Mitte. Die grün-weißen Farben Valons wehten über dem Zelt, denn hier war König Aranor untergebracht.

Ein Wächter führte sie vor den König, und Aranor, weißhaarig, aber rüstig, stand schimpfend da, während ein Heiler einen blutgetränkten Verband an seinem Schwertarm wechselte.

»Rach, Dagnall, pass auf mit diesem Umschlag; ich brauche meinen Arm nächstes Jahr auch noch!« König Aranor blickte auf, als die fünf eintraten, und machte große Augen. »Nanu, Ubrik, ich wähnte Euch im Süden.« Nun bemerkte Aranor Ubrils Reisegefährten. »Hoi! Mensch, Elf, Zwerg und – bei den Gebeinen von Schlomp – ein Waldan! Mir scheint, da will eine Geschichte erzählt werden. Und trügen mich meine Augen, oder seid das wirklich Ihr, Prinz Galen?«

Still wurde es im Zelt, da Galen zuletzt verstummte, nachdem er seine Geschichte erzählt hatte; Aranor fuhr sich mit dem linken Ärmel noch einmal über die Augen.

»Eure Nachricht stimmt mich traurig, König Galen«, sagte

er. »Aurion und ich haben uns als Jünglinge gemeinsam im Waffenkampf geübt und weite Jagdzüge unternommen. Er stand mir nahe wie ein Bruder.

Der Rest Eurer Geschichte enthält gute wie schlechte Neuigkeiten. Der Fall der Feste Challerain trifft mich schwer, doch die Kämpfer im Weitimholz geben mir Auftrieb. Der Graus im Schwarzen Loch ist tot, und darüber jauchzt mein Herz, doch dieser verfluchte Dusterschlund gefällt mir gar nicht. Und der Norden ist von Modrus Horden besetzt.

Doch auch wir hier im Süden wanken unter den Schlägen von Dienern des Feindes in Gron. Sie scheinen ohne Zahl zu sein, und letzten Endes werden wir vor ihnen zurückweichen müssen.

Doch Vanidors Warnung kündet von Unheil, und Ihr schlagt vor, den Eisernen Turm selbst zu stürmen. Ich glaube nicht, dass Euer Plan gelingen kann, dennoch sollt Ihr dieses wissen: Ihr seid der Hochkönig von ganz Mithgar, Galen, und ich bin mit Leib und Seele Euer Diener. Ihr bittet um Krieger des Reiches, die Euch zu den eisigen Wüsten von Gron begleiten sollen, da niemand sonst vor Einbruch des schwärzesten Tages die Burg des Prinzessinnenräubers erreichen kann.

Hier in der Gûnarring-Schlucht, König Galen, befinden sich vielleicht fünftausend Vanadurin, die gesund und einsatzbereit sind; die übrigen sind verwundet, so wie ich, und würden Euch nur aufhalten. Fünftausend sind ein kümmerlicher Haufen, wenn es gegen den Eisernen Turm geht, aber sie stehen Euch zur Verfügung, wenn Ihr es wünscht.

Nur um eines bitte ich Euch: Vergeudet ihr Leben nicht umsonst.« Aranor verstummte, und sowohl ihm als auch Galen standen Tränen in den Augen.

Eine Weile blieb es still, denn Galen traute seiner Stimme nicht und fürchtete, sie könnte brechen; doch schließlich sagte er: »Wir reiten morgen beim ersten Tageslicht.«

Hörner erschallten und die Sammlung der Soldaten nahm ihren Lauf. Hauptleute wurden herbeigerufen und Pläne gemacht. König Galen würde der Befehlshaber sein, und Ubrik sollte an Stelle von König Aranor reiten, den seine Verletzung in Valon zu bleiben zwang. Am folgenden Tag würden sie den langen Ritt beginnen: Rund neunhundert Meilen entfernt lag ihr Ziel, und sie hatten nur etwa zwanzig Tage Zeit, es zu erreichen. Ein derartiger Ritt war nie zuvor in der langen Geschichte der Harlingar unternommen worden, doch sie waren zuversichtlich, dass sie es bewerkstelligen konnten.

Während Tuck an diesem Abend in sein Tagebuch schrieb, dachte er über ihr Schicksal nach. Und als er das Langmesser an seinem Gürtel abschnallte, um sich zum Schlafen niederzulegen, überlegte er, ob einer von ihnen ein Zeichen bei sich trug, dass sich alles zum Gute wenden würde. *Das Messer? Wehe? Stahlherz? Schwarzer Räuber? Sind unter diesen Waffen Zeichen der Macht, die ihrer Erfüllung entgegenstürmen? Oder tragen wir ein anderes, unbekanntes Zeichen unwissentlich nach Gron? Und wenn, wird es den Furcht verbreitenden Zeichen des Feindes standhalten können?* Tuck schlief ohne Antwort auf seine Fragen ein.

Im Morgengrauen hatten die Reiter von Valon Aufstellung genommen, während König Galen, König Aranor und Reichsmarschall Ubrik ihre Reihen entlangritten. Irgendwo hatte Aranor eine Fahne Pellars gefunden, und zwei Standartenträger folgten den Königen. Der eine trug die Farben Valons, ein weißes Pferd, das sich auf grünem Feld aufbäumt, der andere die Standarte Pellars, ein goldener Greif, aufsteigend auf scharlachrotem Grund. Und die Vanadurin saßen in Reihen auf ihren Rössern, als der Hochkönig von Mithgar ihre Parade abnahm, und seine Rüstung glitzerte rot im Licht der aufgehenden Sonne.

Schließlich war die Truppenschau beendet, und König Aranor saß, den Arm in einer Schlinge, auf seinem Pferd und blickte ernst drein, denn er und Galen hatten sich bereits zuvor Lebewohl gesagt. Galen wollte gerade den Befehl zum Beginn des langen Ritts erteilen, doch ehe er dazu kam, ertönte von fern ein valonisches Ochsenhorn, und in den Reihen der Reiter machte sich Unruhe breit.

Ubrik drehte sich zu Galen um, und Tucks Herz pochte heftig, als er die Worte des Reichsmarschalls vernahm: »Wartet noch mit Eurem Befehl, König Galen, denn es könnte sein, dass wir eine weitere Schlacht um die Gûnarring-Schlucht schlagen müssen. Von Nordwesten nähert sich eine Armee – sie kommt über die Ralostraße. Doch ob es sich dabei um Freund oder Feind handelt, kann ich nicht sagen.«

Ubrik bellte einen Befehl in Valur, der alten Kriegssprache von Valon, worauf Hörner erschallten und die Reihen der Vanadurin herumfuhren und sich mit bereit gehaltenen Lanzen und Säbeln in Richtung Gûnar ausrichteten.

Tuck wandte den Blick zu der Straße durch die Schlucht; in der Ferne sah er eine wogende Masse von vielen hundert galoppierenden Pferden, und auf ihren hämmernden Hufen trugen sie eine unbekannte Streitmacht auf die Schlucht zu.

»Sie greifen an!«, rief Ubrik. »Hál Vanadurin! Zieht die Säbel! Legt die Lanzen an! Blast die Hörner! Reitet in den Kampf!« Und unter dem wüsten Dröhnen der valonischen Ochsenhörner stürmten die Vanadurin vorwärts und jagten der Masse der angreifenden Krieger entgegen.

ANHANG

Anmerkungen zum Tagebuch

Anmerkung 1:
Die Quelle für diese Geschichte ist ein zerfleddertes Exemplar des *Buches des Raben*, ein unschätzbar glücklicher Fund aus der Zeit vor der *Teilung*.

Anmerkung 2:
Der Große Bannkrieg beendete die Zweite Epoche (2E) von Mithgar. Die Dritte Epoche (3E) begann mit dem Neujahrstag des folgenden Jahres. Auch diese Epoche ging schließlich zu Ende, und es begann die Vierte Epoche (4E). Die hier aufgezeichnete Geschichte begann im November des Jahres 4E2018. Obwohl sich dieses Abenteuer vier Jahrtausende nach dem Bannkrieg ereignet, liegen die Wurzeln des Ritterzugs direkt in den Geschehnissen jener früheren Zeit.

Anmerkung 3:
Die Erzählung ist voller Beispiele, in denen Zwerge, Elfen, Menschen und Wurrlinge in der Not des Augenblicks in ihren Muttersprachen reden; um dem Leser mühsame Übersetzungen zu ersparen, habe ich ihre Worte wo notwendig in Pellarion, die allgemein gebräuchliche Sprache Mithgars übertragen. Manche Ausdrücke entziehen sich jedoch einer Übersetzung, diese habe ich unverändert gelassen. Andere Worte mögen fehlerhaft wirken, sind aber durchaus korrekt wiedergegeben.

Ein Wort über Wurrlinge

Bei nahezu allen menschlichen Rassen überall auf der Welt halten sich hartnäckig Legenden über kleine Leute: Zwerge, Elfen, Kobolde und so weiter. Es kann kaum ein Zweifel daran bestehen, dass viele dieser Geschichten aus dem kollektiven Gedächtnis der Menschheit über die *Alte Zeit* stammen ... aus den uralten Tagen vor der *Teilung.* Einige dieser Legenden aber müssen eindeutig der Erinnerung der Menschheit an ein kleines Volk namens Wurrlinge entspringen.

Zur Stützung dieser These werden alle Jubeljahre einmal ein paar bruchstückhafte Zeugnisse ausgegraben, die uns einen flüchtigen Blick auf die Wahrheit hinter den Legenden erlauben. Doch zum unendlichen Verlust für die Menschheit wurden manche dieser Zeugnisse vernichtet, während andere unerkannt vor sich hin modern, selbst wenn jemand über sie gestolpert sein sollte. Denn es erfordert erschöpfende Prüfung durch einen in fremden Sprachen bewanderten Gelehrten – Sprachen wie etwa Pellarion –, ehe ein Schimmer ihrer wahren Bedeutung sichtbar wird.

Ein solches Zeugnis, das überlebt hat – und über das ein ausreichend beschlagener Gelehrter stolperte –, ist das *Buch des Raben;* ein zweites ist das *Schönberg-Tagebuch.* Aus diesen beiden Chroniken, sowie aus einigen spärlichen weiteren Quellen, lässt sich ein auf Tatsachen beruhendes Bild des Kleinen Volkes zusammensetzen, und davon ausgehend können Rückschlüsse auf die Wurrlinge gezogen werden:

Sie sind ein kleines Volk, die Körpergröße der Erwachsenen reicht von drei bis vier Fuß. Manche Gelehrte vertreten die Ansicht, es könne kaum ein Zweifel daran bestehen, dass sie menschlichen Ursprungs sind, denn sie sind in jeder Beziehung wie Menschen – das heißt, keine Flügel, Hörner, Schwänze oder dergleichen –, und sie kommen in allen möglichen Größen und Farben vor, wie das Große Volk, die Menschen, auch, nur eben in verkleinertem Maßstab. Andere Gelehrte jedoch argumentieren, dass die Form der Wurrlingsohren – welche spitz sind –, die schräg stehenden, glänzenden Augen und eine längere Lebensspanne ein Indiz dafür seien, dass Elfenblut in ihren Adern fließe. Doch unterscheiden gerade die Augen sie von den Elfen: Zwar stehen sie schräg, und darin gleichen sich die beiden Völker; doch die Augen von Wurrlingen glänzen und sind feucht, und die Iris ist groß und von seltsamer Farbe: bernsteingolden, tiefblau wie Saphire oder hellgrün wie Smaragde.

Auf alle Fälle sind Wurrlinge flink und geschickt bei ihrer geringen Größe, und aufgrund ihrer Lebensweise finden sie sich hervorragend im Wald zurecht und wissen sehr gut über die Natur Bescheid. Und sie sind vorsichtig und wachsam und verdrücken sich lieber, wenn ein *Außerer* naht, bis sie Gewissheit über die Absichten des Fremden haben. Doch nicht immer weichen sie vor Eindringlingen zurück: Sollte einer aus dem Großen Volk unangekündigt auf eine Gruppe von Wurrlingen stoßen – etwa auf eine große Familienversammlung von Angehörigen der Othen, die lärmend in einem Moortümpel herumplanschen –, würde der *Außere* bemerken, dass plötzlich alle Wurrlinge ihn schweigend ansehen, wobei die Mammen (Frauen) und Alten mitsamt den an sie geklammerten Kleinen ruhig nach hinten wandern, und die Bokker (Männer) dem Fremden in der plötzlichen Stille frontal gegenüberstehen. Doch geschieht es nicht häufig, dass Wurrlinge überrascht werden, und deshalb bekommt man sie nur selten in den Wäldern, Mooren und Wildnissen zu Gesicht, es sei denn, sie wollen es so. Doch in ihren kleinen Dörfern und Behausungen unterscheiden sie sich kaum von »normalen« Leuten, denn sie pflegen mit *Außeren* freundlichen Umgang, solange man ihnen keinen Anlass zu einem anderen Verhalten gibt.

Aufgrund ihres vorsichtigen Wesens neigen Wurrlinge zu Kleidung, die sich nicht von der Umgebung abhebt, und bevorzugen Grün-, Grau- und Brauntöne. Und die Schuhe und Stiefel, die sie tragen, sind weich und verursachen kein Geräusch beim Gehen. Während der Jahrmarktszeit oder bei anderen Festlichkeiten jedoch kleiden sie sich in fröhliche, schreiende Farben – Scharlachrot, Orange, Gelb, Blau, Purpur –, sie blasen gern Hörner und schlagen Trommel, Gong und Zimbal und sind allgemein ausgelassen.

Zu den fröhlichsten, ausgelassensten Zeiten zählen jene, mit denen der Übergang von einem Wurrlingsalter in das nächste gefeiert wird, nicht nur die »gewöhnlichen« Geburtstagsfeste, sondern insbesondere diejenigen, an denen sich ein »Altersname« ändert: Kinder beiderlei Geschlechts bis zu zehn Jahren werden *Junges* genannt; von zehn bis zwanzig Jahren heißen die männlichen Kinder *Bürschchen* und die weiblichen *Maiden.* Von zwanzig bis dreißig heißen männliche Wurrlinge *Jungbokker* beziehungsweise weibliche *Jungmammen.* Mit dreißig Jahren werden Wurrlinge mündig oder volljährig und heißen von da an bis sechzig *Bokker oder Mamme,* was außerdem die allgemeinen Bezeichnungen für einen männlichen beziehungsweise weiblichen Wurrling sind. Mit sechzig werden sie zu *Altbokkern* bzw. *Altmammen* und jenseits der fünfundachtzig nennt man sie *Greiser* oder *Grume.* Und bei jedem dieser besonderen Geburtstagsfeste schlagen Trommeln, tuten Hörner, scheppern Becken und läuten Glocken; bunte Gewänder schmücken die Feiernden. Einmal im Jahr, am Langen Tag in der Jahrmarktszeit, erstrahlt ein Feuerwerk am Himmel, für alle, die im zurückliegenden Jahr Geburtstag oder Jubiläum hatten – was natürlich auf ausnahmslos alle zutrifft –, besonders aber für diejenigen, die von einem Altersnamen in den nächsten gewechselt sind.

Sind Wurrlinge erst einmal über das Jugendalter hinaus,

neigen sie zu Rundlichkeit, denn sie essen vier Mahlzeiten am Tag und an Festtagen fünf. Wie die Alten zu sagen pflegen: »Wurrlinge sind klein, und kleine Wesen brauchen zu ihrem Fortbestand eine Menge Nahrung. Schaut euch die Vögel und Mäuse an und besonders die Spitzmäuse: Sie alle verbringen den größten Teil ihrer wachen Zeit damit, fleißig Essen in sich hineinzustopfen. Deshalb brauchen wir vom Kleinen Volk mindestens vier Mahlzeiten am Tag, rein um zu überleben!«

Häusliches Leben und Dorfleben der Wurrlinge sind von ländlichem Frieden geprägt. Oft verbringt das Kleine Volk den Tag in Gemeinschaft: Die Mammen klatschen beim Nähen oder Einmachen, Bokker und Mammen treffen sich zum Pflanzen oder zur Ernte, zum Errichten oder Graben einer Behausung oder zu Familienfeiern im Freien – bei letzteren handelt es sich stets um lautstarke Angelegenheiten, da Wurrlinge üblicherweise große Familien haben.

Bei »normalen« Mahlzeiten im häuslichen Rahmen scharen sich alle Mitglieder des Haushalts – seien sie Herr, Herrin, Nachkommen oder Diener – zu einer großen Versammlung rund um den Tisch, um gemeinsam zu tafeln und die Ereignisse des Tages zu besprechen. Doch bei Gastmählern kommen für gewöhnlich nur der Gehölzvorsteher, seine Familie und die Gäste an die Tafel des Vorstehers, um mit ihm zu speisen; selten nehmen andere Mitglieder des Gehölzes teil, und wenn, dann nur auf besondere Einladung des Familienoberhaupts. Vor allem wenn »offizielle Dinge« zu besprechen sind, entschuldigen sich die jüngeren Sprösslinge am Ende des Mahls höflich und lassen die Älteren allein mit den Besuchern zur Klärung ihrer »gewichtigen Angelegenheiten«.

Was den »Nabel« des Dorflebens betrifft, so gibt es in jedem Weiler wenigstens ein Gasthaus, meist mit gutem Bier – manche Gasthäuser stehen in dem Ruf, ein überdurchschnittlich gutes Bier auszuschenken; dort versammeln sich die Bokker, und insbesondere die Greiser, einige täglich, andere einmal die Woche, wieder andere noch seltener; sie kauen Altbekanntes durch und lauschen neuen Geschehnissen, sie spekulieren, was der Hochkönig in Pellar treibt, und reden darüber, in welchem Zustand die Dinge ganz allgemein inzwischen sind.

Es gibt vier Stämme nördlicher Wurrlinge: Siven, Othen, Quiren und Paren, die jeweils in Höhlen, Pfahlbauten im Moor, Baumhäusern oder steinernen Feldhäusern wohnen. (Vielleicht rühren die zähen Legenden von intelligenten Dachsen, Ottern, Eichhörnchen, Hasen und auch anderen Tieren von den Siedlungsgewohnheiten des Kleinen Volkes her.) Und Wurrlinge leben oder lebten in praktisch jedem Land der Welt, auch wenn zu allen Zeiten manche Länder viele Wurrlinge beherbergen und andere wenige oder gar keine. Es scheint in der Geschichte des Kleinen Volkes Wanderungen gegeben zu haben, allerdings zogen in jenen Tagen der *Wanderjahre* auch viele andere Völker über das Antlitz der Welt.

In der Zeit, in der sowohl das *Buch des Raben* als auch das *Schönberg-Tagebuch* entstanden, lebten die meisten nördlichen Wurrlinge in zwei Gegenden: dem Weitimholz, einem gestrüppreichen Wald in der Wildnis nördlich von Harth und südlich von Rian, oder in den Sieben Tälern, einem Land der Sümpfe, Wälder und Wiesen im Westen des Spindelflusses und nördlich des Flusses Wenden.

Die Sieben Täler, das weitaus größere dieser beiden Wurrlingsgebiete, wird gegen *Außere* durch eine Furcht erregende Barriere aus den Dornen des Spindeldorns geschützt, der in den Flusstälern überall im Land wächst. Dieses Gewirr aus lebenden Dolchen bildet einen wirksamen Schutzschild rund um die Sieben Täler, der nur die Allerentschlossensten nicht zurückhält. Einige wenige Straßen führen in langen Dornentunneln durch diese Barriere hindurch, und in Friedenszeiten – welche die Regel sind – bewacht niemand diese Wege, und wer ins Land kommen möchte, kann dies tun. In Krisenzeiten jedoch stehen entlang der Straßen Bogenschützen der Wurrlinge hinter beweglichen Barrikaden aus Spindeldorn Wache, um Gewalttäter und anderes unangenehmes Volk draußen zu halten, während sie all denen Zutritt gewähren, die in einer berechtigten Angelegenheit kommen.

Jener kalte November des Jahres 4E2018, in dem diese Geschichte beginnt, war eine Krisenzeit.

KALENDER DES EISERNEN TURMS

Ereignisse der Zweiten Epoche

In den letzten Tagen der Zweiten Epoche fand der große Bannkrieg statt. Auf der Hohen Ebene obsiegte Adon über Gyphon, den Großen Bösen; auf der Mittelebene konnte das Glorreiche Bündnis durch einen unerwarteten Streich gewinnen und den niederträchtigen Modru auf Mithgar schlagen. Adon sprach seinen Bann über die Geschöpfe der Untargarda aus, die Gyphon im Krieg beigestanden hatten: Sie wurden auf alle Zeit aus dem Licht von Mithgars Sonne verbannt, und wer das Verbot übertrat, erlitt den Tod durch Verdorren. Gyphon, der Rache schwor, wurde jenseits der Sphären verbannt. Damit endete die Zweite Epoche, und die Dritte begann ... Und so standen die Dinge für einige tausend Jahre bis zur Vierten Epoche.

Ereignisse der Vierten Epoche

4E1992 Patrel Binsenhaar wird nahe Mittwald, im Osttal der Sieben Täler, geboren.

4E1995 Tuck Sunderbank kommt in Waldsenken, Osttal, zur Welt.

4E1996 Danner Brombeerdorn kommt in Waldsenken, Osttal, zur Welt.

4E1999 Merrili Holt wird in Waldsenken, Osttal, geboren.

4E2013 Der Komet Drachenstern taucht am Himmel von Mithgar auf und stößt beinahe mit der Welt zusammen. Riesige glühende Trümmer erhellen den nächtlichen Himmel, einige stürzen auf die Oberfläche. Viele sehen in dem haarigen Stern einen Vorboten kommenden Unheils.

4E2018

August: Ein kalter Monat. Im Nordtal der Sieben Täler werden Wölfe gesichtet. Oheim Erlbusch organisiert die Wolfspatrouillen der Dorngänger. Zum Ende des Monats gibt es einige Frosttage.

September: Oheim Erlbusch ernennt Hauptmann Alver zum Kommandanten der Dorngänger. Am Siebten des Monats fällt Schnee. Der alte Barlo beginnt in Waldsenken mit der Ausbildung von Bogenschützen und unterrichtet eine Gruppe von Dorngänger-Rekruten. Tuck und Danner gehören zu seinen Schülern. Gerüchte über ein düsteres Böses im Norden, wobei es sich angeblich um Modru handelt, erreichen die Sieben Täler.

Oktober: In den Sieben Tälern verschwinden mehrere Familien; niemand weiß etwas über ihren Verbleib. Die Kälte hat das Land im Griff. Schnee.

2. November: Barlos Bogenschützen beenden ihre Ausbildung. Tuck, Danner, Hob Banderle und Tarpi Wicklein werden als Rekruten der Dorngänger zur Vierten Kompanie Osttal eingeteilt und sollen sie Spindelfurt bewachen.

9. November: Mit Patrel als Führer brechen Tuck, Danner, Hob und Tarpi zur Spindelfurt auf.

10. November: Die fünf machen auf Hucks Bauernhof Halt, doch die Besitzer sind verschwunden. Die Wurrlinge finden Hinweise auf die bösartigen, wolfsähnlichen Vulgs, von denen die Hucks offenbar getötet wurden.

11. November: Vulgs greifen die Wurrlinge an der Krähenruh an. Hob wird getötet.

13. November – 5. Dezember: Tuck, Danner und Tarpi nehmen ihren Dienst als Dorngänger in Patrels Kompanie auf; sie stehen Jenseitswache und reiten auf Wolfstreife. Am

3. Dezember passiert ein Flüchtlingstreck und bringt die Nachricht, dass sich Hochkönig Aurion in der Feste Challerain auf einen Krieg vorbereitet. Am 4. Dezember erscheint ein Herold des Königs mit dem Appell, sich in Challerain einzufinden. Ein Vulg-Angriff auf den Reiter endet damit, dass Mann, Pferd und Tarpi ertrinken. Tuck überlebt, weil Danner ihn rettet. Am 5. Dezember melden sich Tuck, Danner, Patrel und vierzig weitere Wurrlinge freiwillig zum Dienst für den König.

6.–13. Dezember: Die Wurrlinge reisen zur Feste Challerain. Am 13.Dezember begegnen Tuck, Danner und Patrel dort Prinz Igon und Prinzessin Laurelin, dem Elfenfürsten Gildor, Königsgeneral Vidron und Hochkönig Aurion. Die Wurrlinge erfahren vom Dusterschlund, einem unheimlichen Schattenlicht im Norden, wo die Sonne nicht scheint und Adons Bann nicht herrscht, weshalb schändliche Kreaturen frei umherschweifen.

14.–20. Dezember: Die Wurrlinge nehmen den Dienst als Burgwache auf. Tuck freundet sich mit Prinzessin Laurelin an und erfährt, dass sie mit Prinz Galen verlobt ist, der noch immer mit einer Gruppe Männer im Dusterschlund als Kundschafter unterwegs ist, um festzustellen, ob Modru seine üblen Horden aus alten Tagen wieder sammelt.
Tuck, Danner und Patrel nehmen am Vorabend des Geburtstags der Prinzessin an einem Fest teil; als sich die Feier ihrem Höhepunkt nähert, trifft ein verwundeter Krieger mit der Nachricht ein, dass der grässliche Dusterschlund begonnen hat, sich südwärts zu bewegen. Beginn des Winterkriegs.

21. Dezember: Erster Jultag: Prinzessin Laurelin verlässt die Feste Challerain mit dem letzten Flüchtlingszug, begleitet von Prinz Igon, der den Auftrag hat, das Heer des Königs unverzüglich von Pellar zur Feste Challerain zu führen.

22. Dezember: Zweiter Jultag: Der Dusterschlund bricht auf seinem Weg nach Süden über die Feste Challerain herein. Das gespenstische Schattenlicht trübt das Sehvermögen: Menschen sehen höchstens zwei Meilen weit über offenes Gelände, in Wäldern und Hügelland noch weniger. Elfen sehen etwa zweimal so weit wie Menschen. Wurrlinge sehen wie mittels einer neuen Farbe am weitesten von allen, bis zu fünf Meilen.

23. Dezember: Dritter Jultag: Die Wurrlingskompanie wird aufgelöst und über die Kompanien des Königs verteilt, damit die Augen der Wurrlinge für die Menschen sehen können.
An diesem Tag beginnt die Horde in einer Stärke von dreißigtausend die Belagerung der Feste.

24. Dezember: Vierter Jultag: Im Norden der Feste legen Galens Männer Feuer an einen Belagerungsturm, andere Sturmgeräte der Horde erreichen jedoch die Burg. Katapulte schleudern Feuer über die Wälle, und die Stadt brennt.

25. Dezember: Fünfter Jultag: Die Feste Challerain brennt noch immer.

26. Dezember: Sechster Jultag: Die Horde greift an. Der erste und zweite Wall der Feste Challerain fallen.

27. Dezember: Siebter Jultag: Der dritte und vierte Wall der Feste Challerain fallen.
Die Schlacht vom Weitimholz beginnt. Hier, in diesem gestrüppreichen Wald, schlägt ein Bündnis aus Menschen, Wurrlingen und Elfen eine weitere Horde Modrus zurück.

28. Dezember: Achter Jultag: Die Feste Challerain wird aufgegeben. Die Truppen des Königs versuchen einen Ausbruch. König Aurion wird getötet. Von den anderen getrennt, sucht Tuck auf seiner Flucht in einem alten Grab Schutz, wo er den roten Pfeil und die Klinge aus Atalar entdeckt. Zufällig kommt Prinz Galen ebenfalls in die

Grabkammer. Sie fliehen gemeinsam nach Süden, zum vereinbarten Treffpunkt in Steinhöhen mit allen übrigen etwaigen Überlebenden.
Der zweite Tag der Schlacht vom Weitimholz bricht an. Danner und Patrel, wie Tuck von ihren Mitstreitern abgeschnitten, machen sich nach Steinhöhen auf.
General Vidron und Fürst Gildor gelingt mit dem kümmerlichen Rest der Königstruppen der Ausbruch aus der Feste Challerain; sie reiten nach Osten, zu den Signalbergen.

29. **Dezember:** Neunter Jultag: Die Schlacht vom Weitimholz geht in ihren dritten Tag. Die Horde bricht den Kampf ab und marschiert südöstlich am Wald vorbei.

30. **Dezember:** Zehnter Jultag: Vorletzter Tag des Jahres. Tuck und Galen entdecken den überfallenen Wagenzug, vermuten, dass Laurelin entführt wurde, und machen sich auf die Suche.

31. **Dezember:** Elfter Jultag, Jahresende. Danner und Patrel stoßen auf den ausgebrannten Wagenzug; in dem Bewusstsein, dass sie die Ghule mit ihren langsameren Ponys nicht einholen können, beschließen sie, zum vereinbarten Treffpunkt in Steinhöhen weiterzureiten.

4E2019

1. **Januar:**Zwölfter und letzter Jultag, Beginn des neuen Jahres: Schnee bedeckt die Spur von Laurelins Entführern. Tuck und Galen treffen im Weitimholz ein; sie bekommen Essen und Trinken und werden von Angehörigen des Weitimholz-Bundes bewacht.

2.–3. **Januar:** Auf der Suche nach Informationen über die Entführer reiten Tuck und Galen durch das Weitimholz und treffen die Führer des Bundes: Arbagon Morast (Wurrling), Bockelmann Bräuer (Mensch) und Fürst Inarion (Elf). Galen erfährt, dass die Ghule in Richtung Osten gezogen sind, möglicherweise auf dem Weg zum Ödwald. Tuck und Galen brechen zu diesem beklemmenden Wald auf.

4. Januar: Die gefangene Prinzessin Laurelin wird über den Gruwen-Pass nach Gron gebracht. Sie weiß nun, dass ihr Bestimmungsort der Eiserne Turm ist, Modrus mächtige Festung über dem Klauenmoor.

5.–7. Januar: Tuck und Galen setzen die lange Verfolgungsjagd fort, sie überqueren am 6. die Ödfurt und nehmen die Spur von Laurelins Entführern wieder auf, die durch den Ödwald führt.

Danner und Patrel kommen nach Steinhöhen; sie finden den Ort verlassen vor. Sie beschließen, zwei Tage zu warten und dann, wenn niemand mehr kommt, nach Westen in die Sieben Täler zu reiten, weitere Wurrlinge um sich zu scharen und mit ihnen nach Pellar im Süden zu ziehen, wo sie sich dem Heer anschließen und ihm mit ihren Augen im Dusterschlund dienen wollen.

8. Januar: Tuck und Galen kommen ins Ardental, wo sie Fürst Talarin und Fürstin Rael kennen lernen, die Oberhäupter der Elfen in ihrer verborgenen Zuflucht. Fürst Talarin führt sie zu einem verwundeten Menschen, den die Elfen im Schnee gefunden haben. Es ist Prinz Igon, er liegt fiebernd danieder. Galen erhält endlich die Bestätigung, dass Laurelin tatsächlich gefangen ist. Fürst Gildor holt Galen ein und teilt ihm mit, dass König Aurion tot und er, Galen, nun Hochkönig ist. Galen muss sich zwischen Liebe und Pflicht entscheiden: die gefangene Prinzessin verfolgen oder das Heer in den Krieg führen.

Danner und Patrel brechen von Steinhöhen in die Sieben Täler auf; just in dem Augenblick, da sie aus dem Westtor reiten, kommt General Vidron mit seiner Truppe durch das Osttor in den Ort geritten; sie sehen einander nicht.

9. Januar: Galen kommt zu dem Schluss, dass er keine andere

Wahl hat: Er muss nach Süden reiten, das Heer sammeln und den Feind bekämpfen. Schweren Herzens tritt er in Begleitung von Tuck und Fürst Gildor die Reise nach Pellar an.

Gildors Zwillingsbruder Vanidor bricht mit drei Kameraden nach Gron im Norden auf, um Modrus Kräfte zu erkunden und, falls die Umstände günstig sind, die Prinzessin zu retten.

10. Januar: Danner und Patrel erreichen die Sieben Täler und stellen fest, dass Modrus Räuber das Dorf Grünwies zerstört haben. Während der Nacht galoppieren General Vidron und seine Begleiter auf dem Weg nach Wellen durch Grünwies. Wieder verfehlen die beiden Wurrlinge Vidron nur knapp.

11. Januar: Prinzessin Laurelin trifft im Eisernen Turm ein. Modru lässt sie in eine schmutzige Zelle ohne Licht sperren.

12. Januar: Danner und Patrel treffen in Waldsenken ein; Ghule haben das Dorf in Brand gesteckt. Merrili Holt rettet die beiden vor einem der Räuber. Danner und Patrel erfahren, dass Tucks Eltern ebenso wie die Eltern Merrilis von plündernden Ghulen getötet wurden.

13. Januar: In Biskens Scheune versammeln sich Bogenschützen der Wurrlinge, um Pläne für einen Gegenschlag gegen die Ghule zu beraten.

14. Januar: Tuck, Galen und Gildor treffen bei ihrem Ritt entlang des Grimmwalls auf den Zwergenkrieger Brega, den einzigen Überlebenden einer großen Schlacht zwischen einer Kompanie der Zwerge und der Vorhut einer Horde von Rukhs. Brega schließt sich dem Trio bei dessen Ritt nach Süden an.

15. Januar: Schlacht von Lammdorf: Wurrlinge locken Ghulenräuber in Lammdorf im Osttal in einen Hinterhalt.

16. Januar: Auf der Flucht vor Ghulen werden Tuck, Galen,

Gildor und Brega bis vor die Dämmertür von Drimmenheim getrieben. Sie werden vom Krakenwart angegriffen und fliehen in die finsteren, vom Gargon beherrschten Gänge des alten unterirdischen Zwergenreichs.
Laurelin wird aus ihrer Zelle geholt und in einen hohen Turm geführt, wo sie den gefangenen Vanidor vorfindet. Modru weidet sich an dem Myrkenstein, einem Bruchstück des Drachensterns, mit dessen Hilfe er den Dusterschlund erzeugt hat. Laurelin wird gezwungen, die Ermordung Vanidors mit anzusehen. Im Augenblick seines Todes lässt Vanidor seinem Zwillingsbruder Gildor, der sich weit entfernt im Süden bei der Dämmertür aufhält, durch unbekannte Elfenkräfte eine Prophezeiung zukommen.

17.–18. Januar: Tuck, Galen, Gildor und Brega marschieren durch Drimmenheim, auf das Morgentor und die Freiheit zu. Der Gargon, ein Angststreuer, entdeckt, dass sie sich in den Höhlen aufhalten, und verfolgt sie, unterstützt von einer Horde des Madenvolks. Es gelingt den vier Helden, den Gargon zu töten und zu entkommen.

19.–20. Januar: Auf ihrem weiteren Weg nach Süden lassen die vier endlich auch den Dusterschlund hinter sich zurück.

21. Januar: Tuck, Galen, Gildor und Brega kommen nach Darda Galion, dem Land der Greisenbäume und Silberlerchen.

23. Januar: Die vier sprechen in Waldesherz, Darda Galion, mit Coron Eiron. Es entsteht der Plan, per Boot zur Argon-Fähre zu reisen, wo sie, falls die Fähre sich nicht in Feindeshand befindet, auf Führer zu stoßen hoffen, die sie zum Heer bringen können.

24. Januar: Tuck, Galen, Gildor und Brega brechen in einem Boot der Elfen zur Argon-Fähre auf.

25. Januar: Während von einer Sonnenfinsternis die Rede ist, erinnert sich Gildor schließlich an Vanidors Todesprophezeiung: »Der schwärzeste Tag, das größte Übel ...« Gildor vermutet, dass Modru während der bevorstehenden Sonnenfinsternis am 22. Februar versuchen wird, Gyphon aus seiner Verbannung jenseits der Sphären nach Mithgar zu holen.

28. Januar: Tuck, Galen, Gildor und Brega treffen an der Argon-Fähre ein.

29.–31. Januar: In Begleitung von Reichsmarschall Ubrik reiten die vier zur Gûnarring-Schlucht.

1. Februar: Tuck, Galen, Gildor, Brega und Ubrik treffen an der Gûnarring-Schlucht ein. König Aranor von Valon bewilligt ihnen fünftausend Vanadurin-Krieger für den Ritt nach Norden, zum Eisernen Turm, wo sie versuchen wollen, Modrus Pläne für den schwärzesten Tag, den Tag der Sonnenfinsternis, zu durchkreuzen.

Lieder, Inschriften und Deutungen

- Wurrlings-Klagelied, *Die vier Jahreszeiten* (Kapitel 3)
- Raels Weissagung: Wenn Silberlerchen, Silberschwert ... (Kapitel 6)
- Vanidors Todesprophezeiung: Der schwärzeste Tag (Kapitel 6)

Übersetzungen von Wörtern und Wendungen

Im *Buch des Raben* erscheinen viele Worte und Ausdrücke aus anderen Sprachen als Pellarion, der Allgemeinsprache. Für an solchen Dingen Interessierte wurden sie in diesem Anhang gesammelt. Es kommen eine Reihe Sprachen vor:

Châkur = Zwergensprache
AHR = Alte Hochsprache von Riamon
AP = Alte Sprache Pellars
AR = Alte Sprache Rians
Slûk = Sprache des Gezüchts
Sylva = Elfensprache
Twyll = Alte Sprache der Wurrlinge
Valur = Alte Kriegssprache Valons

Die folgende Seite gibt einen Überblick über die häufigsten Begriffe, die sich in den verschiedenen Sprachen im *Buch des Raben* finden.

Wurrling **(Twyll)**	Valon **(Valur)**	Pellar **(Pellarion)**	Kobold **(Sylva)**	Zwerg **(Châkur)**
Rukh	Rutch	Rukh	Ruch	Ükh
Rukhs	Rutcha	Rukha	Rucha	Ükhs
Rukhen	Rutchen	Rukken	Ruchen	Ükken
Hlök	Drökn	Lökh	Lok	Hrök
Hlöks	Drökha	Lökha	Loka	Hröks
Hlöken	Drökhen	Lökken	Loken	Hröken
Ghul	Guul	Ghol	Ghûlk	Khol
Ghule	Guula	Ghola	Ghûlka	Khols
Ghulen	Guulen	Gholen	Ghûlken	Kholen
Gargon	Gargon	Gargon	Gargon	Ghath
Gargonen	Gargona	Gargons	Gargoni	Ghaths
Ogru	Ogru	Troll	Troll	Troll
Madenvolk	Wrg	Yrm	Rûpt	Grg

Zwerg	Zwerg	Zwerg	Drimm	Châk
Zwerge	Zwerge	Zwerge	Drimma	Châkka
Zwergen-	Zwergen-	Zwergen-	Drimmen	Châkka
Elf	Deva	Elf	Lian/ Dylvan*	Elf
Elfen	Deva'a	Elfen	Lian/ Dylvana	Elfen
Elfen-	Deven	Elfen-	Lianen/ Dylvanen	Elfen
Riese	Riese	Utrun	Utrun	Utrun
Riesen	Riesen	Utruni	Utruni	Utruni
Wurrling	Waldan	Waerling	Waerling	Waeran
Wurrlinge	Waldana	Waerlinga	Waerlinga	Waerans
Kleines Volk	Waldfolck	Kleines Volk	-	-

Im Folgenden sind Wörter und Begriffe in der Originalsprache aufgelistet. Wo möglich, wurde eine direkte Übersetzung angegeben ( ); in anderen Fällen wurde die Übersetzung aus dem Zusammenhang im *Buch des Raben* abgeleitet { }. Ebenfalls aufgeführt ist der Name des Sprechers, falls bekannt [ ].

Châkur (Sprache der Zwerge)

Aggarath (nicht übersetzt) [Brega] {Grimmdorn}

Châkka shok! Châkka cor! (Zwergenäxte! Zwergenmacht!) [Brega] Ctor **(Schreier) [Brega]**

Drakkalan (Schwarzer Vergießer) [Brega]

* Die Elfen bestehen aus zwei Stämmen: a) den Lian, den Ersten Elfen, und b) den Dylvana, den Waldelfen.

Gaard! (nicht übersetzt) [Brega] {ein Zauberwort, vielleicht soviel wie: Beweg dich!}
Ghatan (nicht übersetzt) [Brega] {Dachspitz} Kraggen-cor (Bergmacht) {Drimmenheim}
Kruk! (nicht übersetzter Ausruf) [Brega]
Ravenor (nicht übersetzt) [Brega] {Sturmhammer}
Uchan (nicht übersetzt) [Brega] {Grauturm}
Worwor (nicht übersetzter Name eines Strudels) [Brega]

AHR (Alte Hochsprache Riamons)
Zûo Hêlan widar iu! (Zur Hél mit dir!) [Laurelin]

AP (Alte Sprache Pellars)
Cepân wyllan, Lian; wir gân bringan thê Sunna! (Leb wohl, Lian; wir holen die Sonne zurück!) [Galen]
Hál ûre allience! Hál ûre bônd! (Heil unsrem Bündnis! Heil unsrem Band!) [Galen]
Hohgarda (Hohe Welten) [Galen]
Jagga, Rost! Jagga! (Versteck dich, Rost, versteck dich!) [Laurelin]
Mittegarda (Mittelwelt) [Galen]
Rach! (nicht übersetzter Ausruf)
Untargarda (Unterwelten) [Galen]

Slûk (Sprache des Gezüchts)
Dolh schluu gogger! [Modru] {Den Elfen auf die Streckbank!}
Garja ush! [Modru] {Hebt sie auf!}
Glâr! Glâr! (Feuer! Feuer!) [Horde im Drimmenheim]
Glu shtom! [aufsässiger Ghul] {Ich will bleiben!}
Khakt! [Modru] {Hierher!}
Nabba thek! [Modru/Naudron] {Durchsucht die Toten}
Nabba gla oth [Modru/Naudron] {Der Tod soll dich holen}
Rul durg! [Modru/Naudron] {Macht sie bereit!}

Schtuga! [Gefängniswärter, Hlök) {Narr!}
Shabba Dûl! [Modru] {In die Grube!}
Slath! [Modru] {Halt!}
Thuggon oog. Laug glog raktu! [Modru/Naudron] {Teilt euch auf. Die Hälfte folgt der Horde!}
Urb schla! Drek! [Modru/Naudron] {Los, reitet!}
Ush [Modru] {Auf!}
Sylva (Elfensprache)
Chagor [Gildor] {Dachspitz}
Cianin Andele (Leuchtender Nomade) [Gildor]
Cianin taegi! (Helle Tage!) [Gildor]
Coron (Herrscher, König) [Gildor]
Coron Eiron, va Draedan sa nond! (König Eiron, der Gargon ist tot!) [Gildor]
Drimm (Zwerg) [Gildor]
Gralon [Gildor] {Grauturm}
Hál, valagalana! (Heil, tapfere Krieger!) [Havor, Eiron]
Talarn (Stahlherz) [Eiron]
Vanil (silbern)
Vani-lêrihha (Silberlerchen)
Vio Gildor! (Ich bin Goldzweig!) [Gildor]
Vio ivon Arden! (Ich komme aus Arden!) [Gildor]

GLOSSAR

Adon: die hohe Gottheit Mithgars. Auch genannt der Hohe, der Eine

Adonar: die Welt auf der Hohen Ebene, wo Adon wohnt. Auch genannt die Hohe Welt

Adons Bann: s. (der) Bann

Adons Versprechen: s. (der) Bann

Aevor: Elfenname für den Grimmdorn, so viel wie: Berg der schwarzen Winde

Aggarath: Name der Zwerge für den Grimmdorn

Agrons Armee: Armee, die unter Führung von Agron einen Feldzug in den großen Sumpf unternahm und nie wieder gesehen wurde

Albin Weidner: Wurrling aus den Sieben Tälern. Leutnant in der Kompanie von Biskens Scheune

Alor: (Sylva: Herr) Elfen-Titel, etwa »Fürst«

Altbokker: männlicher Wurrling zwischen sechzig und fünfundachtzig Jahren

Altersname: bei Wurrlingen gebräuchliche Namen, um jeweils das generelle Lebensalter anzuzeigen. (Siehe Anhang: *Ein Wort über Wurrlinge*)

Altmamme: weiblicher Wurrling zwischen sechzig und fünfundachtzig Jahren

Alver: Hauptmann, Befehlshaber der Dorngänger während des Winterkriegs

Aranor: Mensch; König von Valon zur Zeit des Winterkriegs

Arbagon Morast: ein Wurrling aus dem Weitimholz. Führer des dortigen Kleinen Volkes im Winterkrieg

Arbalin: Insel in der Avagon-See, vor der Küste von Jugo

Arbin Gräber: ein Wurrling aus den Sieben Tälern. Angehöriger der Vierten Osttal-Kompanie und der Kompanie des Königs. Gefallen in der Feste Challerain

Arden(-Tal): ein bewaldetes Felsental im Norden von Rell. Heimat von Talarins Schar der Wächter Lians. Die geheime Zuflucht. Zwei verborgene Eingänge führen ins Tal: im Norden eine tunnelartige Höhle in der Arden-Wand, im Süden eine Straße unter und hinter den Arden-Fällen

Argo: ein Wurrling aus den Sieben Tälern. Angehöriger der Vierten Osttal und der Kompanie des Königs. Gefallen in der Feste Challerain

Argon: großer Fluss Mithgars, fließt an der Ostflanke des Grimmwalls entlang und ergießt sich in die Avagon-See

Argon-Fähre: Fähre an der Pendwyrstraße über den Argon; verbindet Pellar und Valon

Arlo Huck: Wurrling aus den Sieben Tälern, Gatte von Willa Huck. Bauer im Osttal, zu Beginn des Winterkriegs von Vulgs getötet

Atala: Insel, die durch eine Katastrophe im Meer versank. Auch bekannt als das »vergessene Land«

Atala-Klinge: ein Langmesser aus dem vergessenen Land, das Tuck im Grab von Othran dem Seher findet

Atalanisch: die geschriebene Sprache Atalas

Aurion: Mensch aus Pellar; Hochkönig von Mithgar. Gefallen in der Schlacht um die Feste Challerain. Auch bekannt als Aurion Rotaug wegen einer scharlachroten Augenklappe, die er über einem im Gefecht erblindeten Auge trägt

Außerer: Begriff der Wurrlinge in den Sieben Tälern für jeden, der außerhalb des Dornwalls lebt

Avagon-See: Meer, südlich von Pellar, Jugo, Hoven. Im Süden der Avagon-See liegen unter anderem Chabba und Hyree; die große Insel Kistan liegt in der westlichen Avagon-See

Aven: ein Reich Mithgars; grenzt im Norden an den Grimmwall und im Süden an Nord-Riamon

(der) Bann: Adons Verbannung aller Geschöpfe der Unterwelten aus dem Licht von Mithgars Sonne als Strafe für ihre Unterstützung Gyphons im Großen Krieg. Wer sich dem Bann widersetzt, den tötet das Tageslicht; die Körper schrumpfen zu ausgedörrten Hüllen und verwehen wie Staub. Auch bekannt als Adons Versprechen

Bannkrieg: s. (der) Große Krieg

Barlo: meist: der alte Barlo. Wurrling aus den Sieben Tälern. Ausbilder der Bogenschützen

Baskin: Wurrling aus dem Weitimholz. Mitglied des Weitimholz-Bundes

Bastheim: Wurrlingsdorf an der Querlandstraße im Osttal

Bekki: Vater von Brega

Bellon-Fälle: großer Wasserfall, wo der Argon über den Hohen Abbruch in den Kessel stürzt

(die) Bendels: Verwandte Tucks in Ostend

Bergil: Mensch aus Rian; Laurelins Kutscher. Beim Überfall auf den Wagenzug von Ghulen getötet

Berserker: von der Raserei befallener Kämpfer, nur durch schwere Verwundung aufzuhalten

Bert Sunderbank: Wurrling aus den Sieben Tälern, Gatte von Tulpe Sunderbank, Vater von Tuck

Bessie Holt: Mamme aus den Sieben Tälern, Gemahlin von Bringo Holt, Mutter von Merrili

Bingo Prachtl: Wurrling aus den Sieben Tälern. Angesehener Jäger zur Zeit des Winterkriegs

Biskens Scheune: die große Scheune, in der sich die Wurrlinge versammeln und den Widerstand gegen die Ghule organisieren

Bockelmann Bräuer: Mensch aus Steinhöhen. Inhaber des

Gasthofs zum Weißen Einhorn. Anführer der Menschen des Weitimholz-Bundes

Bodensaal: einer der Säle in Kraggen-cor, durch welche die Grubengänger marschieren

Boeder: Mensch aus Rian. Mitglied von Galens Hundertschaft, wird von Vulgs getötet, während er mit der Nachricht zum Hochkönig unterwegs ist, dass sich der Dusterschlund nach Süden bewegt

Bokker: Altersname für einen männlichen Wurrling zwischen dreißig und sechzig. Auch generelle Bezeichnung für einen männlichen Wurrling

Braggi: Zwergenkrieger; Anführer eines verschollenen Stoßtrupps, der nach Kraggen-cor eindrang, um Gargon zu töten

Brega: Zwerg aus den Roten Bergen, Sohn Bekkis; Held des Winterkriegs und einer der Grubengänger

(der junge) Brill: Mensch aus Wellen, Hauptmann und Mitglied von Aurions Kriegsrat. Berserker. Gefallen in der Schlacht um die Feste Challerain

Bringo Holt: Wurrling aus den Sieben Tälern, Gatte von Bessie Holt, Vater von Merrili

Bringos Stall: Ponystall im Besitz von Bringo Holt

(die) Brinhöhen: in Nord-Süd-Richtung verlaufende Hügelkette an der Grenze zwischen Jugo und Hoven

(die) Brut: s. Gezücht

Buch des Raben: auch: *Herrn Tuck Sunderbanks unvollendetes Tagebuch und sein Bericht vom Winterkrieg.* Chronik, die von Tuck und verschiedenen Schreibern über den Winterkrieg verfasst wurde

Caer Lindor: Elfenfestung auf einer Insel im Fluss Rissanin; wurde im Großen Krieg zerstört

Caer Pendwyr: südliche Festung; Wintersitz und Hof des Hochkönigs auf der Insel Pendwyr in der Avagon See

Caire: Fluss im Westen der Rigga-Berge

Chabba: Land an der Avagon-See

Chabbaner: Mensch aus Chabba. Im Winterkrieg ist eine von Modrus Marionetten ein Chabbaner

Chagor: Sylva-Name für den Berg Dachspitz

Châk, Plural **Châkka:** (= Zwerg) Bezeichnung der Zwerge für ihre eigene Art

Châkur: (= unsere Zunge) die geheime Sprache der Zwerge

Challerain: s. Feste Challerain

Corbi Platt: Wurrling aus den Sieben Tälern. Mitglied der Vierten Osttal und der Kompanie des Königs. Gefallen in der Feste Challerain

Coron: Elfenname für den Berg Stormhelm und Bezeichnung für den Herrscher (König) der Elfen

Crestan-Pass: oberhalb des Ardentals gelegener Pass über den Grimmwall

Dachspitz: einer der vier Berge der Quadra, unter denen Drimmenheim liegt; sein Gestein weist eine blaue Färbung auf; auch bekannt als Chagor (Sylva) und Ghatan (Châkur)

Dambo Rick: Wurrling aus den Sieben Tälern, einer der Kämpfer aus Biskens Scheune

Dämmerritt: eine Möglichkeit, von Adonar auf der Hohen Ebene nach Mithgar auf der Mittelebene zu gelangen; bevor der Weg zerstört wurde, wechselten Elfen häufig zwischen beiden Welten. Andere Völker waren nicht in der Lage, von einer Ebene zur anderen zu reisen, oder wussten nicht, wie man es macht. Es gibt jedoch Hinweise darauf, dass Adon und Gyphon den Weg für andere öffnen können

Dämmertür: der westliche Eingang nach Kraggen-cor; liegt unter der Halbkuppel der Großen Wand in der Westflanke des Grimmwalls; wurde von dem Zwerg Valki und dem Zauberer Grevan gefertigt. Nach dem Sprechen geheimer

Worte kann die Dämmertür von Zwergen mit Hilfe des Zauberworts *Gaard* geöffnet und geschlossen werden.

Danner Brombeerdorn: Wurrling aus den Sieben Tälern, Dorngänger. Ein enger Gefährte Tucks

Dara: (Sylva: Dame) Titel der Elfen für Gemahlin eines Alor

Darby: Wurrling aus den Sieben Tälern; Hauptmann der Vierten Osttal-Kompanie im Winterkrieg

Darda Galion: Elfenname mit der Bedeutung: Wald der Silberlerchen. Ein großer Wald aus Greisenbäumen im Südwesten Riamons, westlich des Argon. Letzte wahre Heimat der Elfen in Mithgar, auch bekannt als Lerchenwald

Delber: Wurrling aus den Sieben Tälern. Mitglied der Vierten Osttal und der Kompanie des Königs. Gefallen in der Feste Challerain

Dele: köstlicher Haferbrei der Elfen

Dellin-Höhen: niedrige Hügelkette in Harth

Dilbi: Wurrling aus den Sieben Tälern. Mitlied der Vierten Osttal und der Kompanie des Königs. Gefallen in der Feste Challerain

Dinburg: Weiler im Osttal, nördlich der Querlandstraße

Dorngänger: Gruppen von Bogenschützen der Wurrlinge, die in Krisenzeiten an den Eingängen zu den Sieben Tälern Wache halten und nur hereinlassen, wer in einem berechtigten Anliegen kommt. D. gehen auch entlang des Dornwalls Patrouille, daher der Name

Dornwall: eine Barriere aus Dornen (s. Spindeldorn), welche die Sieben Täler schützt. Wo der Dorn nicht natürlich wächst, wurde er kultiviert, um den Wall zu schließen. Der D. ist vierzig bis fünfzig Fuß hoch und eine bis zehn Meilen breit

Dossis Obstgarten: Obstgarten im Westen von Waldsenken

Drachen: eines der Völker Mithgars. Es gibt zwei Stämme: Feuerdrachen und Kaltdrachen. Drachen sind gewaltige

Geschöpfe und der Sprache mächtig. Zumeist besitzen sie Flügel und können fliegen. Für gewöhnlich leben sie in abgelegenen Höhlen; sie schlafen eintausend Jahre und bleiben dann zweitausend wach. Oft horten sie Schätze. Feuerdrachen speien Flammen. Kaltdrachen speien Säure, aber keine Flammen, denn sie waren einst Feuerdrachen, denen Adon als Bestrafung für ihre Unterstützung Gyphons im Großen Krieg das Feuer wegnahm. Kaltdrachen unterliegen dem Bann

Drachensäulen: vier Reihen mächtiger Säulen in der Kriegshalle von Kraggen-cor; sie haben das Aussehen von Drachen, die sich an den Säulen emporwinden

Drachenstern: ein Komet, der beinahe mit Mithgar zusammengeprallt wäre

Drakkalan: (= Schwarzer Vergießer) die Axt, die Brega von Eiron bekommt

Drimm: Elfenname für Zwerg

Drimmenheim: (Sylva: Zwergengruben, -minen) Elfenname für Kraggen-cor; auch bekannt als Schwarze Höhlen, Schwarzes Loch oder die Gruben

Düneburg: Dorf in den Sieben Tälern, am Oberlandweg im Nordtal gelegen

Duorn: ein Elf, Krieger der Lian. Einer der vier Elfen, die ausgesandt werden, Modrus Festung zu erkunden und wenn möglich Prinzessin Laurelin zu befreien; Duorn wird auf dieser Mission getötet

Durek: immer wiederkehrender Name in der Reihe der Zwergenkönige; man glaubte, dass Durek im Laufe der Epochen häufig wiedergeboren wurde, deshalb auch der Beiname Todbezwinger Durek

Durgans Fabelross: legendäres Pferd, angeblich aus Eisen; unermesslich schnell, nie ermüdend. Ursprung unbekannt, die Sage stammt aber aus Pellar

Dusterschlund: gespenstisches Dunkel, von Modru im Winterkrieg über das Land gelegt, um Adons Bann zu unterlaufen

(zur) Einäugigen Krähe: Gasthaus in Waldsenken, auch nur: Zur Krähe

Eiron: König der Elfen von Mithgar zur Zeit des Winterkriegs; Gemahl von Faeon

Eisenwasser: Fluss, der im Rimmen-Gebirge entspringt

Eiserner Turm: Modrus Festung in der Ödnis von Gron

Elfen: eins der Völker von Adonar, von denen manche in Mithgar hausen. Besteht aus zwei Stämmen: Lian und Dylvana. Die Erwachsenen werden viereinhalb bis fünfeinhalb Fuß groß. Schlank, lebhaft, schnell, mit scharfen Sinnen ausgestattet; zurückhaltend, Waldbewohner, kunstfertig

Elwydd: Tochter Adons

Epoche: historischer Zeitraum auf Mithgar. Epochen werden durch welterschütternde Ereignisse bestimmt, die jeweils zum Ende einer E. und zum Beginn einer neuen führen. Zu Beginn des Winterkriegs zählte man die Vierte Epoche (4E) und das Jahr 2018: 4E2018

Faeon: Elfe; Herrin von Darda Galion, Gemahlin von Eiron; Tochter Talarins und Raels. Schwester von Gildor und Vanidor. Nach Vanidors Tod unternimmt Faeon den Schattenritt nach Adonar, um den Hohen zu bitten, in den Winterkrieg einzugreifen

Falanith: Elfenname für das Tal zwischen den vier Bergen der Quadra

Fall: Fluss mit vielen Schnellen und Katarakten, der im Grimmwall entspringt und durch die Arden-Schlucht nach Süden fließt, um in den Caire zu münden

(das) Fällen der Neun: frevelhafte Zerstörung von neun Greisenbäumen in Darda Galion durch das Gezücht. Die

Übeltäter wurden gefangen und getötet, ihre Überreste zur Abschreckung zur Schau gestellt.

Farnburg: Dorf in der westlichen Ecke des Osttals, südlich der Querlandstraße

Feind in Gron: Bezeichnung für Modru

Feste Challerain: Festung und Stadt im Norden, im Land Rian; Sommersitz und Hof des Hochkönigs. Ort der Eröffnungsschlacht des Winterkriegs. Modrus Horde überwältigte die Verteidiger der Feste, brannte die Stadt nieder und tötete bis auf wenige Ausnahmen alle Krieger des Königs

Fiandünen: flache Hügelkette an der Pendwyrstraße in Pellar

Finius Handstolz: Wurrling aus den Sieben Tälern. Stellmacher (Wagner) von Lammdorf

Finn Wick: Wurrling aus den Sieben Tälern. Mitglied der Vierten Osttal und der Kompanie des Königs. Gefallen in der Feste Challerain

Flaumdorf: Dorf im Osttal, nördlich der Querlandstraße

(Zum) Fröhlichen Otter: Gasthaus in Grünwies in den Sieben Tälern

Gagat: Galens schwarzes Pferd

Galen: Mensch aus Pellar. Ältester Sohn von Aurion. Fürst und Prinz, wurde während des Winterkriegs Hochkönig

Gann: Mensch aus Riamon. General, Mitglied von König Aurions Kriegsrat. Gefallen in der Feste Challerain

Gargon: (Plural: Gargonen, Gargoni) Vûlk, der Gyphon im Großen Krieg unterstützte. Von den Wächtern Lians im Vergessenen Gefängnis eingesperrt und durch Modrus List befreit. Herrschte mehr als tausend Jahre lang über Drimmenheim, bevor er von den Grubengängern getötet wurde. Auch bekannt als Draedan (Sylva), Ghath (Châkur) und der Graus Hlöks, Ghule, Vulgs etc. Auch Madenvolk, Brut, Gewürm

Gelvins Los: großer Edelstein, dem man magische Eigenschaften nachsagt, ein Zeichen der Macht

Gemeinsprache: s. Pellarion

Geront Kwassel: Wurrling. Bürgermeister von Waldsenken zur Zeit des Winterkriegs

(das) Gezücht: Sammelname für alles Volk und alle Geschöpfe auf der Seite des Bösen, die in Mithgar leben, z. B. Rukhs,

Ghatan: Name der Zwerge für den Berg Dachspitz

Ghola: Pellarion für Ghule

Ghule: grausame Räuber; reiten auf Hélrössern. Sehr schwer zu töten. Auch genannt Leichenvolk, Kadaverleute

Ghûlka: Elfenname für Ghule

Gildor: (Sylva: Goldzweig) Elfenfürst, Krieger der Lian; Sohn von Talarin und Rael

Glave-Hügel: Hügelkette zwischen Pellar und dem Großwald in Süd-Riamon

Gloria Brombeerdorn: Mamme aus Waldsenken. Gattin von Hanlo Brombeerdorn, Mutter von Danner

(der) Glorreiche Bund: die Allianz von Elfen, Menschen, Riesen, Wurrlingen und Zwergen, die im Großen Krieg an der Seite Adons gegen Gyphon, Modru und das Gezücht kämpfte

Gorburgs Mühle: Getreidemühle in Waldsenken

(der) Graus: s. Gargon

Grauturm: Einer der vier Berge der Quadra, unter denen Kraggen-cor liegt; erhielt seinen Namen von dem grauen Gestein, aus dem er besteht; auch bekannt als Gralon (Sylva) und Uchan (Châkur)

Greisenbäume: große, hunderte von Fuß hohe Bäume, denen die besondere Eigenschaft nachgesagt wird, das Abendlicht festzuhalten, wenn Elfen in der Nähe sind

Greiser: Name für einen Wurrling, der das fünfundachtzigste Lebensjahr überschritten hat

Grevan: ein Zauberer Mithgars, der Valki beim Bau der Dämmertür half

Grimmdorn: einer der vier Berge der Quadra, unter denen Kraggen-cor liegt. Das Gestein des Grimmdorn ist schwarz, und an seiner Westflanke liegt die Große Wand, in die die Dämmertür gegraben wurde. Auch bekannt als Aevor (Sylva) und Aggarath (Châkur)

Grimmwall: ausgedehnte und hohe Gebirgskette in Mithgar, die von Nordost nach Südwest verläuft

(die) Gronspitzen: Gebirgskette, die in Nord-Süd-Richtung vom Nordmeer zum Grimmwall verläuft

(der) Große Krieg: der Teil des Krieges zwischen Gyphon und Adon, der in Mithgar ausgefochten wurde. Auch genannt Bannkrieg oder Großer Bannkrieg

(der) Grumpf: Großer Sumpf in Gron

Gron: Modrus Reich des Bösen. Öd und leer, ein großes, keilförmiges Stück Land zwischen den Gronspitzen im Osten, der Rigga im Westen und dem Nordmeer. Auch bekannt als die Ödnis von Gron

Große Leute: Bezeichnung der Wurrlinge für die Menschen

Große Wand: hohe, senkrechte Wand des Grimmdorns, in der die Dämmertür liegt

Großwald: ausgedehnter Wald in Süd-Riamon, der sich vom Fluss Rissanin bis zu den Glave-Hügeln erstreckt

Grubengänger: Name der vier Gefährten, die während des Winterkriegs durch das unterirdische Drimmenheim marschierten. Die vier Grubengänger sind Galen, Tuck, Gildor und Brega

Grume: Wurrlingsmamme, die älter als fünfundachtzig Jahre ist

Grünwies: Weiler in den Sieben Tälern, östlich von Waldsenken

Gruwen-Pass: Bergpass zwischen Rhon und Gron, wo sich Gronspitzen und Rigga treffen

(der) Gûnarring: bogenförmige Gebirgskette, die vom Grimmwall ausgeht und zu ihm zurückführt

Gûnar: ein verlassenes Reich Mithgars, vom Grimmwall und vom Gûnarring begrenzt

Gûnarring-Schlucht: Schlucht durch den Gûnarring, die Gûnar mit Valon verbindet

Gûnarschlitz: Geländedurchgang im Grimmwall, der Gûnar mit Rell verbindet

Guula: (Valur: Kadaverfeind) Valurwort für Ghule

Gyphon: der Hohe Vûlk, dessen Kampf gegen Adon um die Herrschaft über die Sphären auf Mithgar überschwappte. Gyphon verlor und wurde jenseits der Sphären verbannt. Im Winterkrieg griff er erneut nach der Herrschaft. Auch genannt der Große Böse, der Meister

Haddon: Mensch aus Rian, Krieger in Galens Hundertschaft. Bote, der verwundet die Nachricht in die Feste Challerain brachte, dass sich die schwarze Wand nach Süden bewegt. Beim Massaker der Ghule in Laurelins Wagenzug getötet

Hagan: Mensch aus Valon, Hauptmann, Mitglied von Aurions Kriegsrat. In der Feste Challerain gefallen

Hanlo Brombeerdorn: Wurrling, Gatte von Gloria Brombeerdorn, Vater von Danner

Harlan: Wurrling aus den Sieben Tälern, Bauer, dessen Gehöft an der Querlandstraße lag

Harlingar: (Valur: Harls Geschlecht) die direkten Nachfahren von Harl dem Starken; allgemein Name der berittenen Krieger Valons

Harth: ein Reich Mithgars; liegt südlich des Wildlands, westlich von Rell, östlich der Sieben Täler, nördlich von Trellinath

Haus Aurinor: Zweig von Waffen schmiedenden Lian-Elfen in Duellin, einer Stadt im untergegangenen Atala

Haushofmeister: Verwalter des königlichen Hofes, wenn der König selbst auf Reisen ist

Havor: ein Elf; Hauptmann von Coron Eirons Torwache zur Zeit des Winterkriegs

Heiler: Arzt

Hélarmer: Elfenname für den Kraken

Hélross: pferdeähnliche Kreatur mit Klumphufen, langen, schuppigen Schwänzen, gelben Augen und schlitzförmigen Pupillen. Stinken bestialisch. Langsamer als Pferde, aber ausdauernder. Reittiere der Ghule

Hlöks: bösartige, mannshohe und rukhähnliche Wesen; nicht so zahlreich wie Rukhs, beherrschen diese jedoch

Hob Banderle: Wurrling, Dorngänger, an der Krähenruh von Vulgs getötet

(der) Hochkönig: Lehensherr des gesamten nördlichen Mithgar, dem alle anderen Könige Lehenstreue schwören. Hält Hof in Caer Pendwyr in Pellar und in der Feste Challerain in Rian

Hogarth: Mensch aus Rian, Krieger. Hauptmann der Torwache in der Feste Challerain. Dortselbst gefallen

Hohe Ebene: eine von drei Ebenen der Schöpfung, enthält die Hohen Welten

Hoher Abbruch: markante Felswand, die sich vom Grimmwall im Osten bis zum Großwald im Westen erstreckt; Argon und Nith stürzen in den Bellon- bzw. Vanil-Fällen über den Hohen Abbruch

Hohgarda: alle Welten der Hohen Ebene

(die) Horde: auch: Modrus Horde; große Menge von Modrus Brut, die plündernd über das Land zieht

Horn von Valon: von den Zwergen stammendes Horn, das im Hort von Schlomp dem Wurm gefunden wurde. Es wurde über Generationen weitergegeben, bis es in Vidrons Besitz gelangte. Aus nicht erläuterten Gründen – vielleicht in einem plötzlichen Anfall von Großmut, wahrscheinlicher aber, weil das Horn danach strebte, seine Bestimmung zu erfüllen – schenkte Vidron es Patrel als Zeichen seines Amtes als Hauptmann. Patrel benutzte es im Winterkrieg, um Truppen in Bewegung zu setzen, ein großartigeres Geschick lag für das Instrument aber in künftigen Ereignissen. Auch bekannt als Reichshorn

Hoven: ein Reich Mithgars; grenzt im Norden an den Grimmwall, im Osten an Jugo, im Süden an die Avagon-See und im Westen an Tugal

Hyranier: Mensch(en) aus Hyree

Hyree: Reich im Süden Mithgars, im Winterkrieg mit Gron verbündet; grenzt im Norden an die Avagon-See

Igon: Mensch aus Pellar. Jüngster Sohn Aurions. Fürst und Prinz des Reiches, Bruder von Galen

Inarion: Elfenfürst aus dem Arden-Tal, Krieger. Führer der Weitimholz-Elfen im Winterkrieg

(der) Innere Durchbruch: Lücke im inneren Dornwall, flussaufwärts von der Spindelfurt, verursacht durch eine große Granitplatte, auf der kein Spindeldorn wächst

Jandrel: ein Elf; Lian-Krieger; Hauptmann der Wache am Südeingang von Arden zur Zeit des Winterkriegs

Jarriel: Mensch aus Rian. Hauptmann der Burgwache in der Feste Challerain. Von Ghulen beim Überfall auf Laurelins Wagenzug getötet

Jenseits der Sphären: nicht näher bekannter Verbannungsort Gyphons

Jenseitswache: Wachposten an den Eingängen zu den Sieben Tälern, die unliebsame Außere fern halten sollen

Jugo: ein Reich Mithgars, grenzt im Norden an Gûnar, im Osten an Valon, im Süden an die Avagon-See und im Westen an Hoven und die Brinhöhen

Jul: zwölf Tage dauerndes Winterfest, beginnend am kürzesten Tag des Jahres (21. Dezember) und endend am ersten Tag des neuen Jahres

Jungbokker: männlicher Wurrling zwischen zwanzig und dreißig

Jungmamme: weiblicher Wurrling zwischen zwanzig und dreißig

Kaltdrachen: s. Drachen

Die Kämpfe: Sammelbegriff für die Gefechte der Wurrlinge gegen Modrus Truppen in den Sieben Tälern; auch bekannt als der Siebentalkrieg

(der) Kessel: riesiger Wasserstrudel, wo die Bellon- und Vanil-Fälle über den Hohen Abbruch in den Argon stürzen

Kistan: Inselreich in der Avagon-See, seit alten Zeiten ein Feind Pellars. Heimat von Seeräubern, im Winterkrieg Verbündeter von Gron

Klauenmoor: hoch gelegenes Ödland in Gron am Fuß der Gronspitzen; dort steht der Eiserne Turm

Klausenbach: Wasserlauf in den Sieben Tälern; mündet in den Spindelfluss

Klausenwald: Wald in den Sieben Tälern, nördlich von Waldsenken

Kleines Volk: s. Wurrlinge

Klingenjuwel: besondere Edelsteine, die in Elfenwaffen eingesetzt sind und Licht aussenden, wenn das Böse nahe ist, vor allem Geschöpfe der Untargarda; je heller das Licht, desto näher das Böse

Kompanie des Königs: Name, den Patrels Dorngängereinheit von Hauptmann Darby erhielt, bevor sie zur Feste Challerain aufbrach, um dem Ruf des Königs zu folgen

König des Bachsteins: Spiel der Wurrlinge, bei dem es darum geht, die alleinige Position auf dem mittleren Stein des Übergangs über den Klausenbach zu behaupten. Danner Brombeerdorn zeichnete sich bei dem Spiel besonders aus

(der) Krake: riesiges, bösartiges Meereswesen mit Fangarmen. Im großen Mahlstrom hausen angeblich einige von ihnen. Möglicherweise die weiblichen Geschlechtspartner von Drachen

Kraftrunen: geheimnisvolle Symbole und Schriftzeichen, denen magische Eigenschaften nachgesagt werden

Kraggen-cor: (Châkur: Bergmacht) das unter der Quadra in den Berg gegrabene Reich der Zwerge; mächtigste aller Zwergenfestungen; war für mehr als tausend Jahre für die Zwerge verloren, da vom Gargon beherrscht; einer der wenigen Orte auf Mithgar, wo Sternsilber zu finden ist. Auch bekannt als Schwarze Gruben, Schwarzes Loch, Drimmenheim

(die) Krähenruh: großer Felsenhügel an der Kreuzung der Zweifurtenstraße und des Oberlandwegs

Krakenwart: ein Krake, der im Schwarzen Teich haust und die Dämmertür bewacht. Von Modru beherrscht und von einem Drachen zu dem See gebracht. Auch bekannt als Hélarmer oder der Wächter aus dem schwarzen, schleimigen Schlund

Kriegshalle: einer der großen Säle in Kraggen-cor, die von den Grubengänger durchschritten werden; diente als Ort der Musterung für die Zwergennation, wenn Krieg drohte; auch als Mustersaal der Ersten Senke bekannt

Lakh: Name für die Armeen aus Hyree

Lammdorf: Weiler in den Sieben Tälern

Lauch: Dorf in den Sieben Tälern (Osttal), nördlich der Querlandstraße, am Dornwall gelegen

Laurelin: Mensch aus Riamon, Prinzessin. Verlobt mit Galen zur Zeit des Winterkriegs; wird von Modru gefangen genommen

Leichtfuß: das Pferd Gildors

Lerchenwald: s. Darda Galion

Lian: einer von zwei Stämmen der Elfen (der andere sind die Dylvana). Auch das Erste Volk genannt

Lianion: Elfenname für das Land Rell, in dem die Elfen einst lebten

Lutz Glucker: Wurrling aus den Sieben Tälern; Leutnant der Kompanie von Biskens Scheune

Madenvolk: Name der Wurrlinge für das Gezücht

(die) Magier von Xian: ein Zweig von Zauberern

Mamme: Altersname eines weiblichen Wurrlings zwischen dreißig und sechzig; auch generelle Bezeichnung für weibliche Wurrlinge

Medwyn: Mensch aus Pellar. Hauptmann, Mitglied von Aurions Kriegsrat; in der Feste Challerain gefallen

Menschen: die Menschheit, wie wir sie kennen. Eins der freien Völker Mithgars. Verbündet mit Zwergen, Elfen, Wurrlingen

Merrili Holt: Wurrling; Tochter von Bringo und Bessie Holt, Angebetete von Tuck

Mian: wohlschmeckende Wegzehrung der Elfen

Minenburg: wichtige Zwergenfestung im Rimmen-Gebirge in Riamon

Mithgar: ein Ausdruck, der allgemein die Welt bezeichnet; im engeren Sinn auch die Reiche unter der Herrschaft des Hochkönigs

Mittegarda: alle Welten der Mittelebene

Mittelebene: eine der drei Ebenen der Schöpfung, enthält die Mittelwelten

Mittwald: Dorf in den Sieben Tälern, am südöstlichen Rand des Ostwalds gelegen

Modru: ein böser Zauberer; Diener Gyphons. Auch bekannt als der Feind, der Feind in Gron, der Böse im Norden

Moos: Dorf in den Sieben Tälern, südlich des Querlandwegs, im Osttal gelegen

Morgenschwert: besondere Waffe, der man die Fähigkeit nachsagt, den Hohen Vûlk persönlich töten zu können; die Waffe verschwand in der Gegend der Mark Dalgor

Morgentor: der große östliche Eingang nach Kraggen-cor; liegt an der Südostflanke des Stormhelm

Myrkenstein: ein Stück des Drachensterns, das auf Mithgar fiel; von Modru zur Erzeugung des Dusterschlunds benutzt

Nachricht von Draußen: Ausdruck aus den Sieben Tälern, der Neuigkeiten meint, die man erst glaubt, wenn sie bestätigt werden

Naudron: Mensch aus dem eisigen Norden; einer von Modrus Gesandten ist ein Naudron

Nith: Fluss in Darda Galion, der in den Vanil-Fällen über den Hohen Abbruch stürzt und im Kessel in den Argon mündet

Nob Heuwald: Wurrling aus den Sieben Tälern, Kaufmann

Nordpfad: Feldweg, der in nördlicher Richtung aus Waldsenken durch den Klausenwald zur Zweifurtenstraße führt

Nordtal: eins der Sieben Täler

Nordwald: großer Wald im Nordtal

Nordwaldtunnel: ein aufgegebener Weg durch den Dornwall; während die südliche Hälfte des Tunnels zuwuchs, blieb die nördliche offen, und dort gelang es Modrus Gezücht, in die Sieben Täler einzudringen

Norv Otker: Wurrling aus den Sieben Tälern; Leutnant der Kompanie von Biskens Scheune

Oberlandweg: in Nordost-Südwest-Richtung verlaufende Straße zwischen den Sieben Tälern und der Poststraße

Ochsenhorn: schwarze Kriegshörner der Männer aus Valon; sie dienten zum Blasen von Signalen und stammten von wilden schwarzen Rindern

Ödfurt: Furt über den Fluss Caire zwischen der Wildnis nördlich der Wilden Berge und dem Ödwald in Rhon

Ödwald: Wald in Rhon, durch den die Querlandstraße verläuft. In diesem Wald sollen einst furchtbare Kreaturen gehaust haben, die während der Säuberung von den Elfen von Arden vertrieben wurden

Ogrus: (Twyll) böse Geschöpfe. Riesenhafte Rukhs, zwölf bis vierzehn Fuß groß. Stumpfsinnig, steinartige Haut, verfügen über gewaltige Kräfte; auch bekannt als Trolle

Oheim Erlbusch: Wurrling aus den Sieben Tälern. Früherer Hauptmann der Dorngänger und Greiser zur Zeit des Winterkriegs

Orbin Thied: Wurrling aus den Sieben Tälern; Leutnant der Kompanie von Biskens Scheune

Ostend: Dorf im Osttal, südlich der Querlandstraße, nahe des Spindel

Osttal: eins der Sieben Täler

Ostwald: großer Wald im Osttal

Othen: einer von vier nördlichen Stämmen der Wurrlinge. Othen wohnen traditionell in Pfahlbauten im Moor

Othran der Seher: Mensch aus Atala, dem versunkenen Land. In seinem Grab findet Tuck den roten Pfeil und die Klinge aus Atala

Othrans Grabmahl: runenverziertes Steingrab am Fuß des

Berges Challerain, in dem die Überreste von Othran dem Seher ruhen

Overn: Mensch aus Jugo. Hauptmann, Mitglied von Aurions Kriegsrat; gefallen in der Feste Challerain

Paren: einer von vier nördlichen Stämmen der Wurrlinge. Paren wohnen traditionell in Steinhäusern auf Feldern und Wiesen

Patrel Binsenhaar: Wurrling aus den Sieben Tälern, Hauptmann der Kompanie des Königs und enger Gefährte Tucks

Pellar: ein Reich Mithgars, Sitz des Hochkönigs in Caer Pendwyr. Im Norden von Riamon und Valon begrenzt, im Westen von Jugo und im Süden und Osten von der Avagon-See

Pellarion: die allgemein gebräuchliche Sprache Mithgars; so genannt, weil sie ursprünglich die Sprache Pellars war; auch als Gemeinsprache bekannt

Pibb: Wurrling aus dem Weitimholz

Poststraße: die Straße zwischen Luren und der Feste Challerain

(die) Quadra: kollektive Bezeichnung für die vier Berge, unter denen Drimmenheim liegt: Grauturm, Dachspitz, Grimmdorn, Stormhelm

Quadra-Lauf: die Straße und der Bach, die vom Quadra-Pass an der Ostseite des Stormhelm herab verlaufen

Quadra-Pass: Pass über den Grimmwall durch die Quadra

(der) Quadrill: Fluss, der von der Quadra nach Südosten durch Darda Galion fließt und in den Argon mündet

Querlandstraße: eine Hauptverbindung Mithgars, verläuft in Ost-West-Richtung, westlich des Grimmwalls

Quiren: einer von vier nördlichen Stämmen der Wurrlinge. Quiren wohnen traditionell in Baumhäusern

Rael: Elfendame, Gemahlin von Talarin

Ragad-Tal: Tal im westlichen Grimmwall, das zur Dämmertür am Fuß des Grimmdorns führt; auch bekannt als das Tal der Tür

Ralo-Pass: Pass über den Grimmwall zwischen Trellinath und Gûnar

Ravenor: (Châkur: Sturmhammer) Name der Zwerge für den Stormhelm

Reggian: Haushofmeister zu Caer Pendwyr während des Winterkriegs

Regin Burk: Wurrling aus den Sieben Tälern

Reichstein: Obelisk, der die Grenze zwischen den einzelnen Königreichen markiert; am Westufer des Schwarzen Teichs zeigt ein Reichstein das Gebiet von Kraggen-cor an

Rell: verlassenes Land Mithgars; im Norden begrenzt von Arden, im Osten und Süden vom Grimmwall und im Westen vom Fluss Fall

Riamon: ein Reich Mithgars, das in zwei dünn besiedelte Königreiche unterteilt ist: Nord-Riamon und dessen Treuhandgebiet Süd-Riamon. Im Norden begrenzt von Aven, im Osten von Garia, im Süden von Pellar und Valon und im Westen vom Grimmwall

Rian: ein Reich Mithgars. Im Norden begrenzt vom Nordmeer, im Osten vom Rimmengebirge, im Süden von der Wildnis oberhalb Harth und im Westen von der Dalara-Ebene

(die) Rigga: Gebirgskette zwischen Rian und Gron, die in Nord-Süd-Richtung vom Nordmeer zum Gruwen-Pass verläuft

Rimmen-Gebirge: ringförmige Bergkette in Riamon

Rossmarschall: der höchste Rang unter den Reichsmarschällen Valons. Dritter hinter dem König

Rost: Igons rotbraunes Pferd

Rotaug: s. Aurion

Rote Berge: in Nord-Süd-Richtung verlaufende Bergkette zwischen Jugo und Valon; Heimat von Brega

(der) rote Pfeil: aus einem rätselhaften, leichten Metall gefertigter roter Pfeil, den Tuck im Grab von Othran dem Seher findet

Rothro: Fluss, der auf der Hochebene östlich des Morgentors entspringt und in den Quadrill mündet

Rukhs: bösartige, koboldähnliche Geschöpfe, vier bis fünf Fuß groß; dunkel, spitze Zähne, Fledermausohren, dürre Arme und Beine, dumm und ungeschickt

Rukhtöter: Bezeichnung für jeden Krieger, der mehrere Rukhs getötet hat

Ruten: Hauptdorf der Sieben Täler, im Mitteltal gelegen; »Verwaltungssitz« der Sieben Täler

Sandor Pendler: Wurrling aus den Sieben Tälern. Mitglied der Vierten Osttal und der Kompanie des Königs; in der Feste Challerain gefallen

Saril: Frau aus Riamon; älteste Hofdame Laurelins. Beim Überfall auf den Wagenzug getötet

(die) Säuberung: der erfolgreiche Versuch der Wächter Lians, unheilvolle Geschöpfe aus dem Ödwald zu vertreiben

Schattenlicht: das gespenstische Licht im Innern des Dusterschlunds

Schattenritt: eine Möglichkeit, von Mithgar auf der Mittelebene nach Adonar auf der Hohen Ebene zu wechseln; einem Elf zu Pferd gelingt der Übergang auf unbekannte Weise, andere Völker scheinen dazu nicht in der Lage oder wissen nicht, wie man es macht. Es gibt aber Hinweise darauf, dass Adon und Gyphon den Weg auch für andere öffnen können

Schiefer Stein: großer Stein, der sich oberhalb der Vanil-Fälle am Ufer des Nith befindet; dient den Elfen als Versteck für Boote

Schilfdorf: ein Weiler im Untertal

Schlacht von Lammdorf: Gefecht, bei dem Ghule von den Wurrlingen in einen Hinterhalt gelockt werden; erste Schlacht der »Kämpfe«

Schlachtenhügel: Hügelkette im Westen des Weitimholz. Im Großen Krieg wurde dort eine endlose Reihe von Schlachten geschlagen

Schlomp der Wurm: Kaltdrache, aus dessen Hort das Horn von Valon stammt

Schupp von der Wüsten: der Drache, der den Kraken zum Schwarzen Teich an der Dämmertür trug

(der) Schwarm: s. Horde

(das) Schwarze Loch: Bezeichnung der Menschen für Drimmenheim

Schwarzer Galgor: Speer der Elfen, angeblich ein Zeichen der Macht

Schwarzer Teich: kleiner schwarzer See vor der Dämmertür, Wohnsitz des Kraken

Schwarzhaut: der größte lebende Drache in Mithgar

Schwertbrecher: Name, den Galen von Gildor erhielt, da Galens Schwert in den Eingeweiden des Graus abbrach

Schwerteid: Eid, den ein Krieger auf sein Schwert ablegt; verkörpert seine Ehre schlechthin und darf deshalb unter keinen Umständen gebrochen werden

(die) Sieben Täler: Siedlungsgebiet der Wurrlinge, das vom Dornwall umgeben ist; grenzt im Norden an Rian, im Osten an Harth, im Süden an Trellinath und im Westen an Wellen. Der Name kommt daher, dass das Land in sieben Bezirke eingeteilt ist, die jeweils nach einem Tal benannt sind: Nord-, Ost-, Süd- und Westtal, Mitteltal, Obertal, Untertal

Signalberge: bogenförmig von Nord nach Süd verlaufende Kette von kahlen, verwitterten, weit auseinander liegenden Hügeln. Challerain ist der nördlichste von ihnen. Sie heißen so, weil über Leuchtfeuer auf ihren Kuppen wichtige Nachrichten verbreitet wurden

Silberlerchen: s. Vani-lêrihha

Siven: einer von vier Stämmen der nördlichen Wurrlinge. Siven wohnen traditionell in Höhlen, die sie in Talhänge graben

Slûk: widerwärtig klingende Sprache des Gezüchts, zuerst von Rukhs und Hlöks benutzt

Sonnentod: Ausdruck, der das Übertreten von Adons Bann bezeichnet. Auch die Bezeichnung für eine Sonnenfinsternis; Modrus Siegel

(die) Sphären: alle Welten, Sterne, Kometen etc. aller drei Ebenen

(der) Spindel: Fluss, der die nördliche und östliche Grenze der Sieben Täler bildet. In seinem Tal wächst der

Spindeldorn: eisenhartes Dornengewächs von großer Dichte, das bis zu fünfzig Fuß hoch wird. Kommt natürlicherweise nur in den Sieben Tälern vor und dient als Grundlage des Dornwalls

Stahlherz: ein mit Runen verziertes Elfenschwert, das Hochkönig Galen von Coron Eiron geschenkt bekommt; Stahlherz gilt als unzerbrechlich

Steinhöhen: Dorf in den südlichen Ausläufern der Schlachtenhügel, am westlichen Rand der Wildnis zwischen Rian und Harth. Liegt an der Kreuzung der Poststraße mit der Querlandstraße

Sternsilber: seltenes und kostbares Metall Mithgars, wahrscheinlich eine Legierung

Stormhelm: einer der vier Berge der Quadra, unter denen Drimmenheim liegt; sein Gestein hat eine rötliche Färbung; den Zwergen nach der mächtigste Berg Mithgars; hat seinen Namen von den vielen Stürmen, die um seinen Gipfel toben. Auch bekannt als Coron (Sylva) und Ravenor (Châkur)

Sturmwind: das graue Pferd Aurions
Sylva: (= unsere Zunge) Sprache der Elfen (verschiedene Ausdrücke finden sich im Anhang)

Talarin: Elfenfürst, Krieger der Lian, Gemahl von Rael. Führer der Streitkräfte im Ardental
Tante Utz: Hob Banderles Tante, die Küchenlieder sang
Tarpi Wicklein: Wurrling aus den Sieben Tälern, Dorngänger; einer von Tucks Kameraden. Bei einem Vulg-Angriff im Spindel ertrunken
Ted Kleeheu: Wurrling aus den Sieben Tälern; Kutscher
Thäl: die Hauptstadt von Nord-Riamon
Thälwald: Wald in Riamon
Theril: Elf, Lian-Krieger; Mitglied der Grenzwache von Darda Galion zur Zeit des Winterkriegs
Thyra: südliches Reich Mithgars
Tillaron: Elf, Lian-Krieger; Mitglied der Arden-Wache zur Zeit des Winterkriegs
Tineweg: Verbindung zwischen Ruten in den Sieben Tälern und der Poststraße in Harth
Tobi Holder: Wurrling aus den Sieben Tälern, Kaufmann; reist oft nach Steinhöhen
Torhöhe: Ebene des Morgentors, auf die sich alle anderen Ebenen in Kraggen-cor beziehen; tiefer gelegene heißen Senken, höher gelegene Höhen (z. B. Erste Senke, Dritte Höhe)
Trolle: s. Ogrus
Tuck Sunderbank: Wurrling aus den Sieben Tälern, Dorngänger, Held des Winterkriegs. Verfasser des Tagebuchs, das als Grundlage für das *Buch des Raben* dient
Tulpe Sunderbank: Mamme aus den Sieben Tälern, Gattin von Bert Sunderbank, Mutter von Tuck
Tuon: Elf, Hauptmann der Grenzwache von Darda Galion zur Zeit des Winterkriegs; Träger des schwarzen Galgor

Twillin: Wurrling aus dem Weitimholz
Twyll: die alte Sprache der Wurrlinge

Ubrik: Mensch aus Valon; Reichsmarschall
Uchan: Zwergenname für den Grauturm
Untargarda: alle Welten auf der Niederen Ebene
Untertal: das südöstlichste der Sieben Täler; bekannt für seinen Tabak
Utruni: (Sylva: Steinriesen) ein Volk Mithgars, auch bekannt als Riesen. Setzen sich aus drei Stämmen zusammen. Erwachsene werden zwölf bis siebzehn Fuß hoch; sanftmütig, scheu; leben im Gestein von Mithgar. Hüter des Steins. Formen das Land und sind in der Lage, sich durch massiven Fels zu bewegen. Besitzen juwelenartige Augen, mit deren Hilfe sie offenbar durch massiven Fels sehen können

Valki: Zwerg aus dem Volk Dureks. Der größte Tormeister der Zwerge, der in der Ersten Epoche zusammen mit dem Zauberer Grevan die Dämmertür baute
Valon: ein Reich Mithgars, berühmt für sein saftiges Grasland und rassige Pferde; annähernd rund und in vier so genannte Weiten (Abschnitte) eingeteilt
Valur: die alte Kriegssprache Valons
Vanidor: (Sylva: Silberzweig) Elfenfürst, Sohn von Talarin und Rael, Zwillingsbruder Gildors, Bruder von Faeon. Held. Einer der vier Elfen, die Modrus Kräfte im Eisernen Turm erkunden und, falls möglich, Prinzessin Laurelin retten sollen. Vanidor wird von Modru zu Tode gefoltert
Vani-lêrihha: Silberlerchen. Silberner Singvogel, der vor langer Zeit aus Darda Galion verschwand; es heißt bei den Elfen, wenn die Silberlerchen zurückkehren, brechen schreckliche Zeiten für Mithgar an

Vanil-Fälle: (= Silberfälle) Wasserfall, in dem der Nith über den Hohen Abbruch in den Kessel stürzt

Varion: Elf, Lian-Krieger; einer der vier Elfen, die Modrus Stärke im Eisernen Turm erkunden und, falls möglich, die Prinzessin retten sollen. Varion wird auf dieser Mission getötet

(das) Vergessene Gefängnis: Ort in Kraggen-cor, wo der Gargon dreitausend Jahre lang eingeschlossen war

Vidron: Mensch aus Valon. Kommandeur der Armee in der Feste Challerain. Rossmarschall, Reichsmarschall, Feldmarschall. General des Königs

Vulgs: große, schwarze, wolfsähnliche Wesen. Giftiger Biss. Unterliegen dem Bann. Vulgs dienen als Kundschafter und Spurensucher, greifen aber auch an. Werden auch als Modrus Köter bezeichnet

Vûlks: eine Klasse böser Wesen mit besonderen Kräften; diese Kräfte reichen von denen Gyphons (der Adon nahezu ebenbürtig ist) bis zu der geringeren Wirkung von Ghulen

Waerlinga: Sylva (Elfensprache) und Pellarion für Wurrlinge

Waldana: Valur für Wurrlinge

Waldesherz: Festung der Elfen in Darda Galion

Waldfolck: anderer Name in Valur für Wurrlinge

Waldsenken: kleine Stadt in den Sieben Tälern, nördlich der Querlandstraße, in der westlichen Ecke des Osttals. Heimatort von Tuck und Danner

(die) Wächter Lians: Elfen, die Mithgar gegen das Böse schützen

Wältiger: ein mächtiger Sturmbock mit faustförmigem Eisenschlägel

Wehe: ein Elfenschwert, vom Haus Aurinor in Duellin für den Einsatz im Großen Krieg geschmiedet. Wehe ist eine unter mehreren scharfen Waffen der Lian, die mit einem Edel-

stein in der Klinge ausgerüstet sind, der leuchtet, wenn sic.
das Böse nähert (Wehe leuchtet rot). Das Schwert wird im Winterkrieg von Gildor getragen

Weidental: Dorf in den Sieben Tälern, an der Querlandstraße gelegen

(Zum) Weißen Einhorn: Gasthaus in Steinhöhen

(das) Weitimholz: großer, gestrüppreicher Wald, ein Siedlungsgebiet von Wurrlingen. In der Wildnis nördlich von Harth und südlich von Rian gelegen

Wela: ein berauschender Met der Elfen

Wellen: ein Reich Mithgars, das im Osten an die Sieben Täler grenzt

(der) Wenden: Fluss, der die südliche und westliche Grenze der Sieben Täler bildet

Westtal: eines der Sieben Täler

(die) Wilden Berge: niedrige Kette unwirtlicher Berge in der Wildnis am Fluss Caire

Will Langzeh: Wurrling aus den Sieben Tälern. Stellvertretender Hilfswachtmeister

Willa Huck: Mamme aus den Sieben Tälern, Gattin von Arlo Huck. Zu Beginn des Winterkriegs von Vulgs getötet

Willi: Wurrling aus den Sieben Tälern. Tucks Vetter, der Tuck bei dessen Abreise zur Spindelfurt das leere Tagebuch schenkte

Wilro: Wurrling aus den Sieben Tälern. Angehöriger der Vierten Osttal und der Kompanie des Königs; gefallen in der Feste Challerain

Winterkrieg: der Krieg zwischen Modru und dem Bund; Winterkrieg genannt wegen der bitteren Kälte, unter der das Land innerhalb des Dusterschlunds lag

Worwor: ein Strudel, in den Durek vom Gezücht geworfen wurde; Durek wurde dabei in die Höhlen von Kraggen-cor gespült

…: ein Volk Mithgars. Nähere Beschreibung im An… *…Ein Wort über Wurrlinge*

… Dorf in den Sieben Tälern, an der Querlandstraße im …tal gelegen

(d…) Wurzel: Name von Tucks Höhle in Waldsenken. So genannt, weil sie in der Wurzel der Talmulde liegt, die Waldsenken beherbergt

Xian: ein Land weit im Osten Mithgars, in dem angeblich Zauberer wohnen

Zeichen der Macht: jeder Gegenstand, der dazu bestimmt ist, eine Schlüsselrolle in der Geschichte Mithgars zu spielen; der rote Pfeil ist zum Beispiel ein Zeichen der Macht; es heißt, Zeichen der Macht erfüllen ihre Bestimmung von sich aus

(der) Zellener: Fluss in Darda Galion, mündet in den Quadrill

Zhon: dem Tarot ähnliches Kartenspiel

Zweifurtenstraße: Nord-Süd-Verbindung der Sieben Täler zwischen Ruten (wo sie den Klausenbach durchquert) und der Spindelfurt

Zwergenlaterne: kleine Laterne aus Messing und Kristall, die weiches, blaugrünes Licht verströmt; muss nicht angezündet werden und verbraucht scheinbar keinen Brennstoff